Der Friedinger-Clan

Apollonia Friedinger geborene Walter

August Walter

Gudrun Friedinger

Evelyn Friedinger

Isabelle Friedinger

Katja Friedinger

Ida-Marie Friedinger

Zoe Friedinger

1

25. November: Herbststurm

To-Do-Liste 25. November:

7.30 Uhr Zoe in Kita bringen
7.30 Uhr Meeting mit Urban Com (Wie soll ich das zeitlich schaffen???)
8.00 Uhr Meeting Gruber/Lauer BD
8.55 Uhr ~~Kaffee?~~
9.00 Uhr Status-Präsentation Raum 7
9.45 Uhr Mitarbeiterjahresgespräch mit Vorstand Meyerling/Müller/Heinrich
10.30 Uhr Besprechung Hoffmann/Baumgartner von P-Versicherungen
11.45 Uhr Telko[1] Schmidt/Hebauer, Berlin
12.30 Uhr ~~Mittagessen~~, stattdessen Telko Sauer, München
13.10 Uhr Weiterarbeit am Projekt; Deadline morgen
14.00 Uhr ~~Cafeteria~~, stattdessen bei Chefin Bettina
(meine „Performance droht nachzulassen“)
14.30 Uhr ~~kurze Mittagspause: Geschenk kaufen~~ (morgen Kindergeburtstag
von Zoes Freundin), stattdessen Planungsgespräch mit Reichen/Bruderling/Geiß
16.00 Uhr ~~Mütterbasteln in Kita für Nikolaus~~, stattdessen bis 17.30 Recherche
und E-Mails beantworten
17.30 Uhr Kita schließt!!! (auf dem Heimweg einkaufen, Packung Filzstifte
und unbenutztes Lillifee-Malbuch von Zoe als Geschenk verpacken
für Kindergeburtstag morgen)
20.00 Uhr - 21.00 Uhr Telko mit Seibert/Hummer von BTT Com
21.00 Uhr - 21.50 Uhr Telko morgen vorbereiten
21.50 Uhr - 22.15 Uhr Winterpullover für Zoe bestellen (Größe 122/128)
ab 22.15 Uhr Folge Blue Bloods zum Runterkommen, Baldriantabletten,
Aspirin, Bett

[1] Telko = Telefonkonferenz

Zur Mittagszeit hatte sich ein heftiger Sturm entwickelt. Um die großen Fenster der Kuprion Consulting im zwölften Stock des Firmengebäudes fegten pfeifend die Windböen. Die dunkelgrauen Regenwolken wurden wie zerrissene Gespenster über die Mannheimer Innenstadt gepeitscht.

Katja hob kurz den Blick vom Laptop und schaute zu, wie der Regen gegen die Scheiben sprühte. Sie stützte den Kopf in die Hände. Ein Blick auf die Uhr ließ sie erschrocken überlegen, was sie die letzte Viertelstunde überhaupt getan hatte. Hatte sie nur vor sich hin gestarrt? Gegen Wellen von Übelkeit ankämpfend, zwang sie sich, mit ihrer Arbeit weiterzumachen. Morgen war Abgabetermin.

»Katja, wo bleibst du denn, Menschenskind«, drang ihr plötzlich die energische Stimme ihrer Chefin Bettina Mahler ans Ohr. »Husch, husch, wir haben Telko mit Sauer in München. Nimm deinen Laptop und dein Headset mit. Ich habe Besprechungszimmer fünf reserviert.« Bettina stand jetzt in ihrem teuren Hosenanzug vor ihr. »Mach zu«, drängte sie noch einmal unwirsch.

Als Katja langsam aufstand, wurde ihr so schwindlig, dass sie sich an der Schreibtischkante festklammern musste. »Mir ... geht's nicht gut«, murmelte sie.

»Oh, Entschuldigung. Komm, ich nehme dir den Laptop ab. Marcel!«, rief ihre Chefin und winkte ungeduldig den zwanzigjährigen Praktikanten herbei. »Bring Katja ein Glas Wasser.«

»Sofort«, antwortete Marcel von Liechtenfels und brachte so schnell ein Glas Wasser, dass es überschwappte.

Im Flur rutschte Katja das Glas aus den Händen, das Wasser ergoss sich über den flauschigen Teppich, und sie sackte in sich zusammen wie eine Marionette, deren Fäden man durchtrennt hatte.

»Katja, was treibst du denn?«, rief Bettina nervös. »Komm, steh auf!«

Marcel versuchte ihr aufzuhelfen. Einige Mitarbeiter waren mit erschrockenen Mienen um sie herum stehen geblieben.

Katja hing mit letzter Kraft an Marcel. Alles drehte sich vor ihren Augen, ihr Herz raste und hämmerte unangenehm laut in ihrer Brust, und auf ihrer Stirn standen Schweißtropfen. Sie hatte nur einen Gedanken: Zoe. Sofort wallten Panikgefühle in ihr auf.

»Frau Mahler?«, flüsterte Marcel. »Soll ich vielleicht …?«

»Ruft einen Krankenwagen«, forderte der Kollege von Katjas Nachbarschreibtisch ungeduldig. »Ihr seht doch, wie schlimm sie aussieht.«

Bettina schaute unschlüssig auf die Uhr. »Was fehlt dir denn, Katja?«

»Mir ist schwindlig«, flüsterte Katja.

Bettina seufzte. »Nun gut. Marcel, ruf einen Krankenwagen.«

»Nein! Auf keinen Fall«, wandte Katja, noch immer an Marcel hängend, ein. »Auf gar keinen Fall!« Ihr Herz klopfte noch heftiger, und die Übelkeit stieg erneut in Wellen hoch. Das Krankenhaus würde sie sicher zur Beobachtung dabehalten wollen. Was passierte dann mit Zoe? Wer holte sie von der Kita ab und kümmerte sich um sie?

»Dann fahr zum Arzt«, sagte Bettina. »Oder fahr du sie hin, Marcel. So wie es aussieht, kann sie ja nicht selbst fahren. Wer ist dein Hausarzt, Katja?«

»Ich habe keinen«, brachte Katja mit zugeschnürter Kehle hervor. »Ich hatte in den letzten fünf Jahren keine Zeit, zum Arzt zu gehen.«

»Fahr sie zu irgendeinem Arzt, Marcel.« Bettina war schon auf dem Absprung Richtung Besprechungszimmer. »Er soll dir irgendwas geben, Katja. Vielleicht kannst du wiederkommen. Unkraut vergeht nicht.«

Noch immer wütete der Sturm. Die letzten Blätter wirbelten durch die Straße, als Marcel von Liechtenfels Katja behutsam zu seinem Mini führte. Eine Wand aus Regen trieb auf sie zu, und die Tropfen stachen in ihre Gesichter. Völlig durchnässt schob Marcel sie auf den mit Papieren beladenen Beifahrersitz.

»Tut mir leid«, sagte Katja. »Das war nicht geplant.«

Marcels Blick streifte sie von der Seite. Sein Mantel roch nach feuchtem Hund. Vorsichtig rangierte er aus der Parklücke und fädelte sich in den Verkehr ein. Es goss in Strömen, und das Regenwasser gurgelte in die Gullys.

»Kein Problem«, erwiderte er verlegen. »Ich, äh, ich bringe Sie zum Hausarzt meiner Großmutter. Ein anderer fällt mir jetzt nicht ein, der in der Nähe wäre. Der kennt sich bestimmt aus. Er behandelt vorwiegend Ältere. Äh, meiner Oma konnte er bis jetzt auch immer bei so komischen Sachen helfen.« Er wurde knallrot und starrte angestrengt auf die Straße.

»Kein Problem«, sagte Katja. »Im Alter deiner Oma bin ich zwar mit Sicherheit noch nicht, aber deine Mutter könnte ich sein.«

Zehn Minuten später lieferte er Katja in der Nähe des Wasserturms in der Arztpraxis ab.

»Zurück ins Haifischbecken«, murmelte er, als er sich eilig verabschiedete, um zu Kuprion Consulting zurückzufahren.

Die freundlichen Arzthelferinnen hatten sie auf eine Liege in einem Behandlungszimmer verfrachtet. Katja lag reglos da und versuchte, sich zu beruhigen. Ihr Smartphone piepste mehrmals aufdringlich laut in ihrer großen Businesstasche, die an manchen Stellen immer noch Spuren von Schokoladeneis trug.

Zoe.

Arme kleine Elfe, dachte Katja verzweifelt und Tränen stiegen ihr in die Augen. Während der Regen unaufhörlich an die Fensterscheiben trommelte, stellte sie sich ihre fünfjährige Tochter vor, wie sie in der Kita auf einem dieser Höckerchen saß und malte oder spielte.

Zoe sah aus wie sie selbst: dunkelrote, schulterlange glatte Haare und ernste schiefergraue Augen. Ein Kind, das auf vieles verzichten musste. Sie verbrachte täglich zehn Stunden in der Kita, da es Katja nicht möglich war, bei Kuprion Consulting kürzerzutreten. In dieser Jahreszeit füllte sich der Gruppenraum der Kita mit gebastelten Nikolausfigürchen und Sternen aus Goldpapier, aber Katja hatte um 7.30 Uhr, wenn sie Zoe eilig brachte, kein Auge dafür. Zoe klammerte sich jeden Morgen schluchzend an ihren Hals und bat sie, sie früh abzuholen. Seit Zoe mit einem Jahr in die Kita gekommen war, hatte Katja dies nur dreimal geschafft. Meistens saß Zoe als letztes Kind wie ein Häufchen Elend im Gruppenraum und wartete auf sie.

»Warum hast du überhaupt ein Kind bekommen?«, zischte die Putzfrau Katja immer mal wieder verächtlich zu und wischte demonstrativ um Zoes Füße herum.

Das war Katjas täglicher Tiefpunkt der Scham und Traurigkeit. Ihr Leben bestand aus Hektik, Zeitdruck, Überforderung, schlechtem Gewissen und ständiger Müdigkeit. Stumm nahm sie Zoe jeden Abend auf den Arm und trug sie über den nassen Fußboden hinaus. Nichts wünschte sie sich mehr, als das alles ändern zu können.

Das kleine Behandlungszimmer, in dem sie lag, drehte sich. Hoffentlich hatte sie nichts Schlimmes. Was sollte dann aus Zoe werden? Die Äste der Bäume vor dem Praxisfenster bogen sich im Sturm, und Erinnerungsstücke trieben ihr wie Wolken durch den Kopf.

Als sie so alt war wie Zoe, war alles anders. Sie wohnte zusammen mit ihrer Mutter, Tante, Kusine, Großmutter Apollonia und deren Bruder August in diesem uralten Haus am Waldrand. Das Haus war ihre Burg, ihre Festung. Solange sie dort lebte, war sie in Sicherheit und Wohlbehagen eingewickelt wie in eine wärmende Decke. Viele endlose Sommer lang spielten sie im völlig verwilderten Garten, der an den Waldweg grenzte. Die Höhle im Hang war ihr geheimer Ort – er gehörte nur ihr und ihrer Kusine Isabelle. Später jedoch sackte ein Teil der Höhle ein, und Großmutter Apollonia verbot ihnen, sie zu betreten.

Bilder von dämmrigen Sommerabenden zogen durch ihre Erinnerung: Isabelle und sie, barfuß in Trägerkleidern, tanzen durch das hohe Gras, in dem die Grillen zirpen; ihre roten Haare fliegen, während sie sich drehen. Kartoffeln liegen in einer Feuerschale, es riecht nach Asche. In der Dunkelheit duftet es nach Rosenblüten; sie hören geheimnisvolle Laute der Tiere im angrenzenden Wald. Mit sandigen Füßen liegen sie im Bett; vor dem Einschlafen spielen Isabelle und sie heimlich Barbie unter der Bettdecke.

Und die Winter waren damals kälter, länger und dunkler als heute. Da gab es Bratapfelessen mit Oma in der warmen Küche, und am Kachelofen wurden Geschichten erzählt, während die Schatten vor den Fenstern länger wurden. In der Adventszeit zog der köstliche Duft von frischgebackenen Plätzchen durch das Haus, und Isabelle und sie stritten, wer als erste probieren durfte.

Katja erinnerte sich an das schürfende Geräusch, wenn Onkel August früh am Morgen den frisch gefallenen Schnee vom Bürgersteig schippte. Der hohe Schnee um das Haus herum glitzerte im Licht der Straßenlaternen.

All das hatte Zoe nicht.

Obwohl ihre Familie nach wie vor in dem Haus am Waldrand wohnte, und es nur eine knappe Stunde von Mannheim entfernt lag, hatte Katja es seit bestimmt zwei Monaten nicht mehr geschafft, am Wochenende zu ihnen zu fahren. Sie war zu antriebslos für alles geworden.

In ihrer Handtasche piepste das Smartphone erneut.

»Frau Friedinger?«

»Ja?«, murmelte Katja benommen und öffnete die Augen.

»Ich bin Doktor Finn-Lukas März.«

Ein junger, blonder Mann, der ihr keinen Tag älter als zwanzig vorkam, stand im Raum. Er war ziemlich groß und trug ein rosa Polohemd unter dem offenen weißen Kittel. Seine Jeans hatte am Knie ein kleines Loch. Es war kein Wunder, dass ältere Damen auf ihn flogen. Er weckte wahrscheinlich einen Mutterinstinkt, und sicher wünschten sie sich alle, ihm eine neue Hose kaufen zu dürfen.

Er legte ein Smartphone in einer neongelben Hülle auf den Schreibtisch, setzte sich auf einen Hocker und rollte lässig zu ihr her. »Wie fühlen Sie sich?«, fragte er mit leiser und sehr angenehmer Stimme.

»Schlecht«, brachte sie mühsam hervor.

»Was haben Sie denn für Symptome?« Er rollte noch näher zu ihr.

Seit wann waren Ärzte noch so jung? Katja kam sich uralt vor. »Ich habe Herzrasen. Mir dreht sich alles«, sagte sie.

»Sie sind einundvierzig. Nehmen Sie Medikamente?«, fragte er und steckte sich einen Kaugummi in den Mund.

»Baldrian.«

»Wir werden gleich ein Blutbild machen.«

Das Smartphone in ihrer Handtasche piepste. Sie zuckte zusammen.

»Vielleicht sollten Sie das besser ausschalten«, sagte er beiläufig.

Sie fummelte hektisch in ihrer Handtasche herum, fand das Handy aber nicht. Ihre Hände zitterten.

»Nein, lassen Sie es, ist nicht wichtig. Haben Sie Familie, sind Sie verheiratet?«

»Ich bin ledig und alleinerziehend. Ich habe eine Tochter von fünf Jahren. Im Januar wird sie sechs.«

»Okay«, überlegte er und blickte nachdenklich hinaus in den Sturm. »Was arbeiten Sie denn?«

»Ich bin Beraterin bei Kuprion Consulting. Eigentlich habe ich Sozialpädagogik studiert, fand aber keinen passenden Job. Mir ist so schwindlig …«

»Haben Sie Probleme in Ihrem Job?«

Katja versuchte den Kopf zu heben, ließ ihn aber gleich wieder sinken.

»Macht Ihnen Ihr Job Spaß?«, fragte er eindringlicher und beugte sich über sie.

Ihre Augenlider zuckten. »Spaß? Wenn ich nur endlich was anderes finden würde, wäre ich sofort weg da.«

»Viel Stress, hm?«, fragte er so nebenbei und zupfte an dem Loch in seiner Jeans.

Sie rang nach Worten. »Ich weiß gar nicht, wo ich anfangen soll«, sagte sie dann verstört. »Ich arbeite zehn Stunden am Stück. Die Zeit reicht nie, um mal was zu essen oder ein paar Minuten Pause zu machen. Es herrscht ein wahnsinniger Druck in der Abteilung. Und das Schlimme ist, dass ich dem nicht mehr standhalten kann. Außerdem schaffe ich es nie, meine Tochter pünktlich von der Kita abzuholen. Was sie von mir hat, sind schnelle Abendessen und Herumhetzerei.«

»Aha«, sagte Doktor März nachdenklich. »Und wie sieht's mit Entspannung aus? Können Sie sich am Wochenende regenerieren? Krempeln Sie bitte Ihren Ärmel hoch, ich nehme Ihnen jetzt Blut ab. Ich versuche, nicht daneben zu stechen.« Er grinste.

Katja wandte den Kopf ab, um das Blut nicht in das Röhrchen fließen zu sehen. »Entspannung, was ist das?«, fragte sie bitter. »Am Wochenende bin ich zu fertig, um zu entspannen. Die letzten Wochen lag ich nur auf der Couch herum. Ich finde es ganz furchtbar, dass ich zu kaputt bin, um wenigstens dann etwas Schönes mit meiner Tochter zu unternehmen.« Die Tränen traten ihr wieder in die Augen.

Er reichte ihr eine Papiertücher-Box und klebte ein rosa Herzchenpflaster über die Einstichstelle.

Sie musste lächeln. »Ich habe vor allem Angst«, sagte sie leise. »Davor, krank zu werden und nicht für meine Tochter sorgen zu können. Angst, dass meine Tochter einen Unfall hat. Das ist nicht so ganz normal, oder?«

»Mhm.« Er drehte sich auf dem Hocker um die eigene Achse und überlegte. »Diese Angst könnte aber auch ein Symptom sein.«

»Wofür?«, fragte sie alarmiert.

»Haben Sie jemanden, der Sie unterstützen kann? Familie, Verwandte oder so?«

»Ja, aber nicht hier in Mannheim.«

»Haben Sie Schlafstörungen?«

Katja nickte erschöpft. »Ja. Ich dämmere höchstens mal für eine Stunde ein, dann bin ich wieder hellwach. Das geht seit Wochen so. Ich finde keine Ruhe.«

Doktor März rollte auf seinem Hocker zum Schreibtisch zurück. »Sie sind überlastet und sollten zur Ruhe kommen. Nehmen Sie eine Auszeit. Ich schreibe Ihnen etwas auf, das Ihnen hilft, wieder in die Spur zu kommen, nicht mehr so niedergeschlagen zu sein und wieder Antrieb zu bekommen.«

»Sie meinen …«, begann Katja, doch er unterbrach sie.

»Ja, genau, jetzt die Krankschreibung.«

Hoffentlich bis Ende der Woche, hoffentlich, sagte Katja sich in Gedanken wie ein Mantra vor. Ein paar Tage Ruhe wären so wunderbar.

»Vorerst mal zwei Wochen. Wir beobachten den Verlauf und sehen dann weiter. Möglicherweise gehen wir in die Verlängerung«, sagte Doktor März und hielt ihr den Zettel hin. »Kommen Sie nächste Woche wieder, dann haben wir das Ergebnis der Blutuntersuchung und besprechen alles Weitere, Psychotherapie und alles, was Sie jetzt brauchen.«

Er gab ihr noch ein paar Anweisungen: Sie solle noch eine Weile liegen bleiben und sich dann vorne am Empfang ein Taxi rufen lassen, da sie nicht in der Lage sei, Auto zu fahren. Dann steckte er sein neongelbes Smartphone in die Hosentasche, drückte ihr die Hand und verschwand lautlos.

Eine halbe Stunde lag sie regungslos auf der Pritsche. Außer dem Rauschen des Sturmes vernahm sie keinen Laut. Zweimal hörte sie jemand vorbeilaufen und Türen der anderen Behandlungszimmer leise auf- und zugehen. Sie hatte plötzlich das Gefühl, ganz allein auf der Welt zu sein. Das Telefon klingelte nicht mehr, keine WhatsApp-Nachrichten piepsten, keine Kollegen hetzten vorbei oder stellten ihr eine Frage, ohne Zeit für die Antwort zu haben.

Alles war ruhig und still. Zum ersten Mal seit Wochen. Sie war mit sich allein, ruhte auf der Pritsche wie auf einem Floß in gemächlichem Gewässer. Sie wünschte sich, der nette junge Arzt würde noch einmal nach ihr sehen.

Nach einer Weile versuchte sie vorsichtig, den Kopf zu heben und sich langsam aufzurichten. Es gelang ihr ohne größere

Probleme. Erleichtert atmete sie auf. Vielleicht würde doch alles gut werden. Sie war zuversichtlich, ohne weiteren Zusammenbruch zur Kita zu kommen und ihr Kind abholen zu können.

Die Arzthelferinnen riefen ihr ein Taxi. Während sie darauf wartete, löste sie in der Apotheke gegenüber das Rezept ein. Noch etwas unsicher auf den Beinen stand sie unter dem Vordach, auf das der Regen platschte, und schrieb eine WhatsApp an ihre Chefin: Hallo Bettina, es tut mir sehr leid, ich bin zwei Wochen krankgeschrieben.

Bettinas Antwort kam prompt: Waaaas? Geht's noch???

Katja zuckte zusammen, als sie die Worte las. Kurz darauf erklang, wie sie vermutet hatte, die Titelmelodie von *Blue Bloods* auf ihrem Smartphone.

»Was soll das?«, kreischte Bettina ihr ins Ohr. »Du hast genau acht Minuten, um dich wieder ins Office zu schwingen. Morgen ist die Deadline! Was soll ich Sauer und Konsorten sagen?«

»Es geht wirklich nicht«, sagte Katja leise. »Ich bin krank. Ich kann wirklich nicht.«

»Zu was für einem Quacksalber hat der kleine von Liechtenfels dich gebracht? Hm, na gut, ich bin mal großzügig und gebe dir den Nachmittag frei. Geh zu einem anderen Arzt, lass dir was spritzen oder schluck meinetwegen ein paar Globuli, dann läuft das wieder.«

Katja schwieg.

»Du hast jetzt aber nichts wirklich Schlimmes, oder?«, fragte Bettina zögernd.

»Ich bin überarbeitet.«

»Ach so, wenn's weiter nichts ist«, sagte Bettina aufatmend. »Kindchen, das haben wir doch alle mal. Ruh dich das Wochenende über aus, mach Wellness oder was man da so macht, schlaf mal einen Morgen aus, geh mit deinem Kind ein bisschen spazieren. Und am Montag geht's weiter. «

»Hör zu, mein Taxi kommt«, sagte Katja widerstrebend. »Ich faxe dir die Krankmeldung nachher. Bis dann. Ich melde mich wieder.«

Aufgewühlt ließ sie sich vom Taxi in den Stadtteil Lindenhof zur Kindertagesstätte bringen. Ihr Smartphone piepste etliche Male und kündigte neue Nachrichten an. Sie ignorierte es, aber wohl fühlte sie sich nicht dabei. Sie starrte in die vor Regen triefenden Äste der Bäume am Straßenrand. In den Schaufenstern der Geschäfte standen bereits Christbäume mit blinkenden Lichterketten und großen, glänzenden Kugeln. Sie sah plaudernde Menschen in heimelig beleuchteten Cafés und Restaurants sitzen und fühlte sich fremd und ausgeschlossen von allem.

Zwei Wochen, hatte der Arzt gesagt, möglicherweise länger. Der Gedanke daran erleichterte sie, hatte sie doch seit einiger Zeit keine Kraft mehr, um auch nur die simpelsten Tätigkeiten auszuführen. Andererseits fühlte sie sich hilflos wie noch nie. Was sollte sie jetzt nur tun? Was würde aus ihren laufenden Projekten werden? Sie war zu pflichtbewusst, um sich keine Sorgen darüber zu machen, auch wenn die Arbeit ihre größte Qual war.

Der junge Arzt hatte ihr geraten, sie solle nun vor allem mal entspannen und zur Ruhe kommen. Er hatte gut reden. Wie sollte sie das angehen? Sie war überfordert damit, sich auszuruhen, da sie seit Jahren keine Zeit mehr dazu gehabt hatte. Wann hatte sie das letzte Mal etwas mit Muße und Geduld erledigt? Ohne von Bettina oder ihren Kollegen gedrängt und gehetzt zu werden, ohne unter Druck zu stehen, noch schneller, noch besser, noch effizienter sein zu müssen? Sie war ruhelos wie ein gejagtes Tier und völlig überfordert mit der Situation. Wo sollte sie hin?

Plötzlich sah sie ihr Ziel klar vor Augen. Es gab nur einen Ort auf der Welt, wo sie sein konnte.

Das Taxi ließ sie in einer stillen Straße im Lindenhof aussteigen. Erleichtert stellte Katja fest, dass ihr kaum noch schwindlig war. Es war erst halb vier. So früh hatte sie Zoe selten abgeholt.

In dem Backsteinhaus mit großem Garten war es recht leer. Die meisten der Kita-Kinder waren bereits zu Hause. Drinnen roch es nach abgestandener Luft, und alle Räume waren mit kaltem Licht erleuchtet. An der Garderobe hingen nur noch wenige Kinderjacken.

Schmitti, die Gruppenleiterin, saß lustlos auf einem der kleinen Stühlchen am Tisch, an dem die verbliebenen drei Kinder malten, und schrieb gerade ihren Einkaufszettel.

»Guten Tag, Frau Schmitt«, sagte Katja und sah über Zoes Schulter auf das Blatt Papier, das ihre Tochter mit großen Buchstaben füllte.

»Mhm.«

Wie immer brachte Schmitti es nicht fertig, richtig zu grüßen. Katja atmete tief durch. Mama, Oma, Uroma hatte Zoe in ungelenken Großbuchstaben geschrieben.

»Mama!«, rief Zoe und stand so schnell auf, dass ihr Stühlchen umfiel. Sie warf sich ihrer Mutter an den Hals. »Warum bist du so früh? Gehen wir heim?«

»Stell den Stuhl wieder hin«, sagte Schmitti genervt.

»Seit wann kann sie denn die Wörter schreiben?«, fragte Katja erstaunt, während Zoe sie umklammerte wie ein Ertrinkender den Rettungsring. Bitter wurde ihr wieder einmal bewusst, wie viel sie versäumte.

Schmitti zuckte die Achseln. »Weiß nicht. Paar Monate oder so. Übrigens braucht sie neue Hausschuhe. Gucken Sie doch mal. Der eine Schuh hat ein Loch. Wir haben Ihnen schon vor Monaten eine Notiz in Zoes Fach gelegt.«

»Äh … ja.«

»Gehen wir heim?«, wiederholte Zoe mit strahlenden Augen. »Hast du heute mal Zeit, Lotti Karotti zu spielen?«

Katja sah ihre Tochter an. Das pinkfarbene Schneewittchen-Shirt biss sich mit ihren dunklen roten Haaren, die wirr und ungekämmt aussahen nach dem Tag in der Kita. Sie küsste sie auf die weiche Wange. »Geh schon mal vor und zieh dir die Jacke und die Schuhe an. Ich komme gleich.«

»Frau Schmitt«, sagte Katja, während Zoe, ihre Bitte ignorierend, neben ihr stehen blieb. »Ich verreise mit Zoe. Ich entschuldige sie für den ganzen Dezember, danach melde ich mich und wir sehen weiter.«

»So?« Schmitti starrte sie kühl an. »Das ist aber nicht üblich, so lange zu fehlen. Kinder brauchen einen festen Rhythmus, das wissen Sie doch. Besonders Kinder wie Zoe.«

»Was meinen Sie damit?«, fragte Katja unangenehm berührt. »Geh dich bitte anziehen, Zoe.«

»Nein, ich will bei dir bleiben«, sagte Zoe störrisch und umschlang Katjas Arm.

Die Erzieherin starrte nun das Kind mit zusammengekniffenen Augen an. »Na, Kinder, deren Mütter keine Zeit für sie haben.«

»Es gibt halt Mütter, die sich ihren Lebensunterhalt verdienen müssen«, sagte Katja bemüht kühl. »Außerdem verreise ich ja gerade deswegen mit ihr. Um Zeit mit ihr zu verbringen.«

»Wie Sie meinen«, murmelte Schmitti, in ihre übliche Lustlosigkeit verfallend. »Tschüss Zoe, frohe Weihnachten.«

»Auf Wiedersehen«, sagte Katja, wurde aber wie immer nicht zurückgegrüßt.

»Ich freue mich so, dass du mich heute mal früher abholst«, stammelte Zoe glücklich, als Katja sie in der Garderobe anzog. »Marleen wird immer schon um zwölf abgeholt.« Sie umarmte ihre Mutter so stürmisch, dass sie beide rückwärts gegen die Garderobe fielen.

Lachend zog Katja ihr den Reißverschluss hoch. »Hör mal, kleine Elfe. Wegen Marleens Kindergeburtstag. Wäre es sehr schlimm, wenn du morgen nicht hingehen könntest? Du hast ja gehört, was ich zu deiner Erzieherin gesagt habe. Wir beide fahren weg.«

»Jajajaja!«, kreischte Zoe freudig los. »Ich will mit dir wegfahren! Ganz lange! Bis Ostern! Marleen kann ich ein anderes Mal besuchen, oder?«

Katja nickte. »Ich rufe gleich ihre Mutter an.«

Zu Fuß gingen sie die zehn Minuten bis zum Büroturm, in dem sich die Räume der Kuprion Consulting befanden. Sie hatte hier ihr Auto geparkt und fühlte sich in der Lage, wieder zu fahren.

Zoe umklammerte ihre Hand, als hätte sie ihre Mutter seit Monaten nicht mehr gesehen. Katja hoffte, niemandem aus der Firma zu begegnen. Aber um diese Zeit waren sämtliche Mitarbeiter garantiert hinter Schreibtischen und in Besprechungsräumen verschanzt.

Zu ihrer Überraschung saß Marcel von Liechtenfels, der Praktikant, auf dem kleinen Mäuerchen vor dem Bürogebäude. Er hielt sich an einem Becher Kaffee fest, und weder der immer noch plätschernde Regen noch die Windböen schienen ihm etwas auszumachen.

»Oh, äh, Frau Friedinger!«, stammelte er überrumpelt.

»Was tust du hier, Marcel?«

»Och, ich ...« Verlegen schaute er in den Kaffeebecher.

»Hast du es drinnen nicht mehr ausgehalten?«

»Könnte man so sagen. Diese Frau ist eine menschenfressende Pflanze. Die tobt schon den ganzen Nachmittag wie eine Furie. «

»Ich weiß«, sagte sie.

»Und ... wie geht es Ihnen, Frau Friedinger? Hat der Arzt Ihnen helfen können?«, fragte Marcel bemüht, um von sich selbst abzulenken.

»Ja. Danke, dass du mich zu dem Arzt gebracht hast, Marcel. Sie zögerte einen Moment, aber wahrscheinlich wusste es ohnehin inzwischen die ganze Abteilung. »Ich bin krankgeschrieben.«

»Mhm«, murmelte er. »Der Doc scheint nett zu sein. Meine Oma ist Stammkundin bei ihm, und er hat sie so gut behandelt, dass sie ihm sogar was zu Weihnachten schenken will.

Zoe zerrte ungeduldig an ihr. »Komm endlich, Mama.«

»Frohe Weihnachten, Marcel«, sagte Katja. »Es sind zwar noch vier Wochen bis dahin, aber wir werden uns vorher vielleicht nicht mehr sehen.«

»Frohe Weihnachten«, wünschte Marcel niedergeschlagen und sah ihr zu, wie sie Zoe in ihrem Kindersitz anschnallte und wegfuhr.

Katja schloss die Haustür auf. Ihre Wohnung lag im Zentrum Mannheims in einem schönen Jugendstilhaus. Ähnliche Häuser drängten sich dicht an dicht im ganzen Viertel. Sie und Zoe wohnten im Hochparterre.

Zoe warf ihre Kindergartentasche im Flur auf den Boden und rief: »Ich fange gleich an zu packen, Mama, ja? Wo fahren wir überhaupt hin? Nach Japan oder Madagaskar?«

Katja ließ sich auf die Couch fallen, ohne das Licht anzuschalten. Sie war ausgelaugt und müde.

»Mama, Mama«, rief Zoe aufgedreht und kam mit einem rosa Koffer und einem Bikini in der Hand um die Ecke. »Wenn wir nach Madagaskar fahren, nehme ich meinen Bikini mit!«

»Wir fahren nicht nach Madagaskar«, murmelte Katja mit geschlossenen Augen. »Wir fahren nur zu Oma und Uroma.«

»Ah ja, okay.« Zoe disponierte blitzschnell um. »Dann packe ich meine Taschenlampe ein und die Gummistiefel. Wann fahren wir? Gleich? «

Katja stöhnte. »Gib mir einen Moment zum Ausruhen.«

»Gut, dann in vier Minuten, Mama«, rief Zoe und hüpfte unter großem Gepolter in ihr Zimmer.

Katja saß lange Zeit regungslos in der Dunkelheit. Sie wollte eigentlich schon längst auf der Autobahn sein. Aber sie brachte nicht einmal die Kraft auf aufzustehen, geschweige denn eine Reisetasche zu packen. Zoe rumpelte im Nebenzimmer mit ihren Spielsachen.

Eigentlich hatte sie eine sehr schöne, gemütliche Wohnung, dachte sie. Alte Holzdielenböden und hohe Decken mit Stuckverzierungen. Ein Wohnzimmer mit Blick auf die Straße, ein kleines Kinderzimmer, ein Schlafzimmer mit winzigem Balkon, der nach hinten auf eine Reihe kleiner Gärten hinausging. Es wäre schön, im Sommer abends dort zu sitzen und den Nachbarn zuzusehen, die in ihre Gärten kamen, um zu gießen oder den Feierabend zu genießen.

Sie hatte noch kein einziges Mal auf dem Balkon gesessen.

»Mama, warum packst du nicht?«, rief Zoe ungeduldig und schleppte ihr riesiges Playmobil-Schloss an.

Im Flur sah Katja schon den rosa Koffer stehen. »Was willst du mit dem Schloss?«

Zoe riss ungläubig die Augen auf. »Aber Mama! Das muss mit zu Oma!«

»Schlag dir das aus dem Kopf«, sagte Katja erschöpft. »Dafür haben wir keinen Platz im Auto. Wir brauchen zwei Reisetaschen für die Kleider, dann haben wir deinen rosa Koffer, in den du bestimmt genug Spielzeug gepackt hast.«

Vor Entrüstung sprangen heiße Tränen aus Zoes Augen. »Aber Mama, das ist gemein! Ich habe nie Zeit, mit dem Schloss zu spielen, weil ich immer in der Kita bin!«

Katja gab sich geschlagen. Sie hatte keine Energie für Diskussionen. »Und wie sollen wir das Monstrum ins Auto bekommen?«

Zoe lächelte altklug, huschte hinaus und kam eine Sekunde später mit einer großen, blauen Plastiktasche zurück.

»Damit natürlich«, erklärte sie nachsichtig und zerrte das Schloss in die Tasche.

Mühsam erhob sich Katja von der Couch. Sie musste packen, es ließ sich nicht länger hinausschieben.

Ratlos stand sie kurz darauf vor ihrem Kleiderschrank und sah: dunkelblaue Stoffhosen, schwarze Stoffhosen, eine dunkle, businesstaugliche Jeans und weiße Blusen. Falls sich in den nächsten Tagen wieder ein Fünkchen Energie in ihr entzünden sollte, würde sie sich neue Klamotten kaufen. Sie schlüpfte in ihre dunkle Jeans, zog statt der zerknitterten Bluse eine andere an und warf kopflos einige Kleidungsstücke in die Reisetasche. Auch für Zoe packte sie eine Tasche und ihr wurde schmerzlich bewusst, dass es ihr noch immer nicht gelungen war, ihrer Tochter neue Winterpullover zu kaufen. Aus den alten war sie längst herausgewachsen.

Endlich waren sie auf der Autobahn. Sie kamen langsam voran, der Feierabendverkehr verstopfte die Straßen.

»McDonald's!«, schrie Zoe, die mit einem weißen Plüscheinhorn in den Armen auf dem Rücksitz saß, »Mama, ich habe Hunger!«

»Na so ein Zufall, dass du gerade jetzt Hunger kriegst, wo du das goldene M siehst«, lachte Katja. Sie ließ sich erweichen und ging mit Zoe Hamburger und Pommes frites essen, einfach weil sie das lange nicht mehr getan hatten. Als sie zum Auto zurückgingen, klammerte sich Zoe glücklich an sie.

Langsam näherten sie sich ihrer alten Heimat. Vor ihnen lagen die Hügel des Pfälzerwaldes, vom Nebel eingehüllt wie in dicke Wattebäusche. Immer, wenn Katja aus der Rheinebene kam, hatte sie das Gefühl, die tiefen Wälder würden sie freundlich und beschützend aufnehmen wie eine Höhle.

Sie fuhren durch Neustadt und folgten dann der Bundesstraße, die sie durch dichten Wald führte. Die Straße war eng und kurvig und glänzte vor Nässe. Als der Wald sich lichtete, kam das Ortsschild ihrer Heimatstadt in Sicht.

»Wo sind wir jetzt?«, fragte Katja, einem alten Ritual folgend.

»Lambrecht!«, kreischte Zoe.

Katja lachte. »Hör mal, kleine Elfe, ich freue mich ja, dass du dich freust, dass wir zu Oma und Uroma fahren, aber schrei doch nicht immer so! Du kannst dich auch leise freuen.«

»Das ist leider unmöglich«, sagte Zoe altklug.

Lambrecht wurde von der Hauptstraße, die in die anderen Talgemeinden führte, in zwei Teile getrennt. Man wohnte entweder links oder rechts der Hauptstraße. Die Häuser im Zentrum standen auf einer kleinen Tiefebene, jedoch schwang sich die kleine Stadt zu beiden Seiten die Hügel hinauf. Die meisten Einwohner wohnten am Hang, viele am Wald, der die Stadt von allen Seiten einschloss.

Katjas Familie wohnte rechts der Hauptstraße, und sie fuhr langsam die sich windende, immer enger werdende Straße hinauf.

»Wann sind wir da, sind wir endlich da?«, rief Zoe aufgeregt und zappelte auf ihrem Sitz. »Da ist es, da vorne ist Omas Haus!«

Das Haus der Friedinger-Frauen war wie so viele andere hier in den Hang hineingebaut. Das Erdgeschoss lag vorne ebenerdig zum hoch gelegenen Vorgarten, der hintere Teil im Erdreich war praktischerweise Keller.

Katja wurde ganz warm vor Freude. Endlich war sie zu Hause. Sie hoffte, dass alle da waren. Plötzlich wurde ihr bewusst, wie sehr sie ihre Familie in den letzten Wochen vermisst hatte.

Ihre Großmutter Apollonia Katharina Friedinger, geborene Walter, war das Oberhaupt der Familie, eine Art gütige Matriarchin. Sie war vor 89 Jahren in diesem Haus geboren und hatte ihr Leben lang darin gewohnt. Wie damals üblich, hatte sie früh geheiratet – den Architekten Klemens Friedinger aus dem Nachbardorf Frankeneck – und zwei Töchter bekommen, Gudrun und Evelyn. Nach fünfundzwanzig Ehejahren war ihr Ehemann bei einem Baustellenunglück ums Leben gekommen. Seitdem hatte sie sich allein durchgeschlagen, auf dem Katasteramt in Neustadt gearbeitet und sich um ihre beiden Töchter gekümmert.

Da Apollonia eine bemerkenswerte und interessante Frau war, hatte es ihr nie an Verehrern gemangelt, aber es gefiel ihr, unabhängig zu sein und tun und lassen zu können, was sie wollte. Auch jetzt, im hohen Alter, war sie noch immer eine aufrechte, attraktive Erscheinung. Das ehemals tizianrote Haar, das sie nicht wie viele ihrer Altersgenossinnen praktisch kurz geschnitten trug, sondern in einem schwingenden Bob, war inzwischen silbergrau. Und ihre Garderobe war so eigenwillig wie früher. Second-Hand-Kleider veredelte sie mit teuren, französischen Seidentüchern, und zu Röcken, die sie auf dem Flohmarkt gefunden hatte, trug sie mit Vorliebe eine elegante Tasche und spitze Pumps, die sie in Paris gekauft hatte.

Katja bewunderte ihre Großmutter für ihre Eigenwilligkeit und diesen einzigartigen Stil. Sie hatte Jahre mit dem Versuch verbracht, einen ebenso eigenen Stil zu kreieren, aber an ihr sah nichts besonders aus. In ursprünglich edlen Second-Hand-Klamotten sah sie nur altbacken aus, und die sündhaft teure Tasche, für die sie zwei Jahre gespart hatte, hatte inzwischen Flecken von Zoes Eisfingern.

Apollonia war das unbestrittene Vorbild aller Friedinger-Frauen – sie war stark und selbstbewusst und ließ sich von niemandem für dumm verkaufen.

Sie hatte einen Bruder, das einzige männliche Mitglied des Friedinger-Clans, auch wenn er mit Nachnamen Walter hieß. August war vier Jahre jünger als Apollonia. Vor Jahrzehnten hatte er eine Finnin geheiratet und lange Zeit in Finnland gelebt, von wo er Katja und ihrer Kusine immer viele bunte Postkarten geschickt hatte, die sie in einem geschnitzten Holzkästchen aufgewahrten. Als es mit der Finnin auseinanderging, war August zurück nach Lambrecht gekommen und zu der verwitweten Apollonia und ihren Töchtern gezogen. Seinen Lebensunterhalt hatte er mit dem Schreiben von Artikeln für die *Tal-Depesche* verdient, einer Zeitung für die sechs kleinen Gemeinden im Lambrechter Tal. Sie beinhaltete vor allem Artikel über lokale Feste, Zusammenfassungen der Stadtratssitzungen, Fotos von Ausflügen der Kindergärten und Schulen und Berichte über die Aktivitäten der Vereine.

Mit der Zeit war August immer eigenbrötlerischer geworden. Oft schlurfte er zwischen den Frauen umher und murmelte vor sich hin, wenn sie wieder leidenschaftlich diskutierten. Jede Woche las er jedes Wort der noch immer erscheinenden *Tal-Depesche* und grummelte, unzufrieden mit der Qualität der Berichte. Katja und ihre Kusine Isabelle hatten in ihrer Kindheit viel Spaß mit August gehabt. Im Dezember hatte er für sie den Nikolaus gespielt und einen Sack voller Geschenke mitgebracht, er war mit ihnen Schlitten gefahren und in den Wald gegangen. Im Sommer hatte er ihnen die Bäume und Pilze erklärt und im Garten Strickleitern zum Klettern aufgehängt. Er hatte ihnen Lampions gebaut, die sie in ihrer Höhle im Hang des Gartens aufstellen konnten, und sie, als sie älter wurden, ins Schwimmbad gefahren und abgeholt.

Es erfüllte Katja mit Traurigkeit, zu sehen, wie vor allem August älter wurde. Im Gegensatz zu seiner energiegeladenen Schwester ging er inzwischen gebeugt und kam nur noch mit Mühe die Treppen hoch bis unters Dach, wo er und Apollonia ihre Räume hatten.

Gudrun war die ältere Tochter Apollonias. Im Gegensatz zu ihrer Mutter und Schwester waren ihre Haare von einem helleren Rot und kräuselten sich in unzähligen Locken, die sie aber in einem festen Knoten bändigte. Gudrun war von strengerem Naturell. Nachdem sie nach einer kurzen, zweiwöchigen Beziehung im Urlaub an der bretonischen Küste schwanger geworden war, der Kindsvater aber keinerlei Interesse an einer wie auch immer gearteten Zukunft hatte, kam sie wieder zurück zu Apollonia nach Lambrecht und zog dort ihre Tochter Isabelle groß. Tante Gudrun war pflichtbewusst und ernsthaft in jeder Beziehung, manchmal zu sehr, wie Katja und ihre Mutter fanden, und hatte wenig Humor. Stets war sie wie aus dem Ei gepellt, gepflegt, adrett, makellos gekleidet. Sie arbeitete in Neustadt bei einer Versicherungsgesellschaft. Selbst als Isabelle noch ein kleines Kind war, hatte Gudrun es geschafft, alles bis ins Kleinste perfekt zu organisieren und für ihre Tochter einen ausgeklügelten Wochenplan mit Klavierstunden, Ballettunterricht und Reiten zu erstellen.

Apollonias jüngere Tochter Evelyn, genannt Eve, war das genaue Gegenteil von ihr. Ihre Haare waren von einem satten, dunklen Rot, glatt wie gebügelt, und während Gudrun groß und dünn, fast hager wirkte, war Eve klein und mit weiblichen Formen.

Auch charakterlich unterschieden sie sich stark. Eve, die in einer Rechtsanwaltskanzlei in Neustadt arbeitete, war oft zerstreut und nicht bei der Sache, weil sie gedanklich mit irgendetwas anderem beschäftigt war. Gudrun bemerkte manchmal spitz, es wundere sie, dass Eve noch nicht hochkant aus ihrer Arbeit geflogen war.

Von ihrer Erscheinung her war Eve auch eher unordentlich, oft passte der Pullover nicht zur Hose oder an der Jacke fehlte ein Knopf. Gelegentlich ließ sie ihren Schal in der Kanzlei hängen, statt ihn für den Heimweg anzuziehen, oder ihr fiel am Abend ein, dass sie morgens die Waschmaschine eingeschaltet und seitdem nicht ausgeräumt hatte.

Eve war einige wenige Jahre verheiratet gewesen und hatte in Neustadt gewohnt. Katja war ihre einzige Tochter. Nach der Scheidung zog sie wie ihre Schwester Gudrun zurück in das Elternhaus in Lambrecht. Katjas Vater war selten aufgetaucht, vor einigen Jahren war er gestorben. Im Gegensatz zu ihrer Schwester Gudrun organisierte sie keinen ausgeklügelten Stundenplan für ihre Tochter. Nach der Schule spielte Katja, las oder bastelte.

So waren Katja und ihre Kusine Isabelle, die drei Jahre älter war als sie, wie Schwestern im Haus ihrer Großmutter zusammen aufgewachsen. Jeder hatte seinen eigenen Bereich: Ganz oben unter dem Dach wohnten Apollonia und August, in der ersten Etage Gudrun und Isabelle, im Erdgeschoss Eve und Katja. Sie hatten eine herrliche, unbeschwerte Kindheit, wohlbehütet im Schoße der großen Familie. Isabelle, die wie ihre Mutter hellrote, krause Haare hatte, die in alle Himmelsrichtungen sprangen, war zwar etwas besserwisserisch und altklug, aber sie war wie eine große Schwester. Zusammen gingen sie in die Schule, und zusammen kehrten sie mittags heim. Ihre Mütter waren zwar noch bei der Arbeit, aber Großmutter Apollonia war zu diesem Zeitpunkt immer schon daheim, hatte ein warmes Essen gekocht und setzte sich mit ihren Enkelinnen an den großen Küchentisch, im Sommer an den verwitterten Gartentisch, um mit ihnen Hausaufgaben zu machen. Danach bauten die Kusinen – sofern Isabelle nicht zur Ballettstunde oder zum Klavierunterricht musste – in Großmutters Wohnzimmer unter dem Dach Höhlen aus vielen Decken oder spielten mit ihren Puppen. Im Sommer tobten sie in dem großen Garten herum, der sich über den Hang bis hoch an den Wald zog. Oft kletterten sie über den niedrigen Zaun und liefen den Waldweg entlang, um Brombeeren oder Walderdbeeren zu suchen.

Als sie noch kleiner waren, durften sie die Höhle im Garten

noch betreten. Durch eine Öffnung schlichen sie in die ausgehöhlte Kammer im Erdreich, die im Laufe der Zeit im Hang entstanden war. Sie schleppten Getränke, Kekse, Kissen, Kerzen und Spielsachen hinein – hier war ihr Refugium, ein Ort, der nur ihnen allein auf der Welt gehörte. Später bröckelte das Erdreich und es wurde zu gefährlich, die Höhle zu betreten. Apollonia passte hier auf wie ein Schießhund. Ohnehin wurden die Kusinen älter und hatten andere Interessen.

Im Laufe der Jahre hatten sich die Kusinen etwas voneinander entfernt, obwohl sie ein ähnliches Schicksal teilten. Mit Männern hatte keine von ihnen Glück gehabt, darin erging es ihnen genauso wie ihren Müttern. Beide hatten Erfahrungen gemacht, die Wunden hinterlassen, die sie geprägt haben. Sie sprachen aber kaum darüber. Isabelle erschien zuweilen etwas verbittert, wollte die Vergangenheit aber ruhen lassen. Katja dachte oft: Was wäre gewesen, wenn … Aber das war müßig. An einem Punkt in ihrem Leben waren sie allein gelassen worden. Wenigstens hatten sie beide wundervolle Töchter: Katja hatte Zoe, und Isabelle war Mutter der neunjährigen Ida-Marie.

»Mann, ist das schwer«, stöhnte Zoe, die ihren rosa Koffer mit den Spielsachen hinter sich her zog und im Arm ihr Einhorn hielt. In der Dunkelheit stiegen sie die vom Regen rutschigen Treppenstufen hoch bis zur Haustür. Alle Fenster des Hauses am Hang waren erleuchtet und schienen sie willkommen zu heißen. Katjas Herz pochte vor Aufregung.

»Darf ich klingeln?«, fragte Zoe, wartete aber die Antwort nicht ab, sondern klingelte Sturm.

Es dauerte lange, bis jemand an die Tür kam. Es war Eve, die ihnen öffnete. Katja erschrak bei ihrem Anblick. Ihre Mutter trug eine alte Strickjacke, deren Gürtel nachlässig gebunden war. Ihre Augen waren rot verweint und in ihrer Hand hielt sie ein zerknülltes Taschentuch.

»Du kommst gerade zur rechten Zeit«, flüsterte Eve mit erstickter Stimme. »Deine Großmutter ist vor einer Stunde gestorben.«

2

Verloren im rollenden Rad der Zeit

Katja verharrte benommen in der Haustür. Ihre Mutter schlang den Arm um sie, während Zoe laut zu schluchzen begann. »Uroma? Warum ist Uroma tot? Wo ist sie?«

Eve ließ Katja los und nahm ihre Enkelin auf den Arm. »Uroma ist tot, kleine Elfe. Sie liegt in ihrem Schlafzimmer.«

Eine heftige Schwindelwelle überrollte Katja, so stark wie am Mittag. Unsicher hielt sie sich an einer Kommode fest.

»Kommt erst mal rein«, sagte Evelyn und schnäuzte sich in ihr Taschentuch. »Wir sind alle oben.«

Die Taschen ließen sie stehen, wo sie waren, und stiegen die steilen Treppen hoch bis zur Dachwohnung. Katja schnürte es die Kehle zu, während ihre Tochter hemmungslos weinte und sich an ihre Oma schmiegte.

Apollonias Reich war hell erleuchtet. Die Räume mit den Dachschrägen lagen im warmen Licht der altmodischen Lampen und der Kerzen, die auf Tischen und Kommoden standen. Hier hatte Katja ihr halbes Leben verbracht. Bereits als Kind liebte sie die dicken Teppiche, die ihre Schritte schluckten, die schweren Schränke und Stühle aus dunklem Holz, die Aquarelle an den Wänden, die wurmstichige, mit Ölfarben bemalte Truhe, in der Apollonia ihre Bücher und Halstücher gehortet hatte.

»Pscht«, murmelte Eve unbeholfen und strich Zoe tröstend über die wirren, roten Haare.

»Uroma …«, stieß die Kleine schluchzend hervor, dann wimmerte sie leise.

Es war still in dem kleinen Wohnzimmer. Tante Gudrun und ihre Kusine Isabelle saßen mit rotgeränderten Augen und feuchtgeweinten Taschentüchern in den Händen auf Apollonias geblümten Samtsofa, während die neunjährige Ida-Marie sichtlich mitgenommen auf dem Teppich zwischen ihren Knien kauerte. Zoe kniete sich sogleich neben sie, und zusammen weinten sie leise vor sich hin.

Katja umarmte ihre Tante und ihre Kusine.

»Gut, dass du da bist«, sagte Gudrun bemüht gefasst.

»Wie ist es passiert?«, flüsterte Katja und ließ sich auf einen der schweren Stühle fallen.

»Es ging ihr den ganzen Tag schon nicht gut«, berichtete Isabelle. »Vor gut einer Stunde ist sie zusammengebrochen mit Schmerzen und Atemnot. Wir haben sofort den Notarzt verständigt ...« Sie schluchzte leise auf.

»Es war ein Herzinfarkt«, stellte Gudrun fest. »Es dauerte nicht lange, bis der Rettungswagen kam, aber man konnte ihr nicht mehr helfen.«

»Wenigstens musste sie nicht lange leiden und starb in ihrem eigenen Bett«, murmelte Evelyn und lief im Zimmer auf und ab.

»Wie bist du so schnell hergekommen?«, fragte Isabelle. »Ich kam erst vor zehn Minuten dazu, dir eine Nachricht aufs Handy zu sprechen.«

»Ach«, murmelte Katja. »Ich war auf dem Weg hierher. Ich erzähle euch später, warum.«

»Mama ist krank und wir machen Ferien hier, vielleicht fahren wir auch noch nach Madagaskar«, trompetete Zoe. »Auf jeden Fall muss ich nicht mehr in die Kita und kann jetzt jeden Tag was Vernünftiges machen.«

Alle starrten sie an. Katja wurde rot. »Ich erklär euch alles später. Es ist nichts Dramatisches.«

»Na, da bin ich aber mal gespannt«, sagte Gudrun in ihrer üblichen Überheblichkeit, sank aber sogleich wieder in sich zusammen.

»Möchte jemand Tee?«, beeilte sich Eve zu fragen.

Schweigend saßen sie beisammen: Die Kerzen flackerten und vor dem Dachfenster begann der zunehmende Mond, am Winterhimmel blass zu leuchten. Katja fröstelte. Selten hatte sie sich unter Menschen so allein gefühlt. Apollonia war für immer gegangen. Katjas Welt war aus dem Gleichgewicht geraten, hing schief in ihren Angeln. Nichts war gut, und sie hatte das brennende Gefühl, als würde nie wieder etwas gut oder unbeschwert sein.

Eve schlich umher und fragte zum wiederholten Mal, ob jemand Tee wolle. Niemand antwortete, sodass sie einfach in Omas Küche ging, Wasser in den Wasserkocher goss und mit Bechern klapperte. Zoe und Ida-Marie stahlen sich zu ihr, als müssten sie es heimlich tun.

»Was geschieht jetzt?«, fragte Katja.

»Wir warten auf den Bestatter«, sagte Isabelle. »Er müsste bald da sein und Oma mitnehmen.«

Katja schreckte plötzlich hoch. »Wo ist August? Um Himmels Willen, ich habe gar nicht gemerkt, dass er fehlt.«

»Er ist bei Apollonia«, sagte Gudrun. »Er hält Totenwache. Das haben wir die letzte Stunde abwechselnd gemacht. Geh nur zu ihm.«

Katja wurde heiß und kalt. Sie fürchtete sich davor, ihre tote Großmutter zu sehen, und sie fürchtete den Anblick ihres Onkels. Sie konnte sich gut vorstellen, dass ihn Apollonias Tod am meisten erschütterte. Sie war seine große Schwester, er hatte fünfundachtzig Jahre mit ihr verbracht. Auch der Gedanke, vom Stuhl aufzustehen, machte ihr Angst. Wieder drehte sich alles vor ihren Augen und sie zitterte heftig.

»Was ist los?«, fragte Isabelle, die sie argwöhnisch beobachtete.

»Nichts«, sagte Katja und stand abrupt auf. Sie schaffte es aus dem Zimmer, den schmalen Flur entlang zu Omas Schlafzimmer. Die Tür war nur angelehnt. Drinnen brannten viele Kerzen – auf dem Fensterbrett, auf dem Nachtschränkchen, auf der Kommode.

Bei Augusts Anblick zerriss es ihr das Herz. Zusammengesunken saß er auf der Bettkante und hielt die Hand seiner toten Schwester. Sein Brustkorb hob und senkte sich langsam, und beim Nähertreten sah sie, dass ihm stille Tränen über die Wangen liefen.

»Onkel August«, flüsterte sie. Und jetzt konnte auch sie zum ersten Mal weinen. Er hörte sie nicht. »Onkel August.«

Er reagierte nicht. Sie setzte sich neben ihn aufs Bett und schlang ihren Arm um ihn. Fast unmerklich wandte er sich ihr für einen Augenblick zu. Schweigend saßen sie am Totenbett und weinten. Apollonia lag auf der dicken Daunendecke. Die Augen waren geschlossen, als ob sie nur schliefe, und das glänzende silbrige Haar lag aufgefächert auf dem Kopfkissen.

Später kam das Bestattungsunternehmen, kümmerte sich diskret um die Tote und brachte sie weg. Während Eve hilflos umherwanderte und Tee verschüttete, führte Gudrun Onkel August ins Wohnzimmer, wo sie alle zusammensaßen, gefangen in ihrer Trauer wie in einem Kokon.

»Morgen kommt der Bestatter«, sagte Gudrun. »Er bespricht mit uns alle weiteren Schritte, die Formalitäten, die nun nötig sind, und die Beerdigung.«

»Dürfen wir mit auf die Beerdigung?«, fragte Ida-Marie zögerlich.

»Natürlich«, antwortete Katja, »Apollonia war eure Urgroßmutter, natürlich dürft ihr mit.«

Isabelle schoss einen giftigen Blick wie einen Pfeil auf sie ab. »Du hältst dich besser mal zurück, liebe Kusine. Noch habe ich nicht entschieden, ob die Kinder mitdürfen. Zumindest mein Kind. Womöglich wäre es nicht gut für sie.«

»Darf ich mit?«, rief Zoe laut, während Ida-Marie sich nach der Ansage ihrer Mutter sofort wieder in die Ecke neben das Sofa kauerte.

Isabelle starrte Katja mit hochgezogenen Augenbrauen an. Katja erwiderte den Blick mit einem Hauch von Ärger. »Da reden wir morgen drüber, Schatz.«

Zoe zog einen Flunsch, was ihr missbilligende Blicke von Gudrun und Isabelle einbrachte.

»Sie hatte noch so viel vor«, brachte August plötzlich heiser hervor. »Sie hatte noch so viele Ideen.«

Betreten schwiegen alle.

»Was denn?«, fragte Zoe, aber Gudrun brachte sie mit einem »Pscht« schnell zum Verstummen.

Eve zerknüllte ihr Taschentuch. »Ich frage mich nur … Mutter war doch nicht krank. Also wenigstens bis heute nicht. Wieso passierte das so plötzlich?«

August senkte den Blick.

Gudrun, der nichts entging, sagte in scharfem Ton: »August?«

»War Oma krank? Wusstest du davon?«, fragte Isabelle.

Ihr Onkel seufzte. »Ja, Apollonia war herzkrank. Sie wusste es schon eine ganze Weile.«

Einige Minuten verstrichen, in denen niemand etwas sagte. Sie mussten die Nachricht erst einmal verdauen.

»Warum hat sie uns nichts gesagt?«, fragte Eve dann verzweifelt.

Gudrun fiel ihr barsch ins Wort: »Warum hast du uns nichts gesagt, August? Wir wissen doch, wie starrsinnig Mutter war.«

»Das war nicht sehr nett von dir, Onkel August«, sagte Isabelle.

»Meine Güte!«, brach es aus August heraus. »Hört euch doch einmal selbst zu! Dann wisst ihr, wieso sie euch nichts gesagt hat. Sie wollte dieses ganze Theater vermeiden, das ihr angestellt hättet.«

Alle schwiegen betroffen. Katjas Smartphone piepste.

»Kannst du das Ding nicht abstellen?«, sagte Gudrun verärgert. »Es fiept jetzt zum gefühlt tausendsten Mal. Das gehört sich heute Abend wirklich nicht. Was kriegst du ständig für wichtige Nachrichten?«

»Nur E-Mails von der Firma.« Katja fummelte hektisch an ihrem Handy herum, um den Ton abzustellen.

»Bist du immer noch so abhängig von diesem nervigen Teil?«, fragte Isabelle. »Das ist ja wie eine Sucht. Wir sollten die Mädchen jetzt ins Bett bringen. Meinst du nicht auch? Es ist zehn Uhr. Sie sollten schon lange im Bett sein.«

Ida-Marie stand sofort auf, nur Zoe klammerte sich weinend um Katjas Taille. »Bitte noch nicht, Mama, ich habe Angst, ins Bett zu gehen, es ist so dunkel.«

»Ich bin ja bei dir«, tröstete Katja sie und nahm sie auf den Arm. »Sag Gute Nacht zu Oma, Tante Gudrun und Onkel August.«

»Nacht«, murmelte Zoe, ohne die drei anzusehen. Sie schmiegte ihr Gesicht an Katjas Schulter.

Zusammen mit Isabelle und Ida-Marie gingen sie die enge Treppe hinunter. In der ersten Etage blieben sie im Halbdunkel stehen – keine wusste, was sie sagen sollte. Als Kinder waren sie sich sehr nah gewesen, aber das war lange her.

»August hat recht«, murmelte Isabelle. »Sie hatte noch so viel vor.«

»Ja, aber was denn?«, fragte Katja gedämpft.

»Ich weiß es nicht.« Isabelle drückte Ida-Marie an sich, die gebannt zuhörte. »Sie war so geheimniskrämerisch. Das wurde in den letzten Jahren immer mehr. Es war ständig so, als würde sie etwas aushecken.«

»Seltsam«, flüsterte Katja. »Den Eindruck hatte ich eigentlich nicht. Aber ich war ja auch in den letzten Jahren nicht so oft hier.« Wieder kämpfte sie mit den Tränen. »Ich fühle mich schlecht. Aber ich war so fertig und erschöpft, dass ich es an vielen Wochenenden einfach nicht von der Couch heruntergeschafft habe.«

»Ach so«, sagte Isabelle und ihre Augen weiteten sich. »Das ist es also.«

Katja nickte. Eigentlich erwartete sie eine herablassende Bemerkung, doch ihre Kusine sagte überraschenderweise: »Es ist gut, dass du hier bist. In der Familie ist man immer noch am besten aufgehoben.«

Katja steckte Zoe in ihren hellblauen Frotteeschlafanzug, überwachte das Zähneputzen und legte sie schließlich ins Bett ihres alten Kinderzimmers. Auf der Kommode saßen noch ein paar alte Puppen und Stofftiere von ihr, mit denen Zoe immer spielte, wenn sie hier zu Besuch waren.

»Machst du den Laden runter, Mama?«, flüsterte Zoe und zog sich die schwere Daunendecke bis zur Nasenspitze. »Der Mond schaut so unheimlich herein und ich will den Sturm nicht hören.«

Katja ließ den Rollladen herunter, setzte sich auf die Bettkante und umschlang Zoe müde und traurig. »Schlaf gut, kleine Elfe.«

»Bleib bei mir, Mama, ich habe Angst.«

»Nun gut, aber nur ein bisschen.« Katja kroch zu ihr unter die Decke. Tränen der Verzweiflung quollen ihr lautlos aus den Augen und versickerten in Zoes Haaren.

Bald schlief ihre Tochter fest, und Katja starrte mit offenen Augen in die undurchdringliche Dunkelheit. Es war alles so trostlos, so hoffnungslos. Alles erschien ohne Sinn.

Sie lag so zwei Stunden bei Zoe, unfähig aufzustehen, ihre zerknitterten Kleider aus- und ein Nachthemd anzuziehen und sich die Zähne zu putzen. Ihr fehlte einfach die Kraft.

Schließlich schaffte sie es. Im Flur brannte ein schwaches Nachtlämpchen, und als sie aus dem Bad kam, sah sie, dass in der Küche ihrer Mutter noch Licht war. Zögernd betrat sie den Raum. Evelyn kauerte am Küchentisch, vor sich einen leeren Teebecher, den Kopf mit den zerwühlten dunkelroten Haaren auf die Hände gestützt.

»Mama.«

»Katja, mein Liebes.«

»Wie geht es dir?«

»Auch nicht anders als dir, würde ich sagen«, seufzte Eve und zog einen Stuhl zurück, damit Katja sich setzen konnte. »Setz dich zu mir.«

»Ich hatte mich so gefreut, Oma zu sehen, und euch alle natürlich, aber … nun ist sie nicht mehr da. Ich war zu spät«, sagte Katja und schlang fröstelnd beide Arme um sich.

»Mach dir keine Vorwürfe. Sie hat es ja geheim gehalten, dass sie krank war. Außerdem ... Zoe hat gesagt, dass du auch krank bist. Und so wie du aussiehst, geht das schon länger so, oder nicht? Wahrscheinlich konntest du gar nicht kommen?«

Katja nickte und tupfte sich die Augen ab. Sie erzählte ihrer Mutter aufgewühlt von den letzten schlimmen Wochen, ihrer Erschöpfung, ihrem Zusammenbruch.

Eve drückte ihr die Hand. »Das ist alles sehr schlimm. Für mich ist es furchtbar, dass wir nicht näher beisammen wohnen und ich dir in Mannheim nicht helfen kann. Wenn du hier wohnen würdest, könnte ich mich jeden Tag ein paar Stunden um Zoe kümmern, damit sie nicht von morgens bis abends in der Kindertagesstätte sein muss. Und ihre Großtante wäre auch da, und Isabelle, und sie hätte Ida-Marie als Spielkameradin.«

»Hör auf, Mama. Das bringt doch jetzt nichts. Es ist eben nicht so. Aber ich würde mich freuen, wenn ich hier bei euch bleiben kann, auch wenn der Zeitpunkt jetzt so ... tragisch ist.«

»Natürlich. Ich bin so froh, dass ihr zwei hier seid. Hier ist euer Platz. Ich werde dich unterstützen, wo ich nur kann, damit es dir wieder besser geht. Wir werden uns alle miteinander um Zoe kümmern. Wir alle wissen, wie es ist, alleinerziehend zu sein. Ich habe dir übrigens das Bett im Gästezimmer überzogen.«

»Danke, Mama.« Katja stand auf und umarmte ihre Mutter. »Ich werde versuchen zu schlafen. Du solltest jetzt auch ins Bett gehen.«

»Ja, die nächsten Tage werden hart.« Eve zog ihr zerknülltes Taschentuch hervor und wischte sich die Tränen ab, die wieder zu fließen begannen.

Schlaflos wälzte Katja sich umher. Sie war so nervös und aufgewühlt, dass sie sich fast selbst nicht ertrug. Sie konnte nicht liegenbleiben, sie musste raus aus dem Bett. Taumelnd hielt sie sich am Fensterbrett fest, schaute hinaus in den bleichen Mond, der von vorbeijagenden Wolken verhangen wurde wie von schwarzen Tüchern, und musste wieder weinen, da sie das an Großmutters Tod erinnerte.

Sie ging auf und ab, doch das Gästezimmer war zu klein. Sie wollte aber nicht durchs Haus wandern, um niemanden aufzuwecken. Schließlich kramte sie ihren Laptop aus ihrer Reisetasche, legte eine *Blue-Bloods*-DVD ein und schaute sich eine Folge an. Aber auch das machte sie nicht ruhiger.

Wie hatte Apollonia sich gefühlt in den letzten Wochen, als sie bereits wusste, dass sie schwer krank war? Ihre Großmutter war eine starke Frau gewesen und es war typisch für sie, dass sie sich nur ihrem Bruder anvertraut hatte, um ihre Töchter und Enkelinnen nicht zu beunruhigen.

Katja flüchtete hinüber ins Kinderzimmer, wo sie zu Zoe ins warme Bett kroch. Ihre Tochter drehte sich im Schlaf zu ihr herum und schlang den Arm um sie. Sie selbst lag wach bis in die frühen Morgenstunden.

Vor der Beerdigung war noch viel zu tun. Sie versammelten sich in Gudruns Küche. Der Kaplan, der aus Panama stammte und nur bruchstückhaft deutsch konnte, wollte mit ihnen ein Vorbereitungsgespräch führen für seine Trauerrede.

Gudrun hatte Kaffee gekocht und Kekse hingestellt, und sowohl sie als auch ihre Tochter saßen mit Block und Kugelschreiber auf der Eckbank, um sich Notizen zu machen. Eve drehte ihr Taschentuch nervös zu einer Wurst und stand noch zweimal auf, einmal um Zucker, einmal um Süßstoff zu holen, den keiner wollte. Katja saß neben Onkel August, der vor sich hinstarrte und Kekskrümel auf der *Tal-Depesche* verteilte. Zoe und Ida-Marie knieten in der Ecke und spielten mit Lego, ungewöhnlich leise und flüsternd.

»Wie war Ihre Mutter … Großmutter?«, fragte der Kaplan. »Apoll … Apollo …«

»Apollonia«, ergänzte Gudrun. »Sie war eine wunderbare Frau. Ein starker, einfühlsamer, willensstarker Charakter.«

»Alle mochten sie«, fügte Isabelle hinzu.

»Gut, gut, ich schreibe mit«, beeilte sich der Panamaer zu

sagen. »Ja, okay, habe es. Apoll … Apollo … Sorry, äh …«

Gudrun warf Isabelle einen schneidenden Blick zu, der wohl sagen sollte: Hoffentlich sagt er in der Kirche nicht auch Apollo. Der Kaplan bemerkte den Blick und errötete. Katja sah betreten aus dem Fenster.

»Noch einen Keks?« Hastig schob Eve ihm den Teller hin und zwang ihm geradezu noch Kekse auf.

»Danke. Was kann man über Apoll … Apollo … äh … noch sagen? Was hatte sie für Hobbies, was tat sie gerne?«

»Nun, sie …«, begann Gudrun, brach aber sogleich wieder ab. »Ja, was tat sie eigentlich gerne? Sie kümmerte sich hingebungsvoll um die Familie, sie liebte den Wald …«

»Langsam, bitte, langsam, ich schreibe mit.«

Isabelle seufzte. »Ja, aber sonst? Ich sage euch ja, Oma hatte irgendein Geheimnis. Sie verreiste oft für einige Tage, sagte uns aber nie wirklich, wohin oder was sie da tat. Und sie bekam oft Pakete. Was da wohl drin war?«

»Okay, ich schreibe: Apoll … Apollo … äh, verreiste gern.«

August brummelte etwas Unverständliches.

»Wusstest du, wohin Oma verreiste?«, wandte sich Katja an ihn.

Gudrun würgte sie schnell ab. »Das ist wohl kaum relevant für die Trauerrede. Möchten Sie noch gerne etwas wissen, Herr Kaplan?«

»Wenn Ihnen noch etwas einfällt? Ich möchte eine schöne Rede schreiben über …«

Isabelle schnitt ihm rigoros das Wort ab. »Schreiben Sie: Apollonia Friedinger war bunt, ungewöhnlich, offen, herzlich, fantasievoll, eine schöne, geistreiche Frau bis ins Alter.«

Eve und Katja begannen zu weinen, sodass Gudrun und Isabelle ihnen sogleich Taschentücher über den Tisch schoben und ihnen die Hände tätschelten.

»Gut, dann verabschiede ich mich. Bis übermorgen, liebe Familie Fried … Frieding. «

»Ich bringe Sie zur Tür.« Eve stand so heftig auf, dass der Stuhl umkippte. Mit zitternden Händen stellte sie ihn wieder auf und führte den Panamaer die Treppe hinunter.

»Mein Gott«, zeterte Gudrun sofort los. »Wenn er bei der Beerdigung auch Apollo sagt, krieg ich die Motten!«

»Ich stecke ihm kurz vor der Zeremonie einen Zettel zu, auf dem ich den Namen korrekt notiere.«

»Gute Idee, Isabelle.«

August wanderte schwerfällig in der Küche herum und grummelte vor sich hin.

»Hast du eigentlich was zum Anziehen für die Beerdigung, August?«, fragte Gudrun. »Oder müssen wir noch in die Stadt fahren und dir was Anständiges kaufen?«

»Willst mir einen Smoking kaufen?«, brummte August.

»Ach, lass doch August in Frieden«, sagte Katja. »Er wird schon nicht kunterbunt zur Beerdigung gehen. Er hat doch sowieso nur graue und braune Sachen. Aber eigentlich hätte Oma sich gefreut, wenn wir alle in bunten Kleidern kommen würden.«

»Darf ich meinen pinknen Prinzessinnenrock anziehen?«, rief Zoe aus der Ecke.

»Auf eine Beerdigung geht man doch nicht in pink!«, sagte Ida-Marie entrüstet.

»Katja, das … das wirst du jetzt aber nicht zulassen.« Isabelle und Ida-Marie sahen sie streng an.

»Wenn du das tust, bleibt das Kind aber zu Hause«, donnerte Gudrun.

»Schon gut. Schatz, du ziehst deinen pinknen Pullover an und die dunkelblaue Jacke drüber. Alle zufrieden?«

Eine schwache Wintersonne lag am Tag der Beerdigung über dem Friedhof und den angrenzenden dichten Wäldern. Zoe klammerte sich fest an Katjas Hand. Viele Menschen waren gekommen, um Apollonia die letzte Ehre zu erweisen. Sie war in Lambrecht sehr beliebt gewesen.

Nach dem Begräbnis kehrten sie wieder heim in ihr Haus, wo Kaffee und Gebäck für die engsten Bekannten gereicht wurde. Gudrun hatte selbst gebacken und servierte ruhig und gelassen, unterstützt von Isabelle, während Eve völlig neben sich stand und kopflos hin und her huschte. August saß völlig erschöpft in seinem alten Ohrensessel.

Als am Abend alle gegangen waren, Gudrun und Eve Onkel August ins Bett gebracht und ihm vom Arzt verschriebene Beruhigungstabletten gegeben hatten, saßen Katja und Isabelle noch zusammen im Wohnzimmer der ersten Etage. Im Gegensatz zu ihrer Kusine hatte Isabelle noch die Energie gefunden, den beiden Kindern vor dem Einschlafen eine Gute-Nacht-Geschichte vorzulesen. Katja hing auf dem Sofa wie ein flügellahmer Schmetterling.

»Hier, trink noch einen Tee«, forderte Isabelle sie auf und goss ihr aus einer zierlichen Porzellankanne nach. »Jetzt ist alles vorbei, jetzt sind wir allein mit unserer Trauer. Ich hoffe, August wird wieder.«

Katja nahm einen Schluck Tee. »Mhm.«

»Wir könnten in den nächsten Tagen auch mal Omas Sachen durchgehen.«

»Meinst du? Jetzt schon? Wird August es verkraften, wenn wir alles entrümpeln bei ihm da oben?«

»Nun, wir müssen ja nicht alles wegschmeißen. Ich dachte auch eher daran, einfach mal alle ihre Sachen durchzugehen. Ein paar Erinnerungsstücke unter uns verteilen.«

»Soviel ich weiß, hatte Oma kein Testament, oder?«

»Nein. Das Haus hat sie vor Jahren unseren Müttern überschrieben, und es ändert sich ja sowieso nichts an der Wohnsituation. Außer einem bisschen Schmuck hat sie wahrscheinlich auch nichts zu vererben. Ihre komischen Second-Hand-Flatterklamotten will eh niemand von uns haben. Oder möchtest du demnächst damit ins Büro gehen?«

Allein bei dem Wort Büro wurde Katja flau im Magen, doch sie zwang sich zu einem Lächeln.

»Über Omas Dachwohnung ist noch ein winziges Kämmerchen, in das man über eine kleine Leiter kommt. Es ist so niedrig, dass man nicht darin stehen kann. Ida-Marie und Zoe könnten es noch, wir nicht. Ich würde gerne morgen mal hoch und gucken, was Oma da alles angehäuft hat.«

»Ja, ich erinnere mich an die kleine Kammer. Und du meinst, sie hat da wirklich was verstaut?«

»Sehen wir es uns morgen mal an. Ich bin gespannt wie ein Regenschirm, was wir alles finden.«

Das Smartphone piepste, und Katja sah aus Gewohnheit nach. Sofort spürte sie, wie Panik sie überflutete. Wieder war eine E-Mail von Kuprion Consulting angekommen.

»Mein Gott, wie kannst du so leben?« Isabelle schüttelte fassungslos den Kopf.

»Kann ich ja nicht«, erwiderte Katja betreten.

Am nächsten Nachmittag drängte Isabelle darauf, dass sie sich in der Dachkammer mal umsehen sollten.

»Jaja, geht nur«, winkte Gudrun ab, die mit August vor einer Kanne Tee am Küchentisch saß und Apollonias Ordner und Papiere durchging. »Wir schauen uns hier mal die ganzen Unterlagen an, nicht wahr, August.«

August schreckte hoch und raschelte mit der *Tal-Depesche*. »Unglaublich schlecht geschrieben, dieses Schundblatt. Wen interessieren schon die Häkelarbeiten der Damen im Altenheim? Hast du noch Kekse, Gudrun? Die mit Schokosplittern, diese öden, ohne alles, mag ich nicht.«

Eve nahm Zoe und Ida-Marie mit in den Keller, um die Kisten mit der Weihnachtsdekoration hervorzukramen. Übermorgen war der erste Advent, und sie hatte den Mädchen versprochen, das Haus zu schmücken, um sie etwas aufzuheitern. Zoe war zwar sehr traurig über den Tod ihrer Urgroßmutter, doch bemerkte Katja durch den Schleier ihrer eigenen Trauer ganz feine, leise Veränderungen. Sie war ausgeglichen und freute sich, in der Geborgenheit der Familie einfach spielen und den Tag vertrödeln zu können.

»Haben wir Sterne und Lichterketten?«, fragte Zoe. »Leuchtende Sterne, meine ich, nicht nur normale Sterne. Und blinkende Schläuche, die wir im Garten zwischen die Äste hängen könnten?«

»Blinkende Schläuche. Man merkt, dass das Kind in der Großstadt aufwächst«, murmelte August.

»Wir gucken, was wir haben.« Eve dirigierte die beiden die Kellertreppe hinunter.

»So, jetzt haben wir freie Bahn. Komm, Katja.« Isabelle zog ihre Kusine am Ellenbogen. Sie hatte sich passend zu ihrem Vorhaben eine alte Jeans und ein kariertes Flanellhemd angezogen und ihre hellroten, krausen Haare zu einem unordentlichen Chignon aufgesteckt. Über der Schulter trug sie eine von Ida-Marie bemalte Stofftasche.

In Apollonias Dachwohnung öffnete sie mit einem langen Stab eine Luke in der Decke und klappte eine kleine Leiter herunter.

»Das sieht ziemlich wacklig aus«, meinte Katja.

»Komm schon, die hält uns sicher aus.« Isabelle kletterte die schmalen Stufen hinauf, und Katja blieb nichts anderes übrig, als ihr mit eingezogenem Kopf zu folgen.

Oben musste sie sofort heftig niesen. Wolken von Staub schwebten in der Luft und dichte Spinnweben hingen in den Ecken des kleinen Dachbodens. Durch die schräge Dachluke fiel fahles Tageslicht, und dicke Regentropfen zerplatzten auf der schmutzigen Glasscheibe wie Knallerbsen. Unter den Dachschrägen stapelten sich unzählige Kisten und Umzugskartons.

»Ganz schön viele Kisten«, sagte Isabelle. »Was da wohl drin ist?« Sie kniete sich auf den staubigen Boden und begann, die erste Schachtel zu öffnen.

»Es ist ziemlich finster hier«, murmelte Katja.

»Ich bin für alles bestens ausgerüstet. Du kennst mich doch.« Sie zog aus der Stofftasche zwei Stabtaschenlampen, eine monströse Schere und eine große Kerze, die sie in die Mitte der Kammer stellte und mit einem Feuerzeug anzündete.

Katja lachte. »Du hast dich in den letzten fünfunddreißig Jahren nicht geändert. Wenn wir früher unsere geheimen

Picknicks im Wald gemacht haben, hast du auch alles Mögliche mitgenommen. «

»Kuchen, Getränke, Taschenmesser, Haargummis, Lupen.« Isabelle stimmte in ihr Lachen ein, und für einen Moment spürte Katja einen fernen Nachgeschmack der Leichtigkeit und Sorglosigkeit, die damals ihr Leben erfüllt hatte.

»Steh nicht im Weg rum und halt die Taschenlampe so, dass ich was sehe«, sagte Isabelle. »Was steht da auf der Kiste? *Die ersten Stücke*. Was hat sie damit gemeint? Gott, bin ich gespannt.« Sie zerrte an dem alten Karton und schlitzte ihn mit der riesigen Schere auf. »Komm doch mal näher mit dem Licht, Mensch.«

Katja kniete sich widerwillig mit ihrer dunklen Jeans auf den schmutzstarrenden Boden und beugte sich mit ihrer Kusine über den Inhalt der Kiste. Behutsam nahmen sie Stück für Stück heraus. Es handelte sich um sorgfältig in Küchenpapier eingerollte Gegenstände. Während die Regentropfen heftiger auf die Dachluke platschten und sie unten im Garten Eves Stimme hörten, die die Kinder ins Haus rief, entblätterte Katja einen kleinen Engel.

»Aber Oma, wir müssen doch noch die letzten Lichter in die Bäume hängen!«, schrie Zoe.

Ida-Marie schrie zurück: »Es gießt wie aus Kannen!«

»Unsere Töchter«, murmelte Isabelle. »Was hast du da?«

»Ein Engel ... Schau, was für ein unglaubliches Stück. Hast du so was schon mal gesehen?«

»Mhm.« Isabelle nahm ihr den Engel behutsam ab. Er befand sich in einem winzigen Fläschchen mit Korkverschluss und war ganz aus kleinsten, weiß schimmernden Perlen gefertigt. Die Flügel, goldene Perlen, mit Draht verbunden, spreizten sich vom zarten Engelskörper ab, der nach unten in einem weiten Gewand auslief. Der Boden des Fläschchens war mit millimetergroßen, weiß und silbern glitzernden Sternchen bedeckt. Isabelle schüttelte das Gefäß vorsichtig. Der Engel, der mit einem winzigen Haken im Korkdeckel befestigt war, schwang leicht hin und her. »Zauberhaft.«

»Ja. Wunderschön. Ein kleines Kunstwerk«, stimmte Katja zu. »Ich erinnere mich an diesen Engel. Oma hatte ihn von einer Reise mitgebracht. Das muss in dem Jahr gewesen sein, als …«

»Als Andreas Ida-Marie und mich verlassen hat«, sagte Isabelle und legte so viel Verachtung in den Namen, wie ihr nur möglich war. Andreas war der Vater von Ida-Marie.

»Denkst du noch manchmal an ihn?«

Isabelle schüttelte ein wenig zu energisch den Kopf. »Nein. Er war ein Idiot. Ein bindungsunfähiger Idiot. Ich frage mich, wie viele neue Lebensabschnittsgefährtinnen er hatte, seit er mich und unser Kind in Stich gelassen hat.«

Behutsam packte Katja den kleinen Perlenengel wieder in das Küchenpapier. Bei ihr war die Erinnerung an Andreas bereits ein wenig verblasst. Sie hatte ihn auch nicht oft gesehen. Isabelle hatte in Mainz studiert, dort viele Jahre als Übersetzerin gearbeitet und lange mit Andreas zusammengelebt. Vor neun Jahren kam dann Ida-Marie zur Welt. Von da an ging es mit der Beziehung bergab. Als Ida-Marie eineinhalb Jahre alt war, hatte er die kleine Familie verlassen.

Isabelle kehrte damals wie ein geprügelter Hund mit Ida-Marie heim nach Lambrecht und kroch im Haus ihrer Großmutter unter, wo sie sich nun mit ihrer Mutter Gudrun die erste Etage teilte. Sie konnte als Übersetzerin zu Hause arbeiten und sich ihre Zeit selbst einteilen. So schaffte sie es mühelos, Ida-Marie von der Schule abzuholen, beim Bastelvormittag zu helfen oder nachmittags mit ihr Hausaufgaben zu machen. Katja beneidete sie dafür.

»Es war das erste Weihnachten ohne ihn. Apollonia kam mit diesem Perlenengel aus dem Urlaub zurück – wo immer sie auch war – und kurz darauf standen unzählige dieser Engel überall herum. Es wimmelte davon im ganzen Haus.«

Katja lächelte. »Ja, in diesem Jahr waren diese Perlenengel groß angesagt bei uns.«

»Ich habe sie gehasst. Ich habe Andreas gehasst. Ich wollte von Weihnachten eigentlich gar nichts wissen.«

»Hast du von ihm mal wieder was gehört?«

Isabelle schüttelte den Kopf. »Nein. Vor zwei Jahren hat er Ida-Marie das letzte Mal besucht. Seitdem keine Spur von ihm. Natürlich zahlt er auch keinen Unterhalt. Hat er ja noch nie gemacht. Aber deiner ja auch nicht, soviel ich weiß?«

Katja starrte in die Schachtel, ohne etwas wahrzunehmen. »Nein. Könnte er sich wohl auch nicht leisten. Er hat ja noch weitere Kinder bekommen. Und das Land verlassen. Komm, Isabelle, lass uns ... Also, was ist noch in der Kiste?«

Isabelle nahm ein Stück in die Hand und wickelte das Küchenpapier ab. Es war eine handtellergroße Schneekugel. Sie beherbergte ein Miniatur-Lebkuchenhaus mit braunen Wänden, die mit Gummibärchen, Bonbons und Zuckerstangen dekoriert waren. Die Fenster waren zuckerwatterosa und schaumweiß. Isabelle schüttelte die Kugel, sodass die Schneeflocken über das Häuschen hinwegstoben. »Toll. Was für eine einzigartige Kugel. Erinnerst du dich an sie? Wann hat Oma die gekauft?«

Katja überlegte. »War das nicht in dem Winter, als August mit dieser schlimmen Hirnhautentzündung im Krankenhaus lag? Keiner wusste, ob er es schaffen würde.«

»Oh Gott, ja, du hast recht. Sie hatte sein ganzes Krankenhauszimmer zuerst mit dieser Schneekugel, dann mit vielen weiteren dekoriert. Die Krankenschwestern sagten, es sähe aus wie im Märchenpark.«

»Und als er auf dem Weg der Besserung war, behauptete Oma, die Schneekugeln hätten eine positive Stimmung verbreitet und ihm geholfen.«

Nun war Katja wieder an der Reihe. In dem nächsten Küchenpapierpaket befand sich ein kleines Räuchermännchen. »Ein ähnliches hatte ich als Kind.«

»Ich auch. Oma hat es uns, glaube ich, auch von ihren Reisen mitgebracht.«

Das Räuchermännchen war eindeutig in die Jahre gekommen. Es trug einen flotten blauen Anzug, weiße Stiefel und kam auf filigranen Holzskiern daher. In den Händen hielt es Skistöcke. Es hatte ordentliche, schwarze Haare aufgemalt und eine Pfeife im Mund, aus dem es rauchte, wenn man einen Räucherkegel entzündete.

»Das Outfit sieht irgendwie aus wie ein blauer Jogginganzug aus den Siebzigern«, sagte Katja.

Isabelle lachte. »Ja, todschick. Höchstwahrscheinlich stammt er auch aus der Zeit. Erinnerst du dich daran, wann sie es ungefähr gekauft hat?«

»Hm. Es muss um die Zeit gewesen sein, als mein Vater meine Mutter verlassen hat. Sein Timing war nicht gerade perfekt: in der Adventszeit. Mama hatte in einer Art Kurzschlussreaktion unsere Koffer gepackt, ist auf Nimmerwiedersehen mit mir aus unserer Wohnung in Neustadt weg und hat sich hier zu Oma zurückgezogen.«

»Und lebt hier bis heute.«

»Ich war damals noch ganz klein. Aber ich erinnere mich noch gut an unseren Einzug. Alle schlichen um Mama herum, die kaum ansprechbar war. Es war seltsam leise hier im Haus. Bis … ja, bis Apollonia dann von einer Wochenendreise dieses Räuchermännchen mitbrachte. Es folgten viele andere, und im Nu standen sie im ganzen Haus. Ich habe sie als Kind geliebt. Meiner Mutter ging es dann nach und nach wieder besser, weil sie sich von Oma, August und Gudrun verhätscheln ließ.«

»Ich erinnere mich ganz dunkel, dass Apollonia sagte, die gute Stimmung wäre den Räuchermännchen zu verdanken gewesen.«

»Ich glaube, es hat in dieser Zeit ständig nach diesen Duftkegeln gestunken. So, jetzt bin ich wieder dran. Macht Spaß, oder?«

Der nächste Gegenstand war ein tönernes Vögelchen. Es war etwas größer als eine Faust und in Regenbogenfarben lackiert. Lila, blau, grün, gelb, orange, rot strahlte es. In dem Körper hatte es ein kleines Loch. Der Schwanz stand keck in die Höhe und hatte eine Öffnung wie eine Pfeife. Isabelle blies hinein und das Vögelchen pfiff melodisch. »Komischer Vogel, was?«

»Ja. Seltsam, was Oma da alles gesammelt hat.«

»Absolut. Was ist das? Ein Wetterhäuschen, schau mal. Ich liebe Wetterhäuschen. So eins hatte Oma uns mal aus … Österreich war es, glaube ich, mitgebracht«

Das Wetterhäuschen sah aus wie eine traditionelle Tiroler Holzhütte. Das rote Ziegeldach war verwittert, und im Vorgarten blühten Sträucher und winzige Blumen. In der linken Tür stand ein junger Mann mit Sonnenbrille, buntem Hawaiihemd und Jeans, in der rechten Öffnung eine junge Frau mit aufgespanntem Regenschirm, pink gepunktetem Regenmantel und Gummistiefeln mit lila Kuhflecken.

»Zum Schreien«, sagte Isabelle. »Ich liebe dieses Ding.«

»Dann nimm es mit und stell es in deine Wohnung.«

»Ja. Ins Küchenfenster vielleicht. Das Häuschen erinnert mich an eine besondere Zeit in meinem Leben. «

»Ich weiß.« Katja sah ihre Kusine forschend an. »Du hattest dich mit deiner Mutter verkracht und wolltest mit Ida-Marie ausziehen. Apollonia war tief getroffen.«

»Ja. Sie hatte Angst, die Familie breche auseinander. Ich konnte diese Enge, auf der wir leben, nicht mehr ertragen. Nichts geschieht unbemerkt in unserem Haus. Meine Mutter quatschte mir in alles rein. Tut sie ja immer noch. Der Fluch der Friedinger-Frauen. Keine Privatsphäre.«

»Und warum bist du hier geblieben?«, fragte Katja leise.

»Ich merkte, dass ich nicht ohne euch alle kann. Wir gehören zusammen. Wir sind eine Familie. Und als Apollonia dann dieses Wetterhäuschen von ihrer Reise mitbrachte, erschien es mir wie ein Sinnbild unserer Familie, unseres Hauses: eine kleine, geborgene Welt.«

Der Regen fiel schwer aufs Dachfenster, und das Nachmittagslicht schwand zusehends. Wie zwei Kinder, die sich mit Heimlichkeiten vergnügten, saßen sie über die staubigen Kartons gebeugt, während sie ihre Töchter mal wieder durchs Treppenhaus poltern hörten.

»Ans Geländer muss auch eine Sternen-Leuchtkette«, brüllte Zoe von oben.

»Mein Gott, deine Tochter ist aber auch nie zu überhören«, sagte Isabelle kopfschüttelnd.

»Oh, wie schön, schau mal!« Entzückt hielt Katja ein Miniatur-Puppenhaus ins Licht der Taschenlampe, das etwa die Größe einer Mandarine hatte. Es bestand aus zwei Zimmern und war mit Tischen, Stühlen, Sofa und Schrank bestückt. Über den Tischchen lagen sogar rot-weiß-karierte Tischdecken, und die Stühlchen waren mit weichem Samt gepolstert. Im einem Zimmer stand zudem ein Klavier mit einer Kerze auf dem Deckel. Jedes der Möbelstücke war nicht höher als einen Zentimeter.

»Wie kann man so etwas Winziges nur herstellen?«, wunderte sich Isabelle. »Es ist so klein, ich kann es ohne Lupe kaum sehen.«

»Jetzt weißt du, was du vergessen hast einzupacken: eine Lupe. Erinnerst du dich daran, wann Apollonia dieses Häuschen mitgebracht hat?«

»Nur zu gut.« Isabelle seufzte tief. »Ida-Marie war noch ein Baby. Gudrun, meine liebe Mutter, verliebte sich im Urlaub in einen Isländer und wollte mit ihm in Island eine Cocktailbar eröffnen. Keiner aus der Familie konnte das gutheißen, weißt du noch? Apollonia machte sich große Sorgen um sie. Als Mutter tatsächlich anfing, ihre Koffer zu packen, um endgültig zu ihrem Lover nach Island umzusiedeln, verreiste Apollonia für einige Tage, um das Elend nicht mit ansehen zu müssen. Als sie wiederkam, hatte sie dieses Puppenhäuschen im Gepäck. Zeitgleich bekam Gudrun Angst vor ihrer eigenen Courage, fragte sich, was sie eigentlich an diesem Isländer fand, merkte, dass sie Cocktails eigentlich hasste und ihr ihre Arbeit bei der Versicherungsagentur leidenschaftlichen Spaß machte.«

Die Kusinen kugelten sich vor Lachen. »Ausgerechnet die strenge, kontrollierte Gudrun! Was war nur in sie gefahren?«

»Sie behauptete später, der Isländer hätte sie unter Drogen gesetzt und zeitweise ihre Persönlichkeit verändert«, prustete Isabelle. »Weißt du noch, Oma sagte kein Wort dazu, sondern wirkte zufrieden und dekorierte das ganze Haus mit diesen kleinen Puppenstübchen, die sie von irgendwo anschleppte. Es war ihr immer sehr daran gelegen, die Familie zusammenzuhalten. Sie hätte es nicht ertragen, wenn sich einer von uns auf Nimmerwiedersehen abgesetzt hätte.«

»In einer halben Stunde gibt es Abendessen«, brüllte Gudrun nach oben.

Es versetzte Katja einen Stich. Es war wie früher. Damals war sie eingesponnen in die Geborgenheit und Liebe der Familie, das Haus war ein sicheres, warmes Nest gewesen.

»Komm, ein paar schaffen wir noch«, drängte Isabelle.

Sie packten noch einige andere wundersame Dinge aus: einen alten Nussknacker, ein rotbackiges Engelspüppchen aus Stoff und eine Blechdose mit nostalgischem Kindermotiv.

»Warum hat Oma die Kiste mit *Die ersten Stücke* beschriftet?«

»Quatsch nicht so viel, komm, Schere her, ich guck mal schnell in die anderen Kisten.« Isabelle ratschte einige der bisher unberührten Kisten auf. Sie leuchteten hinein. Auch hier befanden sich unzählige Sammlerstücke. In einer Kiste drängten sich viele unterschiedliche Räuchermännchen eng aneinander, in einer anderen gab es Miniatur-Puppenhäuser und die Perlenengel, in einer nächsten waren viele zerbrechliche Schneekugeln, sorgfältig in Küchenpapier eingewickelt, aufeinander gestapelt.

»Oh, deshalb die Bezeichnung *Die ersten Stücke*. Nachdem sie eines dieser wunderbaren Dinge gekauft hatte, begann sie, Sammlungen davon anzulegen.«

»Und wo hat sie die Sachen überall gekauft? Hast du schon mal gesehen, dass es in unserer Gegend diese Pfeifvögelchen zu kaufen gibt? Oder diese Mini-Puppenhäuser und Wetterhäuschen? Hat sie im Internet bestellt?«

Beide schüttelten sich vor Lachen.

»Wohl kaum. Ich sage es ja, wahrscheinlich hat sie diese Dinge auf ihren Reisen gekauft. Vielleicht hat sie ihre Reisen ja auch gerade deswegen unternommen, um ihre Sammlungen zu erweitern.«

»Mama und Mama, Essen kommen«, kreischte es von unten.

»Gleich«, brüllte Isabelle zurück. »Schnell, wir gucken mal in die restlichen Kisten rein, nun mach schon, leuchte mal.«

In den übrigen Kartons befanden sich ebenfalls Sammlungen von ausgefallenen Stücken: Zuckerstangen, Schneemann-Windlichter, zauberhafte pastellfarbene Schmetterlinge.

Isabelle riss die letzte Schachtel auf. »Oh, die hier ist anders. Schau mal. Das scheinen persönliche Gegenstände zu sein.«

Vorsichtig nahmen sie einen getrockneten Brautstrauß heraus, zwei ausgeblichene Schultüten, einen Rosenkranz, Strampelanzüge, Kinderzeichnungen, vergilbte Briefe, eine Videokassette.

»Das sind wohl Erinnerungsstücke«, murmelte Katja. »Die Schultüten, Strampelhosen und Bilder sind mit Sicherheit aus der Kindheit unserer Mütter. Oma hat alles aufgehoben. Hier, eine Postkarte von meiner Mutter an Oma aus dem Ferienlager. Da war sie zwölf. Schau mal, die Babyschühchen. Die hat Oma bestimmt selbst gestrickt.«

»Eine getrocknete Rose. Von wem die wohl war?«, sagte Isabelle. »Hey, was ist denn los mit dir?«

Katja wischte sich eine Träne weg. »Ach, es ist alles so sinnlos. Diese ganzen schönen, bedeutsamen Erinnerungen … mit Omas Tod ausgelöscht für immer.«

Plötzlich erschienen die zerzausten roten Haarschöpfe von Ida-Marie und Zoe auf der kleinen Leiter zum Dachboden.

»Ihr sollt endlich kommen«, rief Zoe. »Tante Gudrun sagt, die Nudeln werden kalt und wir sollen euch Dampf machen.«

»Und Onkel August sagt, gleich wird sie ungemütlich«, ergänzte Ida-Marie und sah sich mit großen Augen in der Dachkammer um.

»Na, dann beeilen wir uns lieber.« Isabelle lachte und kletterte die wacklige Leiter hinab.

Katja sah sich noch einmal um. In der allerletzten Kiste, unter den Babykleidern und den Zeichnungen, lag die Videokassette. Ihre Kusine hatte ihr keine große Beachtung geschenkt.

Schnell nahm sie die Kassette heraus, wischte mit dem Ärmel kurz darüber und schob sie unter ihre Bluse. Dann begann sie den Abstieg und schloss die Luke zur Dachkammer.

Im dunklen Treppenhaus erwartete sie eine wundersame Weihnachtswelt. Ida-Marie und Zoe warteten mit strahlenden Augen und sahen ihnen gespannt und voller Stolz entgegen.

Von kleinen Haken in der Decke, die da schon seit Katjas eigener Kindheit befestigt waren, hingen unzählige filigrane Engel herab und schwebten über ihrem Kopf. Sie hatten goldene Flügel und weiße, mit Goldrand bestickte Gewänder an. Um ihre Gesichter bauschten sich großgelockte rote Haarschöpfe.

»Wunderschön habt ihr zwei das gemacht«, sagte Katja.

In allen Ecken des Treppenhauses und der Flure standen Zweige in großen Vasen, mit leuchtenden kleinen Lämpchen bestückt. Sie erhellten die abendliche Dämmerung mit rotem, blauem und gespenstisch grünem Schein.

»Und schau aus dem Fenster raus«, schrie Zoe.

In den kahlen Bäumen hingen Lichterketten in denselben Farben und tauchten den Garten in unwirkliches Glitzern.

»Wow, das sieht ja alles aus wie von Weihnachtselfen gezaubert«, lächelte Isabelle.

»Das sind wir ja auch«, riefen die Kinder erfreut.

Gudrun und Eve standen in der offenen Küchentür und begutachteten die Weihnachtsdekoration ebenfalls.

»Na, ob das so passend ist wenige Tage nach Apollonias Tod«, bemerkte Gudrun. »Hier sieht es ja aus wie in Las Vegas.«

Eves Augenlider zuckten nervös. »Es ist nur wegen … wegen der Kinder, weißt du.«

Brummelnd schlurfte August an seinen Nichten vorbei und drängte sich in die Küche. »Papperlapapp. Meine Schwester hätte zusätzlich noch Rentiere und Schlitten im Garten aufgestellt. Wann darf ich mit dem Abendessen rechnen?«

»Äh, jetzt sofort. Setzt euch.«

Als alle um den Tisch herum beim Essen saßen, fragte Isabelle: »Hast du Omas Ordner alle durchgeguckt, Mama?«

»Ja, die meisten. Die Versicherungen, Mitgliedsbeiträge und so weiter. Ich habe bereits angefangen, Kündigungsschreiben zu verschicken. Einige Ordner enthalten allerdings seltsame Briefe, mit denen ich nichts anzufangen weiß.«

Eve starrte ihre Schwester an. »Was denn für seltsame Briefe?«

»Rechnungen, die an weit entfernten Orten ausgestellt wurden: in Luxemburg, im Fichtelgebirge, in Zürich, in Belgien. Und noch von anderen Orten. Apollonia hat dort offensichtlich Sammelbestellungen aufgegeben für alberne Dinge.«

»Für die ganzen Engel, Nussknacker, Räuchermännchen, Schmetterlinge auf dem Dachboden?«, fragte Isabelle.

Gudrun machte eine wegwerfende Handbewegung. »Ja, dieses ganze Zeug. Ich nehme an, der ganze Dachboden steht voller Kisten?«

»Ja.«

»Das war typisch für unsere Mutter, findest du nicht auch, Eve? Sie hatte diesen Tick, das Haus jedes Jahr nach einem anderen Motto zu dekorieren. Ständig ist man über irgendetwas gestolpert. Kleine Puppenhäuschen, diese kindischen Schneekugeln ... Diese ganzen Staubfänger waren meiner Hausstauballergie nicht gerade zuträglich.«

»Sie wollte Stimmung erzeugen«, brummte August, ohne den Blick beim Essen von der *Tal-Depesche* zu nehmen. »Sie wollte ein schönes Heim für uns alle. Behaglichkeit. Sie wollte, dass wir als Familie in dem Haus zusammen glücklich sind.«

»In dem Ordner sind auch noch offene Bestellungen«, sagte Gudrun und runzelte die Stirn. »Sie hat erst vor zwei Wochen Vögel in Luxemburg bestellt. Laut der Bestellbestätigung sind die Viecher zur Selbstabholung vorbereitet. Was, um Himmels Willen, wollte die Frau mit Vögeln aus Ton?«

»Na, wahrscheinlich das Haus dekorieren«, sagte Katja. »Vielleicht sollte ihr nächstes Frühlingsmotto das Thema Vögel sein.«

Eve sah nervös von einem zum anderen. »Was machen wir mit den offenen Bestellungen? Können wir die nicht stornieren?«

»Wir müssen erst mal alles in Ruhe durcharbeiten. Ich habe erst einen Teil davon überflogen. Apollonia hatte ja einen regen Schriftverkehr. Katja, wie wäre es, du hast doch Urlaub, du könntest den ganzen Kram doch mal durchgehen und die Stornierungen vornehmen.« Gudrun sah Katja erwartungsvoll an.

»Sie hat keinen Urlaub«, sagte Eve alarmiert. »Sie ist krankgeschrieben.«

»Ich sehe mir die Bestellungen und Rechnungen trotzdem gerne an.«

»Außerdem wird nichts von Apollonias Bestellungen storniert.« Selten erhob August seine Stimme, doch dieses Mal legte er eine solche Bestimmtheit in seine Worte, dass keine widersprach.

»Ist ja schon gut, August«, sagte Gudrun. »Aber was sollen wir mit dem ganzen Kitsch auf dem Dachboden machen?«

»Och, das ist kein Kitsch. Es sind wunderschöne und exquisite Sachen dabei«, sagte Isabelle und zwinkerte Katja zu. »Ihr erinnert euch bestimmt noch an die meisten Stücke. Erinnerst du dich nicht mehr an die Puppenhäuschen, mit denen sie das ganze Haus schmückte, als du zu diesem heißen Isländer auswandern wolltest?«

Gudrun starrte sie böse an. »Hör auf damit, Isabelle. Du weißt genau, dass er mich unter Drogen gesetzt hatte, um meine Wahrnehmung zu verschleiern. Nie im Leben würde ich nach Island auswandern.«

Alle unterdrückten ein Kichern.

»Ich hätte jetzt gerne einen Schnaps«, sagte August.

»Ich auch«, rief Zoe.

Eve zuckte zusammen, während Gudrun entsetzt in die Runde schaute. »Man merkt recht deutlich, dass das Kind die meiste Zeit in Fremdbetreuung verbringt.«

Katja setzte klirrend ihr Glas ab. »Entschuldigung, Tante Gudrun, aber hier in Lambrecht gibt es halt keine großen Firmen, sodass ich auch hier wohnen und mein Kind im Schoße der Familie großziehen könnte.«

»Ich räume dann mal ab«, sagte Eve hastig und erhob sich.

Gudrun begann, ihrer Schwester zu helfen. »Leg dich ins Bett, wenn es dir nicht gut geht, Katja. Die Bestellungen und Briefe laufen ja nicht weg.«

Als sie Zoe ins Bett brachte, war Katja am Rande ihrer Kräfte. Sie zog ihr Nachthemd an und setzte sich zu ihrer Mutter ins Wohnzimmer.

Eve hatte ein paar Kerzen angezündet, der Rest des Raumes lag in Dunkelheit. Sie saß auf dem Sofa und starrte vor sich hin. »Ich geh ins Bett, Katja. Das hält mich vielleicht vom Grübeln über Apollonias Tod ab. Du solltest dich auch hinlegen. Du bist krank.«

»Ich kann nicht schlafen. Ich würde mich nur hin und her wälzen.«

»Gute Nacht, Liebes.«

Sie umarmten sich fest.

Katja blieb allein zurück. Rastlos klappte sie ihren Laptop auf. Sie bestellte endlich ein paar Winterpullover und Hosen für Zoe sowie ein paar alltagstaugliche dunkelblaue und dunkelgrüne Pullover und Jeans für sich. Dann sah sie sich eine Folge *Blue Bloods* an. Doch sie vermochte sich nicht zu konzentrieren. Ihr Smartphone piepste mehrere Male. Seit heute Morgen hatte es neunundfünfzig E-Mails von Kuprion Consulting angezeigt: Einladungen zu Meetings, Erinnerungen an Telefonkonferenzen, Austausch über Projekte. Alles war standardmäßig an sie gegangen.

Sie hatte das Gefühl, nicht mehr atmen zu können und griff sich panisch an den Hals. Nie wieder würde sie dorthin zurückkehren können. Sie schaffte es einfach nicht. Sie konnte diese immensen Erwartungen nicht erfüllen. Hier zu Hause bei ihrer Familie wurde sie von einem starken Sicherheitsnetz aus Ruhe und Geborgenheit gehalten, doch in der Tiefe ihrer

Seele hing sie in einer trostlosen, schwarzen Höhle fest.

Sie brauchte fast eine Stunde, bis sie die Energie gesammelt hatte, vom Sofa aufzustehen, ins Bad und danach ins Bett zu gehen. Schlaflos lag sie Stunde um Stunde da.

Plötzlich öffnete sich wie von Geisterhand ihre Schlafzimmertür und Zoe tapste barfuß zu ihr herein. »Mama«, murmelte sie schlaftrunken und schmiegte sich warm an sie. Katja umschlang sie von hinten und atmete den süßen Geruch ihrer Haare ein.

Die Scheinwerfer eines langsam vorbeifahrenden Autos – eine Seltenheit in dieser Straße am Waldrand – erhellte kurz ihr Schlafzimmer. Katja erhaschte einen Blick auf die Videokassette, die sie am Nachmittag auf dem Dachboden gefunden und eingesteckt hatte. Was war darauf? Da sie mit Apollonias wichtigsten Erinnerungen zusammen in einer Kiste gelegen hatte, waren bestimmt nicht irgendwelche alten Filme oder Serien darauf.

Die restlichen Stunden der Nacht verbrachte sie mit wirren Träumen, in denen immer wieder diese Videokassette auftauchte.

3

Das Buch der Liebe

Am nächsten Morgen saß Katja mit ihrer Mutter in der kleinen Küche im Erdgeschoss beim Frühstück. Todmüde hielt sie sich an einer Tasse Kaffee fest. Es war außergewöhnlich mild für Dezember. Draußen hing ein noch tintig dunkler Himmel über den Wäldern, und die ersten Sterne verblassten. Eve hatte die Weihnachtsbeleuchtung im Garten angeschaltet, und die vom Wind hin- und hergeschaukelten Äste leuchteten wie Signale in der Finsternis.

»Es sind mindestens siebzehn Grad draußen. Das passt wirklich nicht zur Jahreszeit. Wie soll man da in Weihnachtsstimmung kommen? Obwohl wir in diesem Jahr sowieso in keine kommen werden«, sagte Eve bedrückt. »Was hast du heute vor?«

»Ach, ich weiß nicht. Vielleicht biete ich Isabelle an, Ida-Marie mit Zoe zur Schule zu begleiten.«

»Schau bitte mal nach August, wenn Gudrun und ich arbeiten sind.«

»Wird gemacht.«

In diesem Moment kam Zoe in die Küche. Über einer Jeans trug sie ein grünes Elfenröckchen mit spitzen Tüllzipfeln, darüber ein hellgrünes Langarmshirt, dessen Ärmel viel zu kurz waren. Auf dem Rücken trug sie schillernde violette Flügel.

Eve starrte sie erschrocken an.

»Was schaust du so, Oma?«, fragte Zoe, setzte sich auf ihren Platz und nahm sich Brötchen und Nutella. »Hast du noch nie eine Elfe gesehen?«

»Äh, doch … Aber nicht unbedingt in meiner Küche.«

Zwanzig Minuten später marschierte Katja mit den beiden Kindern den Berg hinunter Richtung Grundschule. Zoe hatte sich ihre Elfenflügel über ihre leichte Jacke geschnallt. Es war warm wie im Frühling und es roch nach Blumen, sodass der Anblick der Lichterketten auf der Hauptstraße und der Christbäume in den Gärten seltsam anmutete.

Es war ein merkwürdiges, nostalgisches Gefühl für Katja, ihren alten Schulweg zu gehen. Alle Friedinger-Frauen und August waren hier in diese Schule gegangen.

»Gehe ich nächstes Jahr auch hier zur Schule? Mit Ida-Marie?«, fragte Zoe, die den Weg hinunterschwebte.

»Ich fürchte nicht, Elfe. Du wirst in Mannheim zur Schule gehen.« Eine heftige Regung sagte ihr, dass Zoe hierher gehörte. Hier war ihnen alles vertraut und lieb, und sie waren nicht allein. Hier war ihr Nest, ihr sicheres Refugium. Sie selbst gehörte hierher, das spürte sie immer stärker. Sie bekam Beklemmungen, wenn sie an die Enge, die Hektik und den Lärm der Großstadt dachte.

»Manno, wie blöd«, maulte Ida-Marie.

»Hier sind wir«, sagte Katja am Schultor. »Sollen wir dich heute Mittag abholen oder läufst du allein nach Hause?«

»Abholen natürlich«, riefen die Kinder wie aus einem Mund.

Auf dem Heimweg den Hügel hinauf wurde Zoe müde und ließ sich von Katja an der Hand ziehen. Zu Hause krümmte sie sich vor Schmerzen, hatte einen heißen Kopf und weinte auf Katjas Arm.

»Was ist mit ihr?«, fragte August, der wie ein Geist im unbeleuchteten Treppenhaus auftauchte, in der Hand einen Filzstift, mit dem er abgeblätterte Stellen am Holzgeländer nachmalte. Sein Pullunder hatte an der Seite ein Loch.

Er hat keine Schwester mehr, die sich um ihn kümmert, dachte Katja traurig. Jetzt müssen wir das tun. Ein Wunder, dass Gudrun ihn heute Morgen so durch ihre Kontrolle gelassen hat. Aber wahrscheinlich hat er oben ganz allein gefrühstückt.

»Sie hat Fieber und …«

»… und das Pipimachen tut mir weh«, heulte Zoe.

»Oh, mit diesem Frauenkram kann ich dir nicht helfen«, beeilte sich August zu sagen und stieg mühsam die Treppe wieder hoch.

Leise klopfte sie im ersten Stock an Isabelles Arbeitszimmertür.

»Ja, wer stört?«, fragte ihre Kusine.

»Entschuldigung, dass ich dich bei der Arbeit störe, aber …«

»Ach, komm rein«, seufzte Isabelle, die halb in ihrem Bürosessel lag. »Ich habe sowieso keine Lust zum Arbeiten. Ich habe hier diesen neuen Auftrag, fünfhundert Seiten aus dem Russischen ins Deutsche übersetzen, und der Text ist so staubtrocken, dass ich bald zur Mumie mutiere.«

Isabelles Arbeitszimmer war tadellos aufgeräumt. An allen vier Wänden standen Regale, die sich unter schweren Büchern und Ordnern bogen, und auf dem Schreibtisch stand neben dem PC ein anscheinend gut funktionierendes Ablagesystem, bestehend aus gelben und lila Ablagekästen.

Katja dachte an ihren chaotischen Schreibtisch bei Kuprion Consulting, auf dem sich Papiere, Mappen und Ausdrucke ohne System gestapelt hatten, weil sie es immer weniger geschafft hatte, Dinge abzuarbeiten oder bei vielen Projekten den Überblick zu behalten.

Sofort kam die Panik wieder, die ihr Schwindel und Herzrasen verursachte.

»Ist dir nicht gut? Du siehst aus, als ob du gleich zusammenklappst.«

»Ach, dein Büro erinnert mich an meine Arbeit. Ich weiß nicht, wie ich es schaffen soll, jemals wieder dorthin …«

»Komm, setz dich. Einen Schokoriegel? Das hilft. Alkohol dürfen wir ja um Viertel nach acht am Morgen noch nicht.«

»Gerne auch zwei. Ich wollte dich nicht bei der Arbeit stören, ich brauche nur einen Kinderarzt für Zoe. Du hast doch bestimmt einen für Ida-Marie, oder? Bis nach Mannheim zu unserem Kinderarzt möchte ich nicht fahren, sie weint vor Schmerzen.«

»Hm.« Isabelle drehte sich auf ihrem Bürostuhl hin und her. »Ja, da sind mehrere in Neustadt. Bei einem waren wir bis jetzt, aber wir wechseln wahrscheinlich. Ich kann seine besserwisserische Art nicht mehr ertragen.«

»Wieso?«

»Ach, der tut bei jedem Besuch so, als müsse er einem Grundkenntnisse über das Muttersein beibringen. Wie viel Minuten Fernsehen am Tag, wie viele Gramm Gummibärchen in der Woche, blablabla. Aber ich schreib dir seine Adresse auf: Jens Rombach, Moosbrunnengasse.«

Die Moosbrunnengasse befand sich im Stadtzentrum. Die Praxis lag in einem der hübsch hergerichteten Fachwerkhäuser. In der Toilette hatte Katja große Mühe, die vor Schmerzen heulende Zoe dazu zu bringen, in einen Becher zu pieseln. Zoe erklärte, dass sie das nicht könne, weil Elfen nicht richtig zielen könnten. Erst nachdem Katja ihr Gummibärchen für zu Hause versprochen hatte, gelang die Aktion.

Danach warteten sie im Behandlungszimmer, das ihnen beim Eintreten den Atem verschlug. Es war wie eine Unterwasserwelt gestaltet: Die Wände waren in einem tiefen, dunklen Blau gestrichen und mit zähnefletschenden Haien, grinsenden, glupschäugigen Fischen und sich windenden Schlingpflanzen bemalt. Von der Decke hingen großmaschige Fischernetze und Plüschfische an Schnüren, so tief, dass sich ein Erwachsener ducken musste. Aus unsichtbaren Lautsprechern erklang leise meditatives Wasserplätschern.

»Diese Musik ist nicht gut, gar nicht gut«, wimmerte Zoe, die bäuchlings über Katjas Knien lag und sich krümmte.

»Der Arzt kommt gleich«, tröstete Katja sie.

Schwungvoll wurde die Tür aufgerissen und er kam herein. Er stieß sich den Kopf an einer von der Decke baumelnden

Meerjungfrauen-Barbie, die er ignorierte.

Guten Tag, Frau Friedinger, guten Tag, Zoe.« Er zog sich einen Hocker heran und setzte sich zu ihnen. Er war schmal, etwa Mitte vierzig, hatte ein markantes Gesicht und dunkle Haare mit ergrauenden Schläfen. Er trug ein lila Polohemd und strahlte eine nonchalante Gelassenheit aus.

»Wir kennen uns noch nicht. Sind Sie neu in Neustadt?« Er kritzelte etwas auf eine Karteikarte und musterte sie kurz. Er sprach leise, sehr leise. Sie verstand ihn kaum, doch seine Worte klangen beruhigend.«

»Aus … Lambrecht«, sagte sie und ärgerte sich gleich über sich selbst. Konnte sie plötzlich keine ganzen Sätze mehr sprechen?

Ein kaum wahrnehmbares, amüsiertes Lächeln flog über sein Gesicht. »Ach so, aus dem Tal. Die Talbevölkerung ist etwas merkwürdig. Verschroben, wissen Sie? Sie werden sie noch kennenlernen, wenn Sie länger dort wohnen. Sie nennen sich selbst *Talböcke*. Sagt alles, oder?«

Katja erstickte ihr aufkommendes Lachen, gleichzeitig errötete sie. »Wir sind nicht neu zugezogen. Ich bin aus Lambrecht. Ich habe einen Großteil meines Lebens dort verbracht.«

Er schaute sie an, und ein Funkeln war in seinen dunkelbraunen Augen. »Na, dann wissen Sie ja, wovon ich spreche.«

Sie lächelte ihn an. Er gefiel ihr.

»Dann wollen wir die junge Frau mal untersuchen. Das Testergebnis der Urinprobe müsste gleich aus dem Labor kommen.« Er setzte Zoe, die ihn mit feuchten Augen von oben bis unten taxierte, auf die Untersuchungsliege und zog Katja am Arm zu sich heran. »Stellen Sie sich bitte nebendran, Mama, zur Beruhigung.«

Die Berührung traf sie unerwartet und verwirrte sie.

»Halten Sie Ihre Tochter an der Hand. Zieh bitte mal deinen Pullover hoch.«

Während er Zoe untersuchte, kam die Arzthelferin mit dem

Laborergebnis herein und verschwand zu Katjas Erleichterung gleich wieder.

»Da haben wir einen schönen Harnwegsinfekt. Ich verschreibe ihr ein Antibiotikum. Bald ist sie wieder wie neu.« Er drehte sich kurz zu ihr um und schaute sie an.

Sie verfing sich wieder in seinem Blick und wünschte sich, der Augenblick möge noch ein bisschen andauern.

»Sie gehören hoffentlich nicht zur Fraktion der Globuli-Mütter, die sich weigern, ein krankes Kind mit Medikamenten behandeln zu lassen?«

»Nein, nein ich befürworte auf jeden Fall die chemische Keule.«

Wieder zuckte es belustigt um seine Mundwinkel.

»… ich bin selber auf harten Drogen«, hörte sie sich sagen und dachte: Oh Gott, nein, was redete sie da zusammen.

Zoe wurde langsam unruhig und zog an Katjas Hand. »Mamaaa.«

»Die Basics der Kindererziehung kennen Sie?«, fragte er und sah ihr in die Augen. »Ich erkläre sie gerne allen neuen Patienten. Höchstens zwanzig Minuten Fernsehen am Tag in dem Alter, Süßigkeiten wie Gummibärchen nur zu besonderen Gelegenheiten, niemals als Belohnung oder Bestechung, Vorlesen jeden …«

»Jaja, ich weiß«, unterbrach Katja ihn aufgewühlt. »Ich habe Sozialpädagogik studiert mit Schwerpunkt Kindliche Entwicklung, ich bin wirklich informiert.«

»Okay, dann spare ich mir das«, sagte er freundlich und zwinkerte ihr zu.

Zoe hatte nun endgültig genug und quengelte: »Wann fahren wir heim, Mama? Du hast mir doch Gummibärchen versprochen, krieg ich die daheim gleich?«

»Äh … ja«, stotterte Katja.

Er schaute sie mit diesem unverwechselbaren Funkeln in den Augen an, dann wurde er wieder geschäftsmäßig.

»Also dann«, sagte er und bugsierte sie langsam zur Tür hinaus, wobei er sich den Kopf an einem von der Decke baumelnden Delfin stieß. Er schlug ihn nachlässig zur Seite. »Wenn es nicht besser wird, kommen Sie noch mal. Ich denke aber, dass sie den Infekt bald wieder los ist. Hier, das Rezept. Und viel trinken.«

Sie nahm es, blieb ihm aber im Weg stehen. Ihre Gedanken überschlugen sich, sie war völlig durchgeschwitzt. Was könnte sie nur sagen, um noch einen Moment mit ihm herauszuschinden?

»Wann steht eigentlich die nächste Impfung an für Zoe?«

»Mit sechs Jahren.«

»Ich werde im Januar sechs«, sagte Zoe stolz.

»Kann ich gleich für nächste Woche einen Termin ausmachen?«

»Übertreiben wir mal nicht. Januar oder Februar reicht völlig, Frau Friedinger.«

Dann war er verschwunden.

Zoe musste noch einmal zur Toilette. Während Katja vor der Tür wartete, hörte sie, wie der Arzt in dem Fischezimmer telefonierte. Die Tür war nur angelehnt.

»Ich habe die Jungs an diesem Wochenende«, hörte sie ihn sagen. Seine Stimme klang angespannt, aber beherrscht. »Du kannst nicht einfach umplanen. Du bist diejenige, die diese tollen Betreuungspläne erstellt hat. Jetzt halte dich in Gottes Namen an deine selbsterstellten Regeln!«

Er schwieg, da sein(e) Gesprächspartner(in?) vermutlich etwas sagte. Katja lauschte gebannt.

»Du bist diejenige, die beschlossen hat, dass wir als Familie nicht mehr funktionieren. Das war nicht ich. Mach, was du willst. Aber häng dich nicht in meine Beziehung zu den Kindern rein. Ich möchte, dass sie am Wochenende wie geplant bei mir sind. Ich muss Schluss machen. Die Praxis ist voll und die Wände haben Ohren, das weißt du doch.«

Katja erschrak und sah sich um. Tatsächlich, erstaunlich viele Muttis standen im Flur herum. Sie nahm Zoe an die Hand, die gerade mit Leidensmiene aus der Toilette kam, und verließ die Praxis.

Sie war in Aufruhr. Wie eine willenlos taumelnde Motte war sie dabei, sich zu verlieren. Aber es war ja sowieso alles sinnlos. Sie würde ihn nicht wiedersehen. Im Allgemeinen war Zoe kerngesund.

Im Auto sang sie laut *The Book Of Love* von Peter Gabriel aus dem Radio mit.

Zoe, die hinten auf dem Kindersitz kauerte und das Antibiotikum umklammerte, das sie in der Apotheke gekauft hatten, fragte: »Warum singst du, Mama?«

»Nur so, Schnecke.«

Sie waren nur wenige Minuten im Behandlungszimmer gewesen und sie war kopflos hinabgestürzt in einen Strudel fast vergessener, heftiger Gefühle. Du armselige Nuss, schalt sie sich, du bist so erbärmlich. Wahrscheinlich hat er nur eine Mutter mit dunkelroten Haaren und weiblichen Hüften wahrgenommen, die ihn angeschmachtet hat, und er lacht sich kaputt. Obwohl – eigentlich hat er sich angehört, als habe er gerade andere Probleme.

Sofort überkam sie die altbekannte Schwermut und vermischte sich auf beunruhigende Weise mit der Euphorie. Was könnte sie nur tun, um ihn wiederzusehen? Vielleicht musste Ida-Marie demnächst zum Kinderarzt?

Zu Hause gab sie Zoe ihre Medizin, legte sie mit einer Wärmflasche auf dem Bauch auf das Sofa, deckte sie zu und schaltete das Kinderprogramm ein. Zoe machte sich über die Gummibärchen her.

»Mama, warum gibt es eigentlich keine blauen Gummibärchen? Darf ich Fernsehen gucken bis heute Abend?«

»Nein. Eine Stunde. Und das auch nur, weil du krank bist.«

Katja war verschwitzt vor Aufregung und duschte rasch. In ihrer Abwesenheit war ein großes Paket angekommen. Sie war froh, endlich in eine neue, bequemere Jeans und ein dunkelgrünes Langarmshirt mit V-Ausschnitt schlüpfen zu können.

Atemlos lief sie danach zu ihrer Kusine und klopfte an die Tür des Arbeitszimmers. »Bin wieder da.«

»Ja, und wie war es? Noch mal gehst du bestimmt nicht zu diesem arroganten Sack, oder?« Isabelle lümmelte sich in ihren Bürostuhl.

»Ich bräuchte jetzt noch einen Schokoriegel für die Nerven. Hast du …?

»Aber immer«, sagte Isabelle und zog die Schreibtischschublade auf, in der sich ein Monatsvorrat an verschiedenen Schokoriegeln befand.

»Was hat Zoe denn?«

»Einen Harnwegsinfekt.«

»Oh – aber er hat hoffentlich nicht gleich Antibiotika verschrieben? Es ist sinnvoll, es erst mal mit Globuli zu versuchen, bevor man die Gesundheit des Kindes mit Chemie kaputtmacht. Obwohl ich zugeben muss, dass Ida-Marie am Ende doch jedes Mal Antibiotika gebraucht hat, wenn sie was Ernsteres hatte.«

»Jaja.« Katja winkte ungeduldig ab. Sie hatte keine Lust auf Grundsatzdiskussionen, bei denen sie immer den Kürzeren zog, weil ihre Kusine sie einfach totquatschte.

»Hat er dir einen Vortrag über Kindererziehung gehalten? Als Mutter hat man davon ja so was von keine Ahnung.«

»Ja, aber ich habe ihm gleich gesagt, dass ich vom Fach bin. Da hat er es sein lassen.«

»Wow. Chapeau.«

Katja aß ihren Schokoriegel zu Ende, bevor sie herumzudrucksen begann. »Sag mal, hat er … na ja, hat er dich auch mal … angefasst?«

Isabelle riss ihre grünen Augen auf. »Wie angefasst? Was meinst du? Unsittlich, oder was? Dem trau ich alles zu.«

»Nein, nein. Einfach so angefasst. Am Arm zum Beispiel.«

»Kann ich mich nicht erinnern.«

Katja überlegte. Das hieß jetzt nichts. Vielleicht berührte er andere Frauen auch mal harmlos am Arm, und sie dachten sich nichts dabei, weil sie nicht in ihn vernarrt waren.

»Machen wir mal ein Brainstorming. Was weißt du über ihn? Wo wohnt er? Er ist getrennt, oder? Wie alt ist er?«

Isabelle lachte. »Sag mal, geht's noch? Wieso willst du das wissen? Hat er dir den Kopf verdreht?«

Sie errötete. »Weißt du, ich möchte nur gerne wissen, mit wem ich es zu tun habe.«

»Jaja, ach so. Ganz bestimmt. Ich habe gehört, er lebt in Trennung seit ein paar Monaten.«

Katja hielt die Luft an. »Woher weißt du das?«

»Von der Mutter von Ida-Maries Schulfreundin. Die hat eine Tante, die bei Rombach Arzthelferin ist.«

»Hm. Wie viele Kinder ...?«

»Zwei Kinder. Jungs. Alter weiß ich jetzt wirklich nicht. Er selbst ist so Mitte vierzig. Und keine Ahnung, wo der wohnt. Wahrscheinlich im Villenviertel. Katja, google ihn doch, was weiß ich denn. Hast du nichts Besseres zu tun?«

»Prima Idee, danke. Komm, geh mal gleich auf Google.«

Isabelle schnaubte, seufzte dann aber, rief die Seite auf und tippte ein: Doktor Jens Rombach.

»Kein Eintrag bei Fratzenbuch, Homepage seiner Praxis, Öffnungszeiten, blablabla. «

»Hier, schau mal«, sagte Katja aufgeregt. »Arztbewertungen. Doktor Rombach aus Neustadt hat zwanzig Bewertungen.«

»Zweieinhalb von fünf Sternen.« Isabelle lachte so sehr, dass sie Schluckauf bekam.

Katja lächelte in sich hinein. »Hör zu. *JustinsMum* schreibt: *ich finde denn arz blöd. kommt mir imma dum und will mich beleren über erziehung.*« Und die hier: *Meine Chayenne darf trozdem jeden Tag eine Tüte Gumiberchen und Schockoküse und Mafin zum Abendesen.*«

Sie kugelten sich vor Lachen.

»Es ist ein Kompliment, von bestimmten Leuten für blöd gehalten zu werden«, sagte Katja zufrieden.

»Absolut«, kreischte Isabelle. »*Marlene-Elisabeths Mutter* schreibt: *Ich lehne es ab, weiterhin zu Doktor Rombach zu gehen, da er sich modernen homöopathischen Heilmetho-*

den widersetzt. Eine akute Blinddarmentzündung kann man heutzutage auch erst einmal mit Naturheilkunde behandeln. Nachzulesen in dem Fachartikel: Der Kinderarzt als Teufelsmediziner.«

»Oh Gott«, prusteten beide außer Rand und Band.

»Guck mal, *Schlampampe* meint: *Jason und Brandon müsen jeden Tag par Stunden TV, damit sie runterkomen.«*

»Genug, genug«, rief Isabelle und wischte sich die Tränen weg. »Hör auf mit dem Zeug, ich kann sonst nicht mehr! Ich müsste aber heute noch ein bisschen was arbeiten.«

»Fürs Erste weiß ich genug«, meinte Katja zufrieden. »Danke, Google.«

Auch am nächsten Tag waren die Temperaturen mild. Im Garten wiegten sich die Äste im sanften Wind, und der Himmel war blau wie im Frühling. Es war kaum zu glauben, dass Advent war.

Nach dem Gefühlsaufruhr vom Vortag wurde Katja erneut von Antriebslosigkeit hinabgezogen. Eve und Gudrun waren arbeiten, Isabelle fluchte in ihrem Büro, weil sie mit ihrer Übersetzung nicht weiterkam, Ida-Marie war in der Schule. Sie hatte Onkel August eigentlich angeboten, für ihn ein paar Einkäufe zu erledigen, aber sie konnte sich nicht dazu aufraffen. Deprimiert lag sie auf dem Sofa, während Zoe zufrieden ihr Playmobil-Schloss auf dem Teppich aufbaute. Ihr ging es inzwischen wieder viel besser und sie genoss es, mit ihrer Mutter daheimbleiben und ungestört spielen zu können.

»Es tut mir leid, August«, murmelte Katja. »Erst verspreche ich, dir zu helfen, dann bekomme ich nichts mehr gebacken.«

»Macht nichts«, brummelte August. »Machen wir es umgekehrt. Eine Tasse Tee?«

»Nein, nein, bemüh dich nicht. Ich brauche nichts.«

»Papperlapapp. Ich werde noch eine Tasse Tee kochen können, auch wenn deine Tante Gudrun meint, ich sei ein Tattergreis.«

Bedrückt trank Katja den Tee, den er ihr brachte. August ließ sich ächzend in einen Sessel sinken. Er hatte sich Nähzeug von oben mitgebracht, stülpte sich umständlich seinen Pullunder über den Kopf und begann mit zittrigen Fingern, das Loch darin zu stopfen.

»Ach, lass doch, August«, flehte Katja. »Lass es doch Gudrun machen oder meine Mutter ... oder ich mache es später.«

August stopfte konzentriert weiter. »Zu Gudrun habe ich heute Morgen gesagt, sie soll abzischen. Ihr Getue geht mir auf die Nerven. Tut mir leid, war nicht sehr nett von mir. Aber im Alter hat man Narrenfreiheit. Man wird nicht mehr für frech, sondern nur noch für senil gehalten. Schade, dass Apollonia das nicht mehr ausnutzen kann.«

Katja traten die Tränen in die Augen. Es war so ungewohnt. Oma war nicht mehr da. Sie wäre jetzt geschäftig im Haus unterwegs, hätte mit Zoe Kekse gebacken oder mit ihr auf dem Teppich gesessen und gespielt. Ab und zu hätte sie belustigt über ihre alten Knochen gestöhnt.

Die Videokassette aus der alten Kiste auf dem Dachboden – Katja hatte keinem davon verraten. Im ganzen Haus gab es keinen Videorekorder mehr. Wo könnte sie nur die Kassette abspielen? War etwas Wichtiges darauf? Am allermeisten hoffte sie allerdings, Apollonia zu sehen und ihre Stimme und ihr Lachen noch einmal hören zu können.

Am Nachmittag, als Eve und Gudrun wieder da waren und sie alle zusammen Kaffee getrunken hatten, machte Katja sich auf den Weg nach Mannheim. Doktor März hatte gesagt, sie solle diese Woche wiederkommen, um ihre Therapie zu besprechen.

Eve und Zoe standen in der offenen Haustür und winkten.

»Komm bald wieder, Mama«, schrie Zoe den Hügel zur Straße hinunter, wo Katja ins Auto stieg.

»Fahr vorsichtig und lass dir Zeit. Wir haben alles im Griff, nicht wahr, kleine Motte?«, rief Eve.

Unterwegs träumte Katja von Jens Rombach und ließ sich

zum tausendsten Mal die Szene in seiner Praxis durch den Kopf gehen. Wahrscheinlich bedeutete sie gar nichts. Aber immer wieder huschte ihr ein Tagtraum durch den Kopf, in dem er sie bat, kurz mit ihm in die Teeküche zu gehen. Dort würde er sie eng an sich ziehen und ihr sehr nahe kommen. Sie wären beide eingeschlossen in ihr eigenes kleines Universum, wie das Paar in diesem Wetterhäuschen in Apollonias Kiste. Wehmut erfüllte Katja. Nie würde es so weit kommen.

Mannheim widerstrebte ihr. Die Hektik und der Lärm, die Enge der Straßen und Häuser machten sie unruhig und nervös. Sie hatte sich schnell wieder an das ruhige, beschauliche Leben in Lambrecht gewöhnt. Dort gab es keinen Verkehr, der Tag und Nacht am Haus vorbeirauschte, keinen ständigen Geräuschpegel. Die Häuser standen weit auseinander, und die großflächigen Gärten und angrenzenden Wälder versprachen Freiheit und Weite. Wanderer kamen öfter mal oberhalb ihres Grundstücks den Waldweg entlang und grüßten, ansonsten war man allein mit sich und der Welt.

Doktor März begrüßte sie freundlich und murmelte verlegen, dass es schön sei, dass sie sich heute sitzend mit ihm unterhalten könne.

»Schöne Weihnachtsdekoration haben Sie da«, sagte Katja. Im ganzen Raum waren gestrickte Engel aus Wolle verteilt: Sie saßen auf dem Schreibtisch, auf dem Aktenschrank, auf der Ablage über dem Waschbecken, in einer Ecke der Untersuchungsliege.

»Ein paar meiner älteren Patientinnen, die sich zu einem Handarbeitskreis treffen, haben mir die Dinger gestrickt.« Er rollte auf seinem Hocker durch das ganze Zimmer, um ihre Laborergebnisse zu suchen, bis er sie auf dem Fensterbrett fand. »Ah, da haben wir ja die Unterlagen. Nichts Auffälliges, Frau Friedinger. Alles im grünen Bereich. Ihre Werte sind alle in Ordnung.«

»Gut.«

»Wie geht es Ihnen?«

»Manchmal ist mir noch schwindlig. Ich habe Panikattacken, wenn ich sehe, wie viele Mails mir die Firma wieder geschickt hat oder wenn ich nur an die Arbeit denke. Ich schlafe sehr schlecht und bin antriebslos.«

»Okay …«, überlegte er und drehte sich auf dem Hocker. »Sie sollten sich viel bewegen, Sport machen, Spaziergänge an der frischen Luft. Es ist ja im Moment so schönes Frühlingswetter. Sie dürfen auch mal eine Woche wegfahren und Wellness machen oder einen Wanderurlaub. Alles, was der Genesung hilft, ist erlaubt. Tun Sie was zu Ihrer Entspannung. Machen Sie Yoga oder Autogenes Training. Und vereinbaren Sie einen Termin beim Psychotherapeuten.«

Katja schaute ihn unbehaglich an. »Muss das sein?«

»Mhm.«

Katja fuhr in ihre Wohnung. Es war erst eine Woche her, seit sie nach Lambrecht aufgebrochen war. Aus der Ferne erschien ihr das Elternhaus im Tal wie ein sicherer Hafen, ihr Leuchtturm im Finstern. Nirgends waren sie und Zoe so behütet wie dort.

Sie fühlte sich in ihren Räumen sehr unwohl. Im Kinderzimmer suchte sie rasch nach ein paar Spielzeugen und einer Puppe, die Zoe vermisste. In ihrem Schlafzimmer packte sie Unterwäsche und Nachthemden in eine Reisetasche, und in der Küche inspizierte sie den Kühlschrank und warf abgelaufene Packungen Käse weg. Nach kurzem Überlegen holte sie noch ihr Parfum aus dem Bad und steckte einen Lippenstift und einen Eyeliner ein. Man konnte nie wissen. Vielleicht musste sie mit Zoe ja doch noch mal zum Kinderarzt.

Beim Einpacken der DVD mit der zweiten Staffel von *Blue Bloods* stieß sie gegen die Videokassette in ihrer Handtasche. »Was kann ich nur anstellen, um diese Kassette sehen zu können?«, murmelte sie zu sich selbst. »Wo gibt es noch Videorekorder?«

Die Antwort auf diese Frage durchzuckte sie wie ein Blitz. Gott, nein, da wollte sie auf keinen Fall hin. Das war der letzte

Ort auf der Erde, den sie betreten wollte. Aber so sehr sie sich anstrengte, eine andere Möglichkeit zu finden, es fiel ihr nichts anderes ein als Kuprion Consulting.

Sie rief ihre Mutter an und sagte ihr, dass sie später käme. Sie habe noch etwas zu erledigen.

»Kein Problem«, sagte Eve. »Mach dir keine Sorgen um Zoe. Sie und Ida-Marie haben sich im Wohnzimmer eine Höhle aus Decken gebaut, und nachher kochen wir zusammen.« Im Hintergrund kicherten die beiden Mädchen.

Mit widerstrebenden Gefühlen fuhr Katja zur Firma. Alles in ihr schrie nach sofortiger Umkehr. Da sie niemandem begegnen wollte – allein der Gedanke an Bettina Mahler verursachte ihr Übelkeit – wartete sie noch eineinhalb Stunden im Auto. Inzwischen hatte sich der Abend zu einem tintigen Blau verdunkelt und ein leuchtender Honigmond stieg auf. Wie schön wäre es jetzt, in Lambrecht am offenen Fenster zu stehen und in den Garten zu schauen, dachte sie.

Im zwölften Stock, dort, wo Kuprion Consulting untergebracht war, gingen nacheinander die Lichter aus. Nur ein Raum blieb länger als die anderen erleuchtet.

»Bettina, geh nach Hause«, flehte Katja leise.

Irgendwann erlosch auch dieses Licht. Ihre Chefin kam wenige Minuten später aus der Tür, und Katja duckte sich im Auto. Es wäre nicht nötig gewesen, da Bettina auf ihr Smartphone starrte und weder nach links noch nach rechts sah. Mit rasendem Herzen wartete Katja vorsichtshalber noch zehn Minuten, dann nahm sie ihre Handtasche, schaute sich nach allen Seiten um und ging zum Eingang der Firma. Sie kam sich vor wie ein Einbrecher, als sie mit zitternden Händen ihre Schlüsselkarte vor das Lesegerät hielt. Sie machte sich klar, dass sie hier immer noch ihre Arbeitsstelle hatte und sie streng genommen nichts Verbotenes tat. Die Glastüren öffneten sich geräuschlos und Katja trat ein.

In der Eingangshalle brannte nur die Notbeleuchtung. Katja lief zu einer Tür, die in den Keller führte. Da sie keinen Lichtschalter fand, aktivierte sie die Taschenlampen-App ihres Smartphones. Vor Aufregung brauchte sie drei Anläufe, bis ihre verkrampften Finger gehorchten und das grelle Licht aufleuchtete. Sie schaffte die Treppe, ohne zu stürzen.

Ihr war gleichzeitig heiß und kalt. Wo war nur dieser Kellerraum, der zur Firma gehörte? Sie war ein einziges Mal hier unten gewesen, als Bettina sie angeschnauzt hatte, sie solle Marcel von Liechtenfels helfen zwei Tintenstrahldrucker hochzutragen. Mehrere Laserdrucker hatten gleichzeitig ihren Geist aufgegeben, und die Abteilung Human Resources hatte auf dem Trockenen gesessen.

Beim Herumstöbern zwischen abgenutzten, staubigen Büromöbeln und ausrangierten Computern, einer kaputten Kaffeemaschine und altmodischen Chefsesseln war Marcel auf einen antiquierten Fernsehschrank gestoßen, hinter dessen Türen sich ein Röhrenfernseher und ein alter Videorekorder verbargen.

»Warum geben die den alten Kram nicht zum Sperrmüll«, hatte Marcel gefragt.

»Weil sie noch keinen Dummen gefunden haben, der das erledigt«, war Katjas verdrossene Antwort gewesen. »Erwähne oben bitte nichts von dieser Müllhalde, sonst bringst du die Chefin noch auf Ideen.«

»Halten Sie mich für bescheuert? Entschuldigen Sie, Frau Friedinger, ich wollte nicht respektlos klingen.«

Unter Hochspannung tastete Katja sich durch den Kellerraum. Kaum ein Zentimeter war nicht mit etwas Sperrigem zugestellt. Ihre Hände zitterten wie Espenlaub. Es dauerte lange, bis sie die morschen Türen des Fernsehschranks geöffnet, Stecker und Steckdose gefunden hatte. Noch mehr Zeit nahm das Herumdrücken auf den verschiedenen Knöpfen des Fernsehers und des Videorekorders in Anspruch. Sie fluchte und schwitzte. Nervös sah sie auf die Uhr. Es war eine volle Stunde vergangen, seit sie die Firma betreten hatte. Aber jetzt flimmerte der Bildschirm. Die Aufnahme lief ab.

4

Auf der Suche nach den entschwundenen Jahren

Vor dem hohen schmutzigen Kellerfenster war es stockdunkel. Kein Geräusch war zu hören. Katja zog sich einen der löchrigen Ledersessel heran und kauerte sich hinein. Das Bild wackelte zunächst, dann wurde es klar. Verschiedene Aufnahmen reihten sich aneinander. Gebannt und ohne sich zu rühren, nahm sie alles in sich auf.

Da war Apollonia. Ihre geliebte, schöne, starke Großmutter. In der Blüte ihrer Jahre. Vor wie vielen Jahren war das gewesen? Und da war der Rest der Familie: August, jünger und kräftiger, oft laut und herzlich lachend. Gudrun, ernst wie immer, mit kürzeren Röcken als heute und einer Betonfrisur. Eve, die verwirrt hinter ihrer Schwester herlief und auf sie einredete. Szenen eines Sommers. Isabelle und sie selbst, ihre Kusine zwölf, sie neun Jahre alt, beim Brombeerpflücken, barfuß, braun gebrannt, blauverschmiert.

»Erst waschen«, rief Gudrun streng, als mehr Brombeeren im Mund der Kinder als in der Schüssel landeten.

»Ach, lass sie doch«, sagte Apollonia begütigend.

Katja weinte lautlos, während sie auf den Bildschirm starrte. Apollonia hatte die Videokamera geführt. Manchmal richtete Großmutter sie auch auf sich selbst, und man sah ihr prächtiges tizianrotes Haar und das ärmellose weiß geblümte Kittelkleid vom Flohmarkt, das sie trug.

»Lass mich wieder filmen«, sagte Gudrun. »Du wackelst immer so herum, Mutter.«

»Dann wird der Film auch nicht so langweilig«, lachte

Apollonia, und ihre Enkelinnen bei den Brombeerbüschen kicherten.

Winterszenen. Sie waren alle mit zwei Schlitten den Berg hinter dem Haus hochgewandert, und Apollonia und August rodelten abwechselnd mit den Mädchen hinab. Entweder Gudrun oder Eve hatten das gefilmt.

»Schneller, schneller, mach Tempo, Katja«, rief Apollonia.

»Hiiiiilfe!«, kreischte Isabelle, als sie und August von dem mit hohem Schnee bedeckten Waldweg abgekommen waren und an einem Baum entlangschrammten.

Katja erinnerte sich nur zu gut an diesen Ausflug. August hatte sich bei dem kleinen Unfall das Bein gebrochen.

»Das kommt davon, wenn ihr immer so wild seid«, schrie Gudrun erschrocken. Dann brach die Aufnahme ab, weil sie sich alle um August kümmern mussten.

Sommer um Sommer, Winter um Winter zogen vorüber. Bei jeder Szene waren sie alle ein kleines Stück älter geworden. Das Haar ihrer Großmutter durchzogen immer mehr Silberfäden, die Frisuren von Gudrun und Eve waren praktischer und kürzer, August trug immer weniger Haare auf dem Kopf. Isabelle hatte verschiedene Experimentierphasen gehabt. Mal hatte sie versucht, die wirren Kringellocken schwarz zu färben, doch sie hatten die Farbe nicht angenommen, mal hatte sie Rastazöpfe, mal explodierte Krauslöckchen, die ihren Kopf umgaben wie bei einem Rauschgoldengel. Katja dagegen hatte ihre dunkelroten Haare immer glatt und gescheitelt getragen.

Plötzlich vernahm sie ein Geräusch, das nicht von der Videokassette kam. Wie gelähmt saß sie im Sessel und horchte. Kalter Schweiß lief ihr den Rücken hinunter. War da irgendjemand? Sie stoppte die Aufnahme und lauschte bestimmt fünf Minuten. Doch als sie keinen Laut hörte, ließ sie den Film weiterlaufen, wachsam, alle Sinne geschärft.

Isabelles Abiturball. Sie hatten sich alle herausgeputzt und schwirrten mit Lockenwicklern im Haar und Schminkutensilien in den Händen durchs Haus. August filmte und kommentierte: »Wunderschön! Wie Königinnen der Nacht. Heute

Abend werden die Friedinger-Frauen ihren großen Auftritt haben. Schenkst du mir den ersten Tanz, Isabelle? In drei Jahren bist du dran, Katja.«

Die Kleider, die vor fünfundzwanzig Jahren modern waren, sahen heute zum Schreien aus. Katja hatte ein blasslila Modell getragen, das sich mit ihren Haaren biss und nicht sehr vorteilhaft geschnitten war. Ihr Herz zog sich zusammen vor Sehnsucht nach den vergangenen Zeiten. Wo waren die Jahre geblieben?

»Meine wunderschöne, erfolgreiche Enkelin«, sagte Apollonia gerade und legte stolz den Arm um Isabelles Schulter.

Wieder hörte Katja ein Geräusch, etwas Schabendes, Raschelndes. Hier war doch jemand unterwegs. In den vorderen Kellerabteilen? Oder draußen vor dem Fenster? Wer trieb sich am späten Abend in der verlassenen Firma herum?

Sie wünschte jetzt, sie wäre niemals auf die Schnapsidee gekommen, sich Apollonias Videokassette ausgerecht an diesem verfluchten Ort und zu dieser Zeit anzusehen. Aber die Gefühle, die sie überrollten, diese überwältigende Liebe und Sehnsucht nach ihrer Großmutter, diese Trauer um die entschwundenen, glücklichen Jahre, ließen sie hier unten verharren. Einige Minuten saß sie still da. Zögernd drückte sie dann erneut auf die Playtaste.

Ida-Maries Taufe. Von anrührendem Stolz erfüllt standen die Friedinger-Frauen zusammen vor der Kirche, abermals von August gefilmt. Alle in Festkleidung, und Gudrun hielt das kleine Bündel im weißen Seidenkleidchen. Der Vater des Babys, Isabelles Lebensgefährte Andreas, war zu diesem Zeitpunkt noch präsent. Er stand hinter den Frauen und grinste in die Kamera. Drei Jahre später würde er verschwunden sein, so wie alle Männer im Leben der Familie. Außer August.

»Apollonias erstes Enkelkind«, kommentierte er die Szene. »Auf dass noch viele folgen mögen.«

Apollonia küsste von der Seite Ida-Maries zarte, flaumweiche Wange. »Noch viele wunderschöne Kinderchen.« Ihr bunt bedrucktes Seidentuch flatterte im Frühlingswind.

Schlich da jemand in den Kellerabteilen herum? Das waren doch Schritte! Panik übermannte Katja. Sie zerrte ihr Handy aus der Handtasche, um, wenn nötig, einen Notruf absetzen zu können. Ihre Haare klebten ihr schweißnass an der Stirn. Da ... ein Kratzen, ein leises Tappen?

Während sie völlig aufgelöst versuchte, die Stopptaste der Fernbedienung zu drücken, aber so zitterte, dass es ihr nicht gelang, zogen weitere Szenen auf dem Bildschirm vorüber. Flüchtig, wie im Nebel sah sie Apollonia in ihrem Wohnzimmer. Ihrer Armhaltung nach zu urteilen, filmte sie sich selbst und sie hielt dieses regenbogenfarbene Vögelchen hoch, das wie eine Pfeife aussah. »Das hier ist das erste zauberhafte Vögelchen aus meiner entstehenden Sammlung. Gekauft habe ich es in …« Apollonias angenehme, volle Stimme klang in ihren Ohren, ohne dass sie ein Wort davon verstand. »… werde das Haus dieses Jahr mit diesen Vögeln dekorieren … Katja hat uns endgültig verlassen, um mit diesen armen verhaltenskreativen Kindern zu arbeiten … Wünsche mir, dass die Familie … zusammen …«

Ein einzelner Lichtkreis wie von einer Taschenlampe, die herumgeschwenkt wurde, leuchtete durch das schmale Fenster in den Kellerraum. Katja zerrte die Videokassette aus dem Rekorder, stopfte sie in ihre Tasche, ließ die Fernbedienung fallen und tastete sich stolpernd vorwärts durch die Dunkelheit. Raus hier. Nur fort. Was hatte sie sich nur dabei gedacht, hierherzukommen?

Die letzte Szene, die über den Bildschirm geflimmert war, zeigte Apollonia, die lächelnd dieses kleine Fläschchen mit dem Perlenengel darin hochhielt. Sie erzählte, wo sie es gekauft hatte und was sie damit vorhatte. Aber das hatte Katja nicht mehr mitbekommen.

Sie schaffte es zum Auto, ohne einer Menschenseele zu begegnen. Auf der Autobahn musste sie aufpassen, nicht zu fahren wie der Henker. Sie umklammerte das Lenkrad so sehr, dass ihre Finger taub und gefühllos wurden.

Es war halb elf, als sie endlich in Lambrecht ankam und das Auto auf der Straße vor dem Haus zum Stehen brachte. Augenblicklich sank sie in sich zusammen. Sie war zu Hause, in Sicherheit. Hier konnte ihr nichts geschehen, hier war alles gut.

Sie sah den Hügel hoch in ihren Garten. Eve hatte die Lichterketten angeschaltet, und die Bäume erstrahlten in warmem Rot, geisterhaftem Weiß, ätherischem Blau. Eine nächtliche Märchenwelt, anheimelnd und so schön, dass sie stundenlang im Auto hätte sitzen und hinschauen können.

Im Schlafzimmer ihrer Mutter brannte noch Licht. Leise klopfte sie an und steckte den Kopf durch den Türspalt. »Mama, ich bin wieder da.«

Eve saß im Bett und klappte ihr Buch zu. Da die Rollläden geöffnet waren, schienen die bunten Lichter vom Garten herein. »Gut, da bin ich froh. Ich habe mir schon Sorgen gemacht. Zoe schläft seit sieben Uhr. Ich habe ihr das Antibiotikum gegeben; sie hatte heute auch keine Schmerzen mehr. Sie ist wieder putzmunter.«

»Gut.«

»Was hast du so lange gemacht?«

»Ach, ich war noch in der Wohnung, um ein paar Sachen zu holen, und in der Firma.«

»In der Firma?«

»Ja«, murmelte Katja rasch. »Kurz noch was erledigen. Aber jetzt gehe ich ins Bett. Gute Nacht, Mama.«

»Gute Nacht, Schatz, schlaf gut.«

Im Bad duschte sie lange unter heißem Wasser. Sie betrat dann leise Zoes Zimmer, um nach ihr zu sehen. Ihre Tochter lag mit einem Stoffhasen im Arm unter der dicken Decke und schlief friedlich, die Wangen leicht gerötet. Katja setzte die Puppe, die sie aus ihrer Wohnung mitgebracht hatte, ans Kopfende des Bettes und schlüpfte zu Zoe unter die Decke.

Sie fand keinen Schlaf. Wie hatte sie nur so leichtsinnig sein können, in den Keller der Firma zu schleichen? Vielleicht war ja tatsächlich ein Einbrecher unterwegs gewesen, und sie war ihm nur knapp entwischt? Wie so oft stieg die Angst in ihr hoch, ihr könne etwas passieren und Zoe bliebe allein zurück. Katja lief ins Wohnzimmer, riss das Fenster auf und atmete die kühle Nachtluft ein. Sie konnte über den Ortskern bis hinüber auf die gegenüberliegenden Hügel und Wälder blicken. In vielen Gärten standen beleuchtete Christbäume. Es war alles so heimelig und ruhig, dass sie langsam wieder zu sich kam. Sie schloss das Fenster, war aber viel zu hellwach und aufgewühlt, um wieder ins Bett zu gehen. Wie jede Nacht fuhr sie ihren Laptop hoch und schaute sich eine Folge *Blue Bloods* an.

So konnte es nicht weitergehen, dachte sie, als sie sich später wieder an Zoe schmiegte und Stunde um Stunde wach neben ihr lag.

»Ich werde mit Zoe für ein, zwei Tage wegfahren«, verkündete Katja am nächsten Nachmittag.

Die ganze Familie saß um den Küchentisch mit dem Adventskranz. Gudrun hatte am Vorabend einen Gewürzkuchen gebacken und schnitt für jeden ein Stück ab. Sie trug noch ihren eleganten Hosenanzug, während Eve und Isabelle sich inzwischen alte, ausgebeulte Strickjacken übergezogen hatten.

»Wir fahren in Urlaub?«, schrie Zoe begeistert, die mit Ida-Marie im Schneidersitz auf der Küchenbank saß und heißen Kakao trank. »Nach Madagaskar? Aber dann müssen wir noch kurz in Mannheim vorbei, meinen Bikini holen!«

»Schrei doch nicht immer so, Kind.« Gudrun schüttelte missbilligend den Kopf.

»Und schlürf nicht so«, sagte Ida-Marie.

»Was erzählt das Kind da immer von Madagaskar«, brummte August vor sich hin und zerkrümelte seinen Kuchen über der dampfenden Teetasse.

»Weiß ich auch nicht. Wir fahren morgen, für wahrscheinlich zwei Nächte. Nach Luxemburg.«

»Wieso ausgerechnet nach Luxemburg, Liebes?«, fragte ihre Mutter.

»Deswegen«, erklärte Katja und zeigte auf die Ordner mit

der Korrespondenz ihrer Großmutter, die sie heute Morgen, während alle gearbeitet hatten und Zoe mit Onkel August im Garten gewesen war, durchgegangen war. »Du hattest mich doch gebeten, das alles durchzusehen, Gudrun. Das habe ich getan. Oma hat unheimlich viel von diesen wunderschönen Gegenständen gekauft und bestellt, die oben auf dem Dachboden in den Kisten liegen. Und wie ihr wisst, sind noch ein paar Bestellungen offen. Apollonia hatte diese mit Textmarker markiert und Post-its angeheftet mit dem Abholdatum. Sie war da sehr gewissenhaft. Morgen früh fahre ich nach Luxemburg. Und nein, Zoe, du brauchst keinen Bikini mitzunehmen.«

»Menno«, maulte Zoe und setzte eine schmollende Miene auf.

»Schau nicht so trotzig«, wies Gudrun sie zurecht. »Und was soll das Ganze jetzt, Katja? Was genau ist dein Plan?«

Katja überhörte den spitzen Unterton. »Na ja, ich hole Omas Bestellung ab. Das hätte sie doch selbst getan, wenn sie …« Ihr versagte die Stimme.

»Sie hat diese ganzen komischen Vögel in Luxemburg bestellt, wenn ich mich recht erinnere, nicht?«, sagte Isabelle. »Und die willst du tatsächlich abholen?«

»Ja«, sagte Katja mit fester Stimme.

»Deine Großmutter hätte sich gefreut. Sie hätte gewollt, dass du sie abholst.« August legte ihr kurz die Hand an die Wange.

»Nun mal nicht so melodramatisch«, sagte Gudrun und schnitt den restlichen Gewürzkuchen in Stücke, dass die Krümel nur so flogen. »Apollonia hätte es so gewollt … Sie hatte einen Spleen, das ist uns allen klar. Wozu und weshalb, weiß kein Mensch. Was hatte sie vor mit diesen Piepmätzen? Wie auch immer. Wieso musst du sie abholen? Wir hatten doch besprochen, dass wir die Bestellung genauso gut stornieren können. Sollen wir noch eine weitere Kiste mit Gerümpel auf den Dachboden stellen?«

»Ja, das frage ich mich auch«, pflichtete Eve ihr bei und rührte gedankenverloren in ihrem Tee.

»Es ist so viel Kram, wir könnten ein Museum aufmachen! Oder die ganzen Kisten bei Ebay verscherbeln, an irgendwelche spinnerten Sammler.« Isabelle lachte humorlos auf.

»Genug!«, sagte August energisch. »Meine Schwester hat vor ihrem Tod Bestellungen aufgegeben, und wir respektieren das und holen die Sachen ab. Diese ordentliche Buchführung, diese sorgfältig markierten Abholdaten und Adressen – das kommt doch einer Aufforderung sehr nahe, meint ihr nicht? Katja wird die Sachen abholen! Und damit Schluss!«

Katja sah ihren Onkel dankbar an. Allerdings ging es ihr nicht nur um das Abholen der bestellten Vögel. Ein Stück weit hoffte sie, etwas über Apollonias seltsame Marotten herausfinden zu können, andererseits hatte sie das heftige Gefühl, einfach wegzumüssen. Außerdem wäre es schön, Zeit mit Zoe zu verbringen, um etwas von der verlorenen Zeit der letzten Jahre nachzuholen.

Zoe strahlte. »Ich packe gleich meinen rosa Koffer.« Mit Ida-Marie an der Hand, die neidisch guckte, weil sie nicht auch verreisen durfte, zog sie ab.

»Warum darf ich nicht …«, begann Ida-Marie zwischen Tür und Angel, doch Isabelle fuhr ihr gleich über den Mund: »Weil du Schule hast, Fräulein.«

Gudrun schnaubte. »Also wirklich, Katja, das bringt doch nichts. Wir sollten den Vogelhändler anrufen und von der Bestellung zurücktreten, fertig. Kein Mensch braucht dreißig Vögel auf seinem Dachboden. Außerdem bist du krank. Die Reise wird dir nicht guttun.«

»Finde ich eigentlich auch«, stimmte Isabelle zu. »Noch jemand Kuchen? Du solltest dich ausruhen und nicht in der Weltgeschichte herumfahren.«

»Esst euren Kuchen und gebt mal Ruhe«, sagte August.

»Bist du … bist du überhaupt in der Lage, allein wegzufahren?«, gab ihre Mutter zaghaft zu bedenken.

Katja seufzte. Sich vor der ganzen Familie rechtfertigen zu müssen, weil sie eine Kurzreise von zweihundert Kilometern unternehmen wollte, deprimierte sie. Es erschien ihr viel zu anstrengend, allen zu erklären, dass sie einfach wegmusste.

»Darfst du überhaupt verreisen, wenn du krankgeschrieben bist?«, fragte Isabelle. »Was ist, wenn dein Arbeitgeber das mitbekommt?«

»Ja, richtig?«, stimmte ihre Mutter nervös zu.

»Mein Arzt sagt, ich solle alles tun, was zur Genesung beiträgt. Auch verreisen. Ich habe ja keine ansteckende Grippe, mit der ich das Bett hüten muss. Ich habe uns heute Morgen ein Zimmer gebucht. Und ich begebe mich ja nicht auf Weltreise.«

»Na, dann tu, was du nicht lassen kannst«, sagte Gudrun mit verkniffenem Mund und begann, den Tisch abzuräumen.

»Beschwer dich hinterher nicht, wenn es dir noch schlechter geht«, schob Isabelle nach.

Eve saß mit bekümmertem Gesicht da und sagte gar nichts, was Katja noch mehr aufbrachte.

August erhob sich mühsam von seinem Stuhl, schlurfte durch die Küche und raunte ihr beim Hinausgehen zu: »Viel Spaß im Großherzogtum! Bring mir doch ein paar Spirituosen mit, die sind dort günstiger!«

Katja lächelte in sich hinein. »Mach ich«, flüsterte sie zurück.

Beim Abendessen, das sie heute alle bei Gudrun und Isabelle einnahmen – die beiden hatten Gemüseauflauf und Ofenkartoffeln zubereitet – legte Katja die Videokassette auf den Tisch. »Die war bei Omas Sachen oben auf dem Dachboden in der einen Kiste. Leider haben wir keinen Videorekorder, um sie uns anzusehen.«

»Was ist das für ein Ding?«, schrie Zoe.

»Schrei doch nicht so«, sagte Ida-Marie, um gleich noch einmal selbst zu fragen: »Was ist das für ein Ding?«.

»Darauf hat man früher, als Katja und ich jung waren, Filme geschaut«, sagte Isabelle. »Nein, einen Videorekorder haben wir nicht mehr. Wer hat das heutzutage noch? Aber ich erinnere mich, dass Oma zu bestimmten Gelegenheiten immer gefilmt hat. Wäre schön, sich das alles noch einmal ansehen zu können.«

»Mal überlegen«, sagte Gudrun. »Kennen wir jemanden, der noch so einen alten Videorekorder bei sich herumstehen hat?«

»Mir fällt niemand ein«, sagte Eve. »Wir werden wohl darauf verzichten müssen, die Kassette anzusehen.«

»Mädels«, brummte August und nahm sich noch eine große Portion Gemüseauflauf. »Schon mal was von Ebay gehört? Bekommt man da nicht alles?«

Am nächsten Morgen, als Gudrun und Eve bei der Arbeit waren, Ida-Marie zur Schule gegangen war und Isabelle über ihrer Übersetzung saß, verabschiedeten sie sich von Onkel August und fuhren los. Zu Katjas Erstaunen verspürte nicht nur Zoe, die auf dem Rücksitz saß und laut sang, Urlaubsstimmung, sondern auch sie selbst.

Nach zwei Stunden kamen sie in Luxemburg an.

»Wo sind wir? Hurra, wir sind da, im Urlaub. Verstehen die hier deutsch?«, rief Zoe, die das Stillsitzen satthatte.

Katja parkte das Auto, und sie liefen die letzten Meter zu ihrem Hotel, das sich in einer kleinen Seitenstraße zur Place d'Armes, dem belebtesten Platz des Stadtzentrums, befand. Katja hatte am Vortag über das Internet ein Zimmer gebucht. Es war das letzte, das frei war, sagte ihr die Rezeptionistin beim Einchecken, da gerade ein großer Kongress im Hotel stattfand.

Während Katja auspackte, hüpfte Zoe begeistert über die Betten. »Können wir nicht länger als zwei Tage bleiben, Mama? Wir waren doch seit mindestens zehn Jahren nicht mehr im Urlaub.«

»Du bist ja noch keine sechs Jahre alt«, lachte Katja. »Was erzählst du da?«

Später aßen sie in einem kleinen Restaurant auf der Place d'Armes Spaghetti.

»Gehen wir durch die Stadt? Sehen wir uns alles an? Suchen wir einen Spielplatz? Gehen wir in ein Spielzeuggeschäft?«, fragte Zoe aufgeregt, als sie ihr Eis zum Nachtisch aufgegessen hatte.

Katja versuchte, ihr die Schokoladeneisflecken von der lila Cordhose zu wischen. »Zuerst suchen wir den Händler auf, bei dem Uroma Apollonia ihre schönen Vögelchen gekauft hat. Danach machen wir alles, was du möchtest.«

Katja gab am frühen Nachmittag die Adresse des Kunsthandwerkers in das Navigationssystem ein, und sie fuhren in den Vorort Hamm. In einer ruhigen Straße, die mit hohen Pappeln gesäumt war, befand sich die Werkstatt.

Schmits Péckvillchen stand in verrosteten Buchstaben über dem Eingangstor. Sie gingen einen kleinen Weg entlang zu den Gebäuden der Werkstatt. In den Fenstern, auf Regalen und Tischchen am Eingang standen Hunderte dieser kleinen, grazilen Vögel, die sie auch in Apollonias Kisten gefunden hatten. Jedes war ein Unikat, liebevoll aus Ton gefertigt und gebrannt, einzigartig in Form und Farbgebung.

»Schau nur, Mama«, rief Zoe begeistert. »Wie niedlich! Krieg ich eins?«

»Später. Erst möchte ich mit dem Mann sprechen, der die Vögel herstellt.«

Schwaches Winterlicht fiel durch die hohen Fenster der Werkstatt. Ein Mann kam auf sie zu, um die sechzig, mit weißem Bart und einer Schürze.

»Moien! Was kann ich für Sie tun?«

»Ich bin Katja Friedinger aus Deutschland, ich ...«

»Ah ja, stimmt. Mein Name ist Francis Schmit. Ich wusste, dass Sie kommen.«

»Dann haben Sie meine E-Mail von gestern gelesen.«

»Ja, aber ich wusste vorher schon, dass Sie kommen.« Er sah sie mit einem rätselhaften Blick an.

Katja war zu erstaunt, um zu fragen, was er meinte.

»Kommen Sie, kommen Sie, sehen Sie sich um, vor allem das kleine Fräulein.«

Zoe sah ihn mit großen Augen an, weil er mit einem Akzent sprach, den sie noch nie gehört hatte. Aber bevor sie eine Bemerkung machen konnte, ermahnte Katja sie: »Nichts anfassen, Zoe.«

Überall saßen Vögel. Einige waren lebenden Vögeln nachempfunden, andere leuchteten fantasievoll in türkis, zitronengelb, froschgrün, einem warmen Rot, waren gepunktet oder gestreift. Monsieur Schmit erklärte ihnen, dass die Figuren in Luxemburg *Péckvillchen* genannt wurden. Zoe bewunderte ein *Péckvillchen*, das aussah wie ein Fliegenpilz: weiße Tupfen auf hagebuttenroten Federn. Alle hatten Löcher im Schwanz und vorne am Körper.

»Die *Péckvillchen* werden vor allem an Ostern auf Märkten verkauft«, erklärte Monsieur Schmit. »Das ist eine lange Tradition bei uns in Luxemburg. Hör mal, kleines Fräulein, wie man auf den *Péckvillchen* pfeifen kann.«

Zoe lauschte, wie der Kunsthandwerker den verschiedenen Vögeln Töne entlockte. Auch dabei glich keines der Figürchen einem anderen. Manche pfiffen schrill, andere trällerten perlend, zwitscherten oder tirilierten in höchsten Tönen.

»Toll«, schwärmte Zoe.

»Es gibt bestimmt viele Liebhaber, die *Péckvillchen* sammeln«, sagte Katja.

Monsieur Schmit nickte. »In der Tat. Jedes Jahr zu Ostern gibt es neue Kreationen. Viele Sammler kaufen dann die schönsten Exemplare.«

»Wie ich Ihnen geschrieben habe, bin ich gekommen, um die letzte Bestellung meiner Großmutter abzuholen. Sie muss sie ungefähr zwei Wochen vor ihrem Tod aufgegeben haben. Den Rechnungsbetrag hat sie bereits überwiesen.«

»Ja. Ich habe die Kiste im Lager stehen. Warten Sie einen Moment, ich hole sie.« Er verschwand für wenige Minuten und kehrte dann mit einem Paket zurück. »Es sind dreißig *Péckvillchen* darin. Möchten Sie mal reinschauen?«

Katja nickte und klappte den Deckel des Paketes auf. Darin lagen die Vögelchen in braunes Packpapier eingeschlagen. Sie wickelte eines vorsichtig aus: Es war zartlila gestreift.

Monsieur Schmit schenkte ihr einen Becher dampfenden Kaffees aus einer Thermosflasche ein und stellte Zoe ein paar Kekse hin. »Es tut mir sehr leid, dass Ihre Großmutter gestorben ist. Sie war eine gute Kundin von mir. Über die Jahre kam sie immer wieder vorbei, um das eine oder andere Stück zu kaufen. Und vor einigen Wochen dann diese große Bestellung. Schade, dass sie die *Péckvillchen* nicht mehr selbst abholen konnte. Sie war eine interessante Frau, mit der man sich angeregt unterhalten konnte.«

»Was meinten Sie vorhin mit: Sie wussten, dass ich komme?«

»Ich bekam vor einigen Wochen eine seltsame Mail von Ihrer Großmutter. Sie schrieb, falls sie es nicht mehr persönlich schaffe, die Bestellung abzuholen, würde jemand anderes aus der Familie es tun …«

»Sie wusste, dass sie sehr krank war. Das hat sie gut vor der Familie verborgen.« Katja war plötzlich nach Weinen zumute. »Was hat sie Ihnen erzählt?«

Monsieur Schmit schlürfte aus seinem Kaffeebecher. »Nun ja, als sie das letzte Mal da war, im Sommer war das, hat sie von ihrem Projekt erzählt.«

»Ihrem Projekt?« Katja sah ihn erstaunt an. »Was für ein Projekt denn?«

»Das weiß ich nicht so genau. Sie hatte etwas vor und brauchte viele *Péckvillchen* dafür. Sie wollte damit nicht nur das Haus dekorieren, wie sie es anscheinend immer tat. Jedes Jahr oder jede Jahreszeit ein neues Motto, erzählte sie immer. Nein, dieses Mal war es etwas anderes, etwas viel größeres.«

»Was?«

»Tut mir leid, das kann ich Ihnen nicht sagen. Ich dachte, Sie als Familie wüssten da besser Bescheid.«

Katja seufzte. »Meine Großmutter war sehr geheimnistuerisch. Keiner von uns hat eine Ahnung, was sie vorhatte.«

Einen Moment schwiegen sie beide. Monsieur Schmit schenkte ihr noch Kaffee nach. Dann fiel ihm etwas ein. »Aber ich erinnere mich noch ganz genau an das allererste *Péckvill-*

chen, das sie bei mir gekauft hat. Es ist bestimmt fünfzehn Jahre her. Das Vögelchen war ganz in Regenbogenfarben lackiert. Ihrer Großmutter gefiel es so gut, dass sie es kaufte. Es erinnere sie an ihre Enkelin, sagte sie, die das Elternhaus gerade endgültig verlassen hatte, um woanders zu arbeiten, in einem Kinderheim mit schrecklich ungezogenen Kindern.«

Katja räusperte sich. »Das war dann wohl ich. Und so ungezogen waren die Kinder damals auch nicht. Nicht ungezogener als meine eigene Tochter heute.«

»Ja, kann sein. Die andere Enkelin war auch ausgeflogen, und obwohl Ihre Großmutter wusste, dass das der natürliche Lauf der Dinge war, war sie traurig darüber, dass Sie das Nest verließen. Ihr lag so viel an der Familie und daran, dass alle glücklich waren.«

Katja hatte plötzlich einen Kloß im Hals. Sie wünschte, Apollonia wäre bei ihr, jetzt, in diesem Moment.

»Diese Vögel bedeuteten etwas Bestimmtes für sie«, sagte Monsieur Schmit und sah sie eindringlich an. »Finden Sie es heraus.«

Katja hatte das Bedürfnis, sich zu verabschieden. Es wurde langsam ein bisschen viel.

Sie kaufte für Zoe noch ein *Péckvillchen* in bonbonrosa mit einem goldenen Krönchen auf dem Kopf, bedankte sich nochmals bei Monsieur Schmit für seine Zeit.

Sie fuhren nach Luxemburg-Stadt zurück. Den restlichen Nachmittag verbrachten sie mit einem Stadtbummel und Shoppen. Katja war bald erschöpft, doch weil Zoe so viel Spaß hatte und sich in einem regelrechten Kaufrausch befand, verschob sie die Rückkehr ins Hotel. Zoe suchte sich einen schreiend bunten Ballonrock und einen fliederfarbenen Feenrock aus, dann sahen sie sich die edel dekorierten Schaufenster der Luxusgeschäfte an.

»Sollen wir da nicht reingehen? Vielleicht haben die kleine Taschen für zu meinen neuen Röcken dazu?«, fragte Zoe.

»Du bist mir eine Diva. Aber nein, die haben keine kleinen Taschen für Kinder. Außerdem würde mir zuerst eine neue

Tasche zustehen. Schau mal, meine hat immer noch die Eisflecken, die du mir vor Jahren draufgeschmiert hast.

Sie entdeckten noch einen großen Spielplatz mit Piratenschiff, auf dem Zoe sich austoben konnte. Mit feuchter Wintererde und Matsch verdreckt, aber glücklich, traten sie dann den Rückweg zum Hotel an.

Am Abend zog Zoe ihren neuen lila Feenrock über pink gestreifte Strumpfhosen und einem hellblauen Minnie-Maus-Langarmshirt an. Katja trug ein klassisches Seidentuch ihrer Großmutter über einem neuen flaschengrünen Pullover.

»Nimm deine Jacke und deine Mütze gleich mit zum Abendessen, dann können wir im Anschluss noch auf den Weihnachtsmarkt gehen.«

»Glühwein trinken?«

»Kinderglühwein.«

»Darf ich dann länger aufbleiben wie zu Hause?«

»Das lässt sich heute nicht vermeiden.«

»Juhu.« Zoe strahlte.

Im Restaurant im Erdgeschoss des Hotels herrschte ein reges Treiben. Sie wurden von einer Bedienung zu einem der wenigen freien Zweiertische geführt. Ein Großteil des Raumes war reserviert für die Teilnehmer des Kongresses, der hier stattfand. *Congrès des pédiatres européens / Europäischer Kinderärztekongress* stand auf Schildern, die den großen Raum abtrennten. Katja wurde es heiß und kalt, als sie an Jens Rombach dachte.

Zoe bestaunte die funkelnden Kronleuchter und die flackernden weißen Kerzen auf den Tischen. Katja bemühte sich, die Begeisterung und Unbeschwertheit ihrer Tochter zu teilen. Es war das erste Mal seit Langem, dass sie die Zeit genossen, ohne auf die Uhr zu schauen, ohne getrieben zu sein.

Zoe ließ ihren Suppenlöffel fallen. Sie brach in Geheul aus, weil ein paar Spritzer Suppe auf ihrem neuen Rock gelandet waren, während Katja unter dem Tisch herumkroch, um den Löffel zu suchen.

»Hier ist er. Ich bestelle dir aber gleich einen neuen Löffel. Und hör auf zu weinen, den Rock waschen wir daheim.« Sie rappelte sich wieder hoch, ihr Kreislauf sackte nach unten und ließ ihr für ein paar Momente Funken vor den Augen tanzen.

Und da – kurz dachte sie an Halluzinationen – kam eine Gruppe von vier Männern auf dem Weg zu den reservierten Tischen an ihnen vorbei. Einer von ihnen – es war Jens Rombach in einem edlen grauen Anzug und dunkelblauer Krawatte – sah flüchtig an ihr vorbei, ließ dann kurz den Blick auf ihr ruhen und stutzte.

»Der Arzt aus dem Fischezimmer, der sich dauernd den Kopf angestoßen hat!«, rief Zoe laut.

Doktor Rombach lächelte sie an.

»Guten Abend ...«, stieß Katja hervor. Ihr Herz raste, und vor lauter Bestürzung ließ sie den Löffel wieder fallen.

»Guten Abend, Frau ...«

»Friedinger.«

»Ja.«

Einer seiner Kollegen hatte den Löffel aufgehoben und reichte ihn ihr.

»Danke«, stammelte sie.

Die Männer gingen weiter, und sie starrte ihnen hinterher.

Katja war zerstreut und wie benommen. Er war da. Und doch unerreichbar für sie. Wieder erschienen ihr Traumbilder, wie er sie in seine Teeküche zieht und sie an sich presst, so real, dass sie fast seinen Körper spürte.

»Mamaaa!«

Dann geschah alles blitzschnell. Sirenen schrillten ohrenbetäubend. Feuerwehrautos hielten vor den großen Fenstern des Restaurants. Feuerwehrmänner erschienen in voller Montur. Einer der Männer sprach ruhig in ein Megaphon. »Wenn Sie mir bitte alle kurz zuhören: Im rechten Flügel des Hotels hat sich ein Feuer entwickelt. Wir werden das Hotel jetzt räumen. Bitte bleiben Sie ruhig und befolgen Sie unsere Anweisungen. Verlassen Sie den Saal zügig durch den Haupteingang. Wir bringen Sie alle auf die Place d'Armes. Dort erhalten Sie weitere Informationen.«

Vereinzelt wurden Stimmen laut. »Wo brennt es denn genau? Was ist passiert? Wir müssen aber noch unsere Sachen aus den Zimmern holen.«

Katja zog erst Zoe und dann sich die Jacke über und umklammerte die Hand ihrer Tochter. Sie hatten ihr Zimmer im linken Flügel, doch sie war nervös und unruhig.

»Was ist los, Mama?«, fragte Zoe ängstlich. Tränen standen ihr in den großen grauen Augen. »Mein Einhorn ist noch da drin. Wird es verbrennen?«

Katja schüttelte den Kopf. Im Gänsemarsch verließen sie im Strom der anderen Gäste das Restaurant. Von allen Seiten wurden sie geschubst und angerempelt. Katja hatte Angst, die vielen Erwachsenen könnten ihre kleine Tochter in der Menge übersehen und niedertrampeln. Starker Rauch hatte sich entwickelt und ließ sie husten.

Draußen auf der Straße sahen sie die lodernden Flammen, die auf der rechten Seite des Hauses aus den Fenstern schlugen. Noch war nur das oberste Stockwerk betroffen, aber so wie es aussah, drohte das Feuer auf die Etage darunter überzugreifen. »Hoffentlich sind dort keine Menschen mehr drin«, murmelte immer wieder jemand.

Die Polizei führte die Menschenmenge auf die angrenzende Place d'Armes und sperrte das Gebiet rund um das Hotel ab. Ein Polizeibeamter mit Megaphon erschien auf dem Platz. »Bitte bleiben Sie vorerst hier. Hier sind Sie in Sicherheit. Wir stellen gerade sicher, dass sich niemand mehr im Gebäude befindet.«

Zoe heulte inzwischen laut. »Mein Einhorn und meine neuen Kleider …«

»Die sind unwichtig. Wichtig ist nur, dass es uns gut geht und dass sich niemand mehr auf dem brennenden Stockwerk befindet«, sagte Katja.

Plötzlich stand jemand hinter ihnen und legte Zoe die Hand auf die Schulter. »Es ist alles gut, Kleine. Wo ist denn dein Zimmer?«

»Da!«, schniefte Zoe und zeigte auf das Erdgeschoss im linken Flügel.

»Na, das ist ja weit genug weg vom Feuer.«

»Doktor Rom … bach.« Sie starrte in seine braunen Augen.

»Geht es Ihnen gut, Frau Friedinger?«

»Mhm.« Er stand ganz dicht vor ihr und sie sehnte sich danach, dass er seine Hand auch auf ihre Schulter legte oder den Arm um sie schlang.

»Ich hole uns einen Glühwein, und die Kleine bekommt einen Kinderpunsch und Zuckerwatte gegen den Schreck. Wie war dein Name?«

»Zoe.« Sie wischte sich mit dem Jackenärmel die tropfende Nase ab.

Er legte einen Arm um jede von ihnen und führte sie zu einem Stand am anderen Ende des Weihnachtsmarktes.

»Hier, trinken Sie«, sagte er kurz darauf und drückte Katja einen heißen Becher mit dampfendem Glühwein in die Hand. »Sie sind blass wie ein Gespenst. Und für dich, junge Frau, einen Kinderpunsch und rosa Zuckerwatte.«

»Mhm.« Zoe, noch mit Tränenspuren im Gesicht, schleckte von dem klebrigen Zuckerzeug.

Katja verbrannte sich die Zunge an dem heißen Glühwein und hustete. Da sie selten Alkohol trank, stieg er ihr gleich in den Kopf. Verstohlen musterte sie Jens Rombach. Er hatte sich einen weichen Kaschmirschal umgebunden und sah in seinem grauen Maßanzug aus, als käme er gerade aus der Oper. Die roten Lichter, die das Holzdach des Glühweinstandes schmückten, erhellten seine Silhouette mit einem warmen Schein.

»Was glauben Sie, wie das heute Abend noch weitergeht?«, fragte sie. »Es wird sicher eine Weile dauern, bis das Feuer ganz gelöscht ist. Womöglich darf heute das Hotel aus Sicherheitsgründen niemand mehr betreten.

»Könnte sein«, stimmte Jens Rombach ihr zu. »Ich schaue mal, ob ich irgendwoher Informationen bekomme. Bleiben Sie hier mit Ihrer Tochter.«

Dann verschwand er in der Menschenmenge.

Es erschien ihr wie ein Traum, dass ausgerechnet er hier aufgetaucht war. Trotz des Schreckens flog sie gerade auf einer Art rosa Wolke. Hoffentlich stürzte sie nicht gleich wieder ab.

»Kommt er wieder?«, fragte Zoe.

Katja nickte. »Trink deinen Kinderpunsch, das tut dir jetzt gut.«

Nervös schaute sie sich um und wartete. Wie viele Minuten war er jetzt schon weg? Überall standen Menschen in Gruppen zusammen und unterhielten sich. Sie konnte ihn nirgends ausmachen.

»Ich habe mit einem Polizisten gesprochen«, sagte er plötzlich hinter ihr.

»Was hat er gesagt?« Vor Erleichterung war ihr flau im Magen.

»Der Brand scheint unter Kontrolle zu sein, es waren auch keine Menschen in den betroffenen Zimmern, weil alle beim Abendessen oder unterwegs waren. Das Hotel wird jetzt allerdings von oben bis unten untersucht. Sie müssen die Brandursache herausfinden und sicherstellen, dass es nicht irgendwo noch schwelt und wieder zu brennen anfängt. Wahrscheinlich können wir erst morgen früh in unsere Zimmer.«

»Und was sollen wir jetzt tun? Wohin sollen die ganzen Leute?«

»Die Hotelgäste sollen in die Restaurants gehen, die hier die Place d'Armes umgeben. Alle wurden angehalten, die Leute aufzunehmen und kostenlos mit Essen und Trinken zu versorgen.«

Unschlüssig beobachtete Katja, wie sich die Menschenmassen auf dem Weihnachtsmarkt langsam auflösten und sich gruppen- oder paarweise in Richtung der Gaststätten ringsum verteilten.

»Sollen wir heimfahren?«, fragte er mit eindringlicher Stimme, seine braunen Augen so dicht vor ihren, als nähme er an, sie würde ihn sonst nicht hören. »In zwei Stunden wären wir daheim.«

Dass er wir sagte, berührte und elektrisierte sie. Sie schüttelte den Kopf. »Ich habe wichtige Sachen im Hotelzimmer. Ohne die kann ich nicht fahren. Außerdem habe ich Alkohol getrunken.«

»Stimmt, ich auch«, sagte er und lachte. Er zog sein Handy aus der Jacketttasche, entfernte sich ein paar Schritte und telefonierte leise. Der Anruf dauerte keine zwei Minuten.

Katja versuchte vergeblich, etwas zu verstehen. Zoe, die inzwischen todmüde war, lehnte sich wimmernd gegen sie.

Er steckte sein Handy weg. »Kommen Sie mit. Ich habe uns etwas organisiert.«

»Was denn?«, fragte sie, doch er eilte mit großen Schritten voran. »Wollen Sie nicht lieber mit Ihren Kollegen zusammen sein?« Bei der Vorstellung, er könne nur aus Pflichtgefühl bei ihr bleiben, fühlte sie sich unbehaglich.

»Nein. Die habe ich den ganzen Tag genossen. Genug ist genug.«

Katja sah, dass er grinste, und entspannte sich.

Er führte sie durch die Stadt. Jetzt, am späten Abend, waren die Straßen in eine zauberhafte Stimmung getaucht. Jeder Ast war mit eisblauen Lämpchen besetzt, die ein märchenhaftes Licht verbreiteten.

»Was machen Sie eigentlich in Luxemburg?«, fragte er.

»Das hat … familiäre Gründe. Meine Großmutter ist gerade gestorben, und sie hatte mit einer Werkstatt hier in Luxemburg Geschäfte gemacht. Wohin gehen wir?«

Doch er schwieg und schritt rasch voran.

Katjas Arme schmerzten, da Zoe sich müde von ihr mitziehen ließ. »Komm schon, Zoe«, murmelte sie mit zusammengebissenen Zähnen vor Anstrengung, »du kannst nicht mitten auf der Straße einschlafen.«

Vor einem großen Hotel, an einem der Boulevards gelegen, blieb Jens Rombach stehen. »Da wären wir.«

»Hier?«

»Richtig«.

Er lief zügig voran und betrat das Hotel durch den imposanten Eingang. »Ich habe uns ein Zimmer reserviert. Das Kind schläft ja bereits im Stehen ein. Die Nacht in einem Lokal auf der Place d'Armes zu verbringen, wäre irrsinnig. Keine Angst, es sind eigentlich zwei Zimmer.«

An der Rezeption bekamen sie zwei Schlüsselkarten, dann fuhren sie mit dem Aufzug hinauf auf ihre Etage. Es war still und dämmrig in den Gängen. Katja merkte jetzt, wie müde sie eigentlich war, gleichzeitig waren alle ihre Sinne wach, ihre Nerven zum Zerreißen gespannt.

»Bin so müüüde«, stöhnte Zoe mit geschlossenen Augen, als sie das erste der beiden Zimmer betreten hatten. Es war elegant und doch heimelig eingerichtet. Eine Durchgangstür führte in das zweite Zimmer. Katja wagte nicht, nach dem Preis zu fragen. Sie würde morgen früh einfach ihre Hälfte bezahlen.

In jedem der Zimmer stand ein breites Doppelbett mit glänzender Satinbettwäsche. Sie trug Zoe durch die Durchgangstür ins zweite Zimmer, legte sie auf das Bett, und während ihre Tochter schon schlief, zog sie ihr Stiefel, Strumpfhose und Rock aus und deckte sie zu.

»Zähneputzen«, murmelte Zoe im Schlaf.

»Heute mal nicht«, flüsterte Katja. »Höhere Gewalt.«

Leise, um Zoe nicht zu wecken, schlich sie ins Badezimmer. Sie sah sehr mitgenommen aus. Ihre dunkelroten Haare waren zerzaust, ihre Haut bleich und fleckig, unter ihren Augen schimmerte es bläulich. Sie wusch sich mit viel lauwarmem Wasser das Gesicht und versuchte, ihre Haare mit den Fingern durchzukämmen.

Sie zuckte zusammen, als ihr Smartphone piepste und den Eingang einer WhatsApp-Nachricht ankündigte: Katja! Ich hoffe, es geht euch gut! Seid ihr gut angekommen? Isa und der Rest des Friedinger-Clans. Dicke Küsse.

Rasch tippte sie zurück: Ja, alles prima! Unser Hotel ist klasse! Melde mich morgen!

Dann band sie Apollonias Seidentuch neu, schaute noch einmal nach Zoe und ging über den dicken Teppich, der ihre Schritte schluckte, ins angrenzende Zimmer.

Der Raum lag in völliger Finsternis. Jens Rombach hatte kein Licht eingeschaltet. Er stand an den hohen Fenstern und sah nach unten auf den Boulevard. Er hatte seine Schuhe und sein Jackett ausgezogen, seine Hände steckten in den Hosentaschen. Ein leises Rauschen drang zu ihnen hoch, ansonsten war alles still.

Katja räusperte sich verlegen, und er drehte sich zu ihr um. »Sie haben uns sehr geholfen«, sagte sie leise. »Ich weiß nicht, wo wir ohne Sie gelandet wären. Vielen Dank.«

»Gerne. Wir sitzen heute Abend alle im selben Boot. Außerdem verbringe ich die Nacht lieber hier als bei McDonald's an der Place d'Armes.« Er wandte sich wieder ab, um auf den Boulevard zu blicken.

Katja blieb unschlüssig stehen. Was sollte sie jetzt tun? Ihm Gute Nacht wünschen?

»Wollen Sie ins Bett gehen?«, fragte sie, biss sich aber im nächsten Moment auf die Lippen und kam sich unendlich blöd vor. Was, wenn er das jetzt ganz anders verstand?

Jens Rombach öffnete die Minibar und entnahm ihr Minitüten mit Chips, Erdnüssen und Schokolade. »Konnten Sie im Hotel Ihr Abendessen beenden? Ich nicht. Ich habe gewaltigen Hunger. Was wollen Sie? Mineralwasser, Orangensaft, Cola, Bier oder Prosecco?«

»Cola light. Nein, wir waren gerade bei der Vorspeise.«

Er riss die Tüten mit dem Knabberzeug auf und breitete alles auf der Tagesdecke des Betts aus. »Setzen Sie sich zu mir. Abendessen ist fertig.«

Sie ließ sich neben ihm auf der Bettkante nieder. Er schaltete mit der Fernbedienung den Fernseher an, und sie sahen den Bericht eines Luxemburger Lokalsenders, der noch einmal die Geschehnisse des Abends in Wort und Bild zusammenfasste. Im fahlen Licht des Fernsehers aßen sie Chips und Schokolade. Jens Rombach trank die kleine Flasche Prosecco zügig aus.

»Es wird vermutet, dass ein technischer Defekt den Brand verursachte. Genaueres wird erst eine gründliche Untersuchung ergeben«, sagte der Reporter auf dem Bildschirm.

»Also nix Neues«, stellte Jens Rombach fest und schaltete das Fernsehgerät wieder aus.

Schweigend teilten sie die letzten Erdnüsse unter sich auf.

»Die Portionsgrößen könnten die hier auch mal überdenken, was?«

»Hm. Stimmt.«

Sie überließ ihm die letzten Nüsse und sah ihn verstohlen von der Seite an. Sie konnte es kaum glauben, dass sie nach dem Schreck heute Abend bei ihm auf dem Hotelbett saß. Ihr Herz klopfte, Sehnsucht und Verlangen tobten in ihrem Innern, obwohl sie äußerlich ganz ruhig war. Er spürte ihren Blick und sah sie an. Der Ausdruck seiner braunen Augen hielt sie gefangen. Nirgendwo auf der Welt wollte sie mehr sein als hier, in diesem Kokon aus Nähe und Verbundenheit.

Er öffnete die kleine Flasche Mineralwasser aus der Minibar und trank sie in großen Schlucken. »Übrigens – es gab vorhin keine Einzelzimmer mehr. Deshalb habe ich die Räume mit der Verbindungstür genommen. Nicht, dass Sie auf falsche Gedanken kommen.« Er ergänzte lachend: »Alternder Kinderarzt nutzt Flammeninferno keinesfalls schamlos aus, um sich an unter Schock stehende Patientenmutti heranzumachen.«

»Ich komme aber gerne auf falsche Gedanken.« Sie fixierte ihn mit funkelndem Blick. »Schon letztens in Ihrer Praxis hatte ich irgendwie falsche Gedanken im Kopf. Verbotene Gedanken, wie meine Oma gesagt hätte.«

»Tatsächlich.«

»Ja.« Im Schutz der Dunkelheit sagte sie Sachen, die sie am helllichten Tag und unter alltäglichen Umständen nie gesagt hätte.

»Wollen Sie …«, fragte er, doch sie begann gleichzeitig: »Möchten Sie …«

Wieder lachte er leise, legte ihr seine Hände um das Gesicht und küsste sie warm auf die Lippen. Er schmeckte salzig und nach Erdnüssen. Sie schlang die Arme um ihn, und sie ließen sich seitwärts auf das Bett kippen. Mit einer Hand wickelte er ihr das Seidentuch ab und ertastete vorsichtig ihren Körper. Ihr war heiß und kalt vor Begierde. Sie hielt die Heftigkeit dieses Gefühls kaum aus. Sie lagen aneinandergepresst wie zwei Hälften einer Muschel. Sie liebkosten sich gegenseitig, streichelten die nackte Haut unter den Kleidern und küssten sich zärtlich.

»Hast du was dabei?«, keuchte er.

»Nei … nein. Ich bin ein braves Mädchen.«

»Gut.«

Zu Katjas Entsetzen sprang er auf, stopfte sich das Hemd wieder in die Hose und zog den Reißverschluss hoch.

»Ich bin mal kurz weg. Ich frag schnell diskret an der Rezeption oder suche eine Notapotheke oder so was …«

Sie stützte sich im Liegen auf ihren Ellenbogen und starrte ihn an. Ihr ganzer Körper schmerzte vor Verlangen. »Beeil dich! Ich halte es sonst nicht aus.«

»Geht mir genauso«, sagte er atemlos. »Bleib, wo du bist.« Und schon klappte die Tür des Hotelzimmers zu.

Katja sank auf das Kopfkissen zurück. Sie fühlte sich verwundbar wie noch nie. Es war, als wäre ihre äußere Schale zersprungen und ihr Innerstes läge nun entblößt und nackt da.

Mit jeder Minute, die verging, wurde sie nervöser. Sie begann, ruhelos im Zimmer umherzugehen. Wenn ihm nun etwas passierte? Wenn er draußen vielleicht überfallen wurde? Sie öffnete die Tür zu Zoes Zimmer einen Spalt. Ihre Tochter schlief friedlich. Wenn er es sich nun anders überlegte? Vielleicht bereute er es, sich mit ihr eingelassen zu haben?

Mit den Nerven am Ende und frierend vor Aufregung wartete sie am Fenster und starrte hinaus. Draußen wurde es langsam ruhiger, nur noch wenige Autos waren zu dieser nächtlichen Stunde unterwegs.

Dann ging die Tür leise auf. Sie drehte sich um.

Jens kam auf sie zu, nahm sie in die Arme und zog sie auf das Bett.

»Hat etwas gedauert«, sagte er, das Gesicht in ihren Haaren verborgen. »An der Rezeption hatten sie nichts und haben nur geguckt wie Hühner bei Gewitter, die nächste Apotheke mit Notdienst wäre eine Ewigkeit weg gewesen, aber zum Glück ist in der Nähe des Hotels eine schmuddelige Bar mit einem Automaten bei den Pissoirs.«

»Das brauche ich nicht so ausführlich zu wissen«, flüsterte Katja.

Sie prusteten beide vor Lachen. Mit schnellen und ungeduldigen Bewegungen streiften sie sich gegenseitig die Kleider ab. Katja verhedderte sich an seinem Gürtel.

Jens friemelte umständlich an dem Kondom herum. Katja hatte den Eindruck, dass er schon lange keines mehr benutzt hatte und etwas aus der Übung war.

»Deine Frau … ihr seid wirklich getrennt, oder?«, flüsterte sie.

Er nickte stöhnend.

»Seit ein … paar Monaten?«

»Ja. Möchtest du dich jetzt mit mir über meine Frau unterhalten? Ist das dein Ernst?«

Sie schüttelte den Kopf, küsste ihn und schlang Arme und Beine um ihn. Er hielt sie mit geschlossenen Augen fest.

Sie wiegten sich in einem gemeinsamen Rhythmus, erst langsam und zärtlich, dann schneller, brennend vor Lust und Begierde – zwei Hälften eines Ganzen.

5

Schlafende Welt

Es war die erste Nacht seit Langem, in der sie nicht nervös und niedergeschlagen herumwanderte, sondern ruhig und geborgen dalag. Viel Schlaf bekam sie trotzdem nicht. Sie schwebte die meiste Zeit zwischen Wachen und Träumen, war sich aber jede Sekunde bewusst, dass er da war, dass sie in seinen Armen lag. Er war ihr Anker heute Nacht, der sie festhielt in der Dunkelheit. Sie lauschte seinen regelmäßigen Atemzügen, wärmte sich an ihm und genoss sogar ihre Schlaflosigkeit. So spürte sie, dass er wirklich bei ihr war.

Jens regte sich neben ihr, noch bevor es dämmerte. Sie küssten sich stumm, und Katja legte ihren Kopf auf seine nackte Brust. Er spielte mit ihren Haaren.

»Ich rufe gleich mal im Hotel an. Sie werden inzwischen vielleicht sagen können, ob wir unsere Sachen aus den Zimmern holen können«, sagte er mit rauer Stimme.

»Mhm.«

Er telefonierte, ohne sie loszulassen. »Ja … okay … sehr gut. Vielen Dank für die Info.«

»Was?«, fragte sie und stützte ihr Kinn auf seine Brust, um ihn anzusehen.

»Es ist alles in Ordnung. Die Nacht war ruhig. Offenbar war wirklich ein technischer Defekt der Auslöser des Brandes. Es gab keinen Zwischenfall mehr. Es ist niemandem etwas zugestoßen.«

Sie atmete erleichtert aus. »Gott sei Dank.«

»Wir können kurz ins Hotel zurückkehren, um unsere Sachen zu holen. Es bleibt dann aber eine Weile geschlossen. Der Kongress ist sowieso zu Ende. Heute Vormittag wäre die Abschlussrede gewesen.«

Sie wusste nicht, ob sie das gut oder schlecht finden sollte. Am liebsten wäre sie noch sehr, sehr lange mit ihm hier im Hotel geblieben, nur er und sie, ineinander verschlungen, während die Welt draußen schlief. Aber im Nebenzimmer lag Zoe.

»Und was ...«, sagte sie zögernd.

»Ich breche gleich auf, hole meine Sachen und fahre heim. Was wirst du tun?« Er stützte sich auf die Ellenbogen und hielt sie, wie in der Nacht zuvor, mit diesem intensiven Blick fest und gab ihr das Gefühl, als existiere nichts außer ihnen beiden.

»Zoe und ich werden wohl auch unser Gepäck holen und dann nach Hause fahren.«

Er sagte nicht, dass sie ja zusammen fahren oder sich nachher zum Mittagessen treffen könnten. Langsam machte sich in ihr das brennende Gefühl eines großen Verlustes breit. Die gelöste, schwebend leichte Atmosphäre von gestern Abend war verschwunden. Ihr fehlte der Mut, ihn zu fragen, wie es weiterginge.

»Ich denke, es ist besser, wenn Zoe mich nicht sieht«, sagte er. »Nach dem Schrecken des Feuers noch den Kinderarzt in Mamas Bett zu sehen, wäre wohl zu viel des Guten für die Kleine.«

»Ja«, seufzte sie und sah zu, wie er sich von den Decken befreite.

In diesem Moment kam Zoe durch die Verbindungstür gehüpft und sprang zu Katja ins Bett. Mit großen Augen sah sie Jens an.

»Hallo, Zoe.«

»Hallo, Herr Doktor«, sagte sie verwirrt. »Hast du auch hier geschlafen?«

»Ja, hab ich«, meinte er freundlich, während er sich Unterhemd und Hemd überzog. »Es gab ja ein großes Durcheinander gestern Abend in dem anderen Hotel, aber zum Glück konnten wir hier übernachten.«

»Ja, stimmt«, sagte sie begeistert und schmiegte sich an Katja. »Hast du mit Mama zusammen in dem Bett geschlafen?«

Ihre Blicke trafen sich. Katja überlegte fieberhaft.

Jens lächelte das Kind an und sagte besonnen: »Es war sehr spät gestern Abend, weißt du? Wir haben gar nicht viel geschlafen. Wir haben Nüsse und Chips gegessen …«

Als er fertig angezogen war und sich seinen Schal umgebunden hatte, verabschiedete er sich von Zoe. Katja begleitete ihn, in eine Decke gewickelt, zur Zimmertür.

»Pass auf dich auf«, flüsterte er und küsste sie auf die Stirn.

»Du auch«, murmelte sie und schlang ein letztes Mal die Arme fest um ihn.

Sie frühstückten in einem Café in der Stadt und holten dann ihr Gepäck aus dem Hotel. Auf der Heimfahrt hörte Zoe eine *Hanni & Nanni*-CD und Katja war froh, dass ihre Tochter ganz in der Geschichte aufging und sie nicht reden musste. Sie war aufgewühlt: Die Erinnerung an diese merkwürdige und doch zauberhafte Nacht hatte sich tief in ihr eingegraben. Doch es gab einen Wermutstropfen: Jens hatte mit keinem Wort gesagt, dass er sie wiedersehen wolle.

Am Abend hatte Gudrun für alle gekocht und die ganze Familie hatte sich in ihrer Küche in der ersten Etage versammelt. Zur Feier ihrer Heimkehr war der Esstisch mit einer bestickten weißen Tischdecke und eisblauen Weihnachtskerzen geschmückt. Katja fühlte sich sofort wieder wohl in dieser heimeligen Atmosphäre. Dennoch – sie wäre an diesem Abend am liebsten allein mit sich und ihren Gedanken gewesen.

»Was hast du bei dem Händler erfahren, der diese sonderbaren Pfeifenvögelchen verkauft?«, fragte Isabelle und reichte die Platte mit den sehr klein geratenen Putensteaks herum.

August, der sich als Serviette ein kariertes Küchenhandtuch in den Hemdausschnitt gesteckt hatte, nahm mit spitzen Fingern eins und beäugte es misstrauisch.

Katja erzählte von Monsieur Schmit. »Oma hat ihn ein paar Mal in seiner Werkstatt besucht und vor Kurzem eine große Menge *Péckvillchen* bei ihm bestellt, wie ihr wisst. Was sehr seltsam war: Er sagte, er habe gewusst, dass einer von uns die Bestellung abholen würde.«

Gudrun starrte sie an. »Was? Woher soll er das denn gewusst haben? Apollonia hatte doch vor, die Bestellung selbst abzuholen. Sie kann doch nicht gewusst haben, dass sie ... Sie kann ihm doch unmöglich gesagt haben, dass ...«

»Vielleicht doch«, sagte Isabelle trocken

Eve knetete nervös ihre Stoffserviette zwischen den Händen. »Nun ja, das hört sich wirklich an, als hätte sie gewusst, dass sie sehr bald stirbt und so, als hätte sie den Händler noch schnell informiert, dass die Bestellung trotzdem abgeholt wird.«

»Klingt nach einem Plan«, sagte Isabelle. »Schade, dass sie den Händler informiert hat, aber uns nicht.«

August schob grummelnd sein winziges Stück Putenfleisch auf dem Teller herum. »Krieg ich noch mal die Kartoffeln? Ich brauche mehr davon. Das Fleisch erinnert mich zu sehr an ein *Péckvillchen.*«

Gudrun und Isabelle zogen die Augenbrauen hoch, sagten aber nichts. Zoe und Ida-Marie steckten die Köpfe zusammen und kicherten.

»Hört auf und esst«, wies Gudrun sie zurecht. »Und was ist jetzt das Geheimnis dieser komischen Vögel?«

»Na ja, mit den Vögeln ist es wie mit den anderen Sachen, die wir auf dem Dachboden gefunden haben«, sagte Katja. »Sie sind sozusagen ein Stück Zeitgeschichte, Familiengeschichte. Apollonia hatte den allerersten gekauft, als ich das Nest verließ. Die Vögel symbolisieren meinen Weggang. Der Händler sagte, Oma hätte Angst gehabt, die Familie gehe nach und nach auseinander.«

»Das stimmt doch auch«, sagte Gudrun. »Du und Isabelle seid fortgezogen und so gut wie nie mal am Wochenende zu Besuch gekommen. Die ersten ein, zwei Jahre zumindest.« Sie funkelte Isabelle an, die gerade den Mund aufmachen wollte. »Und fang du nicht wieder mit Island an.«

Isabelle lächelte scheinheilig. »Wie kommst du darauf, Mutter? Tatsache ist, dass Oma zu allen wichtigen Stationen in unserem Leben bestimmte Gegenstände als Erinnerung sammelte. Sehe ich das richtig?«

»Ja. Nur: Was wollte sie damit tun, außer eine Saison lang unser Haus mit diesen Vögeln oder Schneekugeln oder was weiß ich zu verschandeln?«, fragte Gudrun. »Warum hat sie jetzt, Jahre danach, noch Bestellungen von diesen Vögeln aufgegeben? Was wollte sie damit? Was hat der Händler gesagt, Katja?«

»Er wusste auch nicht, warum sie dreißig von den *Péckvillchen* nachbestellt hat. Sie hat ihm zwar viel erzählt – aber leider nicht alles.«

»Wie viele von den Vögeln haben wir jetzt insgesamt, mit denen auf dem Dachboden?«, fragte Isabelle. »Fünfzig? Wozu? Und wie viele Puppenhäuser? Vierzig? Allein von diesen bunten Schmetterlingen haben wir Hunderte! Hunderte! Nussknacker habe ich fünfundzwanzig gezählt, Räuchermännchen haben wir einundzwanzig. Verrückt!«

»Apollonia wird ihre Gründe gehabt haben«, ließ sich August vernehmen. »Mach doch mal wieder Bratkartoffeln, Gudrun, nicht immer diese bleichgesichtigen Pellkartoffeln.«

»Das mit dem Feuer im Hotel war ja eine schlimme Sache«, sagte Eve und ihre Stimme bebte ein wenig. »Zum Glück ist euch nichts passiert.«

»Du hättest in deiner WhatsApp ja auch mal was davon schreiben können«, sagte Isabelle vorwurfsvoll. »Nicht nur: Alles prima, Hotel ist klasse. Als du das geschrieben hast, stand das Hotel doch schon in Flammen. Wolltest du dich über mich lustig machen, oder was?«

»Nein, bestimmt nicht. Wir haben dann ein anderes Hotel für die Nacht gefunden, das habe ich gemeint.« Katja wechselte schnell das Thema. Von Diskretion hatte ihre Tochter nämlich noch nie etwas gehört, es war zu befürchten, dass sie gleich loslegte. »Na, Ida-Marie, machst du wieder beim Krippenspiel mit? Du hast letztes Jahr so schön den Engel gespielt in deinem weißen Gewand mit den goldenen Flügeln.«

»Ich möchte auch ein Engel sein«, rief Zoe und schnellte zur Bekräftigung in die Höhe, sodass ihr Wasserglas umfiel.

»Setz dich«, mahnte Katja, während Eve versuchte, mit ihrer Serviette die kleine Wasserpfütze aufzusaugen.

»Ja, natürlich spiele ich wieder mit! Ich darf sogar die Maria sein!«

»Wow!«, schrie Zoe.

»Schrei nicht immer so«, sagte Gudrun.

»Erzähl doch mal«, sagte Isabelle mit vollem Mund. »Wie habt ihr denn so schnell ein anderes Hotel gefunden?«

»Das war einfach Glück.« Katja hielt sich an ihrem Glas fest. »Sonst hätten wir die ganze Nacht in einem Restaurant sitzen müssen. Die Polizei hat die ganzen Lokale angewiesen, alle Hotelgäste aufzunehmen für die stundenlange Wartezeit. Aber ich hätte ja schlecht mit einem fünfjährigen Kind mehrere Stunden in einem Restaurant die Zeit totschlagen können. Hattest du schon eine Probe für das Krippenspiel, Ida-Marie?«

»Was für ein Glück im Unglück, dass so spät am Abend nicht alle anderen Hotels bereits ausgebucht waren«, bemerkte Gudrun. »Noch jemand Putensteak?«

»*Péckvillchen*«, flüsterte August den Kindern zu, die wieder verstohlen kicherten.

»Sei doch nicht so ein Kindskopf, Onkel August«, schalt Gudrun.

»Habt ihr dann wenigstens gut geschlafen bei all der Aufregung?«, fragte Eve besorgt.

Zoe strahlte. »Na klar. Der Kinderarzt hat auch bei uns geschlafen. Dem hat's, glaube ich, auch gefallen.«

Katja lief rot an und fing an zu schwitzen. Am liebsten wäre sie im Erdboden versunken.

Alle starrten sie mit Fragezeichen in den Gesichtern an.

Isabelle war die erste, der etwas dämmerte. »Was? Welcher Kinderarzt? Doch nicht ...«

»Doch«, rief Zoe. »Der Doktor mit dem Fischezimmer. Der

mir die Medizin gegeben hat letzte Woche.«

Isabelle knallte ihr Besteck so heftig auf den Tisch, dass Katja zusammenzuckte. »Ist das dein Ernst? Bist du noch ganz dicht? Der Rombach? Was hat der in Luxemburg gemacht?«

»Ist das dieser seltsame Arzt, bei dem du gelegentlich mit Ida-Marie warst?«, hakte Gudrun mit scharfer Stimme nach. »Der die Mütter so bevormundet und sich modernen Behandlungsmethoden widersetzt?«

»Ist es wirklich der?«, fragte nun auch Eve mit entsetzter Miene.

Wütend sah Katja in die Runde. »Er war zufällig auf einem Ärztekongress, der in unserem Hotel stattfand. Als wir evakuiert wurden und die Polizei uns vorerst auf diesen Marktplatz schickte, da haben wir uns zusammengetan, weil wir uns kannten. Das ist alles«, erklärte Katja und ärgerte sich, dass ihre Worte nach einer Rechtfertigung klangen.

»Und der hat bei euch geschlafen?«, fragte Isabelle schrill. »In diesem anderen Hotel, das ihr gefunden habt mitten in der Nacht? Was ist das für eine abenteuerliche Geschichte?«

»Er hat bei Mama im Bett geschlafen«, sagte Zoe, die sich freute, so viel zum Thema beitragen zu können.

Katja fluchte innerlich.

»Du hast mit ihm die Nacht ...«, murmelte ihre Mutter verwirrt.

Isabelle fiel ihr ins Wort: »Ihr hattet Sex, habe ich recht?«

»Wie konntest du nur?«, schimpfte Gudrun.

»Sagt mal, geht's noch? Stehe ich gerade vor einem Tribunal? Muss ich mich als erwachsene Frau wie ein kleines Kind schimpfen lassen, weil ich mit einem Mann im Bett war?« Katja war erschüttert.

Isabelle sprang auf und lief in der Küche herum. »Dieser Sack ... Der hat dich ausgenutzt für eine Nacht. Das ist doch glasklar! Meinst du, der war ernsthaft an dir interessiert?«

»Nein, natürlich nicht«, sagte Katja verletzt. »Als ob sich ein Mann für mich interessieren könnte. Das ist natürlich ausgeschlossen.«

»Was habt ihr nur?«, brummte August. »Katja ist eine *Yummy-Mummy*. Der Doktor wäre doch schön blöd, wenn er sich nicht für sie interessieren würde.«

»*Yummy-Mummy*?«, fragte Eve erschrocken, als ob der Begriff unanständig sei. »Was ist das?«

»Eine *Ku-Mu-Vierzig-Plus*«, half August bereitwillig aus.

»Was?«, fragten alle Friedinger-Frauen wie aus einem Munde.

August schob sich eine letzte Kartoffel in den Mund. »Eine kuschlige Mutter mit vierzig plus, das liegt doch auf der Hand. Guckt euch Katja an, sie ist bildhübsch und schlau. Mit Sicherheit finden eine Menge Männer sie toll. Gibt's Nachtisch?«

»Ja.« Gudrun stand ebenfalls auf und stellte die Schüssel mit Schokoladenpudding auf den Tisch.

Isabelle knallte kleine Schälchen und Löffel dazu.

August und die Mädchen waren die einzigen, die den Pudding mit Genuss aßen.

»Und? Hat dich der feine Herr Doktor heute mal angerufen? Gefragt, ob du gut zu Hause angekommen bist?« Isabelle lag ein triumphierendes Lächeln auf den Lippen.

Katja warf ihren Löffel auf den Tisch. »Es sind ja erst ein paar Stunden vergangen, seit wir wieder hier sind.«

»Na also!«

»Du kannst ihn ja auch selber anrufen, Katja«, schlug August vor. »Du musst nicht warten, bis er das tut.«

»Kapiert ihr es nicht?«, rief Isabelle außer sich. »Er hat einfach deine Planlosigkeit ausgenutzt, um dich ins Bett zu kriegen für eine Nacht. Für eine einzige Nacht!«

»Und wenn es andersrum war? Vielleicht wollte ich ihn ins Bett kriegen? Und jetzt hör bitte auf. Müssen wir das Thema unbedingt diskutieren? Es ist meine Privatsache.« Katja lief wieder rot an vor Ärger. »Ich bin einundvierzig und muss keine Rechenschaft ablegen, mit wem ich im Bett war.«

»Genau«, stimmte August ihr zu, tief über seine dritte Portion Schokopudding gebeugt.

Eves Augen flogen angespannt zwischen ihrer Tochter und

Isabelle hin und her. »Nur für eine Nacht … Das ist doch wirklich nicht wünschenswert.«

»Das gehört sich nicht«, sagte Gudrun steif.

»Katja, verstehst du nicht, dass wir uns Gedanken um dich machen«, sagte Isabelle.

»Mädels, ich kann euer Gegacker nicht mehr ertragen«, brummte August. Er zog sich das karierte Küchenhandtuch aus dem Kragen, wischte sich den Mund ab und hievte sich ächzend von seinem Stuhl hoch. »Ich bin dann mal weg. Gute Nacht. Und Katja, du rufst ihn jetzt an. Jetzt!« Schlurfend verließ er die Küche.

»Ich habe seit sechs Jahren keinen Sex mehr gehabt«, sagte Katja. »Und ich habe keine Lust mehr, darüber zu sprechen. Zoe, du hast genug Pudding gegessen, komm, wir gehen ins Bett. Gute Nacht allerseits.«

»Aber Katja …«, flehte ihre Mutter.

Zoe hing wie ein Klammeräffchen über ihrem Rücken, als sie die spärlich beleuchtete Treppe hinunter ins Erdgeschoss ging. Noch im Gehen nahm sie ihr Smartphone aus der Hosentasche und schaltete es mit zitternden Händen an. Es waren vierundfünfzig E-Mails von Kuprion Consulting eingetroffen, das war alles. Keine Nachricht von Jens Rombach.

Tränen stiegen ihr in die Augen. Der Friedinger-Clan war für sie immer ein Fels in der Brandung gewesen, und sie wusste, ihre Mutter, Tante und Kusine würden alles, wirklich alles für sie tun in der Not – aber sie waren übergriffig bis zum Anschlag.

Zoe lag im Frotteeschlafanzug, nach Zahnpasta und Kindercreme duftend, bäuchlings über ihren Knien, als sie sich endlich ein Herz fasste und die Nummer der Kinderarztpraxis wählte. Es würde an ein Wunder grenzen, wenn er zu dieser Zeit in der Praxis war.

»Hallo?«

»Hallo? Bist du das, Jens?«, fragte sie aufgeregt.

»Katja. Bist du gut nach Hause gekommen?«

»Ja. Du auch?«

»Ja. Ich bin wieder eingetaucht in die unendlichen blauen Tiefen meiner Fischepraxis. Eine Barbie im aufreizenden Bikini ist mir gerade auf den Kopf gefallen.«

Sie lachte, dann schwiegen beide. Ihr fiel im Augenblick nichts mehr ein, was sie sagen konnte. Nervös drehte sie am Knopf ihrer Jeans herum, bis er absprang. Sie fluchte leise.

»Was?«

»Nichts. Mein Knopf ...«

»Dein Knopf?« Er lachte, und sie wurde wieder von einer Sehnsucht ergriffen, die so tief war, dass es wehtat.

»Hör zu«, begann sie, »wollen wir ...?«

»Ja«, sagte er und seine Stimme klang sanft und weich. »Aber ... ich bin im Moment sehr im Stress. Ab morgen habe ich die Kinder für einige Tage. Meine Ex fährt auf einen Altphilologenkongress nach Rom.«

»Ach so. Gut«, sagte sie schnell.

»Schlaf schön.«

»Schlaf du auch schön.« Mit einem Gefühl wie in Watte gepackt ließ sie sich rücklings in ihre Bettdecke sinken.

Zoe, die inzwischen auf ihren Knien eingeschlafen war, hielt sich instinktiv an den Zipfeln ihres Pullovers fest. Katja war völlig aufgewühlt. Was war das jetzt gewesen? Wollte er sie wiedersehen? Wollte er sie nicht sehen, weil es für ihn nicht der passende Moment war? Was sollte sie davon halten? Die Gedanken an ihn erfüllten sie in jeder Minute, es war wie ein geheimer, kostbarer Schatz, den sie unter ihrem Herzen trug. In ihren Tagträumen sah sie sein attraktives Gesicht mit den dunklen Augen, die sie ansahen, als könne er in ihre Seele sehen.

Wieder verbrachte sie schlaflose Nächte. Sie lief im Bademantel umher, die Treppen hoch und runter, trat vor die Haustür auf die Stufen zum Garten und atmete die noch milde Dezemberluft ein, die trotzdem nach Holzfeuer roch. Sie schaute eine Folge *Blue Bloods* nach der anderen auf dem Laptop, legte sich ins Bett und stand wieder auf. Der flackernde Schein der Lichterketten fiel in ihr Schlafzimmer, als sie sich endlich irgendwann in ihr Bett legte, um liegenzubleiben bis zum Morgen.

Jens meldete sich nicht.

Jede Nacht tapste Zoe schlaftrunken ins Zimmer und kroch zu ihr ins Bett. Katja hielt sie mit einem Arm umschlungen, während sie mit der anderen Hand ihr Smartphone überprüfte. Je mehr Zeit verging, desto schwerer wurde ihr das Herz.

Tagsüber saß sie am Küchentisch und ging Apollonias Ordner mit den Briefen und Unterlagen durch, während Zoe auf dem Boden kniete und zufrieden aus Goldpapier Geschenke für die ganze Familie bastelte.

Bestellung für fünfundzwanzig Miniatur-Puppenhäuser, las sie in einem Schreiben einer Künstlerwerkstatt in Warmensteinach. Sie googelte den Ort und stellte fest, dass das Dorf im Fichtelgebirge lag.

Neugierig las Katja den Brief: *Huhu, Frau Friedinger, wir freuen uns total, dass du unsere Miniatur-Puppenhäuser so krass schön findest. Natürlich legen wir dir deine Bestellung von fünfundzwanzig von uns handgefertigten Puppenhäusern zurecht. Du kannst sie ab Dezember bei uns abholen. Unsere Öffnungszeiten kennst du ja noch … Deine Jungs von der Werkstatt Hüttenzauber.*

Irritiert und belustigt zugleich las sie das Schreiben noch einmal. Huhu, Frau Friedinger? Wir freuen uns total? Krass schön? Du? Deine Jungs? Diese Kunsthandwerker mussten ja sehr schräge Vögel sein. Und Apollonia schien auf sehr vertrautem Fuß mit ihnen gestanden zu haben.

Sie zog Apollonias Kiste mit den ersten Stücken, wie ihre Großmutter sie beschriftet hatte, näher zu sich heran und kramte das Puppenhaus hervor. Es war wirklich winzig, umfasste vielleicht fünf oder sechs Kubikzentimeter. Trotzdem hatte der Künstler es geschafft, zwei durch eine Wand abgetrennte Räume darin unterzubringen und sie mit Möbeln zu bestücken. Das Häuschen wirkte heimelig, eine in sich geschlossene kleine Welt der Geborgenheit.

Kurz entschlossen rief sie auf dem Handy eine Hotelsuchmaschine auf und suchte nach einer Unterkunft in Warmensteinach.

»Zoe«, sagte sie. »Ich glaube, wir verreisen noch mal für ein oder zwei Tage.«

Zoe strahlte. »Oh ja, cool! Darf ich wieder so lange aufbleiben? Und wo fahren wir überhaupt hin? Nach Madagaskar? Brauch ich meinen …«

»Nein, du brauchst keinen Bikini, sondern deinen Schneeanzug.«

Zoes Gesicht verdüsterte sich etwas. »Und wenn es da wieder brennt und wir abends auf der Straße stehen müssen?«

»Keine Angst«, beruhigte Katja sie. »Das passiert bestimmt nicht.«

Ein letztes Mal sah sie nach, ob eine Nachricht von Jens auf ihrem Smartphone eingegangen war, dann buchte sie ein Zimmer in einem Hotel. »Komm, wir packen, kleine Elfe. Wir fahren nach dem Mittagessen.«

»Schön!«, schrie Zoe.

Zum Mittagessen kochte sie für sich und Zoe Spinat mit Rührei, dann verabschiedeten sie sich von Onkel August, der oben in der Dachkammer seinen Mittagsschlaf halten wollte. Da alle anderen Friedinger-Frauen außer Haus waren – Eve und Gudrun arbeiteten, Isabelle war beim Weihnachtsbasteln in Ida-Maries Klasse –, kamen sie schnell und ohne Diskussionen weg. Als sie im Auto saßen, atmete Katja tief durch und wählte die Handynummer ihrer Mutter, um sich abzumelden.

»Ist dieses ständige Verreisen nicht zu viel für dich?«, fragte Eve besorgt. »Du bist zum Erholen nach Hause gekommen.«

»Fahr endlich los, Mama«, quengelte Zoe vom Rücksitz.

Katja drehte sich zu ihr um und legte einen Zeigefinger an die Lippen. »Sei mal still. Mama, wie beim letzten Mal: Ich fahre weg, um zur Ruhe zu kommen.«

»Aber du musst doch nicht unbedingt so weit wegfahren. Keiner verlangt von dir, dass du Apollonias verrückte Bestellungen abholst.«

»Ich glaube, sie hätte das so gewollt. Ich habe da so ein Gefühl …«

»Was für ein Gefühl?«

»Ach komm, Mama, du weißt doch. Ihr alle wisst es. Oma plante etwas. Ich möchte herausfinden, was. Diese ganzen Gegenstände in den Kisten und die, die sie noch zusätzlich bestellt hat, sind der Schlüssel dafür.«

»Aber … du überforderst dich«, sagte Eve zaghaft.

Katja seufzte und spielte ihre Trumpfkarte aus. »Selbst mein Arzt in Mannheim sagt, es würde mir guttun, für einige Tage zu verreisen.«

»Ach so … na gut. «

»Genau. Außerdem ist für die nächsten Tage ein Kälteeinbruch vorhergesagt, es soll Schnee geben. Ich möchte einfach so viel Zeit wie möglich mit Zoe verbringen und all das nachholen, was ich in den letzten Jahren versäumt habe: Schlittenfahren, einen Schneemann bauen, Weihnachtsfilme sehen.«

»Pass auf dich auf, damit nicht dasselbe passiert wie in Luxemburg. Ihr hättet in Lebensgefahr sein können«, erinnerte Eve sie.

Katja bohrte ihre Fingernägel in die Handflächen. »Was soll das heißen? Meinst du, ich hätte das Feuer verhindern können, wenn ich besser aufgepasst hätte?«

»Sei nicht so gereizt. Gib Zoe einen Kuss von mir.«

Noch vor Nürnberg brach der Winter aus. Die milde Luft, die im Pfälzerwald bei ihrer Abfahrt noch einen Hauch von Spätherbst vorgegaukelt hatte, wich frostigeren Temperaturen. Sie machten Halt an einer Raststätte, um einen Kaffee für Katja und eine Brezel für Zoe zu kaufen. Auf dem Rückweg zum Auto fror und bibberte Zoe.

»Meinst du, es gibt Schnee? Können wir Schlitten fahren, wenn wir angekommen sind?«, fragte sie.

»Lassen wir uns überraschen.«

Bald trieben zu Zoes Entzücken Schneeflocken über die Autobahn, die dichter und dichter wurden. Aus allen Richtungen wirbelte es durcheinander, verwirrte die Sicht mit weißem, stillem Gestöber.

Je näher sie dem Fichtelgebirge kamen, desto mehr Schnee lag bereits. Eine dicke weiße Decke bedeckte die Felder zu beiden Seiten der Straßen und schluckte alle Geräusche. Immer mehr Schnee türmte sich auf, knirschte unter den Reifen, als sie gegen Ende der Reise langsam die Landstraße entlangfuhren. Ein Bach zu ihrer Rechten rauschte tosend. Sie kamen durch kleine Dörfer. Hier schien die Welt zu schlafen, alles war still, einsam und verschneit.

In Warmensteinach gab es nur wenige Straßen, und sie fanden das kleine Hotel, das etwas abseits auf einem Hügel lag, sofort. Es war auf altmodische Art behaglich. Im Zimmer stand ein Bett aus geschnitztem Holz mit geblümter Flanellbettwäsche, und der Stoff der Polstermöbel war etwas verblasst. Vor dem Fenster hingen dicke, spitze Eiszapfen vom tief herabgezogenen Dach.

Während Zoe ihren rosa Koffer mit ihren Puzzles, Malbüchern, Puppen und ihrem Plüscheinhorn auspackte und sich häuslich einrichtete, sank Katja auf das weiche Bett. Einen Moment saß sie nur regungslos da und lauschte der Stille. Hier im Schnee spürte sie ein Gefühl von lange vergessener Leichtigkeit. Doch der Augenblick dauerte nur kurz. Die Unruhe begann wieder in ihrem Innern zu kribbeln und sie schaute nach, ob Jens Rombach eine Nachricht auf ihrem Handy hinterlassen hatte.

Vielleicht war Jens wirklich nur an einer Nacht interessiert gewesen? Er hatte die Gelegenheit wahrgenommen, die sich ihm geboten hatte, und sie war zu verliebt gewesen, um es zu bemerken. Aber warum hatte er dann am Telefon so liebevoll geklungen? Auf jeden Fall würde sie ihn nicht anrufen. Er war dran. Doch Onkel August würde jetzt wohl sagen: Setz dich in Bewegung und ruf ihn an. Jetzt! Ihr seid keine vierzehn mehr.

»So, Mama«, riss Zoe sie aus ihren Gedanken. »Ich habe alles ausgepackt. Darf Püppi heute Nacht zwischen uns schlafen? Was machen wir jetzt? Gehen wir Kuchen essen? Gehen wir Schlitten fahren? Bauen wir einen Schneemann?«

»Langsam, langsam«, sagte Katja. Zoe warf sich mit ihrer Puppe ungestüm in ihre Arme und sie fielen zusammen rückwärts auf das Bett. Sie umklammerten sich lachend.

»Ich schlage vor, als erstes ziehst du deinen Schneeanzug und deine Schneestiefel an. Dann machen wir uns auf den Weg zu der Werkstatt, die die Puppenhäuser an Uroma Apollonia verkauft hat. Einen Schlitten ausleihen und den Berg hinunterrodeln können wir morgen. Es ist schon dunkel. Einverstanden?«

Dick eingemummelt in ihre warme Winterkleidung, mit Mütze, Schal, Handschuhen und klobigen Stiefeln, machten sie sich auf den Weg hügelabwärts. Entlang des laut sprudelnden Baches gingen sie in den Ort hinein. Zoe lief voran, fast unkenntlich in ihrem grasgrünen Schneeanzug, und formte dicke Schneebälle, die sie übermütig in alle Richtungen warf. Nach einem längeren Marsch überquerten sie die Hauptstraße und gingen auf der anderen Seite den Hügel hoch. Die Wälder sahen aus wie dick mit Puderzucker bestäubt, und die Zweige der Bäume bogen sich unter der Schneelast.

»Hier muss es sein«, sagte Katja, nachdem sie die letzten Wohnhäuser und eine Fichtenansammlung passiert hatten. Ein Feldweg führte zu einem Haus aus groben Holzbrettern, vor dem ein einfaches, mit weißer Farbe beschriftetes Holzschild verkündete: *Werkstatt Hüttenzauber.*

»Hüttenzauber«, murmelte Katja angetan. Sie konnte sich gut vorstellen, dass Apollonia dies alles als sehr malerisch empfunden hatte.

»Wow!« Zoe blieb fasziniert vor der Hütte stehen.

Die Werkstatt war geschmückt wie Disneyland. Auf dem Dach standen sieben lebensgroße, in allen Farben blinkende Rentiere, an der Regenrinne hangelten sich Nikoläuse mit roten, vom Schnee durchnässten Stoffmänteln. Lange Lichterketten aus funkelnden Sternen in lila und pink wanden sich um das ganze Gebäude. In den Fenstern hingen Schnüre aus glockenförmigen Glühbirnen, die im Wechsel irritierend grell aufleuchteten und wieder erloschen.

»Ist das nicht super?«, rief Zoe, schwer beeindruckt.

»Äh ... ja.« Katja fühlte sich an psychedelisches Design erinnert.

Sie klopften an die Tür. Als niemand antwortete, betraten sie zaghaft das Innere der Werkstatt und riefen: »Hallo?«

Katja kam sich vor wie in einer Höhle. Die Luft war zum Schneiden dick, und in einer Ecke brannten Räucherkerzen. Ein paar Funzeln, die von der Decke hingen, verbreiteten schwaches Licht. Die Wände waren von hohen Regalen gesäumt, auf denen unzählige dieser Miniatur-Puppenhäuser standen.

»Hier stinkt's«, verkündete Zoe naserümpfend.

»Pscht. Äh, Guten Tag.«

Hinter einer niedrigen Bretterwand lagen zwei junge Männer auf Polstern und rauchten selbstversunken etwas seltsam Riechendes. In einem Holzofen brannte ein behagliches Feuer und knisterte vor sich hin.

»Oh, hi«, murmelte einer von ihnen, als er sie sah, und versuchte mühsam, sich zu erheben. Er taumelte etwas, schaffte es dann aber doch. »Können wir dir helfen?«

»Ja, ich habe gestern angerufen. Mein Name ist Katja Friedinger. Es geht um meine Großmutter, die ...«

»Ach stimmt«, unterbrach sie der andere und hievte sich ebenfalls aus den Polsterkissen hoch. »Das war diese abgespacete Geschichte von der Großmutter, die diese Schätze auf dem Dachboden gesammelt und vor ihrer Familie versteckt hat. Coole Socke.«

Die jungen Männer reichten Katja die Hand. »Servus. Wir sind Dominik und Janis. Uns gehört der Laden, und deine Oma war einige Male bei uns. Wir erinnern uns gut an sie.«

Dominik hatte zerzauste Rastazöpfe, Janis trug eine bunte

Zipfelmütze über seinem blonden Stoppelhaarschnitt. Sie waren vielleicht Ende zwanzig.

»Krieg ich ein Puppenhaus?«, schrie Zoe, die vor einem Regal kniete und die Mini-Kunstwerke bewunderte.

»Schaut's euch nur um«, meinte Dominik einladend. »Unsere Puppenhäuschen sind weltberühmt. Wir haben Kunden in den USA, in Australien, in Dubai, sogar in Norddeutschland ... praktisch in der ganzen Welt.«

Katja trat hinter Zoe und betrachtete die Häuschen. Keines war größer als eine Kiwi oder eine Mandarine. Manche bestanden aus einem, andere sogar aus zwei unglaublich winzigen Zimmern, die nach vorne offen waren. Alle Wände waren sorgfältig mit Tapeten beklebt, alle besaßen Fenster mit echten dünnen Glasscheibchen und Vorhängen aus buntem Stoff. In manchen Häuschen gab es ein Schlafzimmer, andere zeigten ein Wohnzimmer, ein Arbeitszimmer, eine Küche oder ein Kinderzimmer. Die Möbel waren alle sehr filigran. In einigen Häuschen saß ein Püppchen an einem Tisch, stand am Herd oder lümmelte mit einem Buch auf einem Bett. Als Katja beeindruckt den Blick über die Regalbretter schweifen ließ, erschien ihr jedes der Puppenhäuser wie ein eigener Mikrokosmos aus Heimeligkeit und Wärme. »Wahnsinn. Wie kann man so etwas Winziges nur herstellen?«

»Tja«, grinste Janis. »Das ist unser Berufsgeheimnis.«

»Jemand Grog?«, fragte Dominik, der an einer kleinen Küchenzeile stand und Gläser mit Kandiszucker, Rum und kochendem Wasser füllte.

»Klaro. Gib Katja auch was.«

»Nein, danke, ich ...«

»Schenk ihr was ein, Mann, draußen ist es eiskalt.«

Katja seufzte, nahm aber ein Glas entgegen.

»Kann ich auch mal probieren, Mama?«

»Bloß nicht.«

»Setzen wir uns doch. Dann kannst du uns alles über deine Oma fragen.«

Unsicher ließ sich Katja auf den Polsterkissen nieder. Janis und Dominik warfen sich dazu. Zoe kniete sich vor den Holzofen, der eine große Hitze ausstrahlte, und sah andächtig den knisternden Flammen zu.

»Deine Oma war schon mal da, als unser alter Herr noch die Werkstatt leitete«, berichtete Dominik. »Da sah der Laden ein bisschen anders aus als jetzt. Aber die Puppenhäuser waren schon das, was sie heute sind.«

»Deine Oma hat uns Bonbons geschenkt. Wir waren damals noch grün hinter den Ohren«, sagte Janis.

»Wann kam sie wieder?«, versuchte Katja den beiden auf die Sprünge zu helfen. »War sie in letzter Zeit mal wieder da? Sie war nämlich oft auf Reisen, ohne uns genau zu sagen, wohin sie fuhr. Hat sie etwas über sich erzählt?«

»Mann, ich weiß nicht«, sagte Janis bedeutungsschwer und schlug seinem Bruder auf den Oberschenkel. »Kann mich nicht erinnern … hicks.«

»Meine Oma ist gestorben. Kurz vor ihrem Tod hat sie noch die Bestellung der Puppenhäuschen aufgegeben, die ich gerne mitnehmen würde.«

»Geht klar. Die Häuschen sind verpackt und stehen da hinten zum Mitnehmen. Das mit deiner Oma haben wir kommen sehen, Mann. Tut uns leid.«

Katja starrte sie an. »Was?«

»Na, dass sie es nicht mehr lange …«, begann Janis, doch Dominik stieß ihm den Ellenbogen in die Rippen. »Dass sie schwer krank war, meint er.«

»Ihr wusstet, dass sie nicht mehr viel Zeit hatte?« Katjas Herz raste. Wieso hatte Apollonia jeden über ihre Krankheit informiert, nur die Familie nicht? Sie spürte plötzlich eine irrationale Eifersucht auf die beiden.

»Ja, aber bleib locker, Mann. Ich hoffe, das Kiffen hat das mit ihrem Herzen nicht noch schlimmer gemacht.«

»Sie hat gekifft?« Es wurde ja immer abenteuerlicher. Das würde sie zu Hause auf keinen Fall erzählen dürfen.

»Hat sie?« Janis und Dominik schauten sich grübelnd an. »Mhm. Wir waren da eventuell selbst ein bisschen zu arg drauf, um das genau mitzukriegen.«

»Ach so.« Katja entschied, dass ihre Großmutter auf keinen Fall gekifft haben konnte.

»Tja, wie auch immer. Deine Oma bestellte vor einigen Wochen telefonisch diese Puppenhäuser. Sie meinte, wenn sie das Zeitliche segnen würde, bevor die Dinger fertig seien, käme jemand anderes aus der Familie, um den Kram abzuholen.«

»Wieso war sie sich da so sicher? Sie hatte doch keinem von uns etwas gesagt.«

»Keine Ahnung. Sie erzählte was davon, dass sie die offenen Bestellungen in ihrem Korrespondenzordner mit Neonfarbe idiotensicher markiert habe.«

»Ja, idiotensicher«, murmelte Katja. »Ich bin ja da. Was hatte sie mit den Puppenhäusern vor?« Sie musste sich Mühe geben, deutlich zu sprechen. Der Grog hatte es in sich. Aber es war so herrlich warm am Feuer und ihr Kopf schwebte in einem angenehmen Nebel.

»Äh, was? Also, sie hat einundzwanzig bestellt ...« Dominik wühlte in seinen Rastazöpfen, wie um sein Gedächtnis aufzufrischen. »Ja, sie ... bestellte ziemlich viele von den Dingern.«

Janis ließ den Grog in die Kehle rinnen. »Jemand noch Grog? Was heißt viele, Mann? Dieser Scheich aus den Vereinigten König..., äh, Emiraten letztens, der fünfhundert Puppenhäuser für seine Tochter bestellt hat, das war eine Großbestellung. Aber doch nicht die neunzehn Dinger, die deine Oma bestellt hatte.«

»Einundzwanzig. Schau im Computer nach.«

»Ist ja egal. Ich glaube, sie hat fünfundzwanzig bestellt«, murmelte Katja und zerrte sich den Schal vom Hals. Ihr war heiß und ihre Arme und Beine wurden immer schwerer.

»Wann gehen wir?«, quengelte Zoe.

Katja ließ nicht locker. »Was hat sie erzählt? Wozu brauchte sie die Puppenhäuser?«

Janis rülpste. Zoe starrte ihn angewidert an.

»Tschuldigung. Wozu? Keine Ahnung. Aber es sollte ein Riesending werden.«

Katja sah ihn an, doch er verschwamm vor ihren Augen. Schnell stellte sie ihr Grogglas weg. »Ein Riesending? Was für ein Riesending?«

»Na ja«, begann Dominik, der inzwischen rücklings in den Polsterkissen lag. »Sie wollte eine irre Show abziehen mit den Puppenhäusern. Anscheinend hatte sie auch noch anderen Kram aus anderen Werkstätten gekauft. Es würde alle umhauen, sagte sie, wenn sie erst fertig wäre mit ihrem Vorhaben.«

»Habt ihr irgendeine Idee, was sie damit meinte?«, fragte Katja genervt.

»Trink noch einen Schluck Grog, das hilft. Runter mit dem Zeug«, ermunterte Janis sie. »Sie plante eine Wahnsinnsvorstellung. Und zwar exklusiv für eure Familie. Ihr seid ja alle ein bisschen verklemmt, hat sie angedeutet. Zickig und unentspannt. Alle ohne Mann. Sie hatte so ein schönes Heim für euch geschaffen – das muss ein galaktisches Schloss sein, stimmt's? Habt ihr auch Türme? Und trotzdem war immer eine von euch unglücklich oder hat nicht gewusst, wo es langgeht im Leben.«

»So wie die, die nach Island rübermachen wollte.«

»Ja, in dem Jahr war sie das erste Mal bei uns und hat das allererste Häuschen gekauft.«

»Sie wollte etwas Schönes für euch. Hat es leider nicht mehr fertig gekriegt. Jetzt seid ihr dran.«

Katja war am Rande der Verzweiflung. »Mit was denn? Was sollen wir tun? Was wollte sie von uns?«

Dominik gähnte. »Keine Ahnung. Hab nicht nachgefragt.«

»Das klingt alles so verwirrend.« Sie fragte sich, ob ihre Beine sie nachher noch tragen würden oder ob sie sich erst mal ein paar Stunden in die schmuddeligen Kissen legen musste. »Erinnert ihr euch an sonst noch was, was ihren ersten Besuch hier betraf?«

»Ja, klar, Mann«, grinste Janis. »Wir waren kurz vorher in Amsterdam gewesen und hatten diese abgefahrenen Glückskekse mitgebracht. Wir feierten eine Party an diesem Abend, und deine Oma war total gut drauf. Hat mitgefeiert wie ein junger Hüpfer.«

»Ich nehme an, sie hat auch ein paar Glückskekse gegessen«, murmelte Katja resigniert.

»Natürlich hat sie das. War ein cooler Abend, Katja, komm mal wieder vorbei.«

»Zoe, hilf mir bitte hoch«, japste Katja und ließ sich von ihrer Tochter mühsam am Arm aus den bodentiefen Polsterkissen zerren.

»Mamaaaa«, rief Zoe quengelig. »Komm schon. Du bist hier die Mama, nicht ich.«

»Könnt ihr mir noch die Kiste mit der Bestellung mitgeben?«

Janis schaffte es gerade noch, ihr das Paket zu holen, bevor er mit Dominik auf den Kissen wegdöste. Katjas Abschiedsgruß blieb unbeantwortet.

Der Heimweg zum Hotel wurde lang und ungemütlich. Es hatte wieder zu schneien angefangen, feuchte dicke Flocken, die sie durchnässten. Die Abendluft war frostig, sodass ihre Gesichter taub vor Kälte wurden. Die beleuchteten Christbäume im Dorf wiesen ihnen den richtigen Weg zu ihrem Hügel mit dem Hotel.

Zoe, der es nicht schnell genug gehen konnte, trug die Kiste mit den Puppenhäusern und zog Katja durch den hohen Schnee. »Ich will heim, ich hab Hunger, ich hab nasse Füße«, maulte sie. »Die zwei Typen waren doof. Und es hat gestunken dort.«

»Du hast ja recht.« Katja stolperte hinter ihr her. In ihrem Kopf drehte sich alles und ihr war übel.

Nach einer gefühlten Ewigkeit trafen sie im Hotel ein. Katja bestellte für Zoe eine Kinderpizza und für sich selbst eine Kanne Tee zum Ausnüchtern. Sie saßen mit ihren schneenassen Kleidern in dem kleinen Speisesaal, weil Katja befürchtete, es nicht mehr nach unten zu schaffen, wenn sie erst mal in ihrem Zimmer wären.

Katja schlief so tief wie lange nicht mehr. In ihren wirren Träumen saß sie mit Jens Rombach am knisternden Holzofen in der *Werkstatt Hüttenzauber*, so nah, dass sich ihre Arme und Oberschenkel berührten. Er hielt sie fest mit seinem dunklen, intensiven Blick und sie fühlte sich sicher an seiner Seite. Sie war glücklich.

»Mama, weinst du?«

Sie schreckte aus dem Schlaf hoch. Helles Morgenlicht fiel durch die Fenster. Zoe hockte vorne auf der Kante und das Kinderprogramm lief.

»Was ist los, Mama?« Verunsichert rüttelte Zoe sie am Ellenbogen.

Katja hatte Mühe, den Kopf zu heben und wischte sich mit dem Ärmel ihres Nachthemdes verstohlen über die feuchten Augen. Die Sehnsucht nach Jens brannte heftig in ihr. »Nichts. Es ist alles in Ordnung, Schatz. Wie lange schaust du schon?«

»Das ist die vierte Sendung, die ich gucke«, sagte Zoe stolz.

»Oh Gott, wie spät ist es? Zwanzig nach zehn. Na, um diese Zeit bekommen wir kein Frühstück mehr.«

»Ich habe aber Hunger«, heulte Zoe.

»Wir gehen in den Ort frühstücken. Komm, wir ziehen uns an.«

Ihr war schwindlig und sie hatte Kopfschmerzen. Zoe stand schon in ihrem grasgrünen Schneeanzug und flauschiger Fleecemütze bereit, als sie es endlich schaffte, sich aus den Decken zu wühlen und nach einer Katzenwäsche in Pullover und Jeans zu schlüpfen. Nach dem Traum, der so real gewirkt hatte, kostete es sie immens viel Kraft, den Tag zu beginnen.

»Schau mal, Mama«, rief Zoe begeistert. Sie hing halb aus dem offenen Fenster und schaffte es mit Mühe, einen der wuchtigen Eiszapfen abzubrechen, die am niedrigen Dach hingen. Er war mindestens einen halben Meter lang. »Wow.« Ihre grauen Augen sprühten vor kindlicher Freude.

Katja zwang sich, zu lächeln und etwas Unbeschwertheit zuzulassen.

Frischer, pulvriger Schnee türmte sich auf dem Hügel und den Wegen. Die Bäume trugen schwer an der watteweichen

Last. Die Sonne stand am blauen Himmel und ließ die Schneekristalle glitzern. Der Bach, der parallel zur Hauptstraße verlief, gurgelte und sprudelte. Es war ein schöner Morgen.

Sie frühstückten in dem kleinen Café an der Hauptstraße, gingen dann zurück zum Hotel und liehen sich einen Schlitten. Aneinandergeklammert sausten sie die Anhöhe am Hotel hinunter und stapften unermüdlich wieder hoch, um gleich wieder nach unten zu rodeln. Ihre Kleidung und Schuhe wurden feucht, so oft fielen sie auf den steilen Abschnitten vom Schlitten. Zoe kreischte vor Entzücken, wenn sie ineinander verknäult im weichen Schnee landeten.

Am Nachmittag spazierten sie wieder ins Café, um Kaiserschmarrn zu essen und heiße Schokolade zu trinken. Abends saßen sie dann auf den altmodisch geblümten Sofas in der Lounge und spielten Uno, Memory und Lotti Karotti.

Katja hatte das Gefühl, hier ewig bleiben zu können. Hier waren alle Laute gedämpft, alle Bewegungen entschleunigt, die Zeit verging gemächlich.

Zoe durfte länger aufbleiben als sonst. Nach einem Abendessen mit Pommes frites und Fisch wagten sie sich noch einmal in die klirrende Kälte und stapften den Hügel hoch zu der kleinen Kapelle, in der ein Konzert stattfand. Das Kirchlein war voll bis auf den letzten Platz. Der Kirchenchor sang Weihnachtslieder, und Zoe lauschte hingerissen. Katja spürte, wie sie ruhiger wurde.

Die Sehnsucht nach Jens brannte immer noch in ihr. War es doch nur ein One-Night-Stand gewesen, wie Isabelle behauptete? Sie musste die negativen Gedanken loswerden und etwas unternehmen. Am besten heute Abend noch.

Plötzlich wurde Katja vor Ungeduld ganz kribbelig. Kaum war das Konzert zu Ende, drängte sie Zoe zur Eile. »Auf, auf, ab die Post. Zeit fürs Bett. Leg mal einen Zacken zu.«

Zoe sah leidend zu ihr auf und versuchte, noch etwas Zeit zu schinden. »Aber Mama, wieso denn? Wir sind doch in Ferien, und außerdem ist es bestimmt erst acht Minuten vor Mitternacht.«

Katja lachte. »Es ist neun Uhr. Höchste Zeit für Fünfjährige, ins Bett zu kommen.«

»Ich bin fast sechs.«

Katja nahm sie an die Hand, und halb liefen sie, halb rutschten sie den Berg hinunter zum Hotel. Sie duschte Zoe warm ab, steckte sie in ihren hellblauen Bärchenpyjama, den sie zum Wärmen über den Heizkörper gelegt hatte, überwachte das Zähneputzen und trug sie huckepack in ihr gemeinsames Bett.

»Geschichte?«, fragte Zoe hoffnungsvoll.

»Heute Abend nicht mehr. Ich muss noch was erledigen. Aber morgen gehst du wieder früher ins Bett und dann lese ich dir zwei Geschichten vor.«

Zoe maulte noch ein bisschen vor sich hin, doch da sie müde war von der frischen Luft und der vielen Bewegung, umschlang sie ihre Puppe und war bald eingeschlafen.

Katja saß auf dem Sessel und suchte im trüben Licht der Zimmerleuchte konzentriert auf ihrem Smartphone nach Restaurants, Bars, Konzerten, Opern, Theaterstücken. Ihre Augen brannten bereits vor Müdigkeit und ihr Rücken schmerzte, als sie endlich fand, was ihr passend erschien: *Das Phantom der Oper*, Vorstellung in Neustadt/Weinstraße in drei Tagen. Ihr Herz raste vor Aufregung. Rasch schaute sie, ob Zoe fest genug schlief, dann lief sie leise nach unten an die Rezeption, bestellte am Gäste-Computer zwei Tickets, bezahlte online und druckte sie aus. Wieder oben im Zimmer nahm sie das beigefarbene Hotelbriefpapier, schob eine der beiden Eintrittskarten in den Umschlag und schrieb mit zittriger Hand auf den Briefbogen: Hast du Lust? Ich würde mich sehr freuen …

Klang das blöd? Aber was sollte sie sonst schreiben? Etwa: Dankeschön für die tolle Nacht. Können wir das immer und immer wiederholen? Ihre Gedanken fuhren Karussell. Was wäre, wenn er nicht kommen würde?

Am nächsten Morgen traten sie die Heimreise an. Der Abschied fiel beiden schwer, hatten sie die Zeit im Schnee, in der absoluten Ruhe und Abgeschiedenheit doch sehr genossen. Aber Katja zog es zurück nach Hause. Sie musste Jens Rombach die Einladung einwerfen, sie hatte das Gefühl, keine Sekunde verlieren zu dürfen.

Zur Mittagszeit kamen sie in Neustadt an. Hier lag kein Schnee, aber es war ebenso kalt wie im Fichtelgebirge. Graue Wolken bauschten sich am Himmel. Sie hielten in der Nähe der Kinderarztpraxis, liefen die paar Schritte bis zum Briefkasten und warfen den Umschlag ein. Katja hatte *persönlich* darauf geschrieben.

Wieder im Auto und auf dem Weg nach Lambrecht atmete sie tief durch. Nun konnte sie nur noch warten. Sie hatte das Gefühl, dass er absagen würde. Warum hatte ihre Familie ihr nur so viel Schwarzseherei und Pessimismus anerzogen?

6

Der Geist in der Nacht

Als Katja die Haustür aufschloss, fühlte sie sich wie in ein Schmetterlingsparadies katapultiert. Vom oberen Stockwerk aus schwebten Hunderte von Schmetterlingen bis ins Erdgeschoss, flatterten mit zitternden Flügeln, taumelten wie trunken durchs Treppenhaus. Pastellfarbene Papierflügel, Stoffflügel in erdbeerrot, heidelbeerblau und pflaumenlila segelten durch das dämmrige Winterlicht. Die Schmetterlinge landeten sanft und geräuschlos auf ihren Haaren und auf ihren Schuhen. Auf dem alten Dielenboden bildeten sie einen traumhaften Teppich.

»Oh …«, staunte Zoe.

Sie legten beide die Köpfe in den Nacken und blickten durch das Treppenhaus hoch bis zum Dachgeschoss, wo Ida-Marie und August standen, über das Holzgeländer gebeugt, und aus einer großen Pappschachtel immer mehr Schmetterlinge nahmen und nach unten fliegen ließen.

Auch Eve, Gudrun und Isabelle starrten nach oben.

»Was sind das für Schmetterlinge?«, fragte Katja leise. Der Moment war wie verwunschen, ein ganz eigener Zauber hielt sie alle in seinem Bann. Ein zitronengelber Schmetterling aus feinem Transparentpapier landete auf ihrer Hand und sie hielt ihn fest.

»Ida-Marie hat ein bisschen auf dem Dachboden herumgestöbert und diesen Karton mit den Schmetterlingen gefunden«, sagte Isabelle. »Er stand in einer dunklen Ecke voller Spinnweben, erinnerst du dich?«

»Es müssen mindestens fünfhundert Schmetterlinge sein«, fügte Gudrun hinzu. Sie machte einen verwirrten Eindruck. »Und wieder überrascht uns Apollonia. Wozu hat sie Hunderte von Schmetterlingen gesammelt?

»Es sind mindestens siebenhundert Schmetterlinge«, sagte Ida-Marie, nahm erneut eine Handvoll und ließ sie durchs Treppenhaus fliegen.

Zoe stand im Hauseingang und versuchte, die Falter aufzufangen.

»Erinnert ihr euch nicht, Mädels.« August schaute kopfschüttelnd auf sie herunter. »Apollonia hatte das ganze Haus dekoriert mit diesen Schmetterlingen. Das war in dem Sommer, als ...«

»Ach ja!«, rief Isabelle. »Das war in dem Sommer, als Katja dieses Preisausschreiben bei der *Tal-Depesche* gewonnen hatte. Wie alt warst du, Katja, neun? Du hattest dieses riesige Zelt gewonnen, um das dich alle Kinder im Ort beneideten. Und du, August, hast es uns im Garten aufgebaut. Den ganzen Sommer haben wir draußen gecampt. Wisst ihr noch? Wir haben abends immer Würstchen am Lagerfeuer gegrillt, und Apollonia hat oft mit uns Kindern nachts im Zelt geschlafen. Wir sind wochenlang praktisch nur zum Duschen ins Haus gegangen.«

»Ja, das war schön«, sagte Katja wehmütig.

»Hoffentlich tauchen nicht noch offene Bestellungen von diesen Schmetterlingen auf«, sagte Gudrun. Ihr war die Missbilligung deutlich anzuhören. »Siebenhundert sind wahrhaftig genug. Die müsst ihr nachher aber alle wieder aufsammeln, Kinder, habt ihr gehört?«

»Hast du im Fichtelgebirge etwas herausgefunden über Omas Projekt?«, fragte Isabelle. »Haben die in der Werkstatt gewusst, was sie mit den vielen kleinen Puppenhäuschen und all dem anderen Kram vorhatte?«

Katja seufzte. »Nein. Sie meinten nur, Oma habe ein Riesending geplant, eine irre Show.«

»Eine irre Show?«, wiederholte Gudrun in scharfem Ton.

»Was hat sich diese Frau nur gedacht? Langsam fange ich an, an ihrem Verstand zu zweifeln.«

»Oma hat den beiden Kunsthandwerkern viel über uns erzählt und sie bei der Bestellung darauf vorbereitet, dass sie es womöglich nicht mehr schaffen würde, das Paket selbst abzuholen. Jemand aus der Familie würde das dann tun, habe Apollonia gesagt. Alles Weitere müssten wir selbst herausfinden, sagten die zwei Typen.«

Isabelle runzelte die Stirn. »Wollte Apollonia eine Art Schnitzeljagd mit uns spielen? Und die Kunsthandwerker sollen uns die Hinweise liefern?«

»Das hätte zu ihr gepasst«, sagte Eve. Sie klang niedergeschlagen.

Gudrun schnaubte. »Und wir lassen uns an der Nase herumführen. Schluss damit. Nicht mit mir.«

Dann waren auch die letzten Schmetterlinge ins Erdgeschoss geflattert und bedeckten den Boden so dick, dass von den alten Holzdielen nichts mehr zu sehen war. Katja und Zoe rührten sich nicht, aus Angst, auf die bunte Pracht zu treten. Zoe stand sogar auf den Zehenspitzen.

»Noch mal!«, rief August von oben. »Sammelt alle Schmetterlinge ein und bringt sie wieder hoch. Wir veranstalten das Spektakel noch mal.«

»Kindskopf«, schalt Gudrun ihren Onkel, doch der ließ sich nicht beeindrucken.

Ida-Marie kam die Treppen hinuntergerannt und begann mit Zoe, die Schmetterlinge behutsam wieder einzusammeln.

Eve nutzte die flugfreie Zeit, um in ihrer Küche zu verschwinden. »Ich habe Ida-Marie versprochen, mit ihr Weihnachtsplätzchen zu backen«, erklärte sie über ihre Schulter hinweg. »Zoe möchte bestimmt auch mitmachen. Ich richte schon mal alles.«

Katja folgte ihrer Mutter in die Küche. Der Backofen war vorgeheizt und strahlte eine behagliche Wärme aus.

Eve ordnete Mehl, Zucker, Eier, Milch, Ausstechförmchen und die Teigrolle auf der Arbeitsfläche an. »Gut, dass ihr wieder da seid«, meinte sie und kramte aus dem Küchenschrank eine Schüssel mit Schokostreuseln hervor. »Ich habe mir Sorgen um dich gemacht. Du musst dich mehr ausruhen, statt in der Weltgeschichte herumzugondeln.«

»Zoe und ich hatten eine wunderschöne Zeit. Die Reise hat uns sehr gutgetan. Hör mal, Mama, ich wollte dich um einen Gefallen bitten.« Es widerstrebte ihr etwas, ihre Bitte zu äußern, da sie neugierige Fragen befürchtete. Mit nervösen Fingern brach sie ein Stück Kuvertüre ab und aß es.

»Lass das. Das brauchen wir zum Backen.«

»Ja … Könntest du übermorgen Abend auf Zoe aufpassen? Sie wird dann schon schlafen. Ich gehe ins Theater.«

Ihre Mutter, die sich gerade ihre Schürze umband, schaute sie irritiert an. »Ins Theater? Ja, natürlich kann ich auf Zoe aufpassen. In welches Stück gehst du?«

»*Das Phantom der Oper.*«

»Oh. Ja. Mit …?« Sie brach ab und ordnete mit flattrigen Bewegungen die Ausstecher neu.

»Ich …«

»Du brauchst nichts zu sagen. Ich wollte auch eigentlich nicht fragen. Sonst reagierst du wieder so gereizt.«

»Mama«, begann Katja.

Ihre Mutter unterbrach sie erregt: »Du sollst uns nicht noch einmal vorwerfen, dass wir dich über dein Privatleben ausfragen.«

Katja verschränkte verärgert die Arme vor der Brust. »Unter vier Augen eine Frage zu stellen ist ja wohl etwas anderes, als wenn ich vor unserem Familientribunal stehe. Sei nicht so dramatisch.«

»Hör auf, ständig von der Kuvertüre zu naschen«, sagte Eve und schlug mit dem Küchenhandtuch nach ihr.

Katja verschwand lächelnd.

Durchs Treppenhaus floss immer noch ein wahrer Sturzregen an Schmetterlingen. Man hörte die Begeisterung der Kinder durchs ganze Haus.

Katja zog sich in ihr Schlafzimmer zurück. Sie war zu müde, um ihre Reisetasche auszupacken. Sie zog Jeans und Pullover aus, schlüpfte in Nachthemd und Bademantel und sank auf ihr Bett. Draußen hatte ein eisiger Regen eingesetzt und prasselte herab. Von den Lichterketten im Garten tropfte es, frostiger Wind rüttelte an den kahlen Ästen.

Bald zog leckerer Plätzchenduft durchs gesamte Stockwerk, und Katja hörte Zoe und Ida-Marie mit Eve in der Küche plappern. Erinnerungen an Apollonia stiegen schmerzlich in ihr hoch. Winter für Winter hatten sie und Isabelle dasselbe mit ihrer Oma getan wie nun ihre Töchter. Blech um Blech hatten sie gebacken, zwischendurch vom Teig genascht und heimlich Schokostreusel probiert. Katja hatte immer noch den Geruch in der Nase, spürte noch immer die wohlige Wärme der Küche, die Geborgenheit, die ihre Großmutter ihr vermittelt hatte. Sie weinte um den Verlust Apollonias. Das Haus war nicht mehr vollständig ohne sie.

Graupel trommelte jetzt gegen die Fensterscheibe. Aus der Küche hörte sie, wie Zoe sich beschwerte: »Aber jetzt bin ich mal dran mit dem Sternförmchen!«

Sie zog sich die Decke bis über die Schultern und gab sich ihren Tagträumen von Jens Rombach hin. Seit vielen Jahren hatte kein Mann sie so angezogen wie er. Seine ruhige, gelassene Art faszinierte sie. Dazu diese angenehm warme Stimme, das Funkeln in seinen Augen, das sowohl belustigt als auch ironisch sein konnte, die warme Haut, an die sie sich geschmiegt hatte – sie hatte hoffnungslos ihr Herz verloren. Trotzdem wusste sie nicht, ob die Musicalkarte eine gute Idee gewesen war.

Aufregung und Ungewissheit beschleunigten ihren Herzschlag. Wahrscheinlich würde er gar nicht kommen. Vielleicht hatte er seit der Trennung von seiner Frau wieder eine neue Freundin gefunden. Oder er fand *Das Phantom der Oper* kitschig, so wie alle Männer, und hatte keine Lust darauf, es sich anzusehen.

Was sollte sie anziehen? Etwas Schickes für ein Musical besaß sie nun wirklich nicht. Sie hatte ihre schwarzen Businesshosen und schwarze oder weiße Businessblusen, aber die waren wohl kaum geeignet.

Während sie darüber nachdachte, ob sie im Internet ein Kleid bestellen sollte, und ob das Kleid noch rechtzeitig ankommen würde, klopfte es. Isabelle trat ein. Sie trug ihre samtenen Jogginghosen und eine übergroße, kuschelige Strickjacke.

»Hallo. Ich wollte nur mal nach dir sehen.«

»Hallo.« Katja deutete auf das Bett.

Ihre Kusine setzte sich im Schneidersitz zu ihr auf die Decke. »Das mit Oma ist wirklich ein Ding«, sagte Isabelle nachdenklich. »Eine irre Show wollte sie abziehen? Wollte sie fremde Leute einladen, Eintritt verlangen und eine Million Schmetterlinge durch das Treppenhaus flattern lassen? Ich versteh es nicht.«

»Ich auch nicht«, murmelte Katja bedrückt. »Vielleicht werde ich noch mehr Händler besuchen. Den mit den Engeln in den Mini-Einmachgläsern zum Beispiel, oder den, der diese ausgeflippten Wetterhäuschen hergestellt hat. Vielleicht weiß einer mehr als wir.«

»Mhm.« Isabelle kaute an ihrem Daumennagel. »Seltsam, dass August nichts von ihren Plänen mitbekommen hat. Die beiden haben sich über Jahrzehnte eine Wohnung geteilt.«

»Vielleicht weiß er mehr, als er zugibt? Du hast vorhin gesagt, das Ganze kommt dir wie eine Schnitzeljagd vor. Oma hat uns ihre offenen Bestellungen hinterlassen und wir – in diesem Fall ich – reisen herum, um die Sachen abzuholen. Die Händler machen seltsame Andeutungen. Zusätzlich stapeln sich auf dem Dachboden Kisten mit unzähligen Sammelobjekten, zu denen unsere Familie einen Bezug hat.«

»Hm, ich weiß nicht, Katja. Zutrauen würde ich es August zwar schon, dass er mehr weiß und sich hinter unserem Rücken über uns amüsiert. Aber sieh ihn dir an. Er ist alt und gebrechlich und schafft es kaum noch allein die Treppe hinunter.«

»Sag mal«, begann Katja, »du hast doch so ein paar schöne

buntgemusterte Röcke. Könntest du mir einen ausleihen für übermorgen Abend? Ich gehe ins Theater.«

»Ach, in was für ein Stück denn?«

»*Das Phantom der Oper.*«

»Oh, klasse ... Mit wem gehst du? Doch nicht allein? Warum hast du mich nicht gefragt? Ich würde gerne mitgehen. Vielleicht gibt es noch Karten.«

Katja sank gerührt und beschämt in sich zusammen. »Das ist lieb von dir, Isa. Aber lass uns ein anderes Mal zusammen ins Theater gehen. Die Sache ist nämlich die – und jetzt falle bitte nicht gleich wieder über mich her – ich habe dem Kinderarzt auch eine Karte geschickt und ihn eingeladen.«

Isabelle starrte sie ungläubig an. »Der hat es dir wirklich angetan, was?«

»Ja, hat er.«

»Und kommt er mit?«

»Weiß ich nicht«, gab Katja widerwillig zu.

Ihre Kusine seufzte, als habe sie es mit einem unbelehrbaren Kind zu tun. »Du hast ihm echt eine Musicalkarte geschickt? Nach einem One-Night-Stand? Ist das heutzutage üblich?«

Katja biss sich auf die Lippen.

»Katja, Mensch! Mach dir doch keine falschen Hoffnungen! Wie oft sind wir Friedinger-Frauen von Männern enttäuscht worden? Hat auch nur eine von uns eine Beziehung? Oder mal eine gehabt, die funktioniert hätte?«

»Ja, Oma. Großvater ist gestorben, der Tod hat sie getrennt.«

Isabelle schnaubte. »Ja, sie war die Einzige. Mach dir doch keine falschen Hoffnungen, Katja! Du bist einundvierzig, da sollte man doch etwas realistischer sein! Glaubst du echt, das wird was mit dem?«

»Ich weiß es nicht. Das werde ich sehen. Habe ich etwas zu verlieren?«

»Wenn der dich irgendwann abserviert, und das wird er tun, dieser arrogante Schnösel, bist du am Boden zerstört.

Du hast doch genug Stress. Du brauchst nicht noch Kummer wegen diesem ... diesem eingebildeten Arzt. Hast du einen Arztkomplex? Ist es das?«

»Ach, hör doch auf.«

»Der wollte nur mit dir ins Bett. Entschuldigung, dass ich das so deutlich sagen muss. Die Gelegenheit war da, er hatte sowieso kein eigenes Bett in dieser Nacht, da schnappte er sich halt eine *Yummy-Mummy*, die er zufällig aus seiner Praxis kannte. Was weißt du denn, wie oft er das macht?«

»Er hatte ein Problem, sich das ... sich das Kondom überzuziehen. Er schien mir aus der Übung zu sein. Und jetzt hab ich wieder mehr gesagt, als ich wollte, denn das geht keinen was an. Ich weiß nicht, warum ich die intimsten Dinge plötzlich mit euch klären soll. Die ganzen Jahre über, als ich allein mit Zoe in Mannheim gewohnt habe, musste ich auch keine Rechenschaft ablegen.«

Isabelle lachte, doch es klang nicht heiter. »Ja, das ist der Fluch der Friedinger-Frauen. Wir leben ganz eng zusammen, hier ist nichts privat.«

»Eure ständige Schwarzseherei scheint mir eher der Fluch der Friedinger-Frauen zu sein. Aber um mal zum eigentlichen Thema zurückzukommen: Leihst du mir einen deiner Röcke? Das wäre wirklich lieb von dir.«

Isabelle musterte sie. »Lass mich überlegen, welcher passen könnte. Du bist kleiner als ich und ...«

»Ja, ich weiß, aber die Röcke sind doch dehnbar, oder?«

»Ja. Der Schwarze mit den lila und grünen Mustern könnte gehen. Er ist bei mir recht kurz, aber bei dir wird er bis über die Knie reichen, was wohl auch besser aussieht.«

»Danke. Danke für den Rock und das Kompliment.«

»Gerne. Du könntest eine deiner schwarzen Büroblusen drüberziehen, das passt bestimmt zusammen. Oh, sieh mal, ich habe einen dieser Flattermänner in den Haaren.« Isabelle zog einen lindgrünen Schmetterling aus ihren hellroten Locken. Sie setzte ihn auf die Handfläche, pustete und ließ ihn sachte über die Bettdecke schweben.

Die Nervosität, die am nächsten Tag von ihr Besitz ergriff, hielt Katja kaum aus. Als alle arbeiten waren, stieg sie mit Zoe zur Dachkammer hoch, um noch einmal in den alten Kisten von Apollonia zu kramen. Zoe rutschte begeistert mit den Knien im Staub herum und riss alle Schachteln auf.

»Langsam, vorsichtig«, mahnte Katja. »Das sind alles wertvolle Dinge, bitte benimm dich nicht wie ein Elefant im Porzellanladen.«

Zoe räumte Engel, *Péckvillchen*, Nussknacker, Mini-Puppenstuben, Wetterhäuschen, Schneekugeln und Räuchermännchen aus den Kisten und stellte die Figuren in einem Kreis um sich herum auf.

»Am besten gefällt mir das«, sagte sie und hielt einen der Engel in einem Fläschchen hoch. »Wie kommt der Engel in die Flasche, Mama? Was ist das überhaupt für eine Flasche? Wie sind die vielen Perlen des Engels zusammengemacht, Mama? Wer hat das alles gebastelt? Warum hatte Uroma so viele Engel? Krieg ich einen? Den mit den rosa Perlen?«

Katja seufzte. Sie war so angespannt wegen morgen Abend, dass ihr Zoes Geplapper einfach zu viel war. Sie wünschte, sie könnte in Ruhe ihren Gedanken nachhängen. Da sie nicht sofort auf den Fragenschwall antwortete, robbte Zoe auf den Knien an sie heran und legte ihr die schmutzige kleine Hand auf das Bein. »Sag doch mal, Mama! Und was gefällt dir am besten?«

»Ich finde die Perlenengel auch wunderschön«, sagte Katja zerstreut und nahm ihrer Tochter das kleine Fläschchen ab. Manche der Engel befanden sich auch in Einmachgläschen, die höchstens vier Zentimeter hoch waren. Glänzende weiße und rosa Perlen waren mit goldenem Draht zu einer Figur verbunden, mit großen Perlenflügeln an beiden Seiten des Körpers. Den Glasboden bedeckten winzige silberne Glittersterne und weiße Perlen, kleiner als eine Bleistiftspitze.

Die Perlenengel erinnerten sie an ein Schreiben in Apollonias Ordner. Wieder unten im Wohnzimmer blätterte sie durch die Rechnungen und Bestellungen, bis sie wie erwartet eine noch offene Bestellung fand: zwanzig Perlenengel in Miniaturflaschen, jedes einzelne ein Unikat. Bestellt hatte Apollonia die Engel kurz vor ihrem Tod bei einem Kunsthandwerker in Tirol, der ihr geantwortet hatte: Liebe Lonni, du kannst die bestellten Engel bei uns abholen. Wir haben alles gerichtet. Dein Seppi.

Mit diesem Kunsthandwerker schien ihre Großmutter auch auf vertrautem Fuß gestanden zu haben. Ob sie ihm auch so viel von der Familie erzählt hatte wie den anderen beiden?

Die Idee, für ein paar Tage nach Tirol zu reisen und die bestellten Engel abzuholen, formte sich in ihrem Hinterkopf. Es wäre schön, noch einmal mit Zoe in den Schnee zu fahren. Doch ihre Gedanken kehrten wieder zu dem morgigen Abend zurück, als stünde sie unter einem Bann. Die Reise nach Tirol musste sie später planen, entschied sie, im Moment konnte sie nicht klar denken.

Sie verbrachte den Tag wie in Trance, wanderte umher, blickte aus dem Fenster, beobachtete Zoe, wie sie mit Ida-Marie Barbie spielte, und hörte mit einem Ohr August zu, der sich über die Artikel in der *Tal-Depesche* aufregte. In der Nacht lag sie schlaflos im Bett, bis sie die Decke zurückschlug, aufstand und ihr Ritual vollzog: im dunklen Treppenhaus herumschleichen, gedankenverloren in die Lichterketten des Gartens starren, eine Folge *Blue Bloods* auf dem Laptop schauen und kaltgefroren wieder ins Bett kriechen, in dem inzwischen Zoe lag, die sich sofort schutzsuchend an sie klammerte.

Am nächsten Tag begleiteten Katja und Zoe Ida-Marie zur Probe des Krippenspiels. Zu Zoes Freude ergatterte sie auch noch eine Rolle: die eines kleinen Hirten. Katja saß in der klammen Kirche in einer Bank, dick in Mantel, Mütze, und Schal eingemummelt, und beobachtete die Kinder, die eifrig und mit glühenden Wangen ihre Rollen lernten.

Auf dem Heimweg begann es zu regnen. Es war so kalt, dass ihre Gesichter taub wurden und sie sich die Schals bis über die Nasen zogen. Harte Eistropfen regneten herab und ließen die Straße zur Eisbahn werden.

»Ida-Marie, komm, wir ziehen uns gegenseitig bis zu unserem Haus«, schrie Zoe. »Dann rutschen wir heim und müssen nicht laufen!«

»Seid vorsichtig, Kinder«, mahnte Katja, »Glatteis ist gefährlich.«

Zu Hause saßen Eve und August gerade bei einer Tasse Kaffee. Eve bereitete den Kindern eine heiße Schokolade und rief auch Gudrun und Isabelle dazu, damit alle ihren Christstollen probieren konnten. Schon jetzt, am frühen Nachmittag, war es dämmrig, und die Tischleuchte verbreitete einen warmen Schein. Auf dem Lampenschirm hingen drei kleine Schmetterlinge aus himmelblauem und wolkenrosa Transparentpapier. Eve half den beiden Mädchen, die Kerzen des Adventsgesteckes anzuzünden.

»Ich mag keinen Christstollen! Ich hasse Rosinen!«, rief Zoe. »Krieg ich Schokokekse?«

Gudrun warf ihr einen missbilligenden Blick zu. »Brauchst du immer Extrawürste, Kind?«

August brummte etwas Unverständliches in sich hinein, hievte sich umständlich von seinem Stuhl hoch und schlurfte zum Küchenschrank, aus dem er eine Packung Kekse holte. »Ich mag auch keine Rosinen. Hier, kleines Fräulein, fang.«

Strahlend fing Zoe die Kekse auf.

Eve schaute besorgt aus dem Fenster. »Es ist spiegelglatt draußen. Blitzeis, haben sie im Radio gesagt. Katja, du musst heute Abend sehr vorsichtig sein. Ich glaube, du solltest lieber hierbleiben.«

Katja, die alle Rosinen aus ihrem Stollen gepickt und auf dem Teller zu einem Häufchen zusammengeschoben hatte, erstarrte. »Nein, das geht nicht. Ich gehe ins Musical.«

»Mit dem Auto nach Neustadt zu fahren, wäre heller Leichtsinn. Du wärst schneller in den Straßengraben gerutscht, als du bis drei zählen kannst. Falls du Glück hättest, versteht sich«, sagte Gudrun und goss allen Kaffee nach.

»Ich kann nicht daheimbleiben.«

Isabelle verdrehte die Augen. »Meinst du, das wird so toll im Theater? Bist du sicher, dass er überhaupt kommt?«

Katja trat ihr unter dem Tisch ans Bein, um zu verhindern, dass sie eine erneute Diskussion über Jens Rombach anfing.

»Au!«

»Bei Glatteis mit dem Auto zu fahren, wenn man nicht zwingend muss, ist unverantwortlich«, sagte Eve ängstlich.

Katja verschränkte genervt die Arme vor der Brust.

»Nimm lieber den Zug«, schlug Isabelle vor. »Da gehst du auf Nummer sicher.«

»Danke. Das werde ich tun«, sagte Katja, und fügte im Stillen hinzu: Damit ihr endlich Ruhe gebt.

Ihre Kusine hatte bei ihrem letzten Gespräch recht gehabt: Die Friedinger-Frauen zerpflückten jedes Detail aus der Privatsphäre der anderen. Mit über vierzig nahm sie unfreiwillig wieder die Rolle des Kindes an, ließ sich in alles hineinreden.

»Das ist auch keine gute Idee. Allein der Fußweg zum Bahnhof ist zu gefährlich«, sagte Gudrun. »Das wäre die reinste Rutschpartie.«

»Ich passe auf und gehe langsam.« Verärgert griff Katja nach der *Tal-Depesche* und begann, demonstrativ darin zu lesen.

»Zieh wenigstens die dicken, rutschfesten Schneestiefel an«, sagte Eve bange.

Katja ließ die Zeitung sinken. »Du glaubst doch nicht im Ernst, dass ich zu meinem, das heißt, zu Isabelles elegantem Rock die klobigen Stiefel anziehe? Da würde ich ja wie Yeti ins Theater stapfen.«

Zoe und Ida-Marie kicherten, und auch Isabelle presste sich schnell die Hand auf den Mund.

»Dann ... dann zieh die Schneestiefel an und nimm dir in einer Tüte deine eleganten Schuhe für das Theater mit«, schlug Eve verzweifelt vor.

Katja starrte sie an. »Das ist nicht dein Ernst, Mama! Glaubst du, ich tauche mit einer Tüte im Theater auf, in der ich meine Stiefel herumschleppe? Das wäre ein Bild für die Götter. Lächerlich.«

»Katja, du bist einfach beratungsresistent«, sagte Gudrun, die mit dem Zeigefinger die Puderzuckerreste auf ihrem Teller aufstippte. »Wir meinen es nur gut mit dir. Wir wollen dich doch nicht ärgern.«

Da kam unerwartete Hilfe von August. »Weißt du was, Katja? Ich begleite dich einfach zum Bahnhof. Dann kommst du sicher dort unten an.«

Katja sah ihren Großonkel gerührt an. »Das ist sehr lieb von dir, August. Aber das ist nicht nötig. Ich ziehe meine halbeleganten Stiefel an, die passen zum Rock, und gehe langsam zum Bahnhof runter. Ich werde auch extra früh loslaufen.«

Gudrun schüttelte den Kopf. »August. Du kommst kaum noch unsere Treppe runter, wie willst du Katja heil zum Bahnhof bringen.«

»Ihr seid mir zu anstrengend, Ladies«, brummte August, nahm sich den Rest der Schokoladenkekse und stampfte schwerfällig zur Tür hinaus.

Die Kinder kicherten erneut, während Katja die Kaffeetafel ebenfalls verließ, um sich umzuziehen und aufzubrezeln. Ihre Freude auf den Abend hatte etwas nachgelassen – diese Familie konnte einem mit ihren albernen Diskussionen aber auch alles vermiesen.

Katja stand vor dem hell erleuchteten Saalbau, dem Theaterhaus in Neustadt. Um sie herum waren in der vergangenen Viertelstunde elegant gekleidete und gut gelaunte Menschen gemächlich die Treppen zu den gläsernen Flügeltüren hochgestiegen. Die Paare und Gruppen, die nun, kurz vor acht, kamen, hatten es schon etwas eiliger. Überall sah man schicke schwarze Mäntel und Kleider, hochhackige Schuhe und teure Handtaschen.

Niemand steckt seine dicken Stiefel gerade in eine Tüte, um in ein paar leichtere Schuhe zu schlüpfen, dachte Katja grimmig. Um nicht wie ein einsamer, trauriger Single zu wirken, obwohl sie das ja eigentlich war, tippte sie nervös auf ihrem Smartphone herum. Keine Nachricht von Jens Rombach.

Das Musical würde gleich beginnen. Er war nirgends zu sehen. Natürlich nicht. Hatte sie ernsthaft damit gerechnet, dass er kommen würde? Sie hatten, aus einer Notlage heraus, eine Nacht lang ein Zimmer geteilt und Sex miteinander gehabt – das war alles.

Katja fühlte sich immer kleiner und verlorener. Sie stand allein hier draußen in ihrem schönen Rock und dem eleganten Mantel, die roten Haare extra geglättet, sorgfältig geschminkt und nach *Angel* duftend.

Es war bereits drei Minuten nach acht Uhr. Sie beschloss, noch genau zwei Minuten zu warten und bis hundertzwanzig zu zählen. Sie war gerade bei achtundachtzig angekommen, als er mit elegantem Schwung um die Ecke bog und auf sie zukam. Ihr Herz flatterte und die Knie wurden ihr weich. Er sah sehr attraktiv aus in seinem schwarzen Anzug, der dunklen Krawatte und den blank polierten schwarzen Schuhen. Kurz rutschte er auf der Treppe aus, fing sich aber gleich wieder und nahm lächelnd ihre Hand.

»Guten Abend, Frau Friedinger.«

»Guten Abend, Herr Doktor Rombach.«

»Es tut mir leid, dass ich so spät bin. Ich hatte deine Einladung verlegt und musste sie erst suchen.«

Er war da, alles war gut. Tausend Engel spielten Geige in ihrem Kopf, sangen in himmlischen Chören. Hatte sie je Zweifel und Sorgen gehabt? Sie war die Gelöstheit und Heiterkeit in Person.

»Großartiges Wetter heute Abend, was? Hast du es gut hergeschafft?«, fragte er.

Sie verfing sich in seinem Blick, war wie festgeschnürt in seinen warmen braunen Augen. »Ja, ohne besondere Zwischenfälle. Ohne Stürze, Rutschpartien oder Feuersbrünste.«

Er bot ihr lachend seinen Arm an, und sie hakte sich bei ihm ein. Es herrschte eine herzliche Vertrautheit zwischen ihnen, als sie am Eingang ihre Eintrittskarten zeigten und zur Garderobe gingen. Dicht nebeneinander durchquerten sie die festlich geschmückte Eingangshalle und stiegen die mit dicken, roten Teppichen ausgelegten Treppen zu den Rängen hoch.

»Danke für die Einladung«, sagte er mit einem Funkeln in den Augen, als sie nach ihrer Reihe Ausschau hielten.

»Gern geschehen«, antwortete sie. Ihr war plötzlich ganz heiß.

»Du siehst sehr hübsch aus heute Abend.«

»Danke. Du auch.«

Wieder lachte er und ließ ihr den Vortritt, um sich in die bereits voll besetzte Reihe zu ihren Plätzen in der Mitte zu quetschen.

Das Orchester betrat unter großem Applaus den Orchestergraben. Katja streifte Jens von der Seite mit einem verstohlenen Blick.

»Hast du dich gut von dem Schrecken in Luxemburg erholt?«, flüsterte er, nach vorne zur Bühne schauend, aber so dicht zu ihr gebeugt, dass sie sich gleichermaßen berauscht und überwältigt fühlte.

»Ja.«

»Das Hotel wird wohl für längere Zeit geschlossen sein.«

»Ja«, murmelte sie recht einfallslos.

Das Musical begann. Von den Dialogen bekam Katja, die wie auf einer rosa Wolke schwebte, kaum etwas mit. Doch die Musik riss sie mit wie ein Wasserfall, leidenschaftlich und wunderbar. Jens' Arm lag neben ihrem auf derselben Armlehne, sie berührten sich fast. Auch wenn ihr Blick fest auf die Bühne geheftet war, fühlte sie seine körperliche Nähe, die Wärme, die er ausstrahlte, mit einer fast schmerzenden Intensität.

Die Hauptdarstellerin, die die junge Sängerin Christine spielte, sang *Denk an mich*, als Jens noch näher an sie rückte und ihr zuflüsterte: »Diese Musicalsängerin hat ihre Blütezeit aber auch schon überschritten. Sieht sie nicht nach einem zweitklassigen Facelifting aus?« Der Schalk blitzte in seinen Augen.

Katja presste sich die Hand vor den Mund und lachte erstickt.

»Passt das noch zur Rolle des jugendlichen Nachwuchsstars Christine? Wir zwei sind Teenies dagegen.«

»Ich kann ja mal schnell nach ihrem Alter googeln.« Katja unterdrückte mühsam das Lachen. »Wie heißt die Schauspielerin?«

»Mwotsie Krähenlechner-Corbeau.«

»Nicht dein Ernst.«

»Doch. Und noch dazu spricht sie mit saarländischem Akzent.« Er grinste sie kurz an und drückte leicht ihre Hand.

Katja biss die Lippen aufeinander, um nicht vor Lachen zu explodieren.

In der Pause gingen sie in die Eingangshalle, wo er sie zu einem Glas Sekt einlud. Es gefiel ihr, wie er sie am Arm fasste, so, als ob sie zusammengehörten. Es war zu laut, um sich zu unterhalten, aber ein ums andere Mal sahen sie sich an, und sie verlor sich in seinen Augen, vergaß alles um sich herum.

»Und jetzt google mal.«

Katja nahm ihr Smartphone aus der Handtasche und gab den Namen der Schauspielerin ein. Wikipedia gab ihr Alter mit siebenundsechzig an. Sie prusteten vor Lachen.

Als der Gong das Ende der Pause ankündigte, mussten sie sich auf der Treppe an einem verliebten Paar vorbeidrängeln, das ihnen eng umschlungen und sich küssend den Weg versperrte.

»Das verliebte Gesocks behindert den öffentlichen Durchgangsverkehr«, flüsterte er Katja ins Ohr, den Arm um ihre Schulter gelegt und sie an sich heranziehend.

Sie schüttelte sich vor stummem Lachen. »Ja, widerlich, nicht wahr?«

»Wie eng müssen wir zwei uns aneinanderdrücken, um an denen vorbeizukommen?«

»Ja, sehr unangenehm.«

In seinen Augen sprühten Funken. Katja hatte nur ein halbes Glas Sekt getrunken, fühlte sich aber wie beschwipst.

»Cocktail?«

»Cocktail.«

Im Strom der Besucher wurden sie nach der Aufführung aus dem Theater geschoben. Die späte Abendluft war frostig, Eisregen schlug auf dem Straßenpflaster auf, peitschte ihnen ins Gesicht. Katja fror. Jens legte schützend den Arm um sie, und sie liefen vorsichtig den spiegelglatten Weg entlang. Er führte sie sicher durch die Unterführung vor dem Saalbau in eine dieser engen Gassen mit den Fachwerkhäusern, wo im Sommer in den Hinterhöfen Kübelpflanzen und Gartenmöbel standen und sich Weinstöcke die Hausmauern entlangrankten.

Er öffnete die Tür zu einer Kellerbar, aus der ihnen heiße, stickige Luft entgegenstieg. »Warst du schon mal hier?«

Katja schüttelte den Kopf.

Sie gingen ein paar ausgetretene Stufen hinunter in einen fensterlosen Gewölbekeller. Gelächter und Gespräche schwebten wie Spinnweben durch den Raum. Es war recht finster, doch Fackeln, die an den Steinmauern befestigt waren, und rot-grüne Weihnachtsgirlanden verbreiteten ein schwaches, heimeliges Licht.

Er nahm ihr den Mantel ab und führte sie in eine etwas ruhigere Ecke an ein altes Weinfass, das als Tisch diente. Darauf stand eine Flasche, in der eine fast abgebrannte Kerze steckte und flackerte. Im matten Schein, der alles gold und braun wirken ließ, alles Helle, alle scharfen Konturen milderte, sahen sie sich an.

Ein Lächeln zuckte um seinen Mund. »Was trinkst du?«

»Eine *Piña Colada*? Alkoholfrei?«

»Gut.« Er bestellte bei der tiefenentspannten Bedienung, die gerade vorüberschlenderte, eine *Piña* und für sich eine *Margarita*.

Dann schwiegen sie. Katja überlegte, was sie sagen könnte, doch es fiel ihr nichts ein. In seinen braunen Augen, mit denen er sie unverwandt ansah, spiegelte sich die tanzende Flamme der Kerze. Es war keine unangenehme Stille.

Schließlich brachte die Bedienung die Cocktails. Das Getränk, das sie vor Katja hinknallte, war sonderbarerweise rosa.

Jens sah auf und fragte: »Das ist jetzt aber keine *Piña Colada*, oder?«

Die Bedienung zuckte unbeteiligt die Schultern.

»Ist schon gut«, wandte Katja ein. »Ich behalte den Cocktail. Hauptsache rosa, weißt du. Bei mir daheim ist auch ganz viel rosa.«

»Ach ja, du bist ja eine Mädchenmama.« Er lächelte sie an. »Erzähl mir was von dir, Frau Friedinger.«

»Hm. Was könnte ich erzählen«, sagte sie, hin und weg vor Verliebtheit. »Ich könnte zum Beispiel erzählen, dass meine Vornamen Katja, Luisa und Susanna sind.«

»Ach ja. Ich heiße Jens, aber das weißt du ja bestimmt schon. Und sonst so, Katja Luisa Susanna? Was tust du, wo lebst du, was hattest du in Luxemburg zu tun?«

Katja überlegte kurz. »Nun ja, ich lebe eigentlich in Mannheim, aber im Moment …«

»Allein?«, unterbrach er sie.

»Allein. Zurzeit bin ich bei meiner Familie im Lambrechter Tal. Du weißt ja, da wo die Leute alle etwas merkwürdig sind. Verschroben. Sie nennen sich selbst *Talböcke*, weißt du?«

Er schien sich an seine eigene Aussage zu erinnern, denn er schmunzelte und trank einen Schluck von seiner *Margarita*. »Es gibt möglicherweise Ausnahmen.«

»Möglicherweise«, stimmte sie lachend zu.

»Bleibst du länger bei deiner Familie?«

»Ja, wahrscheinlich.«

»Was arbeitest du?«

»Ich habe Sozialpädagogik studiert und habe viele Jahre in einem Kinderheim gearbeitet. Als Zoe auf die Welt kam, ging das nicht mehr wegen den Nachtschichten. Seitdem arbeite ich als Beraterin bei einer Consulting-Firma in Mannheim. Ich habe gerade eine … Auszeit.«

»Ahaaa«, sagte er, fragte aber nicht näher nach und sah sie über den Rand seines Glases hinweg an.

»Jaa …«, murmelte sie, um keine peinliche Stille entstehen zu lassen.

»Hat dein Kind auch einen Vater?«

Katja schüttelte verlegen den Kopf. »Nein. Er hat Zoe nie gesehen, wollte nie etwas von ihr wissen. Er hat seit Langem eine neue Familie im Ausland – eine, die er selbst wollte.«

»Was ist passiert? Wie lange warst du mit ihm zusammen?«

»Er war ein Kollege. Ich hatte ihn auf einer Fortbildung kennengelernt. Wir waren fünf Jahre zusammen.«

»Wart ihr glücklich miteinander?«

»Phasenweise sehr glücklich, aber es gab auch unruhige Zeiten, in denen ich an der Beziehung zweifelte. Er wollte zum Beispiel Weihnachten nicht unbedingt mit mir zusammen verbringen. Ich hätte gerne geheiratet, er nicht. Aber wir wollten beide ein Baby. Ich wurde schwanger, immerhin war ich schon sechsunddreißig, aber nach ein paar Monaten der gemeinsamen Vorfreude fand er dann doch, dass er sich lieber nicht binden wolle. Und dann haben wir uns getrennt.«

»Das ist bitter.«

»Ja. Ich habe nie wieder etwas von ihm gehört. Über fünf Ecken habe ich vor Kurzem erfahren, dass er inzwischen in London lebt, verheiratet ist, zwei kleine Söhne hat und seine Frau mit dem dritten Kind schwanger ist. Er war also nicht per se bindungsunwillig, er wollte sich nur nicht an mich und Zoe binden.«

»Er weiß nicht, was er verpasst«, sagte Jens, lächelte sie an und legte kurz seine Hand auf ihre.

Katja hätte nichts dagegen gehabt, wenn er sie länger dort gelassen hätte.»Und du?«, fragte sie zögernd.

»Ich lebe von meiner Frau getrennt, seit gut einem halben Jahr. Sie lebt in unserem Haus, zusammen mit unseren Jungs, und ich habe mir hier in der Innenstadt eine Wohnung genommen.«

»Wie alt sind deine Söhne?«

»Neun und zwölf.«

»Das muss schwer für die beiden sein«, sagte sie.

»Natürlich.«

Sie hätte ihn gerne gefragt, ob eine Scheidung anvisiert sei, traute sich aber nicht. »Siehst du deine Söhne regelmäßig?«

»Ja, das klassische Modell. An jedem zweiten Wochenende und jeden Mittwoch kommen sie zu mir. Auch sonst können sie jederzeit kommen, wenn sie wollen. Wir wohnen ja nur ein paar Minuten voneinander entfernt. Aber lassen wir uns über angenehmere Themen sprechen.« Er beugte sich im Kerzenschein zu ihr vor und fragte: »Und was wolltest du denn nun in Luxemburg?«

Katja erzählte ihm in groben Zügen die Geschichte von Apollonias Tod, den vielen Kisten auf dem Dachboden und ihren Versuchen, herauszufinden, was ihre Großmutter mit den vielen Sammelstücken vorgehabt hatte.

»Engel, Schneekugeln, Vögelchen, Puppenhäuser, Wetterhäuschen?«, überlegte er. »Was könnte deine Oma geplant haben? Sich den Ruf einzuhandeln, eine sonderbare, verschrobene Gestalt zu werden? Eine verrückte Sammlerin, die in allen Zeitungen steht? Du weißt ja, die Leute aus dem Tal ...«

»Jaja«, unterbrach sie ihn lachend, »... sind merkwürdig. Aber nicht Apollonia. Sie war auf andere Weise sehr eigen. Sehr weltoffen, sehr fantasievoll.«

»Wollte sie in einer dieser Realityshows im Fernsehen auftreten? Wir gestalten unser Heim um und überraschen unsere Lieben damit?«

Sie lachten beide. Katja schüttelte den Kopf. »Nein, sicher nichts von alldem. Aber ich weiß es einfach nicht. Die ganze Familie tappt im Dunkeln. Die Kunsthandwerker, die ich bis jetzt besucht habe, um offene Bestellungen abzuholen, machten alle so vage Andeutungen. Apollonia hatte ihnen offenbar mehr über uns erzählt, als uns lieb sein kann.«

»So? Was gibt es denn über die Familie Friedinger Spektakuläres zu erfahren?«

Katja winkte ab. »Ach, nichts Besonderes. Man könnte uns vielleicht am besten mit *Frauen am Rande des Nervenzusammenbruchs* beschreiben.«

Er lachte. »Nun denn. Da fällt mir nur noch das Naheliegendste ein: Deine Großmutter hat die ganzen Sachen gekauft, um sie wiederzuverkaufen. Vielleicht wollte sie ein kleines Geschäft eröffnen? *Omas Weihnachtsparadies*? Oder sie hatte einen Internetshop? Wollte sich ein bisschen ihre Rente aufbessern?«

»Undenkbar. Das hätte alles nicht zu ihr gepasst.«

»Noch einen Cocktail, Katja? Diesmal einen weißen, eine echte *Piña Colada*?«

»Gern.«

Dieses Mal brachte die Bedienung neben der *Margarita* für Jens einen grünen Cocktail für Katja. Sie lachten beide schallend, beschwerten sich aber nicht bei der irritierten Frau.

»Wo sind wir hier gelandet?«, fragte Jens mit einem Augenzwinkern und legte ihr den Arm um die Schulter. »Die Bar ist verwunschen, was?«

»Der Cocktail sieht giftig aus, den trinke ich nicht.«

»Nimm einen Schluck von meinem.«

Sie nippte an seinem Getränk, gleich darauf trank er, die Lippen genau dort, wo ihre gewesen waren.

»Brechen wir auf?«, fragte er dann, sein Gesicht nur Zentimeter von ihrem entfernt. Er war ihr so nah, dass sie selbst im Halbdunkel des Kellers zwei rote Äderchen in seinen Augen sehen konnte. »Es ist spät.«

Es hatte aufgehört zu regnen. Am schwarzen Nachthimmel blinkten Sterne wie festgefroren, die Temperaturen waren noch tiefer gesunken, die eisige Luft schmerzte im Gesicht. Das Kopfsteinpflaster in der alten Gasse war glatt. Sie liefen eng umschlungen durch die Dunkelheit, um sich gegenseitig zu wärmen und sich vor dem Ausrutschen zu bewahren. Die ganze Welt könnte gefrieren heute Nacht, Katja war glücklich, haltlos verloren in längst vergessenen Gefühlen.

»Achtung«, warnte Jens, doch da war es schon passiert.

Sie war auf dem gefrorenen Boden ausgerutscht und auf beide Knie gestürzt. Fast hätte sie ihn mitgezogen, doch es gelang ihm, sich im letzten Moment zu fangen.

»Verdammt!«, fluchte sie, ganz aus der Fassung gebracht, weniger aus Schmerz, mehr aus Scham, so tollpatschig hingeschlagen zu sein. »Immer passiert das mir, ich Trampel.«

»Hast du dir wehgetan?«, fragte er besorgt und zog sie am Arm wieder auf die Füße.

»Geht schon«, stieß sie zwischen zusammengebissenen Zähnen hervor.

»Nein, geht nicht. Bleib doch mal stehen.« Er ließ sich mit einem Knie auf die vereiste Gasse hinab und untersuchte ihre Knie.

»Steh auf, die Straße ist schmutzig. Dein schöner Anzug«, murmelte sie.

Ihre Strumpfhose war zerrissen, Isabelles Rock hatte den Sturz zum Glück überlebt. Blut sickerte aus Schürfwunden.

»Komm, gehen wir in meine Praxis«, schlug er vor. »Sie ist nur zwei Straßen entfernt.«

Sie winkte ab. »Ach, nicht nötig. Ich klebe ein Pflaster drüber, dann geht es wieder. Unkraut vergeht nicht.«

»Kommt nicht in Frage. Tu, was der Onkel Doktor sagt«, ordnete er an, legte ihr wieder den Arm um den Rücken und führte sie durch die nächtlichen Straßen.

Es waren kaum noch Leute unterwegs. Ab und zu begegnete ihnen ein Paar, das auf dem Nachhauseweg war, doch sonst lag Stille über der dunklen Stadt.

Wenige Minuten später standen sie vor dem Fachwerkhaus in der Moosbrunnengasse. Jens schloss die Praxistür auf. Sie hatte heftige Schmerzen beim Gehen, das Blut, das immer noch floss, verklebte unangenehm die Strumpfhosenreste.

»So, da wären wir.«

Er schaltete nur ein kleines Lämpchen im Flur an, der Rest der Praxis ruhte in Dunkelheit. Es war seltsam, wie still es hier war, wo tagsüber die Stimmen von Kindern und Eltern, die Geräusche von kleinen Füßen und geschäftigen Schritten die Räume füllten.

Er brachte sie in das Zimmer, in dem er auch Zoe behandelt hatte. Die Deckenlampe sprang an und der ungewöhnliche Raum lag geflutet in Helligkeit, die im ersten Moment in den Augen wehtat.

Irritiert sah Katja sich um. Wie bei ihrem ersten Besuch hatte sie das Gefühl, ein Meeresaquarium zu betreten. Jetzt wirkten die dunkelblauen Wände mit den Schlingpflanzen, die riesigen Haie mit den spitzen Zähnen und die Fische mit den großen Augen, die direkt auf sie zuzuschwimmen schienen, noch viel beeindruckender und echter als am Tag. Sie wich einem schweren Fischernetz aus, das von der Decke hing, während Jens sich wie beim letzten Mal den Kopf an einer herabbaumelnden Barbie im Taucheranzug stieß.

»Verfluchte Tussi«, sagte er und schnippte die Puppe weg.

Er half ihr, sich auf die Behandlungsliege zu setzen, rollte sich einen Hocker heran und setzte sich vor sie hin.

»Sehen die anderen Behandlungsräume auch so ... ungewöhnlich aus?«

»Frag lieber nicht«, antwortete er mit diesem Zwinkern in den dunklen Augen und zog ihr sehr vorsichtig und behutsam die Strumpfhosenfetzen aus den Wunden. Sie rührte sich nicht, betrachtete seine ruhigen Hände, und jede Berührung ging ihr durch und durch.

»Die Strumpfhose, oder das, was von ihr übrig ist, solltest du lieber ganz ausziehen«, sagte er leise, sein Blick mit dem ihren verknüpft wie ein Seil, das man nicht entzweireißen kann.

Sie stand halb auf und begann umständlich, die Strumpfhose unter dem Rock herunterzuwursteln. Um seine Lippen zuckte ein belustigtes Lächeln, dann fasste er ihr an die Oberschenkel und zog die Strumpfhose herunter. Mit rotem Kopf zerrte sie ihre Stiefel von den Füßen, um die zerrissene Strumpfhose ganz auszuziehen. Er nahm sie ihr ab und warf sie in den Mülleimer.

»Den Rest der Nacht wird es nun leider etwas frisch untenrum.«

»Macht nichts. Mir ist gerade ein bisschen heiß.«

Er sah sie an mit einem Ausdruck in den Augen, der ihr

durch und durch ging. »Achtung, jetzt brennt es ein bisschen.« Er desinfizierte ihre Knie langsam, fast zärtlich tupfend. Dann erhob er sich halb, um nach dem Verbandsmaterial zu greifen, und kam ihrem Gesicht sehr nahe.

In diesem Augenblick piepste ihr Smartphone. Unwillig nahm sie es aus der Tasche. Eine WhatsApp von Isabelle war eingetroffen: Es ist spiegelglatt! Supergefährlich! Wo immer du auch gerade bist, er soll dich heimbringen!!!

Sie steckte das Handy wieder weg, ohne zu antworten. Jens ging zum Waschbecken, um sich die Hände zu waschen. Wieder stieß er mit dem Kopf irgendwo an, dieses Mal an einem Playmobil-U-Boot, das an einem Seil von der Decke hing.

»War diese Deko deine Idee?«, fragte Katja, biss sich aber im nächsten Moment auf die Lippen. Wollte sie wirklich eine Antwort?

Er wandte den Kopf ab. »Nein, das war die Idee von Maike. Meiner getrennten Frau.«

Unangenehm berührt hievte sie sich von der Liege und zog die Stiefel über ihre nackten Beine. »Fertig? Gehen wir.«

Jens ging hinter ihr, löschte das Licht und folgte ihr bis auf die nächtliche Gasse. Dort blieben sie stehen, sehr nah beieinander, doch ohne sich zu berühren.

»Das war ein sehr schöner Abend, Maike.«

Schockiert starrte sie ihn an.

»Entschuldigung, das ist mir irgendwie herausgerutscht. Tut mir leid«, murmelte er.

»Ja. Schon … gut«, sagte Katja, doch etwas war zerbrochen. Alles Unbeschwerte, Sorglose, ihre fast zärtliche Nähe hatte sich aufgelöst wie Sternenstaub. Sie waren plötzlich nicht mehr nur zu zweit. Wie ein Geist in der Nacht hatte sich seine von ihm getrennt lebende Frau zu ihnen geschlichen und schwebte unsichtbar zwischen ihnen.

In ihrer Handtasche piepste eine zweite WhatsApp – bestimmt war das noch mal Isabelle, die ihr riet, sich von Jens heimfahren zu lassen.

Schweigend brachte er sie zum Bahnhof. Der Zug stand

schon auf den Gleisen, sodass sie sich rasch und flüchtig verabschiedeten.

»Danke für die Einladung«, sagte Jens. Er wirkte abwesend. »Komm gut heim.«

»Du auch.« Grimmig und traurig zugleich stieg sie in den Zug und suchte sich einen Platz im leeren Abteil.

Jens lief mit großen Schritten davon. Der Zug setzte sich in Bewegung und fuhr los. Frierend und wie betäubt starrte Katja aus dem Fenster in die dunklen Wälder, bis der Zug fünf Minuten später ins Tal einfuhr und mit quietschenden Bremsen im schlafenden Lambrecht hielt.

7

Engelsbrot

Es war noch stockdunkel. Katja hing in einem unangenehm unwirklichen Zustand zwischen Wachen und Träumen. Am Rande ihres Bewusstseins bemerkte sie, dass Zoe, die irgendwann in der Nacht mit kalten Füßen zu ihr ins Bett gekrochen war, bereits aufgestanden war. Katja hatte sich die ganze Nacht umhergewälzt und versucht, ihre Schwermut niederzukämpfen. Kurz schaffte sie es, den Kopf zu heben und einen Blick auf ihr Smartphone zu werfen. Es war halb acht. Dann fiel sie wieder hinab in einen Tunnel aus wirren Träumen von Jens Rombach.

Plötzlich schreckte sie hoch: Ein beißender Geruch stand wie eine Wolke in der Luft. Sie schlug panisch die schwere Bettdecke zurück, hastete barfuß durch das Schlafzimmer, überzeugt, das Haus würde brennen, und riss die Zimmertür auf. Dünne Rauchfähnchen schlängelten sich im gegenüberliegenden Wohnzimmer zur Decke hoch.

Sie bekam vor Erleichterung weiche Knie, als sie ihre Mutter, Zoe und Ida-Marie vergnügt im Schneidersitz auf dem dicken Teppich sitzen sah. Das Haus stand nicht in Flammen. Die Kinder hatten offensichtlich Apollonias Räuchermännchen vom Dachboden geholt und um sich herum aufgebaut. An die hundert Männchen standen im Halbkreis und viele rauchten vor sich hin, was das Zeug hielt. Die unterschiedlichen Düfte vereinten sich zu einem undefinierbaren Gemisch – einmal meinte sie Tannenduft herauszuriechen, dann gebrannte Mandeln, Glühweinduft und den Geruch frisch gebackener Zimtsterne.

»Oh, guten Morgen, Katja«, sagte Eve. »Hast du keine kalten Füße?«

»Ich dachte, es würde brennen«, sagte Katja. »Was treibt ihr da am frühen Morgen?«

»Nun, die Kinder waren schon wach und …«

Zoe unterbrach ihre Großmutter begeistert: »Guck mal, Mama, wir haben die Räuchermännchen von Uroma vom Dach geholt und ganz viele angezündet. Schau mal, in den Kisten waren ganz viele Räucherkerzen dabei. Das riecht ganz fürchterlich nach Weihnachten, findest du nicht?«

»Ja, ganz fürchterlich.« Katja kniete sich auf den Teppich. Sie nahm vorsichtig eines der Räuchermännchen in die Hand. Es hatte schwarze, lockige Haare und trug einen neongelben Skianzug sowie schmale, blaue Skier an den Füßen. Der feine Rauch, der aus seiner Pfeife zog, roch nach Vanillekipferl.

»Schööööön«, schwärmte Ida-Marie.

»Musst du nicht in die Schule, Ida-Marie?«, fragte Katja.

»Doch, in zehn Minuten.«

»Und ich mach mich auf den Weg zur Arbeit«, sagte Eve und stand vom Teppich auf. »In der Küche steht Kaffee und Müsli. Zoe hat schon gefrühstückt. Bist du …« Sie brach ab und biss sich auf die Lippen, so dass sie wie ein dünner Strich aussahen.

»Was, Mama?«

»Ach, nichts.«

»Was, Mama?«

Eve seufzte. »Bist du gestern spät gekommen? Ich habe dich gar nicht mehr gehört.«

»Mhm, ja«, murmelte Katja nichtssagend.

»War es … schön?«

»Ja, das Musical war schön.«

»Ist er …?« Eve zerknautschte eine leere Räucherkerzenschachtel in der Hand. »Ist er gekommen?«

»Ja, ist er.«

»Ach, ach so. Na ja, ich will ja nicht neugierig sein. Sonst bekomme ich wieder vorgeworfen, ich würde mich in deine Angelegenheiten mischen.«

Katja schluckte ihren aufsteigenden Ärger hinunter. »Mama, ich mag es nicht, wenn du mir vorwirfst, ich würde dir vorwerfen, dich in meine Angelegenheiten zu mischen.«

»Aber das mache ich doch gar nicht«, sagte Eve erschüttert. »Da interpretierst du wieder was rein.«

Isabelle kam die Treppe herunter, in eine schwarze Leggings und eine warme Strickjacke gekleidet, die krausen roten Haare nachlässig zum Dutt geschlungen. Sie half Ida-Marie in Jacke, Schal, Mütze und Stiefel und reichte ihr den Schulranzen. »Tschüss, mein Schatz, bis heute Mittag. Pass gut auf in der Schule.«

Auch Eve zog sich ihren Mantel an und verabschiedete sich. Sie biss sich wieder auf die Lippen, als ob sie etwas sagen wollte, es sich aber lieber verkniff. »Vielleicht solltest du …«, begann sie trotzdem, brach dann aber ab.

»Was sollte ich?«, fragte Katja.

»Ach, nichts.«

»Mama, so langsam nervt es wirklich.«

»Du solltest mit Zoe heute wirklich mal raus an die frische Luft gehen. So, und jetzt bin ich weg. Bis heute Abend.«

Nachdem sich die Haustür hinter ihrer Tochter und ihrer Tante Eve geschlossen hatte, sah Isabelle verwundert zu Katja hinüber. »Was war das denn? Liegt ihr im Clinch?«

Katja machte eine wegwerfende Handbewegung. »Ach nein, nur das Übliche. Jetzt, wo wir so eng zusammenwohnen, spitzt sich das natürlich zu.«

»Ich kann mich nur wiederholen – das ist der Fluch der Friedinger-Frauen.«

»Kann sein«, antwortete Katja matt und ging wieder Richtung Schlafzimmer.

»Und?«, fragte Isabelle gespannt und folgte ihr dicht auf den Fersen.

»Was, und?«

»Du weißt schon.«

»Was denn?«, rief Zoe.

Isabelle seufzte. »Sollen wir zusammen frühstücken und deinen Abend im Musical akribisch auseinandernehmen?«

Katja ließ sich auf ihr Bett fallen. »Ich würde mich gerne noch mal kurz hinlegen. Ich bin todmüde. Ich habe letzte Nacht kaum geschlafen.«

»Es ist also noch nicht besser geworden mit deiner Schlaflosigkeit? Weißt du was, ich hole den Kaffee und Frühstück und wir machen es uns zusammen in deinem Zimmer gemütlich. Wie früher. Der Kaffee weckt deine Lebensgeister.«

»Ja, ja, ich mache auch mit! Ich frühstücke einfach ein zweites Mal«, schrie Zoe begeistert. »Machen wir eine Pyjamaparty in Mamas Bett?«

»Genau, Zoe.« Katja seufzte und schlüpfte mit ihrer Tochter unter die dicke Bettdecke, während ihre Kusine rasch in Richtung Küche verschwand, um kurz darauf mit einer Thermoskanne Kaffee, drei gefüllten Müslischalen, zwei Tassen und einem Becher Kakao auf einem Tablett zurückzukehren. Sie stellte alles auf Katjas Nachttisch ab und zerrte geräuschvoll die Rollläden hoch.

»Lass zu, das Licht blendet mich«, beschwerte sich Katja und rutschte tiefer unter die Decke.

»Ach was, wenn du im Dunkeln kauerst, kriegst du noch mehr Depressionen.« Isabelle kroch auch unter die Decke und verteilte das Frühstück.

Zoe hopste vor Begeisterung auf der Matratze herum.

»Verschütte deinen Kakao nicht, sonst schlafen wir heute Nacht in deinem Bett«, ermahnte Katja sie.

Milchiges Morgenlicht drang durch die Fenster. In der Ferne sah man dampfenden Nebel, der tief über den Wäldern hing und die Bäume einhüllte. Beim Nachbarhaus stieg Rauch aus dem Schornstein.

Isabelle und Zoe löffelten ihr Schokomüsli in sich hinein, während Katja sich kaum dazu aufraffen konnte, ihre Kaffeetasse zu halten.

Zoe rieb ihre kalten Füße an Katja. »Mhm.«

»Was stinkt hier eigentlich so?«, fragte Isabelle mit vollem Mund.

»Uromas Räuchermännchen. Aber die duften nach Weihnachten, die stinken nicht!«, sagte Zoe entrüstet.

»Ach so. Und jetzt erzähl endlich, Katja, und lass dir nicht alles wie Würmer aus der Nase ziehen.«

Katja seufzte und starrte aus dem Fenster in den dunstigen Garten. »Na gut. Er ist tatsächlich aufgetaucht. Stell dir das vor, Isa, er ist tatsächlich gekommen. Und es war wunderschön im Musical. Ich habe mich wirklich gefühlt wie die Königin der Nacht mit ihm an meiner Seite. Wir haben uns prächtig amüsiert.«

»Meinst du den Doktor mit den komischen Fischen, die von der Decke baumeln?«, fragte Zoe und schleckte den Kakaorand von ihrem Becher.

»Mhm. Hinterher sind wir in einer Bar was trinken gegangen. Auch das war wunderbar, und wir haben uns sehr wohl miteinander gefühlt. Ich glaube zumindest, dass es ihm auch so ging. Aber vielleicht ...«

»Erzähl weiter. Zum Analysieren kommen wir gleich«, sagte Isabelle, die an ihren Lippen hing.

»Als wir die Bar verließen, bin ich Trampel auf dem vereisten Kopfsteinpflaster ausgerutscht und habe mir böse die Knie aufgeschlagen. Er nahm mich mit in seine Praxis und hat mich dort verarztet.«

»Zeig mal!«, rief Zoe und kroch unter die Bettdecke, um die dicken Pflaster zu begutachten. »Hat es wehgetan, Mama?«

»Ich hab mich nicht so wehleidig angestellt wie du manchmal, kleines Fräulein.«

Isabelle beugte sich zu ihr vor, zog einen Zipfel Decke zwischen sich und Zoe hoch, um die Kleine abzuschirmen und raunte: »Hattet ihr Sex auf der Behandlungsliege?«

»Was?«, schrie Zoe.

»Nein. Leider nicht.«

Isabelle verarbeitete diese Information einen Moment lang. »Und dann?«

Katja berichtete bedrückt, wie Jens sie plötzlich mit dem Namen seiner Frau angesprochen hatte. »Ab da war alles vorbei«, flüsterte sie ihrer Kusine zu. »Der schöne Abend war verdorben. Alles war kaputtgegangen. Er war plötzlich sehr distanziert. Er brachte mich noch zum Bahnhof, drehte sich aber nicht mal mehr um, als er ging. Er hat nicht gesagt, ob er mich wiedersehen will. Den ganzen Abend gingen wir so vertraut miteinander um, und zum Schluss war es, als seien wir Fremde.«

»Zum Bahnhof gebracht?« Isabelle runzelte die Stirn. »Heißt das, er hat dich bei diesem Wetter mitten in der Nacht und mit deinen kaputten Knien einfach allein mit dem Zug fahren lassen? Er hat dich nicht nach Hause gebracht?«

Katja nickte schuldbewusst, hatte instinktiv den Drang, ihn zu verteidigen, brachte aber kein Wort über die Lippen.

»Wie unverschämt ist der denn!« Die Anwesenheit des Kindes hinderte Isabelle daran, verbal sehr heftig zu werden. Sie atmete ein paar Mal tief ein und aus.

Zoes Augen wanderten gebannt zwischen Isabelle und ihrer Mutter hin und her. »Machst du Atemübungen, um keinen Wutanfall zu kriegen?«, fragte Zoe.

Isabelle ignorierte sie und sprach sehr bedacht. »Dann schreiten wir mal zur Analyse: Er ist aufgetaucht. Das ist schon mal ein Pluspunkt. Er hat sich im Theater anständig benommen. Auch positiv. Er hat dich eingeladen, mit ihm in der Bar was zu trinken. Weiterer Pluspunkt. Er hat dich verarztet. Das ist ... nein, kein Pluspunkt. Das ist seine Pflicht als Arzt.«

Katja zog sich die Decke bis an die Nasenspitze. Am liebsten hätte sie die Augen geschlossen und die nächsten Tage nur noch geschlafen. Sie fühlte sich verloren und unglücklich.

»Nun zu den Minuspunkten: Er hat dich mit dem Namen seiner Ex angesprochen. Nicht schön. Es kann wahrscheinlich mal vorkommen, dass einem das passiert, wenn man lange mit der Ex zusammen war. Wie alt ist das älteste Kind?«

»Zwölf.«

»Dann war er mindestens dreizehn Jahre mit ihr zusammen. Na gut. Das ist eine lange Zeit. Und Männer haben es ja nicht so mit Namen. Aber er hätte sich entschuldigen müssen.«

»Hat er ja.«

»Ja, aber trotzdem ging bei ihm in dem Moment der Laden runter. Er zog sich zurück von dir, hast du gesagt.«

»Ja.«

»Er ließ zu, dass du dich mies fühlst. Und so was ist übel. Dann noch die Sache mit dem Zug. Jeder halbwegs anständige Mann hätte dich bei so einem Wetter und zu so einer späten Stunde heimgefahren. Aber der schicke Doktor weiß anscheinend nicht, was sich gehört. Der Mistkerl! Egozentrischer Sack!«

Zoe hörte so gespannt zu, dass sie ihren Müslilöffel auf halber Höhe in der Luft schweben ließ.

Isabelle sah sie eindringlich an. »Siehst du jetzt endlich ein, dass du ihn dir aus dem Kopf schlagen musst? Das wird einfach nichts mit ihm.«

Mit zitternden Fingern stellte Katja ihre Tasse auf dem Nachttisch ab. Zoe schmiegte sich zärtlich an sie.

»Der Typ war und ist nicht auf eine Beziehung aus, Katja! Das sieht doch ein blinder Maulwurf mit Krückstock. Er hat die Trennung von seiner Frau noch lange nicht verarbeitet. Die sind jetzt gerade mal ein halbes Jahr auseinander, nachdem sie dreizehn Jahre oder länger zusammen waren. Hat er jemals echtes Interesse an dir gezeigt?«

Tränen stiegen Katja in die Augen. »Es kam mir wenigstens so vor.«

Zoe streichelte ihr den Arm. »Nicht weinen, Mama. Uroma sagte immer: Kopf hoch, auch wenn der Hals dreckig ist.«

»Schlag ihn dir aus dem Kopf. Du rennst in dein eigenes Unglück. Hör auf, ihm nachzutrauern. Du bist eine erwachsene Frau von einundvierzig Jahren, selbstständig, unabhängig, Mutter eines Kindes. Du bist kein unreifer Backfisch mehr. Schließ ab mit ihm.«

In diesem Moment piepste Katjas Smartphone.

Isabelle schnaubte. »Musst du jedes einzelne Mal sofort nachgucken, wenn eine Mail von deiner verfluchten Firma kommt? Wie viele hast du heute schon bekommen? Siebzig?«

»Fünfundachtzig. Aber es ist keine Mail von Kuprion Consulting. Es ist eine SMS von Jens.«

»Was schreibt er?«

»Liebe Katja, es tut mir sehr leid wegen gestern Abend. Anscheinend haben mich die Farben dieser merkwürdigen Cocktails so verwirrt, dass ich nicht mehr wusste, wo oben und unten ist. Sei mir nicht böse. J.«

»Hm.« Ratlos sahen sie sich an.

»Die Farben der Cocktails haben ihn verwirrt. Was für ein Witzbold«, stellte Isabelle fest.

»Ich finde es eigentlich ganz witzig. In der Bar wurden nämlich ganz seltsame Cocktails serviert. Meine erste *Piña Colada* war rosa, die zweite grün.«

»Na, du hast ja Humor. Aber lass dir nichts vormachen von seinen flotten Sprüchen. Er ist bindungsunfähig, traumatisiert durch seine Ehe und die Trennung.«

»Ich weiß es wirklich nicht«, flüsterte Katja.

In der Nacht lag Katja wach, hing ihren Gedanken an Jens und ihre Großmutter nach. Schließlich saß sie um vier Uhr morgens mit Apollonias Korrespondenzordnern im Bett, studierte die Briefe und Bestellungen und zerbrach sich den Kopf, was dieses Projekt, von dem die Kunsthandwerker gesprochen hatten, wohl sein könnte. Irgendwann tapste Zoe auf nackten Füßen zu ihr und schmiegte sich unter der Bettdecke an sie, sodass sie in einen leichten Schlaf fiel.

Am nächsten Tag gab sie Zoes Quengeln nach und fuhr mit ihr und Ida-Marie auf den Weihnachtsmarkt nach Neustadt. Der malerische Marktplatz mit seinen alten Fachwerkhäusern und dem Rathaus quoll über vor Besuchern. Mit einem Kind an jeder Hand wurde Katja vom Strom der Menschen mitgerissen. An den Mauern der imposanten Stiftskirche, die den Platz von einer Seite begrenzte, las sie ein Plakat: *Heute Abend feierliches Weihnachtskonzert des Glockenvereins. 20 Uhr.* Sie tranken alle drei einen heißen Kinderpunsch und aßen dampfende Waffeln mit Puderzucker. Die Mädchen fuhren drei Runden auf dem altertümlichen Karussell, danach schlenderten sie noch ein wenig durch die Stadt. Es dämmerte früh, und mit der von Weihnachtslichtern erleuchteten Dunkelheit senkte sich eine festliche Atmosphäre über die Stadt. In einem Kindermodegeschäft suchte sich Zoe ein bonbonrosa Langarmshirt mit Goldglitzer aus, und Katja kaufte einen Tüll-Feenrock in türkis für Ida-Marie, die ihr Glück kaum fassen konnte.

Zu Hause verzogen sich die Mädchen in Ida-Maries Zimmer, um Elfen und Feen zu spielen. Aus lauter Unruhe, gepaart mit Langeweile, wühlte Katja ihren Kleiderschrank durch und überlegte, was sie an Weihnachten anziehen könnte. Verdrossen ging sie ihre Businesskleidung durch. Vielleicht ließ sich das mit Schmuck aufpeppen. Sie erinnerte sich an Apollonias schöne Schmuckstücke, die Katja ihr Leben lang bewundert hatte. Ihre Großmutter hatte eine wunderschöne Goldkette mit einem originell geschliffenen Amethysten besessen. Die Kette würde sehr edel zu einer ihrer Blusen aussehen.

Im Haus war es still. Ihre Mutter und Tante waren noch bei der Arbeit, und von Isabelle sah und hörte man nichts. Nur die Kinder kicherten. Katja ging die Treppe hoch in die Dachwohnung und klopfte an die Tür. Da keine Antwort kam, betrat sie leise die Wohnung und fand August im Wohnzimmer schlafend auf dem Sofa liegen. Ohne ihn zu wecken, ging sie ins Schlafzimmer ihrer Großmutter. Seit deren Tod hatten weder sie noch ein anderes Familienmitglied den Raum betreten. Alles war noch genau so, wie es vor Apollonias Tod gewesen war. Die Kleider hingen noch unberührt in den Schränken, und noch niemand hatte nach ihrem Schmuck geschaut.

Katja fühlte, wie die Trauer wieder fest ihr Herz umklammerte. Sie kam sich mit einem Mal wie ein Eindringling vor.

Sie war sich jedoch sicher, dass niemand etwas dagegen haben würde, wenn sie sich eine von Apollonias Ketten auslieh. Sie konnte die anderen ja später fragen.

Auf der Kommode stand Apollonias Schmuckkasten aus dunklem Kirschholz. Die einzelnen Schubladen hatten goldene Knöpfe. Sie zog die oberste Schublade auf, in der Ohrringe auf dunkelblauem Samt lagen, und nahm behutsam Omas Perlen in die Hand. Apollonia hatte sie fast immer getragen, sogar zu ihren geblümten Flohmarktkleidern hatte das sehr elegant ausgesehen. In der mittleren Schublade fand sie drei Armbänder und zwei Uhren. Die unterste Schublade klemmte beim Herausziehen, weil etwas darin feststeckte.

Katja rüttelte vorsichtig, bis sich die Schublade öffnen ließ. Verwirrt zog sie einen Briefumschlag heraus. Darunter lagen Ketten, goldene und silberne, auch die mit dem Amethysten. Sie hielt den Umschlag mit zitternden Fingern und wagte kaum zu atmen. *Katja* stand in der unverkennbaren Handschrift ihrer Großmutter darauf. Was um Himmels Willen war das? Ein letzter Gruß, ein letzter Wille?

Mit klopfendem Herzen sank sie auf Apollonias Bett, öffnete den Brief und las: *Liebe Katja, mein liebes Enkelkind. Wenn du das findest, lebe ich nicht mehr. Wie du bestimmt schon weißt, habe ich kein Testament gemacht. Ihr könnt mein Hab und Gut unter euch aufteilen, wie es euch gefällt. Ich möchte aber, dass du ein bestimmtes Stück bekommst. Ich habe immer gefunden, dass er zu dir am besten passt: mein Verlobungsring.*

Katja tastete tiefer im Umschlag und fand tatsächlich einen Ring. Sie hielt ihn ins Licht und erkannte ihn wieder. Sie hatte ihn früher gelegentlich an Apollonia gesehen, obwohl sie meistens nur ihren Ehering getragen hatte. Es war ein schmaler goldener Reif mit einem kleinen Rubin. Sie sah ihn lange an, bevor sie weiterlas: *Auch wenn ich dich in letzter Zeit nicht oft gesehen habe, spüre ich doch, wie einsam, ausgelaugt und hoffnungslos du bist. Der Ring soll dein Glücksbringer sein. Ich hoffe, dass du wieder Zufriedenheit erlangst, vielleicht so-*

gar Glück und Liebe? Deine Großmutter Apollonia. PS: Ich bin mir ziemlich sicher, dass du es sein wirst, die sich um meine offenen Bestellungen kümmert und Licht ins Dunkel bringt. Ich zähle auf dich!

Katja zog den Ring über ihren Finger und sah ihn mit Tränen in den Augen an. Der rote Stein verschwamm vor ihren Augen. Apollonia hatte alles gewusst. Sie hatte gewusst, wie die Arbeit sie zermürbte und kaputtmachte, und wie einsam sie in Mannheim gewesen war. Wenn sie es doch nur geschafft hätte, ihre Großmutter noch einmal zu besuchen. Es gab nichts in ihrem Leben, was sie so sehr bereute.

Gudrun hatte für die ganze Familie Abendessen gekocht. Alle saßen ausgehungert um den Küchentisch herum. Im Hintergrund erklang leise eine CD mit Weihnachtsliedern, die Kerzen am Adventskranz leuchteten, und auf der Fensterbank stand eine hölzerne Weihnachtspyramide, deren Flügelrad sich drehte.

Katja wurde zum ersten Mal in diesem Jahr richtig bewusst, dass bald Weihnachten war. Höchste Zeit, Weihnachtsgeschenke für Zoe zu besorgen. Es wäre vernünftig, den Abend damit zu verbringen, im Internet nach Spielsachen zu suchen. Aber sie wollte noch einmal nach draußen, die scharfe Luft in den Lungen spüren, fühlen, dass sie lebendig war, sonst würde sie verrückt werden. Nach Apollonias Botschaft fühlte sie sich zum Zerspringen angespannt.

»Mama, könntest du heute Abend noch mal ein Auge auf Zoe haben, wenn sie schläft? Ich würde gerne in ein Weihnachtskonzert in der Stiftskirche gehen.«

»Äh … ja«, antwortete ihre Mutter überrumpelt. »Allein?«

Gudrun, die Eve gegenübersaß und sich gerade von den Kartoffeln nehmen wollte, ließ die Schüssel sinken und laut auf die Tischdecke krachen. Isabelle schnäuzte sich in ihr Taschentuch, aber es klang, als würde sie leise lachen.

»Ja, allein.«

»Darf ich mit?«, schrie Zoe begeistert.

»Nein, kleine Elfe, das ist zu spät für dich. Da schläfst du schon. Ein anderes Mal.« Katja wandte sich an ihre Kusine. »Möchtest du mich begleiten, Isabelle?«

»Eigentlich gerne«, antwortete Isabelle. »Aber heute Abend ist schlecht. Ich bin mit dem Manuskript einige Tage im Rückstand. Ich sollte besser noch ein wenig arbeiten, sobald Ida-Marie im Bett ist.«

Beruhigt, doch noch immer mit leicht hochgezogenen Augenbrauen wandten sich die älteren Damen wieder dem Essen zu. Bis Eve sich nicht mehr beherrschen konnte und mit ängstlicher Miene sagte: »Es könnte glatt sein heute Abend.«

»Fahr besser mit dem Zug in die Stadt«, riet Gudrun.

August grunzte mit vollem Mund in sich hinein. Dann beugte er sich zu Katja vor und raunte ihr verschwörerisch zu: »Zieh deine schicken Schuhe an! Genieße das Konzert, geh anschließend noch in eine Bar und lass die Sau raus! Tanze bis zum Morgengrauen! Dann nimmst du dir ein Taxi heim, das bezahl ich dir.«

Katja lachte und drückte voller Zuneigung seine Hand. Isabelle presste sich ihre Serviette vor den Mund und brachte erstickte Geräusche zustande.

»August, du Kindskopf«, sagte Gudrun. »Rebellierst du gegen uns oder was soll das renitente Verhalten? Wie alt bist du? Vierzehn?«

»Ich muss euch was sagen«, begann Katja zögernd. »Ich war vorhin in Omas Schlafzimmer, um mir eine ihrer Ketten für die Weihnachtstage auszuleihen – ihr habt doch nichts dagegen?«

Alle schüttelten den Kopf.

»Wir könnten den Schmuck ja auch mal langsam unter uns aufteilen, oder nicht?«, sagte Isabelle. »Nimm dir ruhig, was dir gefällt, Katja, ich hab es ohnehin nicht so mit Schmuck.«

»Holen wir den Schmuckkasten doch einfach morgen mal runter und schauen, was alles darin ist«, sagte Gudrun. »Ich hätte gerne das Perlenarmband.«

Katja räusperte sich »Das ist noch nicht alles, was ich euch sagen wollte.« Sie zeigte den anderen im Licht der Adventskerzen den Rubinring an ihrem Finger.

Eve wurde blass. »Das war doch Apollonias Verlobungsring, nicht?«

»Krass schön!«, schrie Zoe.

»Schrei doch nicht so«, sagten Gudrun und Ida-Marie wie aus einem Munde.

Katja nickte. »Ich habe ihn mir genommen, weil … da war ein Brief für mich in dem Schmuckkasten. Von Apollonia. Sie hat mir sozusagen den Ring vermacht. Als Glücksbringer.« Mit belegter Stimme las sie den Brief vor.

Da begannen alle, lautstark durcheinander zu reden. »Wieso schreibt sie nur an dich? Waren da nicht noch mehr Briefe?«

Isabelle lehnte sich zurück und verschränkte die Arme vor der Brust. »Warst du ihre Lieblingsenkelin? Wieso hinterlässt sie dir einen Brief?«

August schüttelte den Kopf und sah alle der Reihe nach an. »Wenn ihr nicht so herumschnattern würdet, sondern stattdessen auch mal hochgingt in ihr Schlafzimmer, wäre dieser Zwergenaufstand vielleicht überflüssig. Nur mal so als Anregung.«

Gudrun sah ihn scharf an. »Weißt du was, August? Nun sag schon!«

»Was denn?«, fragte August unschuldig. »Lasst mich mal in Ruhe meine Kartoffeln essen. Wann machst du endlich mal wieder Bratkartoffeln? Die habe ich mir schon so lange gewünscht.«

»Ich mache gleich Bratkartoffeln aus dir«, murmelte Gudrun finster, »wenn du uns zum Narren hältst und den Mund nicht aufmachst.« Sie wandte sich an die anderen. »Gehen wir doch mal schnell hoch und sehen nach, ob Mutter auch für uns Briefe versteckt hat. August kann ja in der Zwischenzeit in Ruhe fertig essen und schon mal abwaschen.« Letzteres schrie sie ihm direkt ins Ohr, als wäre er schwerhörig.

»Ach was«, sagte August. »Ich komme, glaube ich, lieber mit hoch. Wer weiß, was ihr sonst da oben anstellt.«

Wie eine Prozession zogen sie die Treppe hinauf. Zoe und Ida-Marie, für die das Ganze wie ein spannendes Abenteuer war, liefen tuschelnd voraus, August bildete die Nachhut.

Vor der Tür zu Apollonias Schlafzimmer blieben sie kurz stehen, als koste es sie Überwindung, den Raum zu betreten. Doch dann durchsuchten sie alles, als gäbe es kein Halten mehr. Die Kinder lagen bäuchlings auf dem Boden und versuchten, unter den Kleiderschrank und die Kommode zu schauen, während sich August einen Spaß daraus machte, wie beim Topfschlagen »Warm ... wärmer ... heiß ... kalt« zu sagen.

»Wenn du was weißt, dann sag es jetzt«, fuhr Gudrun ihn an.

»Das ist wirklich nicht nett von dir, dass du Katz und Maus mit uns spielst«, sagte Isabelle, die gerade versuchte, die Matratze anzuheben, um darunter nachzusehen.

August schüttelte grinsend den Kopf. »Auf welche Ideen ihr kommt. Apollonia hätte niemals etwas unter die Matratze geschoben, das passt doch eher in einen schlechten Film. Denkt doch mal wie vernünftige Menschen. Wo legt man Briefe hin, damit sie auch gefunden werden?«

Katja zog die Nachttischschublade auf.

»Ganz heiß, Katja, bravo!«, rief August, und die Kinder jubelten.

»Für wen ist der Brief?«

Katja hielt ihrer Kusine einen Umschlag hin, ähnlich dem, den sie selbst gefunden hatte. »Für dich, Isabelle.«

Isabelle riss ihn ihr aus der Hand. Ihre Wangen zeigten hektische rote Flecken. »*Für Isabelle*«, las sie. »*Mein geliebtes Enkelkind. Ich möchte, dass du meine Wildledertasche bekommst. Ich weiß, du machst dir nicht viel daraus, aber ich möchte, dass du dich in Zukunft ein wenig aufbrezelst und dich nicht mehr nur daheim in deinem Büro versteckst, sondern auch mal nach draußen gehst. Du bist eine attraktive Frau, und ich habe Angst, dass du eine vertrocknete und verbitterte alte Jungfer wirst. Nimm meine wunderschöne Tasche, und habe heiße Dates! Vielleicht findest du jemanden, den du magst, wenn nicht, dann hast du neue Erfahrungen gemacht und etwas erlebt. Unterstütze deine Kusine! Hilf ihr dabei, herauszufinden, was ich euch hinterlassen habe!*« Isabelle atmete tief durch und sank auf das Bett. Ihre Hände zitterten.

Alle sahen sie an, keiner sprach etwas, sie waren zu berührt, um Worte zu finden.

»Vertrocknete und verbitterte alte Jungfer!«, sagte Gudrun verächtlich. »Was soll das?«

»Sei doch einfach mal still, Mutter.« Isabelle warf ihr einen seltsamen Blick zu und suchte im Schrank nach der Tasche. Sie war schwarz und sah aus wie neu, und Isabelle drückte sie an sich.

»Ich bin ganz gespannt, was Apollonia dir geschrieben hat, Gudrun«, sagte August grinsend.

Gudruns Brief lag in der Kommodenschublade zwischen Apollonias Socken. Eve fand ihn und händigte ihn ihrer Schwester aus. Wieder hielten alle den Atem an.

»*Liebe Gudrun*«, las sie mit hochgezogenen Augenbrauen vor. »*Du bist meine älteste Tochter. Wenn ich von euch gegangen bin, musst du die Position des Familienoberhauptes übernehmen, die ich bis jetzt innehatte.*«

»Diesen Job erledigst du ja hervorragend, Mutter«, stichelte Isabelle.

»Sei still, Isabelle.« Gudrun las weiter: »*Kümmere dich liebevoll um die Familie und sorge dafür, dass es allen gutgeht. Erfülle diese Aufgabe mit Humor und Leichtigkeit und sieh zu, dass du selbst nicht zu kurz kommst! Habe Spaß im Leben! Sei nicht zu ernst und verknöchert. Das wünsche ich dir, mein Kind. Mehr als alles andere. Ich bin seit Jahren dabei, etwas für euch alle vorzubereiten, eine zauberhafte Erinnerung sozusagen. Ich befürchte, ich schaffe es nicht mehr. Sorge dafür, Gudrun, dass mein Projekt verwirklicht wird. Ihr müsst alle zusammen an der Verwirklichung arbeiten! PS: Ich weiß, wie sehr du Perlen liebst. Das Perlenarmband, die Ohrringe und der Ring sind für dich.*«

Kein Laut war zu hören im Schlafzimmer. Jeder sah betroffen zu Boden und vermied den Blick der anderen. Selbst die Kinder wagten nicht, den Mund aufzumachen.

Dann warf Gudrun den Brief auf das Bett und schnaubte. »Weiß irgendjemand, was das soll? Warum schreibt uns diese Frau vor ihrem Tod Briefe voller Andeutungen und versteckt sie? Habe Spaß im Leben! Dass ich nicht lache. Von Spaß bin ich so weit entfernt wie Apollonia von einer alten Großmutter, die Strümpfe strickt!«

»Das ist wohl war«, seufzte August.

»Und schon wieder ist die Rede von diesem Projekt«, sagte Eve verstört. »Warum sagte sie uns nicht klipp und klar, was sie vorhatte? Warum diese Geheimnistuerei?«

»Vielleicht, damit wir alle etwas Spaß haben«, bemerkte Isabelle ironisch.

»Vielleicht, damit ihr endlich alle mal zusammenhaltet.« Augusts Stimme hatte inzwischen einen ungeduldigen Tonfall angenommen. »Und jetzt entschuldigt mich. Meine Vorabendserie beginnt.«

»Was ist denn mit dir, August?«, fragte Gudrun. »Meinst du nicht, Apollonia hat dir auch einen Brief geschrieben?«

In seinen Augen glitzerten Tränen. »Doch, das hat sie. Ich habe ihn gleich an ihrem Todestag gefunden. Er lag offen auf dem Nachttisch.«

»Und was hat sie dir geschrieben?«, flüsterte Ida-Marie.

»Das lese ich euch nicht vor. Das geht nur mich etwas an. Ich kann euch nur so viel sagen: Wir waren weit über achtzig Jahre lang Weggefährten, Geschwister, engste Vertraute. Wir haben die besten Zeiten gemeinsam erlebt und die dunkelsten Zeiten zusammen überstanden. Ihre Gedanken waren meine und umgekehrt.« Er schlurfte davon.

Katja wünschte, er wäre noch geblieben, denn die Stimmung unter den Friedinger-Frauen war wie elektrisiert.

»Hier ist was!«, schrie Zoe. Sie war halb unter dem Bett verschwunden, und als sie sich wieder herausschob, hingen Staubflusen an ihrem Pullover.

»Eine Kiste!«, rief Ida-Marie. »Da sind lauter Tücher drin.«

Eve nahm ein, offenbar sehr teures, Seidentuch heraus und ließ den edlen Stoff liebevoll durch ihre Finger gleiten. »Apollonias Seidentücher. Sie sind wunderschön. Ich habe Mutter immer gesagt, diese exquisiten Tücher gehören zu Kaschmirpullovern und edlen Blusen und nicht zu diesen bunten Baumwollröcken aus dem Second-Hand-Laden.«

»Hier, Oma, das ist bestimmt dein Brief«, rief Zoe und reichte ihr den Briefumschlag, der in der Kiste mit den Tüchern gelegen hatte.

»*Meine liebe Eve*«, begann sie, doch ihre Stimme brach. »Hier, Katja, bitte lies du vor. Ich kann es nicht.«

»*Meine liebe Eve. Hab keine Angst, wenn ich euch verlasse. Ihr müsst nur alle zusammenhalten, dann ist alles gut. Nichts kann euch etwas anhaben, wenn ihr zusammensteht. Kümmere dich mit deiner Schwester um eure Töchter und Enkelkinder und kümmere dich auch gut um dich selbst. Mein Wunsch ist, dass du etwas Mutiges tust! Was, musst du entscheiden. Sei unverzagt und unerschrocken! Tue etwas, vor dem du immer Angst gehabt hast! Und ermutige die anderen, herauszufinden, was ich für euch vorbereitet habe. Nimm meine französischen Seidentücher. Sie haben dir immer am besten gefallen.*« Katja hatte die letzten Sätze nur unter Tränen vorlesen können.

Eve weinte in eines der Tücher. »Es riecht nach Mutter …«, stieß sie hervor. »Wieso schreibt sie solche Sachen? Was sollte ich denn Mutiges tun?«

»Jetzt haben wir alle unsere persönliche Botschaft bekommen«, murmelte Isabelle.

Gudrun legte ihrer Schwester eine Hand auf die Schulter. »Lass es nicht zu sehr an dich heran, Eve. Du musst nichts Mutiges tun, wenn du nicht willst.«

»Ich würde ja wollen – aber was?«

»Auf jeden Fall sind wir so schlau wie vorher«, sagte Isabelle, die Tasche noch immer an sich gedrückt. »Sie hatte offenbar Großes vor mit den ganzen Gegenständen. Wir sollten wirklich am Ball bleiben und herausfinden, was sie damit wollte, auch wenn es uns albern vorkommt.«

»Wahrscheinlich fahre ich in den nächsten Tagen nach Tirol«, sagte Katja. »Damit ich Omas Bestellung der Perlenengel abholen kann. Vielleicht fügen sich dort ein paar Puzzleteile ineinander.«

Gudrun und Eve sahen sie an, als wollten sie etwas entgegnen, doch dann war es, als fielen beide in sich zusammen.

»Okay«, sagte Gudrun kraftlos.

Katjas zweiwöchige Krankschreibung und die einwöchige Verlängerung, die Doktor März ihr ohne weitere Nachfragen zugefaxt hatte, neigte sich dem Ende zu. Der Gedanke, wieder zur Arbeit zu müssen, verursachte ihr Beklemmungen. Sie konnte ihre Tätigkeit bei Kuprion Consulting nicht einfach wieder aufnehmen – das würde sie nicht schaffen. Außerdem war es ihr wichtig, nach Tirol zu fahren. Sie brauchte Zeit.

Grübelnd ging sie in ihrem Schlafzimmer auf und ab. Plötzlich kam ihr der rettende Gedanke. Natürlich. Sie hatte ja noch Resturlaub. Wie oft hatte sie im vergangenen Jahr auf Urlaubstage verzichtet, weil wieder eines ihrer Projekte in einer kritischen Phase war? Sie sah auf die Uhr. Es war fast sieben, doch wie sie Bettina Mahler kannte, war sie noch immer in der Firma.

Ihre Finger flogen nur so über die kleine Tastatur ihres Smartphones: Hallo Bettina, da ich noch nicht wieder hundertprozentig auf der Höhe bin, würde ich gerne meinen Resturlaub nehmen und erst in der zweiten Januarwoche ins Büro zurückkommen. Ist das in Ordnung?

Die Antwort ihrer Chefin kam sofort: Ich habe damit gerechnet. Der ganzen Abteilung fällt es plötzlich ein, Resturlaub zu nehmen oder Überstunden abzubauen. Wie jedes Jahr um diese Zeit halte ich hier allein die Stellung.

Katja überlegte nervös, was Bettina ihr damit sagen wollte. Mit Erleichterung las sie die folgende Nachricht: Dann bis Januar. Ich muss zurück an die Arbeit. Jemand muss den Laden ja schmeißen.

In Omas Mantel, Jeans, Wollschal und mit warmen Fellstiefeln fuhr sie die wenigen Kilometer nach Neustadt, nachdem sie Zoe zu Bett gebracht und ihr eine Geschichte vorgelesen hatte. Sie parkte in der Nähe des Marktplatzes und lief die enge Gasse zur Stiftskirche. Der Weihnachtsmarkt hatte noch geöffnet, überall standen Trauben von Menschen mit Glühweinbechern in den behandschuhten Händen und Weihnachtslieder ertönten aus Lautsprechern. Katja war froh, hergekommen zu sein. Hier würde sie hoffentlich auf andere Gedanken kommen. Alle waren in etwas bedrückter Stimmung gewesen, nachdem sie Omas Briefe gelesen hatten. Katja trug den Rubinring am Finger – irgendwie fühlte er sich gut an und verlieh ihr Sicherheit.

Zusammen mit einer kleinen Gruppe von Leuten betrat sie die Stiftskirche. Sie war spät dran, die Bänke waren bis nach hinten besetzt. Die Luft war kühl.

Katja zündete erst eine Kerze für Apollonia an und stellte sich dann mit einigen anderen zu spät gekommenen Besuchern hinter die letzte Bankreihe.

Der Chor hatte sich bereits aufgestellt, der Chorleiter gab das Signal zum Beginn. Die Sänger waren alle in schwarz und rot gekleidet und stimmten mit getragenen Stimmen *Alle Welt springe und lobsinge* an. Katja merkte, wie sie sich entspannte. In tiefe Ruhe eingesponnen lauschte sie den Gesängen: *Ein Kind geborn zu Bethlehem; Engel auf den Feldern singen; Freuet euch, ihr Christen alle; Jauchzet, ihr Himmel, frohlocket, ihr Engel; Nun singet und seid froh; Wachet auf, ruft uns die Stimme.*

Es war wunderschön, und sie vergaß sich selbst ein wenig. Es existierte nur der Augenblick, die frostig kalte Kirche, die harmonischen Stimmen, die Gemeinschaft der Menschen, die dicht an dicht saßen oder standen, die Vorfreude auf das kommende Fest.

Dann stimmte der Chor *Panis angelicus* an. Katja wurde es heiß und kalt. Sie kannte den Text auswendig.

Panis angelicus fit panis hominum;
Dat panis coelicus figuris terminum;
O res mirabilis!
manducat Dominum
pauper, servus et humilis.

Sie merkte erst, dass sie weinte, als die Tränen ihre Lippen erreichten. Ihre Großmutter hatte eine Schallplatte besessen, auf der das Lied gesungen wurde. Bilder von vergangenen Weihnachtsfesten überschlugen sich in ihrem Kopf: sie und Isabelle als Kinder vorm Christbaum mit vielen Geschenken um sie herum, die ganze Familie steht lächelnd daneben. Apollonia im glänzenden Festkleid zündet die Kerzen an, August, groß und ungebeugt in einem dunklen Anzug, assistiert ihr – Erinnerungen an ferne, verlorene Jahre.

Te trina Deitas unaque poscimus:
Sic nos tu visita, sicut te colimus;

Verzweifelt kramte sie in ihren Manteltaschen nach einem Taschentuch, fand aber keines. Das Herz tat ihr zum Zerspringen weh. Apollonia war tot, sie selbst war ein depressives Wrack, das zu kaputt zum Arbeiten war und nicht wusste, wie es weitergehen sollte. Ihre Schultern zuckten vom Weinen und sie wischte sich mit dem Ärmel über das Gesicht, darauf bedacht, kein Aufsehen zu erregen. Da trat einer der neben ihr stehenden Besucher dichter an sie heran und reichte ihr ein Stofftaschentuch. Beschämt und mit rot verquollenen Augen nahm sie es, tupfte sich die Tränen weg, und wagte einen verstohlenen Seitenblick. Kein anderer als Jens Rombach stand neben ihr. Er blickte geradeaus zum Chor, ruhig und fast andächtig, streifte sie jedoch auch kurz mit einem Seitenblick. Verwundert las sie Mitgefühl in seinen braunen Augen.

Per tuas semitas duc nos quo tendimus,
Ad lucem quam inhabitas. Amen.

Katja stammelte: »Danke«, und meinte damit das Taschentuch. Sie fühlte sich wie ausgehöhlt vor Traurigkeit, so trostlos wie selten zuvor.

Er legte den Arm um sie und flüsterte ihr ins Ohr: »Komm!«

Mit dröhnendem Kopf folgte sie ihm. Er führte sie hinaus in den eiskalten Abend. Sie war zu ausgelaugt, um ihn zu fragen, wohin er wollte. Sie lief einfach nur neben ihm her. Er hatte ihr den Arm schützend um die Schulter gelegt, und sie gingen durch die engen Gassen der Innenstadt.

»Wir sind gleich da«, sagte er mit leiser Stimme. »Gleich. Geht es dir wieder einigermaßen?«

Sie nickte, verwirrt, unglücklich. Schon einmal war sie nachts mit ihm durch dunkle Straßen gelaufen, es war wie ein Déjà-vu. Er blieb vor einem alten Fachwerkhaus stehen. Zu beiden Seiten befanden sich Weinkeller, Bistros in malerischen Hinterhöfen und kleine Geschäfte.

»Wo sind wir?«, fragte sie.

»Bei mir zu Hause.« Er schloss die Tür auf, ging ihr voran eine steile Steintreppe mit ausgetretenen Stufen hinauf bis unter das Dach, wo *J. Rombach* an der Tür stand. Sie folgte ihm zögernd in seine Wohnung. Er nahm ihr Mantel und Schal ab und legte alles auf einer antiken Holztruhe ab. Eine Lampe verbreitete nur ein schwaches Licht, sie musste sich anstrengen, um etwas zu erkennen.

Die Wohnung bestand aus einem einzigen großen Raum, es gab nur hinten eine Tür, die vermutlich zum Badezimmer führte. In der Mitte des Zimmers stand eine Ledercouch, die nagelneu aussah, davor ein Tisch, auf dem sich Zeitungen und Magazine unordentlich stapelten. In einer Ecke gab es eine Kochnische ohne großen Luxus, in der anderen Ecke stand ein Massivholzbett mit Bob-der-Baumeister-Bettwäsche.

»Die Bettwäsche stammt von meinen Söhnen. Sie sind aus dem Alter heraus, und als ich aus unserem Haus auszog, habe ich sie einfach mitgenommen, um nicht alles neu kaufen zu müssen.«

»Oh«, sagte sie mitfühlend.

»Entschuldige die Art und Weise, wie wir das letzte Mal auseinandergegangen sind«, sagte er. »Ich war nicht ich selbst. Ich habe dir am Anfang gesagt, ich würde dich gern wiedersehen. Und das stimmte auch. Es stimmt immer noch. Mehr denn je. Aber ich war so lange verheiratet, dass ich aus der Übung bin. Und der ständige Kampf um das Besuchsrecht der Kinder hat mich die letzten Wochen zermürbt.«

Er sah sie so lange und intensiv an, dass sie irgendwann den Kopf senkte und murmelte: »Oh … Ja, das verstehe ich.« Aufgewühlt und um seinem Blick zu entgehen, ging sie ein paar Schritte durch die Wohnung.

Das Schmuckstück der Wohnung war der Erker, der nach vorne zur Gasse hinausging. Funkelnde Lichterketten und Sterne, die von Haus zu Haus gespannt waren, warfen ihr warmes Licht durch die Fenster auf den Esstisch aus Pinienholz. Es musste sehr schön sein, morgens dort im Erker zu frühstücken und das erwachende Leben der Stadt zu beobachten. Die Wohnung war eine Mischung aus Junggesellenbude und teuren Einzelstücken. Persönliche Gegenstände gab es wenige, nur auf einer schweren Massivholzkommode standen drei gerahmte Fotos, die seine Söhne zeigten: zwei Jungen in Shorts am Strand, auf Mountainbikes in den Bergen und in Großaufnahme in die Kamera lachend. Es berührte sie, diese intimen Bilder zu sehen, die aus seinem bisherigen Leben stammten.

»Setz dich, bitte«, forderte er sie auf und wies auf die Couch.

Zaghaft nahm sie Platz, während er Glühwein aus einer Flasche in zwei Becher goss und sie in der Mikrowelle erhitzte. Dann reichte er ihr eines der Getränke, an dem sie sich gleich die Finger verbrannte, und setzte sich neben sie.

Im Halbdunkel sah er ihr in die Augen, als forsche er in ihr. »Warum warst du so traurig in der Kirche?«

Sie versank haltlos in seinem Blick. »Ach, das *Panis angelicus* erinnert mich sehr an meine Großmutter, die kürzlich gestorben ist und …«

»Ich erinnere mich«, nickte er ernst.

»… sie hatte eine Schallplatte mit dem Lied, gesungen von Plácido Domingo, glaube ich. Und die Gewissheit, dass sie nie mehr zurückkommt, hat mich auf einmal überwältigt.«

Ihre Lippen waren aufgesprungen vom Weinen, und er berührte sie zart mit einem Finger. Sie saß ganz still da, ohne sich zu rühren, atmete im gleichen Rhythmus wie er.

»Da hilft nur Alkohol«, sagte er mit einem leichten Zucken in den Mundwinkeln, doch seine Augen waren dunkel vor Ernst. »Ich kenne das.«

Sie deutete mit der Hand auf den großen, offenen Raum, ohne den Blick von ihm abzuwenden. »Es muss schwer sein, plötzlich allein zu wohnen, nachdem …« Sie hatte Angst, etwas Unpassendes zu sagen, und brach ab.

Er zuckte die Schultern. »Geht es dir nicht genauso?«

Er war ihr so nah, dass sie seine Körperwärme spürte wie eine tröstliche Decke, die über sie geworfen wurde.

Sie tranken einen Schluck des heißen Glühweins.

»Ich vermisse meine Söhne«, sagte er dann leise. »Das ist das Schlimmste. Gut, sie wohnen nur zehn Minuten von mir weg und sie können mich jederzeit sehen, aber es ist nicht dasselbe, wie sie jeden Tag um mich zu haben.«

Am liebsten hätte sie die Arme um ihn geschlungen. Tränen traten ihr wieder in die Augen, dieses Mal um seinetwillen. »Ich würde verrückt werden, wenn ich Zoe nicht jeden Tag um mich hätte.«

Er beugte sich ein wenig vor und küsste ihr behutsam die Tränen weg. Im selben Moment legte sie die Arme um ihn und sie pressten sich aneinander. Sein warmer, starker Körper erschien ihr wie ein Baum mitten im stärksten Sturm, und sie sehnte sich so sehr nach ihm, dass es kaum zu ertragen war. Er zog sie hinüber zu seinem Bett und sie fielen aneinandergeklammert in die weiche Kinderbettwäsche.

Er küsste sie, und sie zitterte heftig dabei. Gegenseitig zogen sie sich die Kleider aus, so gut es unter der Bettdecke ging, unter die sie wie in eine behagliche Höhle gekrochen waren. Die Heizung wärmte den großen Raum nur mäßig.

Nur einmal kroch er mit nacktem Oberkörper halb aus dem Bett, um in seiner Nachttischschublade zu kramen.

»Ist das dieselbe Packung …?«, murmelte sie benommen.

»Ja. Das ist die, die ich in Luxemburg gekauft habe. Eine Zehnerpackung. Und schau, es sind noch neun Stück da.«

Sie lachte, und er schlüpfte schnell wieder unter die Decke.

Er umfing sie mit beiden Händen, hielt sie fest und streifte ihre Haare mit seinen Lippen. Sie lagen aufeinander wie ein Ganzes, bewegten sich im gleichen Rhythmus, wie von leichten Wellen umspült und bewegt. Alles war gut, alles war herrlich, Halt, Trost und Ekstase gleichermaßen. Sie verloren sich ineinander, berauscht vor Glück, heiße Haut an heißer Haut. In jeder Hinsicht drang er in ihren innersten Kern, durchbrach die äußeren Schalen – nie war sie mehr sie selbst gewesen.

»O res mirabilis!«, keuchte er danach, und sie antwortete leise, in seiner Armbeuge ruhend: »Das humanistische Gymnasium scheint sich doch in mancherlei Hinsicht auszuzahlen.«

»Auf jeden Fall. Man kann alte lateinische Hymnen verstehen und stöhnt beim Sex interessante Sachen.« Er lachte und küsste sie.

Plötzlich fiel ihr siedend heiß ein, dass sie ihrer Familie Bescheid geben sollte, dass es eventuell später werden würde. Mit einem Ruck setzte sie sich auf und angelte nach ihrer Handtasche, um ihr Smartphone hervorzukramen.

»Was machst du? Postest du auf Facebook: Verbringe gerade eine tolle Nacht mit einem heißen Typen?«

»Nein, keine Angst, ich verschicke das nur als WhatsApp an meine Kusine.« Sie lachte und schrieb an Isabelle: Liebe Kusine, bitte keine Strafpredigt. Komme eventuell erst morgen früh heim. Sag bitte Mama Bescheid.

Sofort kam Isabelles Antwort: Was soll das heißen? Wo bist du? Du bist doch nicht wieder mit diesem Arzt im Bett gelandet? Sag, dass das nicht wahr ist.

Bin morgen früh rechtzeitig wieder da, um mich um Zoe zu kümmern. Gute Nacht. Gruß Katja.

Jens zog sie zurück unter die Decke und begann erneut, sie zu liebkosen – und das Smartphone fiel auf den Parkettboden.

8

Hüttenzauber

Es war noch dunkel am nächsten Morgen, als sie in Jens' Armen aufwachte. Glücklich schmiegte sie sich an seinen warmen Körper. Sie hatte so tief und entspannt geschlafen wie schon lange nicht mehr. Der große, offene Dachraum wirkte wie ein gemütlicher, von der hektischen Welt abgeschiedener Turm auf sie. Hier drinnen existierten nur Jens und sie, zwei glückliche, sich selbst genügende Geschöpfe fernab von Kummer, Sorgen und Hektik. So lag sie eine ganze Weile ruhig neben ihm, bis er aufwachte.

»Guten Morgen«, murmelte er mit geschlossenen Augen.

»Guten Morgen«, erwiderte sie und küsste ihn.

»Ist noch früh, hm?«

»Ja. Aber ich muss bald gehen, damit ich zeitig wieder daheim bei Zoe bin.«

»Natürlich. Aber frühstücken können wir noch, oder hast du es so eilig?«

Sie schüttelte den Kopf. »Nein, das geht schon noch.«

»Ich habe leider nichts im Haus. Ich müsste schnell zur Bäckerei«, sagte er und schlüpfte aus dem Bett, um sich rasch seine neben das Bett geworfenen Kleider überzuziehen.

»Ist gut, ich warte auf dich.«

Er küsste sie noch einmal, und sie stand auf, sammelte ebenfalls ihre Kleider ein und verschwand hinter der einzigen Tür der Wohnung. Das Badezimmer war sehr klein und funktional, flauschige Handtücher hingen am Haken. Alles war peinlich sauber, aber bestimmt hatte er eine Putzfrau.

Als sie geduscht, angezogen und einigermaßen herzeigbar war, setzte sie sich in den Erker an den Tisch und schaute hinunter auf die Gasse. Ein Lastwagen belieferte gerade den Weinkeller und das Bistro nebenan. Die Straßenlaternen warfen ein oranges Licht auf das Kopfsteinpflaster, und im Fachwerkhaus gegenüber leuchtete ein goldener Stern im Fenster.

In der Kochnische suchte sie sich die notwendigen Dinge wie Kaffeepulver, eine Kanne und Tassen zusammen und kochte schon mal Kaffee.

Dann schaute sie auf ihr Handy, aber es war keine weitere Nachricht von Isabelle gekommen. Die Firmenmails erinnerten sie an die Arbeit, doch sie versuchte den Gedanken daran schnell zu verdrängen.

Wo blieb Jens eigentlich? War er nicht schon lange weg? Wie in Luxemburg wurde sie nervös und hatte Angst, er würde nicht wiederkommen.

Nach wenigen Minuten stand er in der Tür, einen Schwall kalter Luft mit sich bringend. Er trug eine Tüte mit Croissants unter dem Arm und mit der anderen Hand hielt er sein Handy ans Ohr.

»Was soll das heißen, Maike«, sagte er ins Telefon, während er seine Schuhe abstreifte und den Mantel über die Kommode am Eingang legte. »Ich habe die Jungs am Sonntag. Das hatten wir so vereinbart. Vielmehr hattest du das so beschlossen, weil es dir so am besten in den Kram passte. Und da kannst du nicht zwei Tage vorher kommen und alles ändern.«

Seine Frau, dachte Katja und spürte einen schmerzhaften Stich im Herzen. Sie ist immer noch seine Frau.

»Nein. Nein, das lasse ich nicht zu. Die Jungs kommen am Sonntag zu mir. Ich will mit ihnen nach Mannheim fahren zum Eislaufen. Aber warum? Maike, du kannst dir nicht ständig anmaßen, unsere Vereinbarungen zu unterminieren!« Er wurde heftiger, und auch das Gemurmel, das aus dem Telefon drang, klang aufgeregt. »Nein! Und noch mal nein! Aber ich kann es ja sowieso nicht ändern, hab ich recht, Maike? Dann nimm die Kinder mit zu deinem lächerlichen Termin. Was du machst, ist mir mittlerweile völlig egal. Aber dass du ständig Maximilian und Johannes mit hineinziehst, geht überhaupt nicht. Ich mache noch einmal gute Miene zum bösen Spiel, aber das nächste Mal ist Schluss damit, hast du das verstanden? Es sind auch meine Kinder. Du kannst sie mir nicht entziehen, wie es dir gerade passt. Ja, mach, was du willst.« Er klang resigniert und müde. »Ich lege jetzt auf. Sag den Jungs, dass ich sie heute Abend anrufe.« Seufzend drückte er das Gespräch weg und lächelte Katja schief an. »Prima, du hast schon Kaffee gekocht.«

»Gab es Ärger mit deiner … Frau?« Die Frage konnte sie sich nicht verkneifen.

Er winkte ab. »Ja. Das Übliche. Sie macht die Regeln und bricht die Regeln, wie es ihr gefällt. Ich hätte die Kinder eigentlich am Sonntag gehabt, aber sie will mit ihnen zu irgendeinem entfernten Onkel, den sie seit zehn Jahren nicht mehr gesehen hat, weil sie ihn eigentlich nicht leiden kann. Ich hasse es, wenn sie mir die Wochenenden mit ihnen versaut.« Er setzte sich ihr gegenüber in den Erker, goss Kaffee in die Tassen und verteilte die Croissants auf Teller. »Es war schön letzte Nacht«, sagte er dann, sie in seinem Blick festhaltend, und lächelte wieder.

»Fand ich auch.« Sie liebte ihn augenblicklich noch heftiger.

»Was hast du heute vor?«, fragte er mit seiner ruhigen Stimme und legte seine Hand auf ihre.

»Ich fahre zu Zoe nach Hause. Und dann … hm, ich weiß nicht. In den letzten Tagen habe ich überlegt, ob ich noch mal für ein, zwei Tage wegfahre, um Nachforschungen über meine Großmutter anzustellen. In ihren Papieren fand ich noch eine offene Bestellung von Engeln aus kleinen Perlen, die in Tirol hergestellt werden. Wahrscheinlich fahre ich mit Zoe dorthin und besuche die Künstlerwerkstatt.«

»Tirol? Klingt gut«, sagte er und sah sie über den Rand seiner Kaffeetasse so an, dass tausend Schmetterlinge in ihrem Bauch umhertorkelten. »Sollen wir zusammen fahren?«

Erst glaubte sie, sich verhört zu haben, konnte ihr Glück kaum fassen und brachte dann hervor: »Ja!« Sie fühlte sich wie auf Wolken. »Hast du etwas dagegen, wenn ich Zoe mitnehme?«, fragte sie zögernd. »Ich möchte sie ungern bei meiner Mutter lassen. Ich habe in den letzten Jahren durch meine Arbeit so wenig Zeit mit ihr verbracht, dass ich jetzt so viel wie möglich mit ihr zusammen sein will.«

»Das ist kein Problem. Ich bin Kinderarzt, da liegt es nahe, dass mir Kinder nicht ganz zuwider sind«, sagte er. »Vorausgesetzt natürlich, man sieht sie nur und hört sie nicht.«

»Danke«, sagte sie lachend, und sie küssten sich.

»Allerdings möchte ich kein Ersatzpapa sein«, schob er ernster nach. »Ich habe zwei Kinder, weitere möchte ich nicht.«

»Du sollst auch kein Ersatzpapa sein. Eher mein … knuspriger Geliebter oder so was? Aber was ist mit deiner Praxis?«

»Die wird in den nächsten drei Tagen renoviert, knusprige Frau. Da habe ich geschlossen.«

»Musst du nicht trotzdem dort sein und nach dem Rechten schauen?«

»Nein, das ist nicht nötig, meine Helferinnen sind zeitweise da, um Rechnungen zu schreiben. Wann fahren wir?«

Sie verabredeten, sich in zwei Stunden wieder in seiner Wohnung zu treffen, um gemeinsam loszufahren. Energiegeladen wie lange nicht mehr lief Katja durch die morgendliche Stadt zum Parkplatz, um ihr Auto zu holen.

Das Lambrechter Tal versank in rauchigem Nebel, als sie heimfuhr. Die Wälder zu beiden Seiten ließen sich nur erahnen, die Spitzen der Berge hatten dicke weiße Mützen auf. Schwaches Morgenlicht kämpfte sich in den Tag, doch richtig hell wurde es nicht. Der Mond stand noch groß und bleich am Himmel.

Als sie die Haustür aufschloss, fielen ihr augenblicklich drei ungewöhnliche Gegebenheiten auf: Es duftete köstlich im ganzen Haus nach Selbstgebackenem. Außerdem hingen überall im Treppenhaus, an der Decke, am Geländer und an jeder Türklinke kleine, rotbackige Engel aus Stoff und Filz, in weiße, mit Goldfäden bestickte Gewänder gehüllt, die blonden Wollhaare zu Zöpfen gebunden. Sie schwebten mit silbernen Flügeln durchs Haus und erzeugten eine traumhafte Stimmung. Und als Drittes stand ihre gesamte Familie – größtenteils im Schlafanzug – vor ihr. Nur ihre Mutter und Gudrun trugen bereits ihre Bürokleidung. Selbst Onkel August stand im gestreiften Pyjama und mit dicken Socken auf der untersten Treppenstufe. Isabelle trug ein langes Nachthemd, und die Kinder steckten in rosa Flanellschlafanzügen. Alle starrten sie an, als hätten sie nicht mit ihr gerechnet.

Katja schaute verwundert in das Engelsgewirr, das in der fahlen Morgendämmerung in der Luft schwebte. »Es ist zauberhaft«, sagte sie. »Ich komme mir gerade vor wie in einem Museum der Kuriositäten.«

»Die Engel sind von Uroma«, schrie Zoe. »Ida-Marie und ich waren ganz früh wach, noch vor Oma, und wir haben alle aufgehängt. Toll, nicht wahr?«

»Wo kommst du eigentlich her um diese Zeit?«, wandte sich Gudrun in scharfem Ton an sie. »Und warum riecht es hier nach frischgebackenem Kuchen? Isabelle, hast du heute in aller Herrgottsfrühe schon gebacken? Dann musst du ziemlich wütend oder aufgewühlt sein.« An Katja gewandt fügte sie hinzu: »Deine Kusine backt immer, um sich abzureagieren. Das Backen scheint ihr zu helfen, um wieder einen klaren Kopf zu bekommen. Das verstehe, wer will!«

Katja starrte Isabelle unbehaglich an.

»Mhm«, machte Isabelle nur und musterte sie mit zusammengekniffenen Augen.

»Kriegen wir ein Stück Kuchen zum Frühstück, Tante Isabelle?«, schrie Zoe.

»Schrei nicht so«, besänftigte Eve ihre Enkelin und schaute nervös in die Runde.

»Kuchen wäre eine gute Idee«, sagte August, doch keiner achtete auf ihn.

»Bist du eigentlich noch ganz bei Trost?«, fragte Isabelle

spitz, Katja weiterhin fixierend. »Wieso hast du schon wieder solche Dummheiten gemacht?«

»Welche Dummheiten …?«, begann Gudrun, dann wanderte ihr Blick zu Eve, die den Blick gesenkt hielt. »Aha, du weißt also auch Bescheid. Dann nehme ich an, deine Tochter hat die Nacht wieder bei ihrem Retter in der Not verbracht.«

»Bei wem?«, rief Zoe und zog an Eves Arm, um eine Antwort zu erhalten, die jedoch ausblieb.

»Bei dem Arzt mit den Fischen und den Barbies, die einem ins Gesicht springen«, sagte Ida-Marie hilfsbereit.

Isabelle sah ihre Tochter säuerlich an. »Halt du dich da raus. Geh und zieh dich für die Schule an.«

Ida-Marie bewegte sich im Schneckentempo Richtung Treppe, hielt dort aber wieder inne, weil die Angelegenheit doch zu spannend war.

»Ach Katja«, seufzte Gudrun. »Musste das wieder sein? Dieser Mensch kann dir unmöglich guttun. Was willst du nur von dem?«

August kicherte verhalten.

»Er macht dich nur unglücklich«, fuhr Isabelle sie an. »Als du ihn das letzte Mal gesehen hast, hat er dich mit blutenden Knien allein am Bahnhof stehen lassen. Bei Schnee und Eis. Warum lernst du nichts daraus, um Himmels Willen? Wieso bist du schon wieder mit dieser Tröte im Bett gelandet?«

Eve zuckte zusammen. »Isabelle, nicht so … Lass es gut sein.«

»Nein!«, sagte Isabelle heftig. »Er wird dich wieder abblitzen lassen, dann bist du noch unglücklicher als zuvor. Du bist doch sowieso schon in einem sehr labilen Zustand, warum lässt du zu, dass das immer schlimmer wird?«

»Ich möchte jetzt mein Kind anziehen und mir eine Tasse Kaffee kochen, falls es recht ist«, sagte Katja verärgert und verstört.

»Er wird dich fallen lassen, weil er nicht bereit ist für eine Beziehung. Und dann kommst du wieder an und heulst dich bei uns aus.«

Katja stellte langsam ihre Tasche ab. Tränen traten ihr in die Augen, so gekränkt und enttäuscht war sie von ihrer Kusine. »Du bist so ungerecht. Das stimmt doch alles gar nicht, was du erzählst. Ich wollte mich noch nie bei einem von euch ausheulen. Ganz im Gegenteil: Ihr habt euch in meine Angelegenheiten eingemischt, obwohl ich nicht darüber sprechen wollte.«

Gudrun verdrehte die Augen. »Kind, wir sind nun einmal sechs Frauen unter einem Dach.«

»Ach, lasst mich doch alle in Ruhe«, murmelte Katja, nahm ihre Tochter an der Hand und ging mit ihr in Richtung Schlafzimmer. »Übrigens, ich verreise mit Zoe noch mal für ein oder zwei Nächte.«

»Nach Madagaskar?«, schrie Zoe begeistert. »Brauch ich meinen ...«

»Nein, du brauchst keinen Bikini, sondern wieder deinen Schneeanzug.«

Gudrun runzelte die Stirn. »Was hat dieses Kind nur immer mit Madagaskar?«

»Madagaskar ist eigentlich keine schlechte Idee«, rief August durchs Treppenhaus. »Da solltet ihr vielleicht wirklich mal hin? Wie wär's, Katja? Madagaskar im Frühling? Wir drei? Ich hätte Lust auf eine große Reise.«

Katja blieb stehen. »Das klingt gut, August. Aber ist Madagaskar überhaupt ein Land, in das man in Urlaub fahren kann?«

August zuckte mit den Schultern. »Keine Ahnung. Du könntest mal in deinem, äh, Telefon nachgucken?«

Zoe zog das Smartphone aus der Handtasche. »Hier, Mama.«

»Später. Ich muss jetzt erst mal packen, Spatz.«

»Wo fährst du hin?«, fragte ihre Mutter nervös.

»Nach Söll in Tirol. Apollonia hat dort Dutzende von diesen Perlenengeln bestellt. In ihrem Ordner ist die Bestätigung. Die Engel sind fertig, ich kann sie abholen. Und du weißt ja, was Oma in ihren Briefen an uns geschrieben hat.«

»Aber Katja …«, wandte Eve zögernd ein. »Musst du schon wieder weg? Bald ist doch Weihnachten …«

»Wir bleiben höchstens zwei, drei Tage, Mama.«

»Kommt er mit?«, fragte Isabelle außer sich.

»Ja.«

»Und bestimmt fährt er euch. Und markiert den großen Macker. In seinem Oberklasse-SUV.«

»Wie bitte?«, rief Gudrun schockiert. »Das ist nicht dein Ernst. Du fährst mit deinem Kind und deinem Liebhaber in Urlaub? Und nennst das dann auch noch Nachforschungen anstellen?«

Isabelle schnaubte ebenfalls empört. »Du nimmst dein Kind mit in einen Liebesurlaub? Wie unverantwortlich ist das denn? Was soll sie denn denken, wenn ihr zwei turtelt und … Ich will es nicht laut aussprechen, es sind Kinder hier.« Sie warf einen finsteren Seitenblick auf ihre Tochter, die immer noch gebannt auf der Treppe stand. »Ida-Marie, ich sag's nicht noch mal! Zieh dich endlich an und hol deine Schulsachen! Die Schule fängt gleich an, du kommst zu spät.«

»Gibt's jetzt bald Kuchen, oder soll ich mir selbst Frühstück machen?«, fragte August, doch er wurde von allen ignoriert.

»Wie soll das praktisch gehen, Katja?«, fragte Gudrun mit hochgezogenen Augenbrauen. »Nehmt ihr euch ein Zimmer und schlaft da mit dem Kind zusammen, oder wie stellst du dir das vor?«

»Wir können durchaus etwas dezent sein«, antwortete Katja gekränkt und ärgerte sich sofort darüber, dass sie sich rechtfertigte, obwohl die anderen wieder ihre Privatsphäre verletzten. »Er hat auch Kinder und weiß, wie man sich benimmt. Meine Tochter wird bestimmt nicht traumatisiert, weil wir einen Kurzurlaub machen und ich einen Freund mitnehme.«

»Freund nennst du das«, spottete Isabelle.

»Ach, jetzt reicht es mir. Komm, Zoe. Übrigens, liebe Kusine, ist es ja wirklich nicht so, als ob ich in den letzten fünf Jahren dauernd irgendwelche Männer in meinem Bett gehabt hätte. Du stellst das immer so hin. Jens ist der Allerallererste. Und er ist alles andere als eine Bettgeschichte. Denk doch mal darüber nach, was Apollonia dir in ihrem Brief geschrieben hat.«

»Ich wusste, dass du mir das mit dem Brief irgendwann unter die Nase reiben würdest. Ich bin keine vertrocknete alte Jungfer, das weißt du genau!«

»Dann pass auf, dass du keine wirst, Isabelle.«

»Ja, ähm, ich muss jetzt zur Arbeit«, murmelte Eve. »Also, ich sage jetzt nichts zu deinem Freund, Katja, sonst machst du mir wieder Vorwürfe, aber ich finde es nicht gut, dass du einen Freund hast, der noch seiner Frau nachhängt, und dass du in der Gegend herumfährst statt dich auszuruhen und dich auf deine Gesundheit zu konzentrieren. «

»Ja, das kommt noch hinzu«, pflichtete Gudrun ihr streng bei.

»So, jetzt gehen wir endgültig packen. Ihr habt mir alle eure Meinung gesagt, aber jetzt ist auch mal wieder gut. Tschüss, alle miteinander.«

Alle starrten sie pikiert an, nur August beugte sich über das mit schwebenden Engeln behängte Treppengeländer und rief ihr zu: »Gute Reise! Ich wünsche dir viel Spaß und Zoe auch. Lass es richtig krachen und genieße jeden Tag! Wenn du erst mal so alt bist wie ich, bereust du nur, was du nicht getan hast, nicht, was du getan hast! Und bring mir einen guten Obstler mit.«

Katja schaute sich noch einmal lächelnd zu ihm um. »Mach ich gerne. Danke. Auf Wiedersehen, August.«

Zoe warf ihm eine Kusshand zu.

Aufgewühlt von der Szene, die ihr die Familie gemacht hatte, packte Katja eine Reisetasche für sich und Zoe. Sie stopfte gerade mit zitternden Händen den Schneeanzug ihrer Tochter hinein, als Zoe, bekleidet mit rosa Cordhosen und einem lila Pullover mit Glitzeraufdruck, mit ihrem rosa Koffer hereinkam. »Ich habe alles gepackt, was ich brauche, Mama. Meine Puppen, meine Puzzles, die Malbücher und Stifte, Lotti Karotti, ein bisschen Lego und das Feenquartett.«

»Sehr schön«, sagte Katja.

Sie duschte schnell und nahm ihre bessere Jeans, ein dunkelgrünes Longsleeve, das gut zu ihren dunkelroten Haaren passte, und Omas Seidentuch aus dem Schrank und zog sich an. Sie trug etwas getönte Creme auf, dazu rostroten Lippenstift, Wimperntusche und grauen Kajal. Sie war zwar noch immer sehr aufgebracht, sah jetzt aber zurechtgemacht und aufgeräumt aus.

»Du siehst schön aus, Mama«, sagte Zoe.

»Du auch, kleine Elfe.« Sie hob die Reisetasche hoch, setzte sie aber wieder ab. »Einen Moment noch. Ich muss schnell googeln, ob Madagaskar eine Urlaubsregion ist.« Mit hektischen Fingern tippte sie das Land auf ihrem Smartphone ein.

»Können wir nach Madagaskar fahren?«, rief Zoe.

»Ich fürchte nicht. Für uns ist das leider kein Urlaubsland.«

Zu ihrer Erleichterung trafen sie kein Familienmitglied im Treppenhaus. Schnell zogen sie die Haustür hinter sich zu, gingen die Treppe hinunter auf die Straße und luden das Gepäck in den Kofferraum des Autos.

»Da oben am Dachfenster ist August!«, schrie Zoe und winkte nach oben.

Katja drehte sich um. »Bis bald, Onkel August«, rief sie hoch. »Madagaskar ist leider kein geeignetes Urlaubsland. Aber wie wäre es mit Madeira?«

»Geht klar. Madeira nehme ich auch«, rief August nach unten und winkte.

Jens Rombachs Auto stand in einer Tiefgarage in der Nähe der Innenstadt. Sie hatten sich dort verabredet, und er wartete bereits am Eingang auf sie. Er trug seinen eleganten, schwarzen Mantel, die Haare waren feucht vom dichten Nebel. Katja fiel wieder auf, wie attraktiv er war, und sie fühlte ein Ziehen im Bauch. Er lächelte sie an und wirkte gelöst. Heiße Vorfreude durchströmte sie in diesem Moment: Sie durfte mehrere Tage mit ihm verbringen, alles war gut, alles war wunderschön, vergessen waren der Stress und die Einmischung ihrer Familie.

Er küsste sie zart auf die kalten Lippen und nahm ihr das Gepäck ab.

»Meinen rosa Koffer trag ich selber«, sagte Zoe, während sie zu seinem Oberklasse-SUV gingen und das Gepäck einluden. »Schläfst du bei uns im Zimmer, Herr Doktor?«

Schmunzelnd antwortete er, Katja mit einem Seitenblick streifend: »Das weiß ich nicht. Aber deine Mama wird sich da schon ein paar Gedanken gemacht haben, wer wo schläft.«

»Normal gehört der Platz in Mamas Bett mir, aber vielleicht … Weißt du, Herr Doktor, meine Oma, meine Tante und meine andere Tante haben sich vorhin darüber gestritten, wo du schläfst.«

»Haben sie das«, antwortete er trocken und sah Katja an, hielt sie fest in seinem Blick. »Und wie lösen wir das Problem?«

Sie errötete. Hoffentlich stieß ihn die Übergriffigkeit ihrer Lieben nicht so ab, dass er gleich genug von ihr hatte und ihm die ganze Sache mit ihr zu anstrengend war.

»Vielleicht«, sagte Katja hastig, »könnten wir uns eine kleine Ferienwohnung suchen? Mit zwei Schlafzimmern?«

Er lächelte sie an. »Ja, vielleicht könnten wir das. Nun ab mit dir in den Kindersitz, kleine Dame.«

Sie fuhren los und ließen Neustadt hinter sich. Der Nebel hüllte die Landschaft noch immer wie in eine dicke, flauschige Decke ein. Die Sicht war sehr begrenzt, was Katjas Gefühl verstärkte, es gäbe nur sie drei auf der Welt, eingeschlossen in einer dieser anheimelnden Schneekugeln, die Apollonia gesammelt hatte.

Zoe sang Weihnachtslieder, Jens und Katja warfen sich von Zeit zu Zeit verstohlene Blicke zu und genossen es, zusammen zu sein.

Kurz vor Mittag machten sie Rast, tranken Kaffee und Limonade und aßen ein Stück Kuchen, bevor sie weiterfuhren.

Dann setzte Schneefall ein, der immer heftiger wurde. Dicke Flocken wirbelten über die Autobahn und verschlechterten die Sicht.

Zum Glück schlief Zoe bald ein und fragte nun nicht mehr alle paar Minuten, wie weit es noch sei. Jens nahm Katjas Hand in seine, und sie lehnte sich entspannt zurück. Immer mehr Schnee legte sich wie ein dicker Teppich auf die Autobahn. Hubschrauber kreisten über ihnen.

Die Musik im Radio wurde unterbrochen, und ein Sprecher des Verkehrsfunks sagte: »Auf der A8 in Richtung München hat es gerade eine Massenkarambolage gegeben. Die Autobahn ist streckenweise voll gesperrt. Die Verzögerungen betragen ungefähr ...«

Katja wurde schneeweiß im Gesicht. »Hast du das gehört?«

Er nickte und brachte den SUV zum Stehen, da sie das Stauende erreicht hatten. »Jetzt können wir nur noch warten. Ich hoffe, wir stehen hier nicht stundenlang. Zum Glück haben wir keinen Zeitdruck.«

Katja versuchte, weiter vorne etwas zu erkennen. Rettungshubschrauber landeten auf den schneebedeckten Feldern neben der Autobahn. Krankenwagen fuhren mit Blaulicht und Sirene durch die Rettungsgasse nach vorne zu den verunglückten Autos.

»Das ist ja schlimm, was da passiert ist. Siehst du, wie viele Autos betroffen sind, Jens? Fünfzehn, zwanzig?«

»Keine Ahnung«, sagte Jens, völlig ruhig.

Katja stand kurz vor einer Panikattacke. Verstört drehte sie sich zu Zoe um, die friedlich schlief. Angst packte sie, dass auch ihr etwas passieren könnte, und Zoe würde ohne Mutter dastehen. Oder Zoe selbst könnte verunglücken. Angesichts der Hubschrauber mit ihren großen Rotorblättern, der Blaulichter und Sirenen erschien ihr das plötzlich überhaupt nicht abwegig. »Ich muss raus aus dem Auto ... Ich halte es nicht mehr aus, ich werde gleich ohnmächtig!«

Jens wandte sich ihr zu, sah, was mit ihr los war, und legte ihr die Hände auf die Schultern. Er schüttelte sie leicht und sah sie eindringlich an. »Hör zu! Es ist alles in Ordnung, dir passiert nichts, du hast eine Panikattacke, das ist alles! Atme ganz ruhig und gleichmäßig und schau mich an!«

Sie hielt die Augen geschlossen, weil sich die Welt um sie herum drehte.

»Schau mich an!«

»Nein, ich kippe gleich um!«

Er presste sie an seine Brust, schlang die Arme um sie und redete leise und beruhigend auf sie ein. »Es ist alles gut, wirklich. Schau mich an.«

Sie sah ihn an und kam langsam zur Ruhe, fixiert von seinen braunen Augen.

Nach einer Weile wurde sie ruhiger und legte den Kopf an seine Schulter. »Tut mir leid. Hast du nicht auch Angst, dass deinen Kindern etwas passieren könnte? Oder dir? Und du könntest dich nicht mehr um sie kümmern.«

Jens küsste sie auf den Scheitel. »Weißt du, darüber mache ich mir keine Gedanken. Du solltest es auch nicht tun. Das lähmt dich nur und hindert dich am Leben. Wir machen uns ein paar schöne Tage in Tirol, mit was anderem solltest du dich nicht beschäftigen. Es geht langsam weiter. Schau nicht hin!«

Katja bewunderte stumm seine Gelassenheit. Dann setzte sich die lange Schlange der Autos wieder in Bewegung, und sie konnten im Schneckentempo weiterfahren.

Katja war nass geschwitzt, als sie endlich die Autobahn verließen.

Zoe wachte auf. »Sind wir bald da? Mir ist langweilig.«

»Ich wünschte, mir wäre auch langweilig«, seufzte Katja. Jens legte ihr seine Hand auf den Oberschenkel und lachte leise.

Am späten Nachmittag kamen sie in Söll an. Jens parkte das Auto am Ortseingang, und sie gingen zu Fuß weiter, um eine Unterkunft zu suchen. Zoe tollte ausgelassen durch die Schneeberge, die sich am Straßenrand türmten.

»Sieh nur, wie schön die Berge sind«, sagte Jens. »Ich komme mir vor wie im Urlaub.«

»Das bist du ja auch«, sagte Katja.

Hand in Hand spazierten sie durchs Dorf. Der Himmel war rauchblau, es roch nach Schnee. Die Berge des *Wilden Kaisers* waren schneeweiß und ragten beeindruckend in den Himmel.

Überall wurden Zimmer und Ferienwohnungen angeboten, und sie nahmen spontan eine Ferienwohnung an der ruhigen Hauptstraße. Sie lag unter dem Dach in einem landestypischen Haus, mit viel Holz und Fassadenmalereien. Jens trug ihr Gepäck die enge Stiege hoch. Zoe hüpfte hinter ihm her.

Die Wohnung hatte zwei Schlafzimmer, in die jeweils nur ein großes Bett und ein geschnitzter Schrank passte, ein Bad, eine kleine Küche und ein Wohnzimmer mit einer einladenden Sofalandschaft und Gemälden von idyllischen Gebirgslandschaften an den Wänden. Ein Balkon mit Holzgeländer verlief rund um das ganze Stockwerk.

Katja riss sich im Bad sofort die verschwitzten Klamotten vom Körper und duschte heiß und ausgiebig. Dann suchte sie aus ihrer Reisetasche einen taubenblauen Rollkragenpullover heraus und besprühte sich mit einem Hauch *Angel.* Sie sah kurz nach Zoe, die eines der Schlafzimmer in Beschlag genommen hatte und gerade dabei war, ihre Spielsachen auf dem flauschigen Federbett zu verteilen.

»Ich möchte jetzt nicht gestört werden«, sagte Zoe. »Ich habe zu tun.«

»Ich störe dich auch nicht«, versprach Katja und ging nach draußen auf den Balkon. Am Geländer hingen Blumenkästen; bestimmt blühten hier im Sommer prächtige Geranien. Jetzt war die Luft scharf vor Kälte. Sie fror und schlang die Arme um sich. Durch die erleuchteten Fenster eines Gasthauses gegenüber erhaschte sie einen flüchtigen Blick auf Holztische mit karierten Tischdecken und brennenden Kerzen. Es sah sehr gemütlich aus.

Jens trat auf den Balkon und legte von hinten die Arme um

sie. Sie drehte sich zu ihm um, und sie küssten sich. Plötzlich fühlte sie sich wieder, als könnte sie fliegen. Er war da, er war stark und verlässlich, und er löste Gefühle in ihr aus, die sie noch nie erlebt hatte.

Ein Auto raste die Dorfstraße entlang, Schnee stob unter den Reifen auf.

Katja starrte ihm hinterher. »Mein Gott, muss der so durchs Dorf fegen? Dich als Vater interessiert das anscheinend nicht, aber als Arzt kennst du doch bestimmt die Statistiken. Wie viel Prozent der Kinder verunglücken bei Unfällen im Straßenverkehr? Muss ich als Mutter wirklich keine Angst haben, dass Zoe bei einem Unglück wie heute auf der Autobahn, oder wenn sie auf einen Spinner wie diesen hier trifft, etwas Schlimmes passiert?«

Er küsste sie aufs Haar. »Hör auf, dir Sorgen zu machen um Dinge, die du nicht beeinflussen kannst«, sagte er, drehte sie zu sich um und sah ihr intensiv in die Augen. »Das raubt dir nur die Lebensfreude. Freust du dich nicht, dass wir hier in dieser wunderschönen Landschaft sind, nur du und ich, fernab vom Alltag?«

»Mama!«, kreischte es von drinnen ohrenbetäubend.

Jens lachte. »Okay, nicht nur du und ich, sondern auch der kleine Schreihals. Wir können uns die ganze Nacht lieben, falls wir das in unserem Alter noch durchhalten. Und morgen fahren wir mit der Gondel auf die Berggipfel. Freue dich einfach darauf und denke nicht an mögliche Gefahren.«

Sie lehnte sich an seine Brust. »Ja, du hast recht. Ich freue mich auch wie verrückt, mit dir zusammen zu sein. Du glaubst nicht, wie glücklich ich bin.«

»Mama!«, schrie Zoe erneut und kam in Strümpfen und mit einer nackten Puppe im Arm auf den Balkon. »Küssen könnt ihr euch später. Ich habe Hunger. Gehen wir was essen?«

»Ja. Aber zieh bitte erst die Puppe an, sonst friere ich noch mehr.«

Sie gingen in das Gasthaus gegenüber und ließen sich dort an einem der Holztische nieder. Ein Kaminfeuer prasselte und verströmte eine Hitze, die sie mehr als aufwärmte. Mit glühenden Köpfen bestellten sie Kaiserschmarrn. Während sie auf das Essen warteten, kniete Zoe vor dem Feuer und sah zu, wie die Funken sprühten. Katja und Jens hielten sich an den Händen.

»Wir könnten nachher noch einen Spaziergang machen. Die Bewegung wird uns nach der langen Fahrt guttun.«

»Gern. Wir könnten bei der Gelegenheit schauen, wo die Werkstatt ist, bei der meine Großmutter die Engel bestellt hat.«

»Hast du die Adresse?«

Katja zog ihr Smartphone aus der Handtasche und googelte nach der Adresse. »Ja, da ist sie. Etwas abseits der Hauptstraße.«

»Da könnten wir morgen Vormittag vorbeischauen. Meinst du, du findest dort mehr über die Pläne deiner Großmutter heraus?«

Katja zuckte die Schultern. »Keine Ahnung. Bis jetzt haben wir außer ein paar Andeutungen ja nichts herausbekommen.«

»Und nachmittags könnten wir zu der Bergbahn gehen, die ziemlich weit hinauffährt. *Hexenwasser* heißt sie, habe ich gelesen.«

»*Hexenwasser?*«, wiederholte Katja lachend. »Das hört sich romantisch an. Du hast recht. Lass uns morgen was Wunderschönes unternehmen und nicht an dieses Unglück von heute denken.«

Später brachen sie mit vollem Bauch vom reichlichen Kaiserschmarrn zu ihrem Spaziergang auf. Zoe rannte durch den unberührten Schnee, dass Flocken stoben und sie wie mit weißem Puder bestäubten. Katja und Jens folgten Hand in Hand. Sie fanden die Perlenengel-Werkstatt, die im Dunkeln zwischen anderen Holzhäusern lag, und kehrten zu ihrer Ferienwohnung zurück.

Katja badete Zoe, kämmte und föhnte ihr das dunkelrote Haar und zog ihr den hellblauen Frotteeschlafanzug an, den sie zuvor über dem Heizkörper gewärmt hatte. Sie sah zu, wie ihre Tochter die Zähne putzte, und trug sie dann huckepack in ihr Schlafzimmer, ließ sie auf das Bett plumpsen und steckte die Decke um sie herum fest.

Zoe war sehr müde von dem langen Tag und der frischen Luft. »Eine Geschichte noch«, murmelte sie, schlief dann aber bei den ersten Seiten der Gutenachtgeschichte, die Katja vorlas, sofort ein. Katja küsste sie auf die nach Kindercreme duftende, weiche Haut und zog leise die Tür hinter sich zu.

Jens stand auf dem Balkon und sah andächtig auf das beeindruckende Bergpanorama.

Sie schmiegte sich an ihn und zog ihn hinein ins Warme.

Er folgte ihr sofort und barg sein Gesicht in ihrer Halsbeuge. »Du riechst so gut«, flüsterte er, »nach Weihnachten.«

»Das ist *Angel*«, lachte sie heiser. »Meine Oma hat mir jedes Weihnachten einen Flakon geschenkt.«

Sie stolperten beinahe gegenseitig über ihre Füße, so sehr drängte es sie, ins Schlafzimmer zu kommen. Katja sehnte sich so sehr nach ihm, dass sie regelrecht Bauchschmerzen hatte. Sie zogen sich unter dem dicken Federbett aus, und er umschlang sie von hinten. Sie bewegten sich in einem langsamen, gemeinsamen Rhythmus. Sein Kopf ruhte auf ihrer nackten Schulter, und er liebkoste ihre Haut. Schließlich atmete er gepresst heftig in ihr Haar und umklammerte sie stöhnend. Als sie zum gemeinsamen Ende kamen, kullerten ihr Tränen über die Wangen – es war so wunderbar, dass sie es nicht fassen konnte.

Eng an Jens geschmiegt wachte Katja am Morgen auf. Graublaues Morgenlicht sickerte durch den Spalt zwischen den Vorhängen. Sie fühlte sich so glücklich, dass ihr Herz übervoll war.

Nach einer Weile kam Zoe auf nackten Füßen hereingetapst, kroch schlaftrunken zu ihnen unter die Decke und kuschelte sich an ihre Mutter. »Ich habe Hunger«, sagte sie.

»Tatsächlich? Du hast doch erst gestern Abend etwas gegessen«, murmelte Jens mit geschlossenen Augen.

»Gestern Abend?«, empörte sich Zoe. »Ja, ganz genau. Und jetzt brauche ich Frühstück.«

»Du könntest ja ein paar Brötchen holen, Herr Doktor«, schlug Katja vor.

Er seufzte theatralisch. »Ich gebe mich geschlagen. Ich geh ja schon.«

Katja sah zu, wie er sich anzog, dann stand sie auch mit Zoe auf und suchte ein paar Kleider zusammen. Im Küchenschrank fand sie Pulverkaffee und Tee. Während sie Wasser im Wasserkocher erhitzte und Zoe ihren Puppen dicke Strumpfhosen und Winterpullover anzog, wartete sie leicht angespannt auf Jens' Rückkehr. Immer noch fürchtete sie, er würde vielleicht nicht zurückkommen.

Das bange Gefühl ließ erst nach, als die Haustür aufging und Jens mit einem Schwall kalter Luft und einer Tüte frisch gebackener Brötchen wieder in der Ferienwohnung stand.

»Brrr, ist das kalt draußen. Aber es wird ein schöner Tag werden.« Er lächelte sie an und küsste zärtlich ihre Lippen.

Sie setzten sich an den gedeckten Tisch. Katja goss Jens und sich Kaffee, Zoe Tee ein, und Jens verteilte die warmen Brötchen und schraubte den Deckel der Marmelade auf, die er gekauft hatte. Sie machten Pläne für den Tag. Als Erstes wollten sie die Werkstatt aufsuchen, die die Engel in den Gläschen herstellte.

»Oh nein!«, stöhnte Zoe und legte den Kopf in die aufgestützten Hände. »Nicht schon wieder so eine Werkstatt! Muss das sein, Mama?«

»Ja, das muss sein. Es wird auch nicht lange dauern, wir stellen nur ein paar Fragen und dann gehen wir auch schon wieder.«

»Pah!«, maulte Zoe. »Das letzte Mal sind wir auch nicht gleich gegangen. Stundenlang haben wir in dieser doofen Werkstatt rumgesessen. Die zwei Typen dort waren betrunken. Und gestunken hat es dort …!«

»Wirklich?«, fragte Jens erheitert.

»Ja, und wie«, bekräftigte Zoe düster. »Es stank ganz fürchterlich.«

»Du willst aber nicht wissen, wonach«, sagte Katja mit verschwörerischem Augenzwinkern.

»Und sie haben Mama betrunken gemacht. Wenn sie mich nicht gehabt hätte, hätte sie den Weg zurück ins Hotel nicht gefunden. Und am nächsten Morgen ist sie kaum wach geworden.«

»Na, da muss ich mir aber schlimme Sachen über dich anhören«, sagte Jens mit funkelnden Augen.

»Ja, das waren zwei komische Vögel. Total zugekifft waren die. Und Grog haben sie eimerweise gebechert. Aber so was kommt bestimmt nicht wieder vor, Zoe. Wir halten uns nur kurz in der Werkstatt auf und danach machen wir einen Ausflug. Mit der Seilbahn hoch auf den Berg.«

»Juhu«, schrie Zoe.

Nach dem Frühstück zogen sie los in den frostig klaren Wintermorgen. Der dicke Schnee dämpfte ihre Schritte und die Luft stach ihnen eiskalt in die Lungen. Die Sonne ließ die schneebedeckten Hänge ringsum glitzern.

Sie fanden die Werkstatt sofort wieder. Auf dem Weg stand ein Schild: *Seppis Engelwerkstatt*. Es war ein typisches Tiroler Wohnhaus, mit Holz verkleidet und einen Balkon mit geschnitzter Brüstung, der das gesamte Stockwerk umgab.

Katja klingelte, und sie warteten gespannt.

»Niemand da«, stellte Zoe hoffnungsvoll fest.

»Doch. Es muss jemand da sein. Ich habe gestern extra angerufen und gefragt, ob ich heute vorbeikommen kann.«

Jens läutete noch einmal, doch wieder tat sich nichts.

»Gehen wir?«, quengelte Zoe und zog Katja am Arm.

In diesem Moment hörten sie von drinnen ein lautes Scheppern, gefolgt von wütendem Gekeife. »Räum das weg, du Speckwurst, und mach die elende Schweinerei weg, gleich kommen unsere Freunde vorbei!«

Schwungvoll wurde die Haustür aufgerissen, und alle drei starrten die Frau an, die im Türrahmen stand. Ihre dunkelblonden Haare standen unordentlich vom Kopf ab, als wäre sie gerade aus dem Bett gekrochen, und außer einem winzigen Herzchenslip trug sie – nichts.

»Ja?«, fragte die Frau unfreundlich.

»Sind Sie … Seppi?«, fragte Katja zögernd.

Die Frau lachte schallend und sagte mit tiefer, heiserer Stimme: »Sehe ich aus wie ein Seppi? Ich bin Lotte. Seppis Lotte.«

Von oben ertönte erneut Geschepper, kurz darauf flog eine Vase durchs Treppenhaus und zersprang vor ihren Füßen in tausend Stücke. Erschrocken blickten sie nach oben, sahen aber niemanden. Jens nahm Katja und Zoe an der Hand und zog sie ein Stück zurück.

»Tschuldigung. War ein Versehen«, kam es von oben.

»Elender Mistsack«, brüllte Lotte hoch.

»Können wir gehen?«, flüsterte Zoe.

»Ich habe gestern angerufen«, sagte Katja. »Wegen meiner Großmutter, Apollonia Friedinger. Sie hat bei Ihnen mehrere dieser Engel in Miniatur-Einmachgläsern gekauft, die Sie herstellen. Kommen wir … ungelegen? Ich habe wie gesagt gestern angerufen. Sie meinten, heute Vormittag wäre es kein Problem.«

Da tauchte die Stimme von oben hinter Lotte auf. Sie gehörte zu einem Mann, der außer einem kleinen, gelben Handtuch, das er wie einen Lendenschurz trug, nichts anhatte. Zoe sah ihn mit weit aufgerissenen Augen an.

»Ich bin Seppi«, stellte er sich vor, kniff Lotte in den Po und grinste Katja an.

Lotte schlug nach ihm. »Hör auf, elender Lustmolch.«

»Sollen wir später noch mal wiederkommen?«, fragte Katja. Am liebsten hätte sie sich umgedreht und sofort den Rückzug angetreten.

»Nee, schon in Ordnung«, meinte Lotte. »Wir haben heute die Werkstatt außerplanmäßig geschlossen. So ganz spontan. Ich erinnere mich gut an Lonni. Sie war ein paar Mal da. Ihr haben die Werkstatt und unsere Ausstellungsstücke immer gut gefallen. Ich würde Sie ja herumführen, wenn nicht solch ein Schweinestall dort herrschen würde.«

An dieser Stelle stieß Seppi ein schmutziges Lachen aus. »Wir haben nachher eine private Feier mit Gästen hier.«

Katja und Jens versuchten krampfhaft, das Lachen zu unterdrücken. Es war recht offensichtlich, was für eine Feier die beiden planten. Verstohlen warfen sie sich einen Blick zu.

Lotte wies mit der Hand auf eine halboffene Tür am Ende des Ganges, wo sich die Werkstatt befand. Mehrere Matratzen lagen dort auf dem Holzboden.

»Hören Sie. Wir wollen nicht lange stören. Sicher haben Sie noch viel vorzubereiten für Ihre Feier.« Jens übernahm nun das Reden.

Katja war erleichtert. Seit sechs Jahren war sie für alles allein verantwortlich und es tat gut, einmal jemand anderem den Vortritt zu lassen. Dankbar drückte sie ihm die Hand.

»Wir haben nur ein, zwei kurze Fragen. Apollonia Friedinger, die Großmutter meiner Freundin, ist vor Kurzem gestorben und hat ein seltsames Erbe hinterlassen, das viele Fragen aufwirft.«

Vom oberen Stockwerk kamen lautstark zwei weitere Männer die Treppe hinunter und hievten eine weitere Matratze Richtung Werkstatt. Sie trugen nur Boxershorts.

»Mama, warum sind die alle nackig hier?«, fragte Zoe.

»Macht nicht so ein Spektakel und macht mal ein bisschen Dampf«, giftete Lotte die Männer an. »Bianka und Sven kommen bestimmt gleich, dann soll alles fertig sein. Äh, ja, die Großmutter. Ein Jammer, dass sie gestorben ist. Lonni war im Frühling noch mal hier. Wir hatten zum siebzigjährigen Jubiläum der Werkstatt eine Sonderedition angefertigt und wunderschöne Engel designt: Statt der üblichen weißen, silbernen und goldenen Perlen hatten wir purpurrote, rauchblaue, grasgrüne und zitronengelbe genommen. Außerdem gab es einige, die vollständig aus hautfarbenen Perlen bestanden – sie wirkten nackt.«

»Wer hätte das gedacht«, bemerkte Jens trocken. Um seine Mundwinkel zuckte es.

Katja hustete, um ihr Lachen zu überspielen.

»Ja, geile Idee, nicht?« Lotte entging die Ironie. Sie drehte sich zu den beiden Männern um, die mit der Matratze ein paar Flaschen und Gläser umgestoßen hatten. »Passt doch auf und benehmt euch nicht wie Wildschweine! Und jetzt noch ein paar Decken, die Herrschaften. Wir haben leider keine Fußbodenheizung.«

»Wie lange dauert das noch«, maulte Zoe.

»Nicht mehr lange, Spatz. Sei noch kurz geduldig.«

»Also ... eine Sonderedition der Perlenengel«, half Jens Lotte wieder auf die Sprünge.

»Äh ... ja. Lonni hat von den Nackten aber nur ein oder zwei Exemplare gekauft. Sie stand mehr auf unsere Standard-Engel, die aussehen, als hätten sie goldene und silberne Gewänder an. Da wir mit der Herstellung aber im Verzug waren, sollten wir sie nachliefern. Die Kiste steht irgendwo in der Werkstatt herum. Sie können sie mitnehmen.«

»Hat Sie Ihnen irgendetwas erzählt? Was sie mit den Engeln vorhatte? Was die Engel ihr bedeuteten?«, fragte Jens.

Katja klopfte das Herz vor Anspannung. Vielleicht würde sie jetzt endlich etwas herausfinden. Jens legte ihr beruhigend den Arm um die Schulter.

Lotte kratzte sich am nackten Oberschenkel. »Sie hat gern über Ihre Familie erzählt. Die sind ja alle total verklemmt und prüde. Tschuldigung«, sagte sie schnell mit Blick auf Katja. »Sie machte sich viele Gedanken um die ganze Sippe. Die zicken sich ja anscheinend immer an, ständig droht eine, auszuziehen oder mischt sich in den Kram der anderen ein. Völlig unentspannt, wenn Sie mich fragen, dieses Weibernest. Wahrscheinlich fehlen denen einfach ein paar Männer.«

»Kann schon sein«, sagte Jens belustigt. »Und die Engel?«

»Ja, also, den ersten kaufte sie, als sie auf der Durchreise nach Wien war. Das ist schon ein paar Schaltjahre her. Wo sind die Kissen?«, schrie sie ins Haus. »Her mit den Kissen, ihr Dödel. Ich möchte es gemütlich haben, das müsstet ihr doch langsam wissen! Wo war ich stehen geblieben? Ach ja, sie kam dann ein, zwei Jahre später und kaufte ganz viele von den Engeln, um das Haus damit zu dekorieren. Das war in dem Jahr, als diese eine Enkelin schwanger von ihrem Lebensgefährten sitzengelassen wurde und wieder einzog. Lonni schrieb uns hinterher, sie hätte die Engel im ganzen Haus verteilt. Sie hätten Wunder gewirkt und extrem gute *Vibrations* verursacht.«

Lotte trat frierend von einem Fuß auf den anderen. »Hm. Jungs, jetzt die Kerzen!«, schrie sie dann nach hinten. »Wir wollen es doch schön schummrig haben.«

»Lotte«, rief Seppi aus der Werkstatt. »Es kam grade eine WhatsApp von Angelina rein. Sie möchte auch noch dazukommen. Sie fragt, ob sie was mitbringen soll.«

»Nur sich selber«, kicherte Lotte. Dann wandte sie sich wieder Jens zu. »Wenn wir jetzt zu Potte kommen könnten. Ich fange langsam an zu frieren.«

»Dann zieh dir doch was an«, sagte Zoe.

»Wo sie recht hat, hat sie recht«, stimmte Jens ihr heiter zu. »Also ... wenn Frau Friedinger schon viele Engel bei Ihnen gekauft hatte, um ein Jahr lang ihr Haus damit zu dekorieren, warum hat sie dann noch mal neue bei Ihnen bestellt?«

»Na, sie wollte etwas für alle vorbereiten. Etwas ganz Großartiges. Als Anstoß, sich mehr umeinander zu kümmern und lieb zueinander zu sein. Eine Erinnerung an die schönen und auch die schweren Zeiten, die Sie zusammen durchgemacht haben. Denken Sie doch mal selber nach, dann kommen Sie drauf. Mann, Ihre Familie scheint wirklich schwer von Begriff zu sein. So eine flotte Großmutter passt gar nicht zu Ihnen. Echt abgespaced!«

»Wenn Sie so gut Bescheid wissen, dann sagen Sie uns doch bitte, was sie vorhatte.«

Lotte schüttelte den Kopf. »Nein. Lonni hat uns angewiesen, Ihnen das Paket auszuhändigen, sonst nichts. Sie wollte, dass Sie den Rest selbst herausfinden. Es sollte wohl so eine Art Rätsel sein. Ist ja auch nicht Seppis und meine Sache, Ihr verkorkstes Familienleben aufzudröseln.« Sie schielte nach hinten zur Werkstatt, wo Seppi sich von seinem gelben Handtuch befreit hatte.

Jens drehte sich zu Katja um. »Reichen uns diese Informationen?«

Katja zuckte die Schultern. »Nein. Ja. Viel schlauer bin ich jetzt nicht. Können wir bitte das Paket haben?«

Lotte lief mit wackelndem Hintern nach hinten zur Werkstatt und erschien gleich darauf wieder mit Apollonias Bestellung. »Hier. Möchten Sie vielleicht bleiben und mitfeiern?«

»Nein, danke.« Katja musste sich wieder das Grinsen verkneifen.

»War ja klar«, sagte Lotte. »Hätte mich auch gewundert. Nach dem, was Lonni erzählt hat, sind die Friedinger-Frauen ja sowieso alle lustbefreite Spaßbremsen.«

Ein Paar kam von der Straße her zum Haus. Die beiden musterten Jens und Katja argwöhnisch. Die Frau trug einen Korb mit Champagnerflaschen, der Mann taxierte Katja von unten bis oben. Der Blick war ihr so unangenehm, dass sie sich regelrecht unter ihm wand.

»Na dann«, sagte Jens freundlich zu Lotte. »Vielen Dank für Ihre Auskunft. Ich wünsche Ihnen eine schöne Feier.« Er nahm Katja und Zoe an die Hand.

Zoe rief entnervt: »Endlich.«

»Ach, Sie bleiben nicht?«, fragte der eben angekommene Mann und fixierte Katja. »Das ist aber ausgesprochen schade. Vielleicht ein anderes Mal?«

»Vielleicht.«

Mit raschen Schritten liefen sie durch den weichen Schnee zurück zur Straße. Erst in einiger Entfernung der Werkstatt blieben sie stehen und schüttelten sich vor Lachen, bis ihnen die Tränen über das Gesicht liefen.

»Mein Gott, was für irre Typen«, rief Katja prustend.

»Manche Leute wissen einfach, wie man Spaß hat«, sagte Jens amüsiert und küsste sie.

»Lustbefreite Spaßbremsen«, sagte Katja spöttisch. »Nicht in hundert Jahren hätte Oma zu fremden Leuten etwas Negatives über uns gesagt. Das hat sie alles selbst hineininterpretiert, diese durchgeknallte Nudistin.«

»Das waren komische Leute«, empörte sich Zoe. »Hatten die keine Kleider? Und können wir jetzt endlich zur Bergbahn?«

Sie brachten rasch das Paket mit den Engeln in die Ferienwohnung, dann wanderten sie durch den hohen Schnee den Hügel hinauf bis zur Bergbahnstation *Hexenwasser*. Jens besorgte Tickets für die Bergbahn und sie betraten eine wacklige Gondel, die langsam die Fahrt nach oben aufnahm. Zoe presste ihre Nase fasziniert an die beschlagene Scheibe und betrachtete aus der Höhe die weiße, wie verzauberte Welt.

»Was Neues haben wir von Seppis Lotte leider nicht erfahren«, seufzte Katja. »Großmutter wollte etwas Großartiges für uns vorbereiten? Eine Erinnerung an all die schönen und auch die schweren Zeiten, die wir zusammen durchgemacht haben? Sie tat ja so, als wüsste sie, um was es ging.«

»Ich kann mir auch nichts darunter vorstellen«, antwortete Jens nachdenklich. »Vielleicht plante sie eine Ausstellung? Womöglich wollte sie die Eintrittsgelder einem wohltätigen Zweck spenden?«

»Das ist mir zu oft um die Ecke gedacht. Oma hat öfter mal was gespendet, dann aber immer ohne Umwege.«

»Fahren wir ganz hoch auf den Berg?«, schrie Zoe begeistert.

Katja nickte.

»Und wie kommen wir wieder runter? Mit einer riesigen Rutschbahn?«

»Wir fahren wieder mit der Bergbahn«, erklärte Jens. »Aber vielleicht willst du lieber hinunterlaufen.«

»Nein!«, kreischte Zoe. »Bloß nicht! Das dauert bestimmt drei Wochen.«

»Ich sollte es einfach aufgeben, über Apollonias Pläne zu rätseln. Die Kunsthandwerker, die alle etwas zu wissen scheinen, verraten uns nichts. Ich werde nicht noch einmal verreisen und Werkstätten besuchen. Das bringt alles nichts.«

Jens starrte gedankenverloren zum Berggipfel hoch, dem sie sich langsam näherten. Die Sonne blendete ihn. »Nein, du solltest nicht aufgeben, Katja. Überleg doch mal. Wer oder was könnte dir noch Hinweise liefern?«

Katja zog Zoe auf die Bank zurück. »Setz dich hin, merkst du nicht, dass die ganze Gondel wackelt, wenn du so zappelst?«

»Es ist so toll«, schwärmte Zoe mit glühenden Wangen. »Ich möchte immer hierbleiben.«

Abrupt drehte Katja sich wieder zu Jens um, der den Arm um ihre Schulter legte. »Hast du noch einen Videorekorder?«

»Seit Jahrzehnten nicht mehr. Warum?«

»Hm«, überlegte sie stirnrunzelnd. »In einer ihrer Kisten auf dem Dachboden fand ich eine alte Videokassette. Ich habe mir den Anfang in der Firma auf so einem Uraltteil angesehen, konnte es aber nicht zu Ende sehen. Es waren ganz persönliche Szenen darauf, die Apollonia gefilmt hatte, Szenen der wichtigsten Stationen ihres und unseres Lebens. Ich frage mich die ganze Zeit, was noch auf der Kassette ist. Vielleicht offenbart Apollonia ja dort ihre Pläne?«

Die Gondel war inzwischen ein gutes Stück den Berg hinauf geschwebt. Die Bäume wurden immer weniger, die Luft war klar, eisblau und rein. Die meisten Gondeln vor und hinter ihnen waren wegen Lawinengefahr auf den Skipisten unbesetzt, sie waren fast ganz allein mit sich und der stillen Natur.

In diesem Moment läutete Jens' Handy. Katja zuckte zusammen.

Jens nestelte es aus der Manteltasche. »Maximilian!«, sagte er erstaunt. »Was … Wie? Also hör mal! Nein, ich bin nicht einfach so mal in Urlaub gefahren. Ich habe erst gestern spontan beschlossen, für zwei oder drei Tage wegzufahren, weißt du. Das ist wahrhaftig was anderes, als für drei Wochen in der Karibik zu verschwinden, wie du es gerade hinstellst.«

Katja hörte, wie Jens' älterer Sohn laut und vorwurfsvoll redete, obwohl sie keine einzelnen Worte verstand.

»Und was soll das, du schreibst morgen eine Lateinarbeit und brauchst meine Hilfe? Dass du eine Arbeit schreibst, weißt du mit Sicherheit schon ein paar Tage länger.« Wieder ertönte die aufgebrachte Stimme des Jungen, während Jens müde seufzte. »Du brauchst jetzt nicht auf armes Trennungskind zu machen. Deine Mutter ist in Latein übrigens viel besser als ich.«

Wieder kam eine mürrische Antwort aus dem Handy. Zoe starrte Jens an, als bekäme sie gerade eine Show geboten. Katja hätte sich am liebsten irgendwo verkrochen und von alldem nichts mitbekommen.

»Du und Johannes könnt immer zu mir kommen, das weißt du. Jederzeit. Und nur weil ich jetzt mal zwei, drei Tage nicht da bin, musst du keine Staatsaffäre daraus machen. Und jetzt schick mir diese vermaledeite Übersetzung, dann arbeite ich sie nachher durch. Okay?«

Als Antwort kam nur noch leises Gemurmel. Jens verabschiedete sich und steckte das Smartphone wieder in die Manteltasche.

Katja schaute unangenehm berührt aus dem Fenster. Vielleicht würden die Alltagsprobleme, die sie und Jens hatten, die zart wachsende Beziehung in Gefahr bringen. »Es tut mir leid«, sagte sie leise.

»Was denn?«, fragte er.

»Na ja, die Sache mit deinem Sohn eben.«

Er hielt sie eindringlich in seinem dunkelbraunen Blick fest. »Aber wieso denn? Das hat doch nichts mit dir zu tun – oder mit uns. Der Junge ist alt genug, um zu wissen, dass Eltern auch mal ein Recht auf etwas Eigenes haben. Außerdem braucht er sich wahrhaftig nicht zu beschweren. Ich bin wirklich immer für ihn und seinen Bruder da. Bin ich immer gewesen.«

»Die Trennung ist bestimmt sehr schwer für ihn«, sagte Katja.

»Ja. Aber es ist für Kinder auf Dauer besser, wenn Vater und Mutter eine zerstörte Beziehung beenden, statt sie qualvoll weiterzuführen.«

Katja fragte nicht weiter nach, sie wollte im Moment keine Einzelheiten wissen. Jens schlang fest den Arm um sie, drückte sie an sich und küsste sie zärtlich auf die Lippen. Es war alles gut, und sie schüttelte ihre Zweifel ab.

Sie stiegen aus der Gondel und stapften durch den festen Schnee. Es war bitterkalt hier oben. Sie waren fast ganz allein, nur eine Familie und ein anderes Paar befanden sich in einiger Entfernung. Sie hörten ihre Stimmen wie ein fernes Echo. Die Sonne schien ihnen grell ins Gesicht, ohne sie zu wärmen. Gebannt schauten sie hinunter in die Tiefe auf die Dörfer und Häuser, winzig klein wie Spielzeugbauten. Katja stand mit Jens Hand in Hand auf dem Gipfel des Berges, eingesponnen in ein Netz aus Glück. Sie wünschte, sie könnte diesen Moment wie in ein Medaillon einschließen und immer bei sich tragen.

9

Flockentanz

Wieder im Tal aßen sie im Gasthaus gegenüber ihrer Ferienwohnung zu Mittag. Das Wetter war umgeschlagen, und es schneite kräftig. Immer neue Gäste betraten den Gastraum, um vor dem Schneegestöber zu flüchten.

Nach dem Essen bestellten sie einen Karamell Macchiato, während Zoe sich mit der Hauskatze anfreundete, sie am Kamin auf dem Schoß hielt und streichelte.

»Warum habt ihr euch getrennt?«, fragte Katja leise. Sie hatte lange mit sich gerungen, ob sie diese Frage stellen sollte.

Jens sah sie einen Moment ernst und forschend an. »Das hat mehrere Gründe. Wir haben uns auseinandergelebt, wie man so klischeehaft sagt. Maike ist Oberstudienrätin. Als die Jungs da waren, hat sie aufgehört zu arbeiten, um sich ganz um sie zu kümmern. Natürlich wurden Maximilian und Johannes größer und selbstständiger, und sie fühlte sich mit der Zeit nicht mehr ausgefüllt. Sie war mehr und mehr unzufrieden.«

Was für eine Luxusfrau, dachte Katja und sagte: »Konnte sie nicht wieder arbeiten?«

»Doch, ja. Das hat sie dann getan. Seit zwei Jahren unterrichtet sie ein paar Stunden in der Woche. Nur – das wurde ihr auch bald zu viel. Sie fühlt sich ausgelaugt, überlastet mit den Kindern, dem Haus und ihren Oberstufenkursen.«

»Und das hat euch auseinandergetrieben?«

»Ja. Sie denkt, ich bin an allem schuld.« Mit gesenktem Blick nahm Jens einen Löffel voll Milchschaum und steckte ihn in den Mund.

»Wieso du?«

Jens lächelte sie an und nahm ihre Hand in seine. »Ach, da fielen ihr viele Gründe ein. Sie war der Meinung, ich würde zu viel arbeiten und ihr zu wenig abnehmen. Das klassische Drama eben. Sie hatte einen detaillierten Plan erarbeitet, wer von uns beiden an welchem Tag mit welcher Aufgabe dran war: mit Wäschewaschen, mit den Jungs lernen, tanken, einkaufen und so weiter. Dabei gingen uns leider die Gefühle verloren.«

»Mhm.«

»Deswegen bin ich letztendlich aus unserem Haus ausgezogen und habe mir die Wohnung gemietet. Aber die Kinder sollen unter der Situation nicht leiden, da waren wir uns wenigstens einig. Die beiden können zu mir kommen, wann immer sie wollen. Das tun sie auch. Ich lerne mit ihnen für Klassenarbeiten, bringe sie zum Hockey, sie können bei mir übernachten, so oft sie wollen.«

Inzwischen ging es bereits auf vier Uhr nachmittags zu. Draußen tobte ein Schneesturm, drinnen in der Gaststube war es umso gemütlicher. Die anderen Gäste unterhielten sich laut und lachten. Der Wirt zündete zusätzliche Kerzen an, leise Weihnachtsmusik erklang aus den Lautsprechern.

»Mit Maike habe ich abgeschlossen …«, sagte Jens. »Aber ich habe Angst, dass sie vor den Jungen schlecht über mich redet und sie mir entfremdet. Ich habe Angst, dass sie vielleicht wegzieht und ich die Kinder nicht mehr oft sehen kann.«

Sie legte die Hand auf seine und überlegte, womit sie ihn trösten könnte. »Wohin soll sie denn mit ihnen ziehen? Sie hat doch am Gymnasium ihre Stelle.«

»Ich weiß nicht, auf welche Gedanken die Frau noch kommt. In letzter Zeit kommt es mir so vor, als kenne ich sie nicht mehr. Als hätte ich sie nie gekannt. Vielleicht kommt sie auf die Idee, sich nach München oder Hamburg versetzen zu lassen, um sich dort auszuleben. Ohne die Kinder immer um mich zu haben, würde ich verrückt werden. Noch einen Karamell Macchiato?«

Katja nickte, und Jens gab die Bestellung auf.

Zoe kam mit der Katze auf dem Arm an ihren Tisch zurück. »Krieg ich auch einen Kaffee?«

»Nein, nur Milchschaum«, sagte Katja und fütterte sie mit dem Löffel voll weißen Schaums.

Zoe trollte sich und spielte am Kamin wieder mit der Katze.

»Deine Tochter braucht ein Haustier. Das fehlt ihr noch zu ihrem Glück«, meinte Jens.

Katja seufzte. »Das wäre vielleicht etwas zu viel des Guten.«

Jens sah sie mit ernsten dunkelbraunen Augen an und hielt sie in seinem Blick fest. »Fehlt Zoe ihr Vater?«

Katja schnaubte verächtlich. »Wie kann er ihr fehlen? Sie kennt ihn nicht.«

Jens musterte sie mitfühlend. »Und wie kommst du damit zurecht? Es muss sehr schwer sein, von Anfang an allein zu sein mit einem kleinen Kind.«

Katja machte eine wegwerfende Handbewegung. »Ich kenne es nicht anders. Wir waren immer nur zu zweit. Wir sind ein eingespieltes Team. Vielleicht ist es ganz gut so, wie es ist. So gibt es keine Streitereien über Erziehungsfragen, über die Aufenthaltsbestimmung, über Zuständigkeiten. Es würde mir das Herz brechen, wenn ich sie zeitweise zu ihrem Vater weggeben müsste. Auf der anderen Seite gibt es auch schmerzliche Momente für mich. Wenn sie eingeschult wird, werde ich allein mit ihr da sein, während die meisten anderen Kinder von Mutter und Vater begleitet werden. Wenn wir an Feiertagen mal was zusammen unternehmen, sind wir immer von glücklichen, vollständigen Familien umgeben. Ich fühle mich dann immer wie die arme alleinerziehende Mutter, die von allen heimlich bemitleidet wird.«

»Niemand muss dich bemitleiden. Du bist großartig. Hat sie mal nach ihrem Vater gefragt?«

»Bis jetzt nicht. Aber das wird mit Sicherheit noch kommen.«

Beide sahen sie zu Zoe hin, die auf die schnurrende Katze einredete.

»Zoe ist richtig aufgeblüht, seit ich frei habe und die ganze Zeit mit ihr zusammen bin«, sagte Katja. »Normalerweise hat sie ein schwieriges Leben für eine Fünfjährige. Wegen meiner Arbeitszeiten ist sie morgens die erste und abends die letzte in der Kita. Wenn ich sie abends abhole, sind wir beide todmüde, und die Zeit reicht eigentlich nur noch, um sie ins Bett zu stecken. Am Wochenende bin ich auch immer kaputt, während sie voller Erwartungen ist und tausend schöne Dinge mit mir unternehmen will. Ich muss sie so oft enttäuschen, um samstags und sonntags den Alltagskram nachzuholen – waschen, einkaufen …«

»Du verbringst aber hoffentlich nicht das ganze Wochenende mit Putzen?«, zog er sie auf.

Katja lachte. »Von Putzen war nicht die Rede. Damit verschwende ich keine Zeit.«

Ernster fuhr sie fort: »Zoe tut mir so leid. Es tut mir im Herzen weh. Sie verdient ein liebevolles Zuhause mit einer Mutter, die Zeit für sie hat. «

»Da hast du natürlich recht. Im Augenblick macht sie einen glücklichen und entspannten Eindruck. Wie lange dauert denn deine berufliche Auszeit noch?«

Verlegen schaute sie in ihre Kaffeetasse und drehte sie in den Händen. Sie hatte ihm den Grund für ihre Auszeit aus Scham nicht genannt. »Äh, so bis Anfang Januar … Weißt du, es graut mir schon davor, wenn Zoe ab Sommer in die Schule geht. Sie wird bis vier Uhr nachmittags in die Ganztagsbetreuung müssen, danach noch in den Hort oder zu einer Tagesmutter, bis ich am Abend von der Arbeit komme. Sie wird den ganzen Tag mit Fremden verbringen, die mit ihr die Mahlzeiten einnehmen, mit ihr Hausaufgaben machen, mit ihr spielen.«

»Das ist leider der Alltag vieler Kinder heutzutage«, sagte Jens.

Katja stützte den Kopf in die Hände. »Das möchte ich nicht für mein Kind. Meine Kusine und ich hatten in unserer Kindheit nachmittags frei, um im Garten zu toben, Zeit zu vertrödeln, nach Herzenslust zu spielen. Trotzdem waren wir nie allein, es war immer jemand von der Familie da. Wenn meine Mutter arbeitete, war meine Oma da oder meine Tante.«

»Dieses Familienmodell ist leider so gut wie ausgestorben«, sagte Jens. »Warum ziehst du nicht ganz nach Lambrecht zu deiner Familie? Dort wäre immer jemand für Zoe da, nicht wahr? Sie könnte ganz normal in die Schule gehen und mittags heimkommen.«

Katja starrte ihn an. »Es ist zu weit und dauert zu lang, um zu pendeln.«

»Hm.« Jens lächelte sie an.

Das Schneegestöber nahm kein Ende. Die Gaststube war nun brechend voll und sehr heiß. Sie bezahlten und rannten über die Straße zu ihrer Ferienwohnung. Binnen Sekunden waren ihre Mützen und Jacken klatschnass vom Schnee.

In der Wohnung war es warm und heimelig. Während Katja Zoe badete, bestellte Jens Pizza. Sie machten es sich auf der Couch bequem und aßen direkt aus den Pappkartons. Katja hatte Kerzen angezündet, die hin und her flackerten und eine behagliche Stimmung verbreiteten.

»Was machen wir morgen?«, wollte Zoe mit vollem Mund wissen.

»Morgen laufen wir zu Fuß den *Wilden Kaiser* hoch und wieder hinunter«, sagte Jens trocken.

»Oh nein!«, schrie Zoe.

Jens und Katja lachten.

»Wir leben morgen mal in den Tag hinein«, schlug Jens vor.

Katja las Zoe noch eine Gutenachtgeschichte vor, bis sie einschlief. Sie küsste ihre Tochter auf die Stirn, löschte das Licht und ging leise zu Jens ins Wohnzimmer.

»Was meinst du, sollen wir heute auch mal früh ins Bett gehen?«

»Gerne, ich bin auch ziemlich müde.«

»Wir müssen ja noch nicht gleich schlafen«, sagte Jens mit einem Funkeln in den Augen, zog sie zu sich heran und küsste sie.

Katja duschte, und als sie mit nassen Haaren und im Nachthemd vor dem Waschbecken stand, um sich zu kämmen, kam Jens herein, nur in Boxershorts und Unterhemd.

»Ich kann's kaum erwarten«, murmelte er, zog ihr einen schwarzen Träger von der Schulter und bedeckte sie mit Küssen.

In diesem Augenblick kippte ihr Kulturbeutel vom Rand der Badewanne, und der komplette Inhalt fiel heraus auf den Fliesenboden. Erschrocken bückte sie sich und wollte hektisch die Sachen zusammenklauben, doch Jens war schneller.

»Was ist das alles … Was bedeutet das?«, fragte er stirnrunzelnd und hielt die Tablettenschachteln hoch. »Du hast da ja das reinste Medikamentenarsenal.«

»Äh … ja.«

»Da ist ja schon etwas recht Heftiges dabei. Nimmst du die alle?«, fragte er in ruhigem Ton und fixierte sie.

Sie wich seinem Blick aus. »Eher nicht. Ein paar nur nach Bedarf. Mein Gott, bitte spiel jetzt nicht den Onkel Doktor. Ich bin nicht deine Patientin«, rief sie und riss ihm eine Schachtel aus der Hand.

Er ließ die anderen Packungen sinken. »Entschuldige. Ich bin nur etwas erschrocken.«

Sofort tat ihr der Ausbruch leid und sie sank betreten auf den Rand der Badewanne, um ihren Kulturbeutel wieder einzuräumen und ihm nicht in die Augen sehen zu müssen. Sie befürchtete, dass er nun jedes Interesse an ihr verlieren würde. Welcher Mann will eine neue Beziehung mit einem psychischen Wrack eingehen?

Jens setzte sich eng neben sie auf die Badewanne. »Deine berufliche Auszeit ist also nicht ganz freiwillig, stimmt's? Du bist krankgeschrieben.«

»Ja.«

Eine Weile saßen sie schweigend nebeneinander. Die Stille dröhnte Katja in den Ohren. Das war's, dachte sie. Gleich würde er sagen: Du musst erst dein Leben regeln, bevor du an eine Beziehung denken kannst.

Doch Jens nahm sie in die Arme, drückte sie an sich und hielt sie lange fest. »Kein Wunder, bei deiner Art zu leben«, murmelte er. Er küsste sie auf das feuchte, nach Vanilleshampoo duftende Haar. »Du musst erst mal wieder zu dir kommen. Aber das kriegen wir schon hin.«

Wir. Er hatte wir gesagt. Katja atmete auf, und ihr Herz hüpfte vor Erleichterung. Es war neu und ungewohnt, jemanden zu haben, der Unterstützung, Trost und Halt gab. Jetzt wusste er so ziemlich alles über sie – und er wollte sie dennoch.

Im dunklen Schlafzimmer klammerten sie sich aneinander, liebkosten sich zärtlich und versanken langsam und genussvoll ineinander.

Jens lieh sich am nächsten Morgen vom Vermieter der Ferienwohnung einen Schlitten. Noch immer flimmerte die Luft vom Schneegestöber, und der Himmel hing tief und grau über den Bergen. Abwechselnd zogen sie Zoe, die wie eine Königin auf dem Schlitten thronte und die Fahrt genoss.

»Zieht ihr mich da hoch, wo wir gestern mit der Gondelbahn raufgefahren sind?«, fragte sie.

»Träum weiter, junge Frau«, lachte Jens.

Sie liefen einen endlos scheinenden Weg entlang. Keine Menschenseele begegnete ihnen, es war, als gäbe es nur sie drei. Katja fasste Jens' behandschuhte Hand. Je weiter sie wanderten, je mehr eisige Luft in ihre Lungen drang, desto klarer wurden Katjas Gedanken.

»Du hast mich zum Nachdenken gebracht«, sagte sie. »Dafür bin ich dir dankbar.«

»Immer gern zu Diensten. Und zu welchem Schluss bist du gekommen?«

»Es ist vielleicht gar nicht so dumm, wieder zu meiner Familie nach Lambrecht zu ziehen. Zoe könnte noch ein paar Monate dort in einen Kindergarten gehen, bevor sie im Sommer in die örtliche Grundschule käme. Meine Mutter oder Isabelle, oder wer auch immer gerade da ist, könnte sie abholen.«

»Das klingt doch sehr gut und durchdacht«, sagte Jens aufmunternd. »Wieso solltest du die Vorteile deiner Großfamilie nicht ausnutzen?«

»Ja. Ich müsste zwar ein paar persönliche Freiheiten aufgeben beziehungsweise mir mühsam zurückerobern, aber für Zoe tue ich das gerne.«

»Junge Frau, du könntest mal langsam aus deiner Kutsche aussteigen und selber mal ein bisschen laufen. Sonst wird es dir zu kalt, wenn du dich nicht bewegst«, forderte Jens Zoe auf. »Außerdem fällt mir gleich der Arm ab vom Ziehen.«

»Menno«, maulte Zoe, kletterte aber vom Schlitten herunter. »Kannst du nicht den anderen Arm nehmen?«

»Für so eine freche Antwort gibt's eins auf die Mütze«, sagte Jens und warf einen Schneeball nach Zoe.

Sie duckte sich schreiend und formte auch ein paar Schneebälle, die sie um sich warf, ohne jemanden zu treffen.

»Ich finde es gut, wenn du nach Lambrecht ziehen würdest«, sagte er, zu Katja gewandt.

Ich wäre dann auf Dauer in deiner Nähe, dachte sie, wagte es aber nicht auszusprechen. Sie holte tief Luft. »Außerdem habe ich überlegt, ob ich meine Arbeitszeit nicht auf achtzig Prozent reduzieren könnte. Ich hätte dann einen Tag in der Woche frei, Zeit für Zoe und auch Zeit für alltägliche Dinge. Wie schön wäre mal wieder ein richtiger Einkaufsbummel.«

»Sehr gut«, bestätigte Jens. »Du würdest weniger verdienen, auf der anderen Seite aber auch die Miete sparen.«

»Genau.«

In der Ferne tauchte, verschwommen von den umherwirbelnden Schneeflocken, eine winzige Kapelle am Wegesrand auf.

»Schaut mal!«, rief Zoe und rannte vor. »Eine Mini-Kirche. Wo kommt die denn plötzlich her?«

»Ich denke, die steht schon den ganzen Tag hier«, sagte Jens. »Und versuchst du auch, dir einen neuen Job zu suchen? Als Sozialpädagogin?«

»Ja, auch das. Obwohl ich in den letzten Jahren kein Glück mit meinen Bewerbungen hatte. Aber ich werde es wieder versuchen.«

Sie waren an der kleinen Kapelle angekommen. Die Eingangstür nahm die gesamte Front ein. Die Mauern waren weiß verputzt, die roten Dachziegel lagen unter einer Schneeschicht. Lange Eiszapfen hingen vom überstehenden Dach herunter. Zoe öffnete die schwere Tür.

Staunend sahen sie sich um. Der Innenraum bot gerade mal Platz für sie drei. Es gab eine Fußbank zum Knien vor einer kleinen Marienstatue in blauem Kleid. Entrückt sah Maria nach oben. Zu beiden Seiten brannten Altarkerzen in abgegriffenen vergoldeten Leuchtern.

»Ist das schön«, flüsterte Zoe und kniete sich auf die Fußbank, die mit rotem, abgewetztem Samt gepolstert war.

Sie waren alle drei ganz still und ließen die Atmosphäre auf sich wirken. Große Zuversicht erfüllte Katja. Mit Jens an ihrer Seite könnte alles gut werden.

Plötzlich war der Zauber vorbei: Katjas Smartphone kündigte den Eingang einer WhatsApp-Nachricht an, und Jens' Handy klingelte. In der Stille der Kapelle zuckten sie beide zusammen.

»Hallo«, sagte Jens. »Ach, du bist es, Maike.«

Warum musste diese Frau unbedingt jetzt anrufen und was wollte sie?, dachte Katja und ihre gelöste Stimmung begann zu schwanken.

»Was? Okay. Fuß angebrochen. Ja. Nein, das habe ich verstanden. Wie geht es ihm? Das ist kein Drama, Maike, jetzt atme mal tief durch.«

Katja starrte Jens an. Traurigkeit ergriff sie. Ihre Zeit in Söll war vorbei.

»Ja, Maike. Mach dir keine Sorgen. Ich komme nach Hause. Ich rufe ihn später an.« Eine aufgeregte Stimme kam aus dem Handy. »Wo ich mit wem in Urlaub hinfahre, ist meine Sache. Hör auf, dich in eine Szene hineinzudiskutieren. Normalerweise hätte ich die Kinder dieses Wochenende gehabt, du erinnerst dich. Mach's gut.« Seufzend steckte er das Handy weg.

Katja sah ihn ängstlich an. »Ist was Schlimmes passiert?«

»Ach was«, antwortete Jens und lächelte sie gelassen an. »Maximilian hat sich im Sportunterricht den Fuß angebrochen. Maike ist mit ihm im Krankenhaus. Er wird aber heute oder morgen wieder nach Hause dürfen. Alles halb so schlimm. Trotzdem müssten wir demnächst wieder Richtung Heimat fahren, damit ich nach ihm schauen kann.«

»Natürlich«, stimmte Katja zu und versuchte, ihre Enttäuschung zu verbergen.

Er legte die Arme tröstend um sie. »Sei nicht traurig.«

Sie lehnte den Kopf an seine Brust. »Nein. Es war ja sowieso geplant, dass wir nur zwei, drei Tage bleiben. Warte mal, ich habe vergessen, nach meiner WhatsApp zu schauen.«

Sie nahm ihr Smartphone aus der Tasche und las: Katja! Gerade hat eine Schmuckhändlerin bei uns angerufen. Sie wollte Oma sprechen, ihre Bestellung sei fertig! Was hat Oma da noch alles im Verborgenen getrieben? Gruß Isabelle.

Das Herz schlug ihr bis zum Hals. Rasch suchte sie Isabelles Nummer in ihrem Smartphone, brauchte aber drei Versuche, weil ihre Hände zitterten. Jens sah sie besorgt an.

»Isabelle! Was sagte die Schmuckhändlerin am Telefon?«

»Dir auch einen guten Morgen, Katja. Sie sagte, Apollonia habe Schmuckstücke bei ihr bestellt. Sie wurden nach ihren Wünschen von Hand hergestellt, und Oma könne sie nun abholen. Die Händlerin wusste nicht, dass Oma tot ist. Sie war schrecklich niedergeschlagen. Die beiden kannten sich von früher. Sehr gut anscheinend. Die Frau klang, als sei sie steinalt.«

»Und wie bist du mit ihr verblieben?«

»Gar nicht. Ich wollte erst mit dir reden und mit unseren Müttern. Ich finde es aber am vernünftigsten, wenn ich die Frau noch mal kontaktiere und sie bitte, uns den Schmuck einfach zu schicken.«

»Nein, warte. Wo hat die Frau ihr Geschäft?«

»Halte dich fest. In Bern. In der Schweiz.«

Katja seufzte. »Natürlich. Warum konnte Apollonia nicht mal etwas in Mannheim, Frankfurt oder Karlsruhe kaufen? Nach Bern fährt man ja nicht einfach mal kurz hin.« Sie überlegte fieberhaft. »Ich rufe dich später an. Ich überlege, ob ich selbst nach Bern fahre, um den Schmuck abzuholen. Wenn die Schmuckhändlerin Oma schon so lange kannte, weiß sie vielleicht Dinge über sie, die wir nicht wissen. Vielleicht kann sie uns weiterhelfen und Omas Geheimnis ein wenig lüften.«

»Das finde ich wirklich überflüssig, dass du da persönlich aufschlagen willst.« Isabelle klang verdrossen. »Wir könnten doch auch mit ihr telefonieren.«

»Von Angesicht zu Angesicht erfährt man immer viel mehr.«

»Als ob du bei den anderen Händlern bisher etwas Weltbewegendes erfahren hättest!«, sagte Isabelle spöttisch. »Oder hast du etwa bei den Perlenengel-Menschen was herausbekommen?«

Katja verzog das Gesicht. »Nicht so wirklich.«

»Aha. Was haben sie denn gesagt?«

»Apollonia wollte etwas Großartiges für uns vorbereiten. Als Erinnerung an unsere gemeinsame Familiengeschichte. Deshalb habe sie die ganzen Gegenstände gekauft. Die Kunsthändlerin war leider nicht sehr hilfreich. Sie sagte, wir müssten Omas Geheimnis schon selbst herausbekommen, das ginge sie nichts an.«

Isabelle schnaubte. »Und für diese mickrige Information musstest du für drei Tage nach Österreich fahren? Ist das nicht ein bisschen arm? Das hättest du auch in neunzig Sekunden am Telefon erfahren. Und ansonsten – hast du deinen Liebesurlaub in den Bergen genossen?«

»Mhm.«

»Wie schön für dich«, sagte Isabelle.

Ihr Tonfall war so spitz, dass Katja zusammenzuckte. Jens grinste sie an.

»Soll ich der Schmucktante jetzt Bescheid sagen, dass du mal eben persönlich in Bern vorbeischaust?«

Katja überlegte einen Moment. Sie und Jens sahen sich an. »Das möchte ich erst noch mit Jens besprechen. Ich melde mich gleich bei dir.«

Isabelles Stimme troff vor Ironie. »Ach so, das musst du erst noch mit Jens besprechen. Gehört der jetzt schon zur Familie?«

Katja beendete das Gespräch. Ihre Tochter lag im Schnee, bewegte die Arme wie Flügel und machte Schneeengel. »Steh auf, Zoe, du wirst ganz nass. Jens, ich muss kurz in die Schweiz fahren.«

10

Apollonias Auftrag

Sie kehrten in die Ferienwohnung zurück, um ihre Sachen zu packen. Zoe weinte große Krokodilstränen, als sie hörte, dass sie gleich aufbrechen mussten. »Ich wollte noch viel länger bleiben und jeden Tag Schlitten fahren.«

»Ich weiß, mein Schatz. Aber Jens muss zu seinem Sohn. Er hatte einen Unfall. Und wir beide machen einen Abstecher in die Schweiz.« Katja strich ihr tröstend über das Haar, während sie Pullover und Hosen zusammenfaltete und in den Koffer legte.

»Die Schweiz? Ist das ein Teil von Madagaskar?«, schniefte Zoe.

»Nein. Aber in der Schweiz liegt vielleicht auch Schnee.«

Jens stellte seine Reisetasche an die Eingangstür, holte den Staubsauger und saugte unter dem Tisch die Krümel vom Frühstück weg. Dann waren sie reisefertig.

Der Abschied fiel Katja schwer. Sie umarmte Jens noch einmal und kämpfte mit den Tränen.

Er nahm ihr Gesicht zärtlich in beide Hände und küsste sie. »Sei nicht traurig. Wir sehen uns bald wieder. Dann machen wir uns eine schöne Zeit.«

Sie hatten noch ein paar Stunden Fahrt vor sich, doch es zerriss ihr jetzt schon das Herz, wenn sie an den Abschied dachte. »Es wäre so schön, wenn du mitkommen könntest nach Bern.«

»Ich würde überall mit dir hinfahren, bis nach Honolulu oder Helsinki. Aber gerade jetzt geht es leider nicht.«

Sie nickte, und er hielt sie noch einen kostbaren Moment ganz fest. Dann gaben sie dem Vermieter die Schlüssel zurück und fuhren los. Die Straßen waren mit einem festen Schneeteppich bedeckt, ein paar letzte Schneeflocken tanzten durch die Luft.

»Also ... wir gehen jetzt vor wie besprochen«, sagte Jens ruhig, den Blick auf die Straße gerichtet. »Wir fahren bis nach Karlsruhe, wo ich euch in den Zug nach Bern setze.«

Katja nickte niedergeschlagen. »Ja. Kannst du die Schachtel mit den Perlenengeln für mich mit nach Hause nehmen? Sie muss nicht quer durch die Schweiz spazieren fahren. Ich hole sie dann bei dir ab.«

»Natürlich.«

»Ich muss nach Bern fahren und mit dieser Juwelierin sprechen. Apollonia hätte es so gewollt. Auch wenn meine Familie meint, das sei verschwendete Zeit.«

Er lächelte sie an und drückte ihre Hand. »Lass sie reden.«

Eine Weile schwiegen sie, während die weiße Schneelandschaft an ihnen vorüberzog. Zoe war wieder auf dem Rücksitz eingeschlafen. Es war eine angenehme Stille, beide fühlten sich sicher in der Gesellschaft des anderen und brauchten nichts zu sagen. Die Gedanken wirbelten durch Katjas Kopf: Jens ... der Zauber der vergangenen Tage, das Gefühl, ihn zu verlieren, wenn auch nur für kurze Zeit ... Apollonia ... welchen Schmuck sie wohl in Auftrag gegeben hatte? Jens ... Weihnachten ...

»Hast du schon Pläne für Weihnachten?«, fragte sie zaghaft und sah, dass sich seine Gesichtsmuskeln anspannten.

»Ja. Maike und ich haben schon vor einiger Zeit besprochen, dass wir die Feiertage zusammen in unserem Haus verbringen. Der Kinder wegen. Wir wollen nicht, dass sie an Weihnachten hin- und hergerissen sind, sondern uns beide haben. Ich hoffe, Maike bleibt dabei und ändert ihre Meinung nicht wieder. Es wäre ein sehr trauriges Weihnachten, wenn die Kinder einen Tag bei mir, dann ein oder zwei Tage bei ihr wären. Es wäre kein richtiges Fest für sie.«

»Klingt vernünftig«, sagte Katja und versuchte, ihre Enttäuschung zu verbergen.

Er streifte sie von der Seite mit einem Blick, wie um sie abzuschätzen. »Ich hoffe, du bist nicht traurig?«

»Nein.« Sie sah sich schon mit ihrer Mutter und Gudrun um den Christbaum herumsitzen, über irgendwas Nichtiges herumdiskutieren und um sieben Uhr frustriert mit Zoe zu Bett gehen. Wieder war ihr nach Weinen zumute.

»Du bist traurig. Aber ich habe einen Vorschlag.« Lächelnd wandte er sich ihr kurz zu. »Am 27. ist der alljährliche Ärzteball in Mannheim. Möchtest du mich begleiten?«

»Ja!« Sie lächelte zurück. Nun hatte sie etwas, worauf sie sich freuen konnte und das ihr die düsteren Stunden versüßte, in denen sie Jens bei seiner Frau wusste.

»Gut. Dann lass uns eine rauschende Ballnacht verbringen.«

Allmählich hörte es auf zu schneien. Als sie in Karlsruhe ankamen, war kein Schnee mehr zu sehen. Jens brachte sie zum Bahnhof, parkte im absoluten Halteverbot und begleitete sie schnell in die Halle, wo sie Fahrkarten kauften.

»Bis bald, Herr Doktor«, sagte Zoe, ihren rosa Koffer hinter sich herziehend. »Heute Nacht darf ich endlich wieder in Mamas Bett schlafen.«

Jens und Katja umarmten sich noch einmal kurz und beinahe verzweifelt. Die Zeit drängte, der Zug fuhr gleich.

Für Katja war es, als grabe sich ein Loch in ihr Herz. »Bis bald«, murmelte sie und küsste ihn noch schnell auf den Mund.

»Bis bald, Katja. Es war schön mit uns.«

»Ja, sehr schön. Gute Besserung für deinen Sohn.«

Dieses Mal kehrte er nicht sofort um, sondern blieb stehen und sah ihnen nach.

»Geh zum Auto, du stehst im Parkverbot«, rief Katja, während sie Zoe an der Hand weiterzog.

»Dein Auto wird bestimmt gleich abgeschleppt!«, schrie Zoe.

Sie winkten Jens ein letztes Mal, bevor er durch die Bahnhofshalle davoneilte.

Zoe maulte ein bisschen herum, weil sie nach der langen Autofahrt wieder stundenlang stillsitzen musste, beschäftigte sich dann aber mit ihrem Malbuch und ihren Buntstiften. Katja suchte währenddessen auf ihrem Smartphone nach Hotels in Bern und reservierte ein Zimmer für die Nacht.

Es wurde eine lange Fahrt. Zoe vermochte kaum noch stillzusitzen. Abwechselnd schimpfte sie vor sich hin, weinte ein bisschen oder legte den Kopf auf Katjas Schoß, um vor sich hin zu dösen. Um die Zeit herumzubekommen, kaufte Katja im Speisewagen belegte Brötchen, Kaffee und Limonade. Sie aßen schweigend, während draußen eine graue, mit Schneematsch bedeckte Landschaft an ihnen vorüberzog.

Katja konnte es Zoe nicht verdenken, auch sie war todmüde. Es erschien ihr kaum fassbar, dass sie am Morgen noch mit Jens in Tirol aufgewacht und im Schnee spazieren gegangen war. Es kam ihr nun vor, als läge das schon sehr lange hinter ihr.

Endlich in Bern angekommen, kostete es Katja viele Nerven, den Koffer und ihre quengelnde Tochter aus dem Zug und durch den Bahnhof zu ziehen.

»Nun mach schon, Zoe, lauf bitte selber.«

»Ich will nach Hause«, heulte Zoe.

»Wir sind gleich im Hotel.«

Als sie aus dem Haupteingang des Bahnhofs auf den Bubenbergplatz traten, erblickten sie staunend ein wunderschön geschmücktes, großes Kaufhaus. In jedem einzelnen Fenster stand ein prächtiger Christbaum und strahlte.

»Das sind bestimmt Hunderte, oder, Mama?«

»Mhm.«

»Oder Tausende?«

Hand in Hand liefen sie durch die abendliche Stadt, die vor Leben vibrierte. Mühsam studierte Katja den winzigen Stadtplan, den sie auf ihr Handy heruntergeladen hatte. Sie überquerten den Waisenhausplatz und bogen in eine Seitenstraße ein, in der sich das Hotel befand. Sie waren angekommen. Zoe schlief inzwischen mit offenen Augen. An der Rezeption begrüßte sie eine junge Frau und bat Katja, ihre Daten in ein Formular einzutragen.

»Ach, Frau Friedinger?«, fragte sie dann erstaunt. »Aus Lambrecht? Eine andere Frau Friedinger aus Lambrecht wohnt auch gelegentlich bei uns. Kennen Sie sie?«

Katja schluckte. »Ja, das war mit Sicherheit meine Großmutter. Sie ist gestorben. Wie oft war Sie bei Ihnen? Und wann das letzte Mal?«

Die junge Frau schaute im Computer nach. »Sie hat etwa ein Mal im Jahr bei uns übernachtet. Zuletzt im Sommer für ein paar Tage.«

»Das ist ja interessant. Danke.«

Warum hatte Apollonia immer so ein Geheimnis darum gemacht, wohin sie reiste? Ihre Privatsphäre schien ihr sehr wichtig gewesen zu sein. Aber das war normal, wenn man mit dieser Familie zusammenwohnte, die jeden Schritt überwachte, wie Katja aus eigener Erfahrung wusste.

In ihrem Zimmer auf der dritten Etage zog sie Zoe sofort aus, steckte sie in ihren Schlafanzug, putzte ihr die Zähne und trug sie in das große Doppelbett. Zoe rollte sich unter der Decke zusammen und war schon eingeschlafen, noch bevor Katja ihr einen Kuss gegeben hatte.

Katja atmete tief aus. Das Zusammensein mit Jens war so schön gewesen, dass ihr seine Abwesenheit geradezu körperlich wehtat. Sie stellte sich ans Fenster, sah hinunter auf die erleuchtete Straße und versuchte ungeduldig, eine Skype-Verbindung zu Jens herzustellen. Endlich klappte die Verbindung. »Hallo, Jens. Du fehlst mir so.«

»Du mir auch«, sagte er. Auf dem kleinen Bildschirm ihres Handys – er saß vor seinem Laptop in dem Erker seiner Wohnung – sah er sehr erschöpft aus. Sie hatte ihn noch nie so gesehen, und sein Anblick schmerzte sie.

»Hast du deinen Sohn besucht? Wie geht es ihm? Hast du auch deine … Ex getroffen?«

»Mhm.« Er rieb sich die Stirn.

»Und? Wie war es?«

Er seufzte. »Maximilian ist putzmunter. Er war unmöglich. Er hat mir Vorwürfe gemacht, weil ich es mir erlaubt habe, drei Tage weg zu sein. Als müsste ich ihn vor Stürzen in der Sportstunde bewahren. Manchmal könnte ich ihn auf den Mond schießen.«

Sie lachte leise. »Wem sagst du das.«

»Maike habe ich kurz gesehen.« Seine Stimme klang anders als sonst. »Ich wünschte, sie wäre nicht da gewesen. Sie hat ein Talent, einem auf den Geist zu gehen. Sie wollte mir aufoktroyieren, dass die Jungs am Mittwoch bei ihr bleiben sollen, statt zu mir zu kommen. Maximilian wäre schließlich verletzt. Dabei kann er ausbalanciert auf einem Bein stehen wie ein Flamingo. Ich habe diese Kämpfe satt.«

»Sag mal ... Jens, hast du was getrunken?«

Er lachte freudlos und hielt eine Flasche vor die Kamera seines Laptops. »Beerenauslese. Ich muss mir meine Sehnsucht nach dir wegtrinken. Das süße Zeug haut einen ganz schön um.«

»Ach, Jens.« Sie hatte ihn immer nur ruhig und gelassen erlebt, er war bisher immer ihr Halt gewesen. »Ich wünschte, ich wäre bei dir. Morgen früh besuche ich den Juwelierladen, und danach nehmen wir den nächsten Zug nach Hause. Hoffentlich sind wir morgen Nachmittag wieder daheim.«

Beide schwiegen mehrere Minuten lang. Es war ein intimer Moment. Er sah müde aus, und Katja konnte im Augenblick nichts tun, als virtuell bei ihm zu sein. »Ich melde mich morgen wieder bei dir.«

»Ja«, sagte er heiser. »Ich freue mich darauf.« Er füllte sein Glas erneut mit Wein.

»Was tust du jetzt den restlichen Abend?«

»Ich widme mich dem Kopfweh in Flaschen. Gute Nacht, Katja.«

»Gute Nacht, Jens. Ich denke an dich.«

Sie verbrachte eine unruhige Nacht. Zoe lag zwar neben ihr, doch die andere Seite des Bettes war leer. Sie fühlte sich einsam und ließ ständig das Telefongespräch mit ihm Revue passieren, ohne es zu wollen. Sie konnte einfach nicht abschalten. Hoffentlich klappte der Besuch bei der Schmuckhändlerin, sodass sie mit dem erstbesten Zug nach Hause fahren könnten.

Zoe erwachte gut gelaunt und ausgeschlafen und brach eine Diskussion über ihre Garderobe vom Zaun. »Ich muss heute meinen lila Feenrock anziehen, den pinknen Pullover drüber und die hellblaue Strumpfhose darunter. Heute ist so ein Tag.«

Katja stopfte müde ihre Nachthemden in den Koffer. »Dafür ist es zu kalt und außerdem passt es nicht zusammen.«

»Das stört mich nicht. Ich bin heute eine Fee.«

Katja gab nach. An der Rezeption bezahlte sie das Zimmer und steuerte dann als erstes ein Kaffeehaus an, um sich eine dringend nötige Dosis Koffein zu holen. Zoe aß einen *Triple Chocolate Muffin*, der Schokoladespuren im Gesicht und auf dem Rock hinterließ, die Katja genervt wegwischte. Dann machten sie sich auf den Weg zu der Adresse, die Isabelle ihr gestern gemailt hatte.

An der *Zytglogge*, dem mittelalterlichen Uhrturm und Berner Wahrzeichen in der Marktgasse, blieben sie inmitten einer Schar Touristen stehen, um das Glocken- und Figurenspiel mit dem goldenen Stundenschläger, dem Hahn und Chronos, dem Gott der Zeit, zu bewundern. Dann spazierten sie durch die malerischen Arkadengänge mit den vielen Geschäften, bis sie vor ihrem Ziel standen.

Das Haus war schmal und neben der Eingangstür hatte nur ein kleines Schaufenster Platz, das Gold- und Silberschmuck auf samtenen Tüchern zeigte. Es wirkte altmodisch, aber stilvoll.

Das Geschäft wurde gerade von einer sehr alt wirkenden Frau von innen aufgeschlossen. Als sie sah, dass sie gleich Kundschaft hatte, öffnete sie die Tür und ließ Katja und Zoe herein.

»Grüezi.«

»Guten Morgen.« Katja musterte die Frau verstohlen. Sie musste so alt sein, wie Apollonia gewesen war, also an die neunzig. Ihre Haut war runzlig wie ein verschrumpelter Apfel, und ihr weißes Haar, das letzte Spuren von Rot zeigte, stand ihr wie der Flaum einer Pusteblume vom Kopf ab. Sie war einmal so rothaarig gewesen wie die Friedingers.

Zoe starrte sie mit offenem Mund an. Katja gab ihr unauffällig einen Stups. Doch die alte Frau war wirklich eine auffällige Erscheinung und irritierte sie. Dann fiel es Katja auf: Die Schmuckhändlerin hätte der Kleidung nach auch eine Schwester Apollonias sein können. Sie trug ein ausgeblichenes, geblümtes Kleid, das bis zu den Knöcheln reichte und aussah, als stamme es vom Flohmarkt oder aus dem Second-Hand-Laden. Der edle Schmuck, den sie dazu trug, stand in krassem Gegensatz dazu: Goldringe mit Edelsteinen, eine teure Perlenkette, in Gold gefasste, lang herabhängende Perlenohrringe.

Katja räusperte sich. »Mein Name ist Friedinger ...«

»Katja!«, rief die Frau und nahm ihre Hand.

»Woher wissen Sie das?«

Die alte Frau lächelte. »Apollonia war meine Freundin. Ich weiß alles über die Friedingers. Ich bin übrigens Elisabeth Weber. Und du bist Ida-Marie, nicht wahr?«

»Nein!«, rief Zoe. »Ich bin Zoe! Ida-Marie ist die falsche Tochter.«

»Ach so, entschuldige. Ich bin schon ein bisschen alt, da verwechsle ich oft mal Dinge.«

»Meine Kusine hat mir erzählt, dass Sie gestern bei uns angerufen haben, und da ich gerade unterwegs war, bin ich persönlich zu Ihnen gekommen. Wir stören Sie doch hoffentlich nicht?«

»Nein. Ich freue mich, jemanden aus Apollonias Familie kennenzulernen. Wir waren gute Freundinnen und wussten alles übereinander. Als Ihre Kusine mir gestern sagte, dass Apollonia gestorben sei, blieb mir fast das Herz stehen. Aber in meinem Alter ist es normal, dass man Todesnachrichten erhält. Und jetzt auch Apollonia.« Sie sah jetzt sehr traurig aus.

»Setzen wir uns doch nach hinten. Solange keine Kundschaft kommt, habe ich alle Zeit der Welt.«

Hinter einem schweren Samtvorhang lag ein winziger, fensterloser Raum mit einem Tisch, zwei Stühlen, einer Kaffeemaschine und einem Kühlschrank. Katja setzte sich und zog Zoe auf ihren Schoß. Elisabeth Weber kochte umständlich eine Kanne Kaffee und versorgte sie mit einer Schale *Mandelbärli*, einem kleinen Gebäck in Form eines Bären, dem Berner Wappentier. Zoe schlang begeistert einen hinunter.

»Arbeiten Sie ganz allein im Laden?«

»Nein, ich helfe nur aus. Meiner Tochter gehört das Geschäft seit langer Zeit, aber sie ist gerade mit meiner Enkelin auf einer Messe. Erzählen Sie mir von Lambrecht. Ich vermisse die alte Heimat.«

Katja sah sie erstaunt an. »Sind Sie aus Lambrecht?«

»Ja. Ich bin dort geboren und aufgewachsen. Dann habe ich meinen Mann kennengelernt, einen Schweizer aus Bern. Der Liebe wegen bin ich dann hierhergekommen. Und für immer geblieben. Ihre Großmutter und ich waren zusammen in der Schule. Wir haben uns angefreundet, weil wir beide immer wegen unserer roten Haare gehänselt wurden.«

»Das ist gemein«, rief Zoe. »Wer das mit mir macht, erlebt sein blaues Wunder. Es ist mir aber noch nie passiert.«

»Wir hielten immer Kontakt. Als unsere Kinder klein waren nur sporadisch, aber seit wir beide Witwen waren und unsere Kinder erwachsen, kam Apollonia öfter zu Besuch. Wir verbrachten herrliche Zeiten zusammen.«

»Warum hat uns Oma nie davon erzählt? Es wäre doch nichts dabei gewesen, von ihren Besuchen bei Ihnen zu berichten.«

Elisabeth Weber lächelte. Sie schenkte mit zitternden Händen Kaffee ein, sodass Katja befürchtete, sie würde die Kanne fallen lassen. »Ach, das war so eine Eigenart von Apollonia. Wie nannte sie es? Der Fluch …«

»… der Friedingers!«, rief Zoe und stopfte sich ein weiteres *Mandelbärli* in den Mund.

»Die Friedingers sind allgegenwärtig und überwachen sich gegenseitig auf Schritt und Tritt. Sie sind ja wirklich gut informiert.« Katja unterdrückte ein Lachen.

»Ja. Sie wusste aber genauso viel über mich. Über was sollten wir alte Schachteln auch reden als über unsere Familien? Sie liebte es, dass sie ihre Kinder und Enkel, Urenkel und ihren Bruder tagtäglich um sich hatte. Das war ihr Lebenselixier. Aber manchmal, aber wirklich nur manchmal, hatte sie das Bedürfnis auszubrechen, etwas Verrücktes zu tun, und niemandem davon zu erzählen. Sie brauchte ein bisschen Privatsphäre und wollte nicht über jeden ihrer Schritte Rechenschaft ablegen.«

»Ja, das verstehe ich nur zu gut«, sagte Katja trocken. »Diese Eigenschaft muss ich wohl von ihr geerbt haben.«

»Ja, ich weiß«, sagte Elisabeth, und ein feines Lächeln umspielte ihre Züge. »Sie sind die einzige, die nicht mit der Familie zusammenwohnt.«

Katja trank einen Schluck Kaffee. »Ja und Nein. Ich wohne mit Zoe zurzeit auch bei der Familie. Vielleicht sogar auf Dauer.«

Elisabeth legte ihre Hand auf Katjas und drückte sie. »Das wird Apollonia gefreut haben!«

Katja seufzte niedergeschlagen. Ihr war, als hätte sie einen Kloß im Hals und müsste weinen. »Sie hat es nicht mehr erlebt. Als ich zu Hause ankam, um ein paar Wochen zu bleiben, war sie gerade gestorben. Ich war zu spät. Ich konnte nicht mehr mit ihr sprechen.«

»Machen Sie sich keine Gedanken. Apollonia hat Sie immer verstanden. Sie sind ihr sehr ähnlich.« Elisabeth hob Katjas Hand und betrachtete ihren Ring. »Ein schönes Stück. Apollonias Verlobungsring, nicht wahr?«

Katja nickte. »Ja. Oma hat jedem von uns einen Brief hinterlassen, einen sehr persönlichen Brief, in dem sie uns ein besonderes Erinnerungsstück geschenkt hat. Mir hat sie ihren Verlobungsring vererbt. Es fühlt sich an, als wäre sie immer noch hier, wenn ich ihn trage.«

Elisabeth lächelte. »Das ist sie auch. Ich nehme an, den zwei Mädchen hat sie noch nichts hinterlassen?«

»Nein, nur uns Erwachsenen. Aber Zoe und Ida-Marie sind ja noch Kinder. Sie könnten mit einer Designertasche oder einem Seidentuch noch lange nichts anfangen.«

»Nein, das nicht. Aber sie hat auch an die Kinder gedacht. Der Gedanke an die Kinder hat sie hierhergeführt.«

Zoe ließ ein weiteres *Mandelbärli* auf halbem Weg zum Mund in der Luft schweben, und auch Katja sah die Schmuckhändlerin verständnislos an. »Wie meinen Sie das?«

Elisabeth nahm einen kleinen Schluck aus ihrer Tasse. »Sie hat Schmuck bei uns in Auftrag gegeben. Also genau genommen bei meiner Tochter.«

»Schmuck? Was für Schmuck? Und für wen?«

»Ich zeige ihn Ihnen.« Elisabeth schob den Samtvorhang beiseite und verschwand gebeugt und mit winzigen Schritten im Verkaufsraum.

Zoe starrte ihre Mutter fragend an und schob sich das *Mandelbärli* in den Mund.

»Hör jetzt bitte auf«, mahnte Katja. »Dir wird bestimmt schlecht.«

Minuten später erschien Elisabeth Weber mit zwei kleinen Schmuckschachteln. Sie waren dunkelblau mit goldenem Rand. Behutsam stellte sie sie vor Katja auf den Tisch.

»Sehen Sie nach, was drin ist.«

Katja und Zoe öffneten die kleinen Kästchen. Staunend nahmen sie aus jeder Schachtel ein silbernes Armband heraus. In regelmäßigen Abständen waren kleine Anhänger befestigt.

»Das sind Bettelarmbänder«, sagte Katja verwirrt.

»Ja genau, sehen Sie sich die Symbole an.«

Katja nahm jedes einzelne der Symbole in die Hand und betrachtete es eingehend. An beiden Armbändern hingen ein rotes F, ein Kleeblatt, ein Miniatur-Nussknacker, ein kleiner Geißbock, ein Engel aus winzigen Perlen, ein Schmetterling und ein kleiner Vogel.

»Sehr individuelle Charms«, bemerkte Elisabeth. Mit einer

Lupe begutachtete sie die Armbänder. »Meine Tochter hat eine tolle Arbeit geleistet.«

»Ja. Das Kleeblatt ist ein klassisches Glückssymbol. Aber die anderen? Das F zum Beispiel ...«

»F wie Friedinger«, schrie Zoe.

Elisabeth zuckte zusammen, nickte aber. »Genau. Ein F als Symbol für die Friedinger-Familie.«

»Der Geißbock ist das Symbol der Stadt Lambrecht«, murmelte Katja und strich mit dem Zeigefinger über das winzige Silbertier.

»Ja, richtig.« Elisabeth strahlte, als wäre Katja gerade dabei, eine schwierige Aufgabe zu lösen. »Ein Symbol für Ihre Heimat, für deine Heimat, mein Kind.«

Zoe sah sie mit großen Augen an. »Und die anderen Sachen?«

Katja kramte in ihrer Tasche nach einem Taschentuch. Tränen waren ihr in die Augen gestiegen. Diese Armbänder waren wie ein Stück Familiengeschichte. »Das sind Symbole für die vielen Sammelobjekte, die Uroma auf dem Dachboden in den Kisten hatte, erinnerst du dich, Zoe? Der silberne Schmetterling steht für die vielen Hundert Schmetterlinge, die du mit Ida-Marie auf dem Dachboden gefunden hast und die ihr zusammen mit Onkel August durchs Treppenhaus habt fliegen lassen.«

»Jedes Symbol steht für eine bestimmte Zeit im Leben der Friedingers«, sagte Elisabeth. »Apollonia hat mir jedes Jahr Fotos geschickt, wie sie das Haus dekoriert hatte. Jede Deko hat ihre Geschichte. Kennen Sie die Geschichte der Nussknacker?«

Katja schüttelte den Kopf. »Nein. Was hat es damit auf sich?«

»Den ersten Nussknacker hatte Apollonia von einer Reise nach Prag mitgebracht. Sie und Ihre Kusine waren damals sicherlich noch Kinder. Apollonia hatte sich in einen Mann verliebt, der im gleichen Hotel wohnte – einen sehr gutaussehenden Geschäftsmann. Sie verbrachten eine wundervolle

Woche zusammen, doch am Abreisetag war er bereits vor Morgengrauen verschwunden und mit ihm Apollonias Wertsachen und ihr Geld. Er hatte sogar ihre Rheumatabletten mitgehen lassen.«

»Ich glaube nicht, dass sie das meiner Mutter und meiner Tante je erzählt hat«, sagte Katja. »Das ist ja keine schöne Geschichte.«

»Nun, sie hat sich vielleicht auch geschämt. Sie hat sich von August Geld für die Rückreise schicken lassen, sonst wäre sie nicht nach Hause zurückgekommen. Ihr Gepäck war ja um einiges leichter, aber sie besaß jetzt ein paar Nussknacker, die sie in der Woche gekauft hatte. Daheim dekorierte sie das Haus damit. Sie hatten von nun an eine besondere Bedeutung für sie.«

Katja betrachtete gedankenversunken den kleinen silbernen Nussknacker-Anhänger. »Ja, das kann ich mir vorstellen. Sie symbolisierten nach dem Schock in Prag wohl die Sicherheit und Geborgenheit unseres Zuhauses und unserer Familie, nicht wahr? Im Kreise ihrer Lieben würde ihr nie etwas Böses widerfahren. Unser Zuhause war genauso ihr sicherer Hafen wie unserer.«

Elisabeth nickte. »Ja. Um auf die Armbänder zurückzukommen: Apollonia wusste, sie würde nicht mehr lange leben. Sie hat sich viele Gedanken gemacht. Sie hat für alle einen Brief geschrieben und jedem etwas Persönliches als Andenken vermacht. Auch ihre zwei Urenkelinnen sollten etwas von ihr bekommen. Deshalb hat sie die Armbänder bei uns in Auftrag gegeben. Die Mädchen sollten sie zu Weihnachten bekommen. Als letztes Geschenk. Apollonia war sich sicher, es noch bis Weihnachten zu schaffen.«

Elisabeth schnäuzte sich, und auch Katjas Augen füllten sich wieder mit Tränen. Das Herz tat ihr weh, wenn sie daran dachte, was Apollonia noch alles vorgehabt hatte.

»Was machen wir jetzt mit den Armbändern?«, fragte Zoe. »Krieg ich meins, obwohl Uroma tot ist? Krieg ich es trotzdem zu Weihnachten?«

Katja lächelte unter Tränen. »Das weiß ich noch nicht. Außerdem darf ich dir jetzt nichts sagen. Es handelt sich ja um ein Weihnachtsgeschenk, das muss auf jeden Fall geheim bleiben.«

Zoe stöhnte laut.

»Packen Sie die Armbänder ein«, sagte Elisabeth.

Katja verstaute die zwei Schmuckschachteln in ihrer Tasche. »Eine Frage habe ich noch. Vielleicht können Sie sie mir beantworten. Meine Familie tappt völlig im Dunkeln. Alle Kunsthandwerker, mit denen ich über Apollonia gesprochen habe, haben merkwürdige Andeutungen gemacht. Sie soll irgendetwas geplant haben, was wir nicht wissen sollten. Ein bestimmtes Projekt. Wissen Sie, was sie damit meinten?«

Elisabeth seufzte. »Ja. Ja, ich weiß, was sie meinten. Aber ich fürchte, ich kann es Ihnen nicht sagen.«

Enttäuschung machte sich in Katja breit. Hier war jemand, der alle ihre Fragen beantworten konnte – und es doch nicht tat. »Aber warum nicht?«

»Mama, mir ist schlecht«, stöhnte Zoe und hielt sich den Bauch.

»Ich habe Apollonia versprochen, niemandem etwas zu sagen. Ja, es stimmt, sie hatte etwas Großartiges vor, aber sie war realistisch und rechnete damit, nicht mehr lange genug zu leben. Deshalb hat sie ihre Familie auf die Reise geschickt, um noch ausstehende Bestellungen abzuholen und nach und nach alles zu entschlüsseln.«

»Aber wir entschlüsseln gar nichts«, wandte Katja frustriert ein. »Wissen Sie, was wir bis jetzt herausgefunden haben, obwohl ich schon viel herumgereist bin und Werkstätten besucht habe, bei denen sie eingekauft hat? Gar nichts.«

Elisabeth legte ihr tröstend die Hand auf den Arm. »Das tut mir leid. Aber Sie müssen Vertrauen in sich und die Zeit haben. Nach und nach wird alles klarer für Sie, das verspreche ich Ihnen. Ich kann Ihnen jetzt nur so viel sagen: Apollonia wollte Ihrer Familie etwas Großes schenken, etwas, das immer Bestand hat, ein Ort, der immer da sein würde für Sie. Ewas, das die Familienbande stärkt. Das Ihnen zeigt, was Sie bisher alles als Familie erlebt und gemeistert haben.« Sie lächelte entschuldigend, da sie nicht mehr verraten durfte.

Katja fragte nicht nach. Sie würde nichts weiter erfahren und wollte Elisabeth Weber nicht in Bedrängnis bringen. Außerdem präsentierte sich gerade ein ganz anderes Problem: Zoe musste sich übergeben.

Elisabeth stand auf, so schnell ihr Alter es zuließ, und zog sie zur Toilette, die sich hinter einer schmalen Tür befand. Katja eilte hinterher, sauer auf sich selbst, dass sie es zugelassen hatte, dass ihre Tochter so viele *Mandelbärli* in sich hineingestopft hatte. Es war fraglich, ob sie nun den nächsten Zug nach Hause nehmen konnten.

»Krieg ich ein Eis?«, fragte Zoe zwei Stunden später, als sie endlich auf dem Weg zum Bahnhof waren.

»Das ist nicht dein Ernst. Geht's noch?«

»Ja, Mama, mir geht es wieder gut.«

»Prima, dann können wir ja jetzt heimfahren.«

Zum Glück bekamen sie auch ohne Reservierung Sitzplätze. Die Fahrt zog sich dahin. Katja rief Jens an, der sagte, er sei in der Praxis und habe die Schachtel mit den Perlenengeln bei sich. Sie versprach, nach ihrer Ankunft kurz bei ihm vorbeizukommen.

Der Zug fuhr über weite Strecken durch dichten Nebel. Wie Glühwürmchen leuchteten die Lichter der Städte, an denen sie vorbeikamen. Katja schaute aus dem Zugfenster und trotz des trostlosen Wetters war ihr ganz warm zumute – sie freute sich auf Jens.

In Neustadt stiegen sie aus und liefen durch die Stadt zur Kinderarztpraxis.

Jens erwartete sie. »Hallo, meine Schöne.«

Sie schmiegte sich an ihn, als hätten sie sich wochenlang nicht gesehen. Eng umschlungen standen sie eine Weile nur da. Sein warmer Körper war ihr inzwischen sehr vertraut.

»Wie geht es dir?«, fragte sie.

Jens verzog das Gesicht. »Mein Kopf fühlt sich an, als würde er gleich zerspringen.«

»Na, das ist ja auch kein Wunder.« Katja lachte und küsste ihn.

»Was machst du da eigentlich?«, rief Zoe und schaute sich in der Praxis um. »Ziehst du aus?«

»Nein, nicht ich. Nur diese unzähligen hässlichen Fische und Barbies, die von den Decken hängen«, sagte Jens und zog erneut eine Grimasse. »Es ist höchste Zeit, den Plunder auszurangieren.«

Der ganze Fußboden war bedeckt mit Fischernetzen, Tauen, Fischen und Figuren in Taucheranzügen, die Jens von den Decken und Wänden gerissen hatte.

»Gute Idee«, sagte Katja leise. Da die Deko auf Maikes Mist gewachsen war, freute es sie, dass diese Altlasten endlich verschwanden.

»Ich hoffe nur, dass diese Säuberungsaktion bei meinen Patienten gut ankommt. Ich habe keine Ahnung, wie die Meereslandschaft auf sie gewirkt hat. Was sagst du?«

Katja überlegte. »Hm. Ich weiß nicht so recht. Es hat schon ein wenig genervt, wenn man als Erwachsener ständig mit dem Kopf gegen einen herunterhängenden Delphin gestoßen ist.«

»Wem sagst du das«, stimmte Jens ihr trocken zu. »Wie oft habe ich diesen Kram verflucht? Siebzehn Jahre lang? Fünfhundert Mal am Tag?«

»Es sieht jetzt aber todlangweilig aus«, sagte Zoe und zog einen Flunsch.

Jens seufzte. »Das habe ich befürchtet. Aber das passt zu mir. Ein langweiliger alter Mann.«

»Musst du immer mit deinem Alter kokettieren?«

»Du meinst, mit unserem Alter.«

Jens begleitete sie zum Bahnhof. Sie verabschiedeten sich und fuhren eine Station weiter bis nach Lambrecht. Es war inzwischen stockdunkel. Sie beeilten sich, die menschenleere Straße den Berg hochzukommen. Überall roch es nach Holzfeuer. Es war schön, wieder nach Hause zu kommen.

Kaum hatte Katja die Haustür aufgeschlossen, schrie Zoe durchs Treppenhaus: »Wir sind wieder da!«

Augenblicklich kam Eve aus der Küche, gefolgt von August. Ida-Marie rannte die Treppe herunter, und auch Gudrun und Isabelle kamen nach unten.

Eve umarmte Katja und Zoe. »Ich bin so froh, dass ihr wieder da seid.«

Katja zwinkerte August zu. »Ich habe dein gewünschtes Mitbringsel dabei.«

August strahlte und nahm die in Papier eingewickelte Flasche Obstler entgegen. »Nur her damit.«

Eve, die gerade mit August zu Abend gegessen hatte, lud zum Tee in ihre Küche ein. Alle zwängten sich auf die enge Eckbank und die zwei Stühle. Die Kinder hüpften vor Wiedersehensfreude auf und ab und spielten zwischen den Erwachsenen Fangen.

»Raus mit euch«, befahl Gudrun. »Wir wollen uns unterhalten. Spielt in Ida-Maries Zimmer.«

Alle Augen waren auf das Paket gerichtet, dass Katja auf den Tisch stellte. »Hier sind sie: die Perlenengel aus Tirol. Seht sie euch an, es sind wunderschöne Stücke.«

Vorsichtig hob jeder einen Engel aus der Schachtel, um sie zu begutachten.

Gudrun musterte mit zusammengekniffenen Augen einen besonders kleinen, rosafarbenen Engel in einem winzigen Fläschchen. »Was ich nicht verstehe: Wieso hat Apollonia so viele neue bestellt? Sie hatte doch schon so viele auf dem Dachboden.«

»Ein Schnapsglas, Eve, bitte«, sagte August und schraubte den Obstler auf.

Eve sprang sofort nervös auf und brachte ihm ein Glas.

»Meine Schwester war eine Sammlerin. Es war ihre Leidenschaft, immer neue Stücke zu bekommen.«

»Na, ich weiß nicht«, sagte Isabelle und legte die Engel in die Schachtel zurück. »Wir wissen leider immer noch nicht, was in Apollonias Hirn vor sich ging. Wie war es in Bern, Katja? Was hast du herausgefunden?«

»Nun, ich habe Elisabeth Weber kennengelernt. Sie war offenbar eine gute Freundin von Oma. Sie war von hier. Mama, hast du Oma jemals von ihr reden hören?«

Eve überlegte. »Ja, ich glaube schon. Lass mich mal ...«

»Natürlich hat Apollonia von ihr gesprochen«, fiel Gudrun ihr unwirsch ins Wort. »Erinnerst du dich nicht, Eve? Sie hat mit ihrem Mann in der Schweiz gelebt, aber als wir Kinder waren, hat sie uns ein, zwei Mal besucht.«

»Hm, ja ...«, sagte Eve, die offensichtlich keine Ahnung hatte, wovon ihre Schwester sprach.

»Das war auch so eine Exzentrische. Sie hatte flammend rote Haare bis zur Hüfte und sie trug genauso schreiende Kleidung wie unsere Mutter.«

Katja erzählte von Apollonias letztem Weihnachtsgeschenk, den hübschen Armbändern für die Kinder. Eve weinte ein bisschen in ihr Taschentuch.

Auch Isabelle wirkte traurig. »Wie lieb von ihr, an unsere Töchter zu denken. Ich finde, wir sollten es genauso machen, wie Apollonia es geplant hatte: Ida-Marie und Zoe sollen die Armbänder zu Weihnachten bekommen.«

Katja nickte. »Das finde ich auch.«

»Sonst noch was Neues?«, fragte Gudrun.

Katja erzählte die Geschichte von den Nussknackern, die Apollonia in Prag gekauft hatte, bevor ihr Liebhaber mit ihrem ganzen Geld und den Wertsachen verschwand. Isabelle blieb vor Staunen der Mund offen stehen, und Eve strich sich unwohl wieder und wieder durch die Haare.

Gudrun runzelte missbilligend die Stirn. »Das sieht Mutter ähnlich. Wahrscheinlich hat sie von Prag überhaupt nichts gesehen, sondern war die ganze Zeit mit diesem Betrüger im Bett gelegen.«

»Warum hat sie uns nichts davon erzählt?«, fragte Eve bleich.

»An ihrer Stelle hätte ich euch auch nichts erzählt«, sagte

August und schenkte sich noch einen Obstler ein. »Ihr Spaßbremsen.«

Isabelle und Katja hielten sich die Hände vor den Mund, um nicht vor Lachen laut herauszuplatzen.

Gudrun starrte August entrüstet an. »Ist ja klar, dass du wieder mit deinen Nichten fraternisieren musst! Denkst du nicht, du hattest langsam genug Schnaps?«

»Nö. Skol.«

»Möchte noch jemand Tee?«, fragte Eve schnell und ließ die Teekanne über den Tassen kreisen.

»Also«, sagte Isabelle. »Wenn ich mal zusammenfassen darf: Wir wissen jetzt auch nicht mehr als vor deinen Reisen nach Tirol und Bern. Stimmt's, Katja?«

»Na ja …«

»Nichts na ja. Holst du mir bitte Apollonias Ordner mit der ganzen Händlerkorrespondenz, den Rechnungen und Bestellungen?«

Katja quetschte sich auf der Eckbank an ihrer Mutter vorbei und holte den Ordner aus ihrem Schlafzimmer.

»Was willst du damit?«, fragte sie, als sie den Ordner auf den Tisch legte.

»Ich rufe jetzt jeden von diesen verfluchten Händlern, bei denen du noch nicht warst, einzeln an, um herauszufinden, was diese Geheimniskrämerei soll!«

»Gute Idee«, stimmte Gudrun ihr zu. »Nimm du die Sache in die Hand. Es muss ja endlich mal was herauskommen dabei. Katja, ich glaube ohnehin, deine Prioritäten liegen im Moment leider ganz woanders. Wahrscheinlich warst du bei deinen Befragungen nicht ganz bei der Sache.«

»Na hör mal«, begann Katja.

Eve zog sie am Ärmel auf die Eckbank neben sich und murmelte: »Bitte keinen Streit anfangen, Liebes. Wie war es in Tirol mit deinem … äh, deinem …?««

Isabelle blätterte jetzt, leise vor sich hinmurmelnd, den Ordner durch, und August schlürfte laut seinen Obstler.

Katja, die sich zwischen den vielen Familienmitgliedern

eingezwängt unbehaglich fühlte, murmelte möglichst nichtssagend: »Toll, wirklich toll.«

Eve beugte sich noch dichter zu ihr und flüsterte: »Passt du auch auf?«

»Auf was denn aufpassen?«

»Na ja, du weißt, man kann auch mit über vierzig noch schwanger ...«

»Mama!« Entsetzt und halb belustigt zugleich schaute sie ihre Mutter an. »Jetzt lass doch mal gut sein. Kannst du mir mit einundvierzig immer noch nicht vertrauen?«

»Was ist los?« Isabelle warf ihr einen abwesenden Seitenblick zu.

»Nichts.«

»Sorgen wird man sich als Mutter doch noch machen dürfen«, sagte Eve pikiert und zerknüllte ihr Taschentuch.

»So, hört zu«, sagte Isabelle, nachdem sie ein paar Notizen auf einen kleinen Spiralblock gekritzelt hatte. »Ich tätige jetzt nacheinander folgende Anrufe: Schüttelkugelwerkstatt in Wien, Räuchermännchenmanufaktur in Goslar, Kerzenwerkstatt am Bodensee, Nussknackerwerkstatt bei Prag. Mal schauen, was ich erfahre.«

Gudrun nickte zufrieden. »Bestimmt ist am Telefon mehr zu erfahren, als wenn man durch die Gegend fährt und die Leute zu den unpassendsten Zeiten überfällt.«

Katja starrte sie an, ihre Mutter räusperte sich nervös.

»Na, das muss aber erst noch bewiesen werden«, wandte August ein. »Warten wir es ab, die Damen.«

»So, jetzt seid mal still. Ich will telefonieren.«

Angespannt saßen sie um Isabelle herum. Auch die Kinder waren wieder hereingeschlichen und hörten ungewohnt still zu.

Zwei der Kunsthandwerker hatten bereits geschlossen, wie die Ansage auf den Anrufbeantwortern verkündete. Isabelle erzählte den Händlern, die sie noch erreichte, den Hintergrund ihres Anrufs. »Ja. ... Nein. ... Es geht um meine Großmutter. ... Nein, ich bin nicht vom Fernsehen. ... Ja, meine Oma ist vor

Kurzem gestorben. ... Nein, ich bin nicht von einer Zeitung, tut mir leid, es ist rein persönlich.«

An dieser Stelle flüsterte August ihr lautstark zu: »Sag, du bist von der *Tal-Depesche*! Das kommt immer gut an!«

Gudrun bedeutete ihm mit einer unwirschen Handbewegung zu schweigen. »Dein lächerliches Blättchen kennt schon in Neustadt kein Mensch mehr, und das ist nur sieben Kilometer von uns weg.«

»Ja, bei uns türmen sich Kisten und Kartons mit Waren, die sie im Lauf der Zeit bei Ihnen bestellt hat. ... Das fragen wir uns auch. ... Keine Ahnung. ... Ich dachte, vielleicht hat Großmutter Ihnen etwas … Ach so. ... Ja. ... Okay. Nun ja. ... Ja, sie hat eine riesengroße Sammlung angelegt und einige der Kunsthandwerker, die wir persönlich besucht haben, machten so seltsame Andeutungen, dass Großmutter etwas Großartiges geplant habe für uns. ... Ja, natürlich, woher sollten Sie das wissen. Ich verstehe.«

Noch einige Male wiederholte sich das Gespräch auf ähnliche Weise. Isabelle wurde immer kleinlauter, ihre Fragen immer weniger beharrlich. »Danke für Ihre Theorie. Aber ich glaube, das trifft es nicht ganz. Trotzdem danke.«

»Nun?«, fragte Eve, als Isabelle frustriert den letzten Namen auf ihrem Notizzettel durchgestrichen hatte.

»Ein Satz mit X. Nix!«, fuhr Isabelle auf. »Keiner hat mir was Sinnvolles erzählt. Ich weiß nicht, ob sie mehr wussten, als sie mir sagen wollten. Manchmal hatte ich so den Eindruck.«

»Sage ich doch.« Katja war erleichtert, dass ihre Kusine auch nicht mehr zustande gebracht hatte als sie.

»Dieser Wiener erzählte mir, Apollonia habe ihre großartige Sammlung einem Waisenhaus spenden wollen, damit die armen Kinder es schön haben an Weihnachten. Der Tscheche wollte mir weismachen, dass unser Haus, so Omas Wunsch, nach amerikanischem Modell geschmückt werden solle – mit Engeln auf den Dachziegeln, die aus Lautsprechern in den Bäumen *Halleluja* singen. Er lachte dabei, so, als wolle er mich vergackeiern.«

»Ganz toll.« Gudrun knallte ihre Teetasse auf den Tisch. »Wisst ihr was? Ich habe genug von Apollonias Heimlichkeiten. So langsam ist es mir egal, was es mit den Kisten auf unserem Dachboden und dem ganzen bestellten Zeugs auf sich hat. Geht es euch nicht auch so?«

Alle zuckten unschlüssig die Schultern.

»Können wir die Sachen nicht einfach zum Spielen haben, Tante Gudrun?«, fragte Zoe begeistert.

»Was weiß ich. Ich gehe jetzt schlafen. Gute Nacht allerseits.«

Am nächsten Morgen frühstückte Katja mit Zoe und ihrer Mutter in deren Küche. Alle drei trugen noch ihre Morgenmäntel über den Schlafanzügen. Eve hatte bereits Weihnachtsurlaub, und niemand war in Eile. Auf dem Küchentisch flackerten die vier hellblauen Kerzen des Adventskranzes.

»Wie oft noch schlafen, bis das Christkind kommt?«, fragte Zoe und tunkte ein Stück Christstollen in ihren Kakao.

»Noch zwei Mal.«

»Wann schmücken wir den Christbaum?«

»Das könnten wir demnächst mal tun«, antwortete Eve und strich ihr über das rote Haar.

»Mama, könntest du heute Vormittag auf Zoe aufpassen? Ich müsste zu meinem Arzt nach Mannheim fahren. Er wollte mich vor Weihnachten noch mal sehen, und ich bräuchte neue Tabletten.«

»Jaja, fahr nur. Zoe und ich machen es uns gemütlich, was? Wir könnten zuerst Geschenke einpacken und dann einen Weihnachtsfilm gucken.«

»Oh ja!«, schrie Zoe begeistert und fiel ihrer Oma um den Hals.

»Und vielleicht könnten wir dann, wenn ich wieder da bin, mal miteinander reden?«

»Du machst es ja spannend.«

»War nicht meine Absicht. Bis später.« Sie küsste Zoe und ihre Mutter und ging sich ankleiden.

Allein der Gedanke an die Fahrt nach Mannheim verursachte Katja bereits Beklemmungen. Als sie dann durch die Häuserschluchten von Mannheim fuhr, durch die Enge und Gedrängtheit der Straßen, schnürte es ihr die Kehle zu. Ihr wurde klar, dass sie hier nicht mehr würde leben können. Das Leben hatte aus der verhassten Firma, wenigen, gestohlenen Minuten mit ihrem Kind, schlechtem Gewissen, Kopfschmerzen und Einsamkeit bestanden. Und obwohl sie sich in den letzten Wochen noch krank gefühlt hatte, war es ihr tausendmal besser gegangen als die Jahre zuvor. Zoe war glücklich mit ihrer Mutter und inmitten der Großfamilie. Je länger Katja durch die belebte Innenstadt Mannheims fuhr, desto sicherer spürte sie, dass sie während dieser Zeit im Lambrechter Tal eine Grenze überschritten hatte, über die sie nicht mehr zurückkonnte.

Es herrschte hektisches vorweihnachtliches Treiben in der Stadt. Unmengen von Menschen eilten, beladen mit schweren Tüten, durch die geschmückten Straßen. Plötzlich verspürte sie eine brennende Sehnsucht nach dem Wald und den Hügeln ihrer Heimat, nach der Weite des Tales. Sie fühlte sich, als würde sie hier in der Großstadt ersticken.

Wie die letzten Male saß sie in Doktor März' Sprechzimmer und wartete auf ihn. Die gestrickten Engel kauerten noch auf den Fensterbrettern, auf dem Schreibtisch stand eine große Blechdose voller Plätzchen.

»Frau ... äh, Friedinger!« Finn-Lukas März kam auf geräuschlosen Sohlen herein, wie immer etwas jungenhaft verwirrt. Er trug seine Jeans mit dem Loch über dem Knie, dazu Turnschuhe mit giftgrünen Schnürsenkeln und einen rot-grünen Rentierpullover unter dem offenstehenden weißen Kittel.

»Guten Tag, Herr Doktor März.« Ihr Blick fiel auf das Rentier, das eine rote Nase hatte, und sie versuchte schnell, wegzuschauen.

Der Arzt hatte ihren Blick bemerkt. Er setzte sich auf seinen rollenden Hocker, warf sein Handy in der neongelben Hülle auf den Tisch und sagte grinsend: »Denken Sie nicht, ich hätte mir den Pullover selbst gekauft. Oh nein. Meine älteren Patientinnen beschenken mich in der Weihnachtszeit immer mit allem Möglichen. Ich habe außerdem noch einen Schneemannpullover, einen Tannenbaumpullover – der hat sogar ein bimmelndes Glöckchen –, einen Elfenpullover und einen Weihnachtsmannpullover. Anstandshalber trage ich sie abwechselnd im Dezember. Sonst wären die Damen sicherlich enttäuscht.«

»Das ist sehr lieb von Ihnen«, sagte Katja.

»Wie geht es Ihnen? Möchten Sie?« Er rollte auf seinem Hocker um den Schreibtisch herum und bot ihr Gebäck an. »Essen Sie bitte, so viel Sie können. Ich schaff das alles nicht allein.«

Katja nahm ein Vanillekipferl. »Ist das auch von Ihren älteren Patientinnen?«

»Ja. Die anderen zwölf Dosen stehen im Schrank.«

»Werden Sie nur in Naturalien und Textilien bezahlt?«

Doktor März grinste. »Äh, nicht nur ... Was machen Ihre Schlafstörungen?«

»Hm. Mal so, mal so.« Die Wahrheit war, dass sie in Jens' Anwesenheit tief, traumlos und erholsam schlief. In Nächten, die sie allein verbrachte, grübelte sie lange. Er war ihr Glückselixier, ihr Schutz in der Nacht. Doch noch waren sie nicht so weit, dass sie Tag und Nacht miteinander verbrachten.

»Nehmen Sie noch ein paar Kekse, ich flehe Sie an. Was machen Ihre Ängste?«

Katja nahm eine Schokoladenkugel. »Ich war ein paar Tage in Tirol. Auf der Autobahn ereignete sich eine schlimme Massenkarambolage – ich war zwar selbst nicht betroffen, aber ich bekam wieder eine Panikattacke, weil mir deutlich wurde, wie schnell meinem Kind oder mir etwas zustoßen kann«

»Haben Sie sich psychotherapeutische Unterstützung gesucht, um alles aufzuarbeiten?

»Nein, bis jetzt noch nicht«, sagte sie. »Ich denke noch darüber nach.«

Doktor März musste ja nicht unbedingt wissen, dass ein Kinderarzt sich um ihr Seelenwohl kümmerte.

Langsam fuhr Katja an ihrer Wohnung vorbei. Der Jugendstilbau lag zwischen den anderen hohen Gebäuden eingekeilt, Mauer an Mauer. Nichts drängte sie, hineinzugehen. Aus dem Nachbarhaus kam gerade eine Familie mit Kinderwagen. Katja kannte sie nicht. Hier war von jeher alles anonym gewesen. Ihr Herz zog sich zusammen vor Wehmut. Nie – nie wieder.

Sie fuhr weiter Richtung Autobahn. Unbewusst nahm sie den Weg an Kuprion Consulting vorbei. Ihr Puls schien sich einen Moment zu überschlagen, als sie vor dem Gebäude anhielt. Sekundenlang starrte sie aus dem Auto den Büroturm an. Auf jedem Stockwerk brannte helles Licht, eilig und geschäftig sah man Mitarbeiter hin- und herlaufen.

Die breiten Schwingtüren am Eingang öffneten sich, und eine im kalten Wind gebeugte Gestalt kam heraus. Mit zusammengezogenen Schultern und einem Becher Kaffee setzte sich der junge Mann auf das Mäuerchen am Bürgersteig. Es war Marcel von Liechtenfels, der Praktikant. Katja zog sich das Herz zusammen. Er sah aus, als sei er der nächste, der zusammenklappte.

Wie von bösen Geistern gejagt, fuhr sie in Richtung Pfalz. Sie musste dringend mit ihrer Mutter reden und besprechen, wie es weiterging für sie und Zoe.

Erst als Neustadt in Sicht war, atmete sie wieder ruhiger. Da sie noch früh dran war, beschloss sie, in der Stadt ein Kleid für den Ärzteball zu kaufen. Sie parkte und genoss es, durch die beschauliche Stadt zu schlendern, die so viel leiser war als das große, hektische Mannheim. Vom Weihnachtsmarkt her erklang leise Weihnachtsmusik und die nostalgische Kindereisenbahn drehte dort mit fröhlichen Kindern ihre Runden. Feuchter Nebel hatte sich über die Straßen und Gassen gesenkt und dämpfte die hellen Lichter der Sternenketten, die sich von Haus zu Haus spannten.

Im zweiten Geschäft wurde sie fündig und kaufte ein langes, schmal geschnittenes mitternachtsblaues Kleid, dessen Oberteil aufwändig mit Perlen bestickt war. Da es ärmellos war, würde es sicher gut aussehen, wenn sie sich Apollonias großes Seidentuch über die Schultern legte.

Spontan und mit klopfendem Herzen rief sie Jens in seiner Praxis an und fragte, ob er Zeit für eine Mittagspause habe.

»Ja, habe ich«, sagte er.

Katja wurde ganz warm vor Glück.

»Holst du mich hier in der Höhle der Löwen ab? Wir können dann in meine Wohnung gehen. Ich koche.«

Durch den dichten Nebel lief sie zur Kinderarztpraxis. Drinnen herrschte ein gewaltiges Chaos. Die Arzthelferin stand mit dem Schlüssel in der Hand an der Tür und wartete entnervt darauf, für die Mittagspause zuschließen zu können. Jens stand im weißen Kittel im Flur, von schreienden, quengelnden Kindern umringt, deren Mütter sie vergeblich einzufangen versuchten, während zwei von ihnen gleichzeitig auf ihn einredeten.

»Jetzt bitte keine Grundsatzdiskussionen mehr«, sagte er und warf Katja einen funkelnden Blick zu, den sie lächelnd erwiderte. »Lassen Sie sich für nach Weihnachten einen Termin geben, dann können wir über das Für und Wider der Tetanusimpfung sprechen. Obwohl ich wirklich nicht weiß, was es da zu diskutieren gibt. Könnten Sie Ihr Kind bitte davon abhalten, meine Wände anzumalen?«

»Ja, aber ...«, setzte die Mutter wieder an, eine dieser blonden, gestylten *It-Moms*. Die Arzthelferin schob sie resolut mit ihrem Sohn durch die Tür nach draußen.

Sie musterte Katja von oben bis unten. »Und Sie wünschen? Die Sprechstunde ist um.«

»Sie gehört zu mir«, sagte Jens. Er zog seinen Arztkittel aus und schlüpfte in seinen Mantel. Dann legte er den Arm um Katja, und die kleine Menge der Mütter und Kinder teilte sich wie das Rote Meer, um sie durchzulassen. Plötzlich waren alle leise. Unangenehm berührt bemerkte Katja im Weggehen noch den bösen Blick der Arzthelferin.

»Du bist meine Rettung«, murmelte er und küsste sie vor dem Haus liebevoll auf den Mund. Sie schmiegte sich an ihn und spürte seinen Herzschlag. Ihr wurde bewusst, wie stark sie ihn vermisst hatte.

»Ich habe heute Vormittag bereits fünf Streitgespräche über das Impfen geführt, zwei Mütter lehnten Antibiotika bei schwerer Mittelohrentzündung ab, weil sie lieber Zuckerkügelchen wollten. Drei Mütter kamen mit völlig unauffälligen und gesunden Kindern und wollten mir einreden, die Kleinen litten an Autismus, das hätten sie selbst diagnostiziert anhand eines Tests in der Zeitschrift *Elternsein heute*. Und das Kind eben malte die Wand an, was seine Mutter nicht zu stören schien.«

Katja musste über seine gespielte Verzweiflung lachen und küsste ihn. »Du hast es auch nicht leicht, was?«

»Nein. Ich brauche jetzt viel Zuwendung. Und was verschlägt dich hierher in diesen öden, vernebelten Landstrich?«

»Ach, ich war in Mannheim bei meinem Arzt.« Katja beschrieb ausführlich den Rentierpullover, den Doktor März getragen hatte, um sich seinen Patientinnen, die es gut mit ihm meinten, erkenntlich zu zeigen.

Jens starrte sie an. »Der hat doch nicht alle Latten am Zaun. Wie alt ist er? Frisch von der Uni? Suche dir einen neuen Arzt. Es ist doch sowieso sehr umständlich, jedes Mal nach Mannheim zu fahren.«

»Ich mag ihn aber, das ist das Problem.«

Mit feuchten Haaren und Mänteln vom Nebel erreichten sie seine Wohnung und gingen die Treppe hoch. Er nahm ihr die Jacke ab und legte sie über die antike Truhe am Eingang. Er nahm sie in seine Arme. Sie standen fest umschlungen, atmeten im selben Rhythmus. Alles war gut, die Welt bestand nur aus ihnen beiden in diesen vier Wänden.

Jens legte eine CD mit Weihnachtsliedern auf und begann in der Kochnische zu hantieren. Aus dem Erkerfenster schaute Katja über die Dächer Neustadts: Alles sah aus wie in Watte gepackt.

»Wie geht es deinem Sohn?«, fragte sie.

»Es geht ihm gut. Er ist wieder zu Hause. Und da heute die Ferien beginnen, muss er auch nicht mehr in die Schule. Da ist er natürlich heilfroh drüber.«

Bald waren die Spaghetti mit Gemüsesoße aus dem Glas fertig, und sie aßen im Erker, wo Jens den Tisch gedeckt hatte.

»Weihnachten wird nicht einfach«, sagte Katja leise. »Ohne dich. Zu wissen, dass du die ganze Zeit bei deiner ... Frau bist.«

Er hielt sie in einem intensiven Blick seiner braunen Augen fest und legte eine Hand auf ihre. »Ich weiß. Für mich ist es auch schwer. Ich mache es nur der Kinder wegen. Ich habe auch keine Lust, auf heile Familie zu machen. Ich weiß auch nicht, welche Vorstellungen Maike da hat. Aber du musst dir keine Sorgen machen. Ich werde mich viel mit den Jungs beschäftigen, mit ihnen spielen, spazieren gehen. Und du wirst auch abgelenkt sein.« Er küsste sie auf die Hand und sah sie liebevoll an. »Du hast deine Familie und Zoe. Bei euch wird auch einiges los sein. Dir wird es bestimmt nicht langweilig.«

»Das nicht. Aber ich werde dich vermissen.« Bereits jetzt war ihr zumute, als würde ihr das Herz herausgerissen.

Von der CD ertönte leise *Panis angelicus*, gesungen von Plácido Domingo. »Man könnte sagen, das ist unser Lied, was?«, sagte er. »O res mirabilis ... Weihnachten geht jedes Jahr schneller vorbei, als einem lieb ist. Und am 27. sehen wir uns wieder und gehen gemeinsam auf den Ärzteball.«

»Darauf freue ich mich.«

Jens rieb sich müde über die Augen. »Wollen wir uns ein wenig hinlegen? Ich habe heute Nacht sehr wenig geschlafen. Eine Dreiviertelstunde, bis ich wieder los muss?«

»Ja, ich kümmere mich noch schnell um das Geschirr.«

»Lass es stehen, das mache ich heute Abend.«

Er nahm sie an der Hand und zog sie zu seinem Massivholzbett mit der Bob-der-Baumeister-Bettwäsche. Sie zogen sich bis auf die Unterwäsche aus und schlüpften unter die schwere, warme Decke. Jens stellte den Wecker seines Handys und schlang seinen Arm fest um Katja. Eng aneinandergeschmiegt lagen sie da.

»Wenn ich zwanzig Jahre jünger wäre, würden wir jetzt bestimmt nicht schlafen«, murmelte er.

Katja schloss lächelnd die Augen. An seinem ruhigen Atem merkte sie, dass er sofort eingeschlafen war. Auch sie schlief bald fest und erholte sich von der unruhigen Nacht, in der sie aus dem Fenster in den dunklen Garten gestarrt und drei Folgen von *Blue Bloods* geschaut hatte.

Beide hatten die Klingel nicht gehört und schreckten erst auf, als jemand vor ihrem Bett stand.

»Johannes!« Jens setzte sich schockiert im Bett auf. »Was machst du hier?«

»Was soll ich hier schon machen?«, gab der Junge trotzig zurück und starrte Katja hasserfüllt an. Katja wäre am liebsten unter der Bettdecke verschwunden. Das Kind war der jüngere Sohn und mit seinen braunen Augen und den markanten Gesichtszügen eine kleinere Ausgabe seines Vaters.

»Guten Tag«, erklang da eine eisige Stimme hinter dem Jungen. Jens sprang aus dem Bett, während Katja wie zum Schutz die Bettdecke so hoch wie möglich zog.

»Maike! Was soll das? Warum habt ihr nicht geklingelt? Was macht ihr hier um diese Zeit?«

Maike musterte Katja mit zusammengekniffenen Augen und wandte dann angewidert den Blick ab, als sei sie es nicht wert, weiter begutachtet zu werden. »Und ob wir geklingelt haben. Wahrscheinlich warst du so mit deiner Affäre beschäftigt, dass du mich im Eifer des Gefechts nicht gehört hast.«

Johannes verschränkte die Arme und warf Katja böse Blicke zu.

Katja wusste nicht, was sie jetzt tun sollte. Einfach im Bett bleiben oder herausschlüpfen und sich schnell anziehen? Jens' Frau sah genauso aus, wie sie es befürchtet hatte. Geglättete, perfekt geschnittene karamellfarbene Haare, schwarze Stoffhose, teure Stiefel, rehbrauner Kaschmirpullover und Perlenkette. Sie sah aus wie aus dem Ei gepellt, gepflegt, sehr selbstsicher und kostspielig gekleidet. Katja kam sich vor wie ein rothaariger Trampel vom Land. Und plötzlich wurde ihr bewusst, dass diese wunderbar schillernde Seifenblase, in der Jens und sie bisher geschwebt hatten, am Platzen war. Maike Rombach hatte sie als Affäre bezeichnet. Das tat sehr weh, und sie fühlte sich minderwertig und in ihre Schranken gewiesen.

»Das ist keine Affäre, und wenn dir nicht gefällt, was du siehst, platz hier nicht einfach rein«, sagte Jens mit einem wütenden Funkeln in den Augen und zog sich mit hektischen Bewegungen seinen Pullover über. »Was steht an, Johannes? Wo ist Maximilian?«

»Du sollst auf mich aufpassen«, sagte der Junge feindselig. »Aber ich bleib nur bei dir, wenn die da weg ist. Und die soll sich aus meiner Bob-der-Baumeister-Bettwäsche machen.«

»Wo die da ist, entscheidest nicht du«, erwiderte Jens und maß ihn mit einem strengen Blick. »Und jetzt kommt zur Sache, ich muss in die Praxis zurück.«

»Soso, ist das Schäferstündchen vorbei?«

»Maike!«

»Na gut. Ich muss mit Maximilian zum Orthopäden. Er wartet im Auto. Da es länger dauern kann, kümmerst du dich bitte um Johannes. Du kannst ihn heute Abend wieder nach Hause bringen.«

»Gutes Timing, wie immer, Maike. Ich darf auf meine Kinder aufpassen, wenn bei dir gerade Not am Mann ist. Ansonsten hältst du die beiden gerne mal fern von mir. Soll ich ihn in die Praxis mitnehmen, oder wie stellst du dir das vor?«

»Ja, warum nicht. Du hast doch sonst auch immer für alles eine Lösung, Superpapa.«

»Hört auf zu streiten«, fiel Johannes mit finsterem Blick ein. »Wenn die nicht da wäre, wäre alles gar nicht so schlimm.«

Katja hielt nun nichts mehr im Bett. Rasch stand sie auf, nahm Hose und Pullover und lief ins Bad, um sich anzuziehen. Sie war nass geschwitzt und ihr war übel. Wo sollte das hinführen, dachte sie verzweifelt. Ihre Hände zitterten so sehr, dass sie kaum den Reißverschluss ihrer Hose zubekam.

»Hast du ihm das gesagt?«, fragte Jens draußen mit leiser, fast drohender Stimme zu seiner Frau. »Hast du ihm gesagt, Katja wäre die Ursache …?«

»Lass meinen Arm los, Jens.«

»Johannes, bleibst du kurz hier? Ich gehe mit deiner Mutter mal eben vor die Tür.«

Eine Weile wartete Katja, auf dem Badewannenrand sitzend. Als sie keine Gespräche und Geräusche mehr hörte, öffnete sie leise die Tür und wagte sich hinaus.

Der Junge saß mit finsterer Miene auf der Couch. Als er sie sah, sprang er auf und schrie sie wütend an: »Er gehört Ihnen nicht! Niemals! Er gehört meiner Mutter!«

Die Aggression, die aus seinen Worten und seiner ganzen Körperhaltung sprach, erschreckten sie. Sie zog ihren Mantel an und verließ die Wohnung. Unten im Treppenhaus stand Jens mit seiner Frau und redete leise auf sie ein. Er hatte Katja den Rücken zugewandt und sah sie nicht, als sie an ihm vorbeiging und die Haustür aufzog. Katja hatte das Gefühl, als würde sie geradewegs aus seinem Leben marschieren und als würde dabei ihre ganze Welt zusammenbrechen.

11

Welt ging verloren

Aufgewühlt lief sie zum Parkplatz. Ihr fiel dreimal der Schlüssel aus der Hand, bevor es ihr endlich gelang, die Tür aufzuschließen. Im Auto blieb sie erst einmal sitzen und starrte lange vor sich hin. Der Nebel war inzwischen so dicht, dass sie kaum die Straße sehen konnte. Sie zuckte zusammen, als auf ihrem Smartphone die Titelmelodie von *Blue Bloods* ertönte, wusste aber sogleich mit jeder Faser ihres Herzens, dass er es war.

»Es tut mir leid, Katja«, klang seine Stimme dunkel aus dem Telefon. »Vergiss diese Szene. Sie hat nichts zu bedeuten.«

»Ja«, flüsterte sie, mit dem sicheren Gefühl, dass diese Szene sehr viel zu bedeuten hatte.

»Das hat nichts mit uns zu tun. Lass dich nicht verunsichern.«

»Wo bist du?«

»In der Praxis.«

»Und dein Sohn?«

»Sitzt hier am Empfang und spielt am Computer rum. Ich habe ihm die Leviten gelesen. Nimm das alles nicht persönlich. Ich muss Schluss machen, die Bude brennt. Wir sehen uns wie geplant zum Ärzteball, ja?«

»Ja.«

Sie kroch im Schneckentempo durch das Tal. Erst auf den letzten Metern sah sie die Kronen der kahlen Bäume aus dem

Nebel auftauchen – es sah aus wie verwunschen.

Im Haus war es warm und behaglich. Kerzen brannten auf den Fensterbrettern und Apollonias Engel aus Stoff und Filz schwebten von der Decke. Als sie ihren Mantel an die Garderobe hängte, kam Isabelle die Treppe hinunter. Sie trug eine samtene Jogginghose zu ihrer üblichen Strickjacke, die roten Locken locker im Nacken zusammengedreht. In der Hand hielt sie ein Cocktailglas mit einer rosa-blauen Flüssigkeit und einem Papierschirmchen am Rand.

»Ist schon blaue Stunde?«, fragte Katja zerstreut.

»Ja. Komm mit in mein Arbeitszimmer, du kommst gerade recht. Ich feiere nämlich meine eigene kleine Betriebsweihnachtsfeier.«

»Was?«

»Komm mit.« Isabelle lief auf dicken Strümpfen voraus die Treppe hoch. »Na ja, jeder, der arbeitet, hat doch eine Weihnachtsfeier in seinem Betrieb, seinem Büro, seiner Firma, was weiß ich. Deine Klitsche hatte doch auch gerade eine, oder?«

»Nicht, dass ich eingeladen gewesen wäre«, sagte Katja. »Aber ich hätte ja sowieso nicht hingewollt.«

»Genau. Da ich selbstständig bin und alleine tätig, habe ich beschlossen, meine eigene kleine Feier zu veranstalten. Wer braucht schon Kollegen? Leistest du mir wenigstens Gesellschaft?«

»Na gut«, seufzte Katja, obwohl sie sich am liebsten in ihrem Schlafzimmer verkrochen hätte. »Sag mal, hast du schon getrunken? Schwankst du? «

»Na und?« In Isabelles Arbeitszimmer türmte sich ein wüstes Durcheinander aus Papieren und Unterlagen auf dem Schreibtisch. Daneben standen Gläser und mehrere Flaschen mit bunten Flüssigkeiten. Isabelle warf sich auf ihren Schreibtischstuhl, hängte die Beine über eine Armlehne und bedeutete Katja, sich irgendwohin zu setzen. »Ich kippe jetzt so viele Cocktails, bis ich Kopfweh habe. Dann genieße ich Weihnachten, ohne einen einzigen Satz zu übersetzen. Am 2. Januar fange ich wieder an zu arbeiten. Klingt das nicht nach einem guten Plan?«

»Irgendwie klingt das ein bisschen verzweifelt«, sagte Katja und setzte sich auf den einzigen Stuhl im Zimmer.

»Was trinkst du? *Sex on the Beach*? Kann ich besonders gut."

»Hör mir auf mit *Sex on the Beach*!«

»Oh, Entschuldigung. Lief wohl nicht gut heute mit deinem Herrn Doktor, was?«

Isabelle mixte gekonnt Tequila, Orangenlikör und Limettensaft in einem Shaker mit Eiswürfeln, goss alles in ein Glas und reichte es Katja. »Hier. Eine *Margarita*. Gleich geht's dir besser.«

Sie saßen eine Weile im Halbdunkel und nippten an ihren Cocktails, ohne zu reden. Es war ein angenehmes Schweigen, wie unter Geschwistern.

»Was ist passiert?«

Katja erzählte, was sich in Jens' Wohnung zugetragen hatte. Allein das Berichten war eine Qual. Als Isabelle einen Cocktail-Nachschub mixte, senkte sich der Alkohol endlich schwer auf ihre Sinne und nahm allem ein wenig die Schärfe.

»Mhm, der schmeckt gut, Isabelle. Das ist die reinste Medizin.«

»So ist es. Wir sollten das Trinken nicht zur Gewohnheit werden lassen, aber heute ist ja schließlich meine Firmenweihnachtsfeier.« Sie kicherten beide ein bisschen, dann beugte sich Isabelle mit ernster Miene zu ihr vor. »Es ist einfach gefährlich, sich mit einem Mann einzulassen, der sich erst kürzlich von seiner Frau getrennt hat.«

»Sag bitte nicht, ich habe es dir ja gesagt.«

»Ich habe es dir ja gesagt, Katja. Ich habe dich gewarnt. Nach so kurzer Zeit der Trennung hat er noch lange nicht mit ihr abgeschlossen. Er ist nicht frei für dich, er ist nicht frei in seinen Gefühlen. Er hängt noch sehr an ihr nach all den Jahren, das ist mal sicher.«

Katja trank ihren Cocktail aus, wischte sich mit dem Ärmel über die feuchten Augen und sagte: »Mach mir bitte noch einen. Ach weißt du, es ist nicht so, dass er an ihr hängt. Ich glaube, diese überspannte Kuh geht ihm ganz schön auf den Geist. Aber sie benutzt ständig die Kinder als Druckmittel. Wenn sie mal über Nacht bei einem Altphilologenseminar ist, darf er die Kinder haben. Ansonsten entzieht sie sie ihm, wie es ihr passt, oder setzt sich über Abmachungen hinweg.«

Isabelle mixte zwei weitere Cocktails und reichte Katja einen mit bereits recht unsicherer Hand. »Hoppla. Ja, das ist übel. Wenigstens interessiert er sich für die Kinder und will Zeit mit ihnen verbringen, nicht so wie unsere beiden Verflossenen. Aber die Kinder verbinden ihn mit seiner Frau. Das wird immer so sein. Das kann er nicht so einfach wegstecken. Diese Person wird immer präsent sein in seinem Leben. Da kannst du nichts dran ändern. Wie sieht's denn an Weihnachten aus? Was habt ihr vor?«

Katja senkte den Kopf. »Er verbringt die Feiertage mit seinen Söhnen ... und seiner Frau.«

»Wie bitte? Wozu das denn? Wollen sie einen auf heilige Familie machen?«

»Sie haben sich wegen der Kinder zusammengerauft. Damit die Kinder ein unbeschwertes Weihnachtsfest verbringen können und nicht zwischen Vater und Mutter hin- und hergerissen sind. Jens hofft, dass seiner Trulla nicht in letzter Minute einfällt, dass sie das doch nicht möchte. Die Idee ist doch ehrenwert, oder?«

»Jaja, blabla. Und wo bleibst du? Darfst brav zu Hause bei Mutti sitzen.«

Wieder schwiegen sie eine Weile. Isabelle ließ den Kopf rückwärts über die Stuhllehne hängen und starrte an die Decke, während Katja geknickt in ihr Cocktailglas schaute. Unten im Erdgeschoss hörten sie Zoe und Ida-Marie lachend umherlaufen.

»Mach Schluss mit ihm. Sonst wird er das irgendwann tun. Hör auf mich, das ist das Beste. Er ist noch zu sehr mit seiner Frau verbunden. Und sie wird euch zwei bestimmt nicht in Ruhe lassen. Vielleicht fällt ihr nach diesem Auftritt heute ein, dass sie ihn doch noch will. Es ist doch oft so: Man kann den eigenen Partner kaum noch ertragen, aber sobald eine andere Frau ihn möchte, merkt man, was man an ihm hatte und will ihn zurück.«

»Ist mir noch nie passiert«, sagte Katja.

Isabelle seufzte. »Mir auch nicht. Aber wer weiß, vielleicht nähern sie sich einander wieder an, wenn sie Weihnachten zusammen in ihrem Haus verbringen.«

»Sag das nicht!« Katja starrte ihre Kusine entsetzt an. »Musst du mir solche Katastrophenszenarien ausmalen? Als ob ich nicht die ganze Zeit genau daran denken würde!«

»Du musst ein bisschen realistisch sein«, sagte Isabelle und reichte ihr ein Taschentuch. »Putz dir die Nase. Glaubst du, die zwei sitzen Weihnachten zusammen und spielen den ganzen Abend Mensch-ärgere-Dich-nicht?«

»Hör endlich auf! Du machst alles noch schlimmer. Meinst du, ich sehe die beiden nicht die ganze Zeit vor mir, wie sie es abends vor dem Christbaum, wenn die Kinder im Bett sind, miteinander …?«

»Treiben?«, half Isabelle aus.

»Ja.« Katja drückte verzweifelt das durchnässte Taschentuch an die Augen. »Vielleicht hast du recht. Ich sollte loslassen. Ich sollte Schluss machen. Sie passt so viel besser zu ihm als ich. Wenn du sie nur gesehen hättest, Isabelle. Die perfekte Arztfrau, topgestylt, attraktiv, manikürt und gefärbt und klapperdürr … Da komme ich Landei aus dem Lambrechter Tal, rothaarig und mit Rundungen, nicht dagegen an.«

»Sag mal, spinnst du?«, sagte Isabelle. »Was erzählst du da? Mach dich doch nicht so klein. Du bist sehr attraktiv, auf deine Weise. Aber er ist eben nichts für dich, versteh das doch.«

»Mamaaa!«, brüllte es von unten hoch. »Bist du wieder da?«

»Ich muss runter«, murmelte Katja und stand auf. »Mein Typ wird verlangt. Oh … mir ist jetzt auch ein bisschen schwindlig.«

»Das war's wert«, sagte Isabelle zufrieden. »Und wenn du

mich jetzt hängen lässt, trinke ich alleine weiter. Meine Weihnachtsfeier ist noch nicht zu Ende.«

Leicht benommen ging Katja die Treppe hinunter ins Erdgeschoss.

Dort wartete Zoe auf sie, fiel ihr stürmisch um den Hals und übersäte sie mit Küssen. »Du bist wieder da, Mama. Ich war mit Oma und Ida-Marie bei der letzten Probe vom Krippenspiel. Ich kann meinen Text besonders gut. Soll ich mal?«

»Ja, nur zu, mein Schatz.«

»Friede auf Erden und den Menschen ein Wohlgefallen«, rezitierte Zoe stolz.

»Sehr gut.«

Mit ihrer Tochter an der Hand betrat Katja die Küche, wo ihre Mutter mit einer dampfenden Kanne Tee und einem Teller Keksen am Tisch saß und einen Stapel Weihnachtskarten las.

Eve sah auf und wedelte zerstreut mit einer Karte, die einen pausbackigen Engel zeigte. »Wie jedes Jahr bin ich zu spät dran mit den Weihnachtskarten. Was ich jetzt schreibe, kommt nicht mehr rechtzeitig an. Möchtest du einen Tee?«

»Ja, gerne.« Sie setzte sich zu ihrer Mutter an den Tisch, Zoe schmiegte sich auf ihrem Schoß an sie. »Aber das macht nichts mit den Karten, Mama. Schreib doch einfach Neujahrskarten. Zwischen den Jahren hast du Zeit dazu.«

Eve blickte sie erstaunt an. »Ja, du hast recht. Das ist eine gute Idee.«

»Mama, ich möchte mit dir reden.«

»Ja?« Ein bisschen verschreckt sah Eve sie über den Rand ihrer Teetasse an. »Hat der Arzt was Schlimmes gesagt?«

»Nein, nein. Ich weiß, dass es nicht mehr so weitergehen kann. Mir ist bewusst geworden, dass ich nicht mehr in Mannheim leben kann. Die Großstadt erdrückt mich. Und dieses hektische Leben kann ich Zoe auch nicht mehr zumuten.«

»Das sagen wir dir ja alle schon seit langer Zeit«, sagte Eve und wischte die Kekskrümel, die Zoe hinterließ, vom Tischtuch.

»Deshalb …«, Katja holte tief Luft. »Deshalb möchte ich dich fragen, ob Zoe und ich hier wohnen können. Also nicht nur für ein paar Wochen, sondern auf Dauer.«

»Ja, ja, ja!«, schrie Zoe und prustete noch mehr Krümel über den Tisch.

Eve wischte ihr reflexartig den Mund ab. »Nicht so stürmisch, junge Dame. Natürlich könnt ihr das, Katja. Das ist auch euer Zuhause. Das weißt du.«

»Das ist lieb.« Katja stand auf und umarmte ihre Mutter. »Ich müsste dann jeden Tag von Lambrecht nach Mannheim pendeln, aber das machen viele andere auch. Mit der Arbeit geht es auch nicht weiter wie bisher. Dieser Job macht mich krank. Aber bis ich etwas Neues gefunden habe, würde ich gerne meine Arbeitszeit reduzieren. Ich muss noch mit meiner Chefin reden, ob sie einverstanden ist, dass ich beispielsweise nur achtzig Prozent arbeite. Ich könnte dann einen Tag in der Woche zu Hause bleiben und hätte mehr Zeit für Zoe.«

»Ja, ja, ja!«, schrie Zoe erneut und hüpfte auf Katjas Schoß auf und ab. »Aber warum gehst du überhaupt arbeiten? Bleib doch ganz zu Hause!«

»Ja, super Idee«, lachte Katja. »Wenn das mal so einfach ginge. Aber zurück zum Thema – Mama, wärst du bereit, mir mit Zoe ein bisschen unter die Arme zu greifen? Mal nachmittags auf sie aufpassen, bis ich nach Hause komme, oder dergleichen?«

»Natürlich. Wir helfen alle. Wenn ich mal nicht da bin, ist auf jeden Fall Isabelle da oder Gudrun. Außerdem geht Gudrun im April in Rente und ich im Januar nächsten Jahres. Dann haben wir noch mehr Zeit.«

»Dann darf ich hier zur Schule gehen?«, kreischte Zoe und zappelte so wild herum, dass die Kerzen auf dem Adventskranz schwankten.

»Pass auf mit deinem Gezappel, du setzt noch das ganze Haus in Brand«, sagte Katja. »Ja, du darfst hier in die Schule gehen. Und bis du im Sommer eingeschult wirst, kannst du hier noch in eine Kita gehen. Wir können dich nach den Weihnachtsferien anmelden. Vielleicht haben sie dann auch gleich einen Platz frei für dich.«

Zoe fiel ihrer Mutter so leidenschaftlich um den Hals, dass die Teekanne umfiel. Eve seufzte, lächelte aber und suchte ein Putztuch, um die Überschwemmung zu beseitigen.

Da ging die Tür auf und Gudrun kam kopfschüttelnd herein. Sie huschte, wie ihre Tochter, auf dicken Socken durchs Haus. »Was ist denn hier los? Was schreit das Kind denn wieder so? Zoe, hier im Haus wohnen Senioren!«

Unbemerkt war auch Onkel August am Stock hereingehumpelt. »So, Senioren? Wer denn? Du und Eve?«

»Kindskopf«, schalt Gudrun. »Was turnst du denn wieder die steile Treppe hinunter, August? Irgendwann stürzt du.«

»Mir ist der Tee ausgegangen«, sagte August, sie völlig ignorierend. »Kann mir hier jemand aushelfen? Kräuter, wenn's geht.«

Isabelle rief von oben: »Hier bei mir gibt's Cocktails. Onkel August, Lust?«

Während Eve in ihren Küchenschränken nach Kräutertee kramte und Katja den verschütteten Tee aufwischte, sah August neugierig von einer zur anderen. »Ich komme nachher, Isabellchen. Ich glaube, hier unten spielt sich gerade etwas ab, was ich nicht verpassen möchte.«

»Da könntest du recht haben«, sagte Katja, die mit dem Putztuch unter dem Tisch kniete.

»Wir haben gerade wichtige Entscheidungen getroffen«, erklärte Zoe. »Sehr wichtige Entscheidungen! Ich glaube, mein ganzes Leben wird sich verändern!«

»Na, hört, hört«, warf Gudrun mit hochgezogenen Augenbrauen ein. »Um was geht's denn? Wandert ihr nach Madagaskar aus?«

Eve drückte August eine Packung Teebeutel in die Hand und erzählte von Katjas Plänen.

Als sie geendet hatte, zog August Katja an sich heran und küsste sie auf die Wange. »Toller Plan. Hier gehörst du auch her.«

»Was besprecht ihr da unten?«, rief Isabelle mit schwerer Zunge zu ihnen herunter.

»Hör auf zu trinken und komm runter, wenn du es erfahren willst«, schrie Gudrun missbilligend nach oben. »Ich schreie jetzt nicht durchs ganze Haus, damit du auf dem Laufenden bist.« Aufgeregt ging sie in der Küche auf und ab. »Ich finde den Plan auch sehr richtig. Sehr gut für Zoe, vor allem. Sie ist bisher ein bisschen ohne Regeln aufgewachsen, so scheint es mir. Dieses ständige Rumschreien – darauf werden wir jetzt alle ein Auge haben und sie in leisere Bahnen lenken.«

»Aber du hast doch eben auch durchs Treppenhaus geschrien!«, sagte Zoe und verschränkte die Arme vor der Brust.

»Seht ihr, was ich meine?«, fragte Gudrun. »Keine Regeln. Aber das wird schon.«

»Sei nicht frech zu Tante Gudrun«, mahnte Katja.

»Wie heißt es doch so schön: Es braucht ein ganzes Dorf, in unserem Fall eine ganze Großfamilie, um ein Kind zu erziehen«, salbaderte Gudrun. »Jetzt brauche ich erst mal Papier und Stift.«

Sofort huschte Eve aufgeregt los, um das Gewünschte zu besorgen.

»Was hast du vor?«, fragte Katja.

»Wir müssen eine To-do-Liste erstellen. Schreib auf, Eve: Erstens: Wohnsitz ummelden.«

»Die Liste kann ich auch selber machen«, sagte Katja.

»Zweitens: Wohnung in Mannheim kündigen. Drittens: Zoe in Mannheim in der Kita abmelden. Viertens: Zoe in Lambrecht in der Kita anmelden. Fünftens: Zoe in Lambrecht in der Schule anmelden. Sechstens: Bewerbungen für neuen Job schreiben.«

»Da hätte ich was«, ließ sich August vernehmen und raschelte mit der zusammengerollten *Tal-Depesche*. »Hier ist eine Stellenanzeige drin. Das Jugendamt in Bad Dürkheim sucht eine Betreuerin oder einen Betreuer für straffällig gewordene und/oder schwererziehbare Jugendliche. Du bist doch Sozialpädagogin, du kannst so was doch bestimmt!«

Gudrun holte tief Luft. »Das kommt nicht in Frage, August!«

Eve fügte bange hinzu: »Der Job könnte vielleicht mit Gefahren verbunden sein.«

»Gib mir bitte die Zeitung, Onkel August«, sagte Katja. »Ich werde mir die Stellenanzeigen in Ruhe ansehen. Aber eins kann ich euch sagen: Um nicht zu Kuprion Consulting zurückzumüssen, würde ich sogar die Gitterstäbe im Jugendgefängnis polieren, wenn es sein muss.«

Eve betrachtete ihre Fingernägel. »Und wenn ich mal fragen darf ... Welche Rolle spielt dieser junge Mann bei deinen Zukunftsplänen?«

Katja senkte den Blick, doch bevor sie etwas Nichtssagendes murmeln konnte, rief Isabelle von oben: »Junger Mann! Eve, der Typ ist fünfundvierzig!«

Katja sah ihrer Mutter in die Augen und sagte leise: »Ich weiß nicht, welche Rolle er spielen wird.«

August erhob sich schwerfällig, tätschelte ihr mitfühlend die Schulter und sagte: »So, ich gehe jetzt nach oben. Die Cocktails warten.«

»Ich komme mit«, rief Zoe und rutschte von Katjas Schoß.

»Hiergeblieben!« Gudrun nahm sie am Schlafittchen. »Das wäre ja noch schöner, Fräulein.«

Am Abend hatte sich der Nebel gelichtet und gab den Blick frei auf dunkle Nadelbäume, die schwärzer als Schatten jedes Licht aufzusaugen schienen. Katja stand am Fenster von Zoes Zimmer und schaute hinaus in den blassen Mond, der über den Hügeln hing.

Zoe kletterte rosig, frisch gebadet und nach Kindercreme duftend in ihr Bett. Katja kuschelte sich an sie und begann wie jeden Abend, eine Geschichte vorzulesen.

»Weißt du was, Mama?«, unterbrach Zoe sie mittendrin. »Heute ist der schönste Tag meines Lebens.«

»So?« Katja küsste sie auf den Scheitel ihrer glänzenden, dunkelroten Haare. »Warum?«

»Weil wir jetzt immer hierbleiben. Weil wir bei Oma und Ida-Marie und Tante Isabelle und Tante Gudrun und Onkel August wohnen und ich hier zu Hause sein kann, wenn du noch spät arbeitest. Und weil ich jeden Tag mit Ida-Marie spielen kann. Und weil Tante Isabelle manchmal Pfannkuchen zum Mittagessen macht. Und weil du hier mehr Zeit für mich hast.«

Katja drückte sie fest an sich und schloss die Augen. »Ja, kleine Elfe. Wir werden es schön haben.«

»Aber was ist mit meinen ganzen Sachen, die noch in unserer alten Wohnung sind? Können wir die hierherholen?«

»Wir müssen schauen, welche Möbel hier reinpassen. Vielleicht müssen wir ein paar Dinge auch woanders unterbringen. Aber deine ganzen Spielsachen können wir auf jeden Fall herholen.«

»Schööööön«, murmelte Zoe schläfrig und legte ihren Kopf aufs Kopfkissen, ihre Puppe und ihr Einhorn fest im Arm.

»Jetzt schlaf gut«, flüsterte Katja und küsste sie auf die weiche Wange.

Zoe schlief sofort ein. Katja ging noch einmal ans Fenster, um den Rollladen zu schließen. Gedankenverloren schaute sie über die abendliche Stadt. Sie war dankbar für die Unterstützung ihrer Familie. Bedingungslos und ohne zu überlegen hatten alle sofort zugestimmt, sie aufzunehmen und bei der Betreuung von Zoe zu helfen. Sie konnten zwar manchmal nerven und ihre Grenzen überschreiten, aber sie waren immer für sie da und gaben ihr Halt. Sie hatte großes Glück.

Trotzdem zehrte die Sehnsucht nach Jens an ihr. Sie fühlte sich unvollständig. Bei jedem Atemzug fehlte er ihr, ein Verlust, der sie fast körperlich schmerzte. Dazu kam die Angst, dass die Feiertage, die er mit seiner Frau verbringen wollte, etwas an ihrer gerade erst wachsenden Beziehung verändern könnten. Die Trennung mochte zum großen Teil von ihr ausgegangen sein, doch Katja war sich sicher, dass Maike so langsam bewusst wurde, was sie da aufgegeben hatte. Und als Noch-Ehefrau war sie in der besten Position, es sich wiederzuholen. In bedrückter Stimmung ging Katja in ihr Zimmer, legte sich im Dunkeln angezogen auf das Bett und starrte lange an die Decke.

Am Morgen regte sich etwas in ihrem Arm, und sie merkte schlaftrunken, dass Zoe wohl irgendwann in ihr Bett gekrochen war und bei ihr geschlafen hatte.

»Mama?«, flüsterte Zoe laut. »Bist du wach?«

»Nein.«

»Mama? Können wir aufstehen?«

»Gott, nein«, murmelte Katja in ihr Kissen.

»Mama? Kann ich schon mal hoch zu Ida-Marie und gucken, ob sie schon wach ist?«

»Mhm. Aber zieh dir Strümpfe und den Morgenmantel an.«

Zoe hüpfte schwungvoll aus dem Bett und verschwand aus dem Schlafzimmer. Katja zog sich die Decke über den Kopf. Ihr erster Gedanke galt Jens. Das Herz tat ihr weh. Sie lag im Bett, ohne sich zu rühren. Nach einer Weile hörte sie, dass wohl alle anderen aufgestanden waren. Rumpelnde Geräusche im Treppenhaus und aufgeregte Stimmen verrieten ihr, dass Gudrun und Eve gerade den Christbaum im Eingangsbereich aufstellten. Es war der 23. Dezember, und selbst vom Bett aus konnte sie spüren, dass sich eine festliche Stimmung über das ganze Haus senkte.

Seufzend nahm sie ihr Smartphone vom Nachttisch, um sich endlich bei ihrer Chefin Bettina Mahler zu melden. Minutenlang starrte sie das Handy an, ohne zu wissen, wie sie ihr Anliegen formulieren sollte.

Hallo Bettina, schrieb sie dann über WhatsApp, erst mal Frohe Weihnachten. Ich würde gerne nach Weihnachten mit dir über berufliche Veränderungen sprechen. Können wir einen Termin ausmachen?

Worum geht's?, kam sofort die Antwort. Für Termine habe ich keine Zeit. Fasse dich bitte kurz. Ich bin in der Firma, der Jupiter-Deal droht aus dem Ruder zu laufen, mache wahrscheinlich die Feiertage durch. Also?

Katja schluckte. Am Jupiter-Deal, einer aussichtslosen Sache mit völlig überzogenen, nicht zu erfüllenden Erwartungen von Seiten des Kunden, hatte sie auch mitgearbeitet. Und Bettina war offensichtlich wieder in ihrer üblichen Beststimmung. Sie hoffte inständig, sie würde ihr Anliegen nicht sofort abschmettern, und schrieb: Ich möchte mit dir über die Möglichkeit reden, nur noch achtzig Prozent zu arbeiten, wenn ich zurückkomme, d.h. ich möchte einen Tag in der Woche freihaben.

???????????

Ich muss aus gesundheitlichen und familiären Gründen kürzertreten. Das ist sehr wichtig für mich und vor allem für Zoe.

Dann gib den Hund doch weg, wenn er eine Belastung ist.

Fassungslos warf Katja das Smartphone auf die Bettdecke, nahm es aber gleich wieder zur Hand, um mit zitternden Fingern eine Antwort zu schreiben: Hund?? Zoe ist meine Tochter!

Und du glaubst, dass du deine Arbeit noch gebacken kriegst, wenn du Teilzeit arbeitest und einen Tag in der Woche zu Hause rumsitzt?

Ja.

Sorry, Katja, habe einen Anruf in der Leitung. Gleich wieder da.

Nervös wartete Katja. Die Minuten zogen sich dahin. Bettina klang nicht sehr vielversprechend. Natürlich nicht. Wann war ihre Chefin jemals offen für Vorschläge gewesen oder hatte Einfühlungsvermögen und Entgegenkommen gezeigt?

Bin wieder da. Wo kämen wir denn hin, wenn alle so wenig arbeiten würden?

??? Es sind nicht alle in meiner Situation und es wollen nicht alle in Teilzeit arbeiten. Außerdem würde ich ja dann auch weniger verdienen, das darf man auch nicht vergessen. Ich möchte ja nichts geschenkt haben.

Keine Ahnung, ob das funktionieren wird, Katja. Aber mal ehrlich: Das ganze Gefasel von flexiblen, familienfreundlichen

Arbeitsmodellen ist Schwachsinn. Und bevor du noch auf die Idee kommst, Homeoffice machen zu wollen, schmink dir das ab. Leute, die im Homeoffice arbeiten, kriegen den ganzen Tag nichts auf die Reihe, die bringen ihre Kinder in die Kita, tratschen da erst mal stundenlang und trinken dann Kaffee mit der Freundin. Wenn sie es dann mal an den Schreibtisch schaffen, shoppen sie erst mal online, statt zu arbeiten. Also komm mir nicht mit Homeoffice, sonst fliegst du schneller, als dir lieb ist.

Katja war so schockiert, dass sie sich ständig vertippte: Bettina, ich rede nicht davon, dass ich daheim sitzen will. Ich will Teilzeit arbeiten und einen Tag freihaben. Mehr nicht.

Sorry, hab einen Anruf in der Leitung. Muss Schluss machen. Mach, was du willst, Katja. Rechtlich kannst du natürlich Teilzeit arbeiten, da kann ich nix gegen machen. Ich werde schon noch ein paar Uraltprojekte aus der Schublade kramen können, bei denen du dann nichts kaputtmachen und ein bisschen vor dich hin arbeiten kannst.

O.k. Frohe Weihnachten.

Ja, und Friede auf Erden blablabla.

Weg war sie. Katja starrte Bettinas letzten Text an. Sie fühlte sich ein wenig zittrig, sodass sie sich erst mal wieder hinlegen musste. Bettina war unmöglich. Aber sie hatte ihr wohl ihre Zusage zur Teilzeitarbeit gegeben, wenn sie so darüber nachdachte. Trotzdem fühlte sie sich niedergeschlagen.

Den ganzen Tag herrschte im Haus geschäftige Betriebsamkeit. Die zwei Großmütter, Isabelle und die Kinder schmückten im Eingangsbereich den zwei Meter hohen, prächtigen Baum. Selbst August war mühsam die Treppen hinuntergestiegen, um das Treiben nicht zu versäumen. Die Mädchen liefen immer wieder in den Keller, um noch mehr Kisten mit Weihnachtsschmuck zu holen.

Nachdem Katja es endlich aus dem Bett geschafft und sich eine Tasse Kaffee gekocht hatte, schaute sie aus dem Hintergrund zu. Plötzlich hielt sie es nicht mehr aus, so tatenlos im

Treppenhaus zu stehen. Sie griff schnell nach ihrem Mantel, schlüpfte in ihre Stiefel und verließ das Haus leise durch den Hinterausgang zum Garten. Eiskalte Luft schlug ihr entgegen. Sie stellte ihren Mantelkragen hoch und stopfte die Hände in die Manteltaschen. Raureif hatte die Äste und Zweige der kahlen Bäume weiß überzuckert, doch Katja stapfte blicklos vor sich hin. Sie kam an der dunklen Höhle vorbei, vor deren Eingang vereiste Farne standen, und kletterte den rutschigen Hang hinauf bis zum Waldweg. Zweige knackten unter ihren Füßen. Außer ihr war kein Mensch unterwegs. Mit vor Kälte tauben Fingern nahm sie ihr Smartphone aus der Manteltasche.

»Hallo Jens.«

»Ach, hallo, Liebes.«

»Geht es dir gut? Was tust du gerade?«

»Ich habe hier noch drei kleine Patienten in der Praxis sitzen. Mittelohrentzündung, Grippe und Husten kurz vor Weihnachten, du weißt schon. Aber wenn ich mit ihnen fertig bin, mache ich Schluss für heute. Und du?«

»Ach, ich bin gerade etwas nervös. Meine Familie schmückt den Baum, aber ich musste an die frische Luft und laufe ein bisschen durch den Wald.«

»Du musst nicht nervös sein, Katja. Die drei Tage sind bald herum, und dann ist der Spuk vorbei und wir sehen uns wieder.«

Sie redeten noch ein wenig über belanglose Kleinigkeiten, und trostsuchend lauschte Katja seiner ruhigen, angenehmen Stimme. Nach dem Gespräch fühlte sie sich etwas besser – doch in den drei Tagen bei seiner Familie konnte viel passieren.

Als sie nach Hause kam, war der Christbaum fertig geschmückt. Oben auf der Spitze thronte der traditionelle Rauschgoldengel mit dem goldenen Haar, und zwischen dem satten Grün hingen goldene Kugeln und Nüsse, Silberglöckchen, dunkelrote Glitzergirlanden und pausbackige Keramikengel. Rote Wachskerzen waren an den Zweigen befestigt. Es war ein wunderschönes Bild.

Zum Abendessen bereitete Isabelle in ihrer Wohnung Pfannkuchen mit Apfelmus zu, was bei den Kindern zu Begeisterungsstürmen führte. Die Stimmung am Tisch war ausgelassen, selbst Gudrun reagierte mit Humor auf Augusts Bemerkungen. Nur Katja war in Gedanken ganz woanders und starrte aus dem Fenster.

»Komm doch hoch zu mir, wenn Zoe schläft«, schlug Isabelle vor, »dann können wir noch ein bisschen quasseln und was trinken und Weihnachten einläuten.«

»Ich befürchte, ich bin heute kein guter Gesprächspartner.«

»Ach komm, hör auf, ständig nachzudenken. Morgen ist Heiligabend, alles ist gut, und du solltest jetzt auch ein wenig entspannen.«

»Das ist leider nicht so einfach«, seufzte Katja. »Ich bin gespannt wie ein Flitzebogen.«

Nach einer weiteren unruhigen Nacht versuchte Katja, sich von Zoes Weihnachtsbegeisterung anstecken zu lassen. Doch sie fühlte sich wie in Trance und hatte keine Lust sich anzuziehen. Es war Heiligabend. Jetzt war Jens bei seiner Frau und seinen Söhnen. Einen Großteil des Tages trug sie einen alten Bademantel ihrer Mutter und lief in Flauschsocken durchs Haus.

Die feierliche Stimmung war fast greifbar. Die Weihnachtsoutfits der Kinder, von Gudrun gestiftete identische rote Kleidchen mit tannengrüner Schärpe, hingen zum Anziehen bereit auf Bügeln am Schrank. Eve und Gudrun wuselten im Haus umher, um das Abendessen vorzubereiten. Es gab Raclette und als Nachtisch Tiramisu. Aus Isabelles Zimmer drang Weihnachtsmusik, und die Kinder saßen in ihrem und Gudruns Wohnzimmer vor dem Fernseher und verkürzten sich die Warterei mit dem Märchenfilm *Drei Haselnüsse für Aschenbrödel.*

An der Haustür klingelte es. Katja kauerte mit einer Tasse Kaffee auf dem Fensterbrett in der Küche und starrte in den frostig weißen Garten. Seufzend stellte sie fest, dass sich niemand berufen fühlte, an die Haustür zu gehen.

»Ja?«

Draußen stand der Paketbote, unten an der Straße parkte der Paketwagen. »Eine Lieferung für Friedinger. Die Lieferung geht nur bis Bordsteinkante. Ich lade Ihnen das Zeug aus, aber die steilen Treppen hochtragen müssen Sie selber.«

»Das hört sich ja nach zentnerschweren Paketen an«, meinte Katja und schaute durch das kahle Gestrüpp des Vorgartens hinunter. »Was ist es denn? Ich wüsste nicht, dass jemand von uns was bestellt hat.«

Der Paketbote kratzte sich an der Stirn und las von seinen Unterlagen ab: »Für Frau Apollonia Friedinger.«

Katja bekam weiche Knie. »Oh nein.« Ihr war nach Weinen zumute. Großmutter war vor Wochen von ihnen gegangen, und es kam immer noch Post für sie, so, als wäre sie noch bei ihnen.

»Was ist jetzt?« Der Paketbote trat von einem Fuß auf den anderen. »Ich muss weiter.«

»Ich komme mit runter«, sagte Katja.

»So?«, fragte er skeptisch und maß sie mit einem Blick von oben bis unten.

»Ja, so.« Peinlich berührt über ihren Aufzug und etwas verärgert, schlüpfte sie in die Gummistiefel, die neben der Haustür standen, und stapfte die Treppenstufen hinter dem Paketboten hinunter. Augenblicklich fror sie unter dem Bademantel.

Unten an der Straße traf sie fast der Schlag. Mindestens zwanzig große, an die zwei Meter lange Kartons hatte der Paketbote auf dem Bürgersteig abgeladen, dazu noch ungefähr zehn riesige, quaderförmige Kartons daneben aufgetürmt.

»Was ist da drin?«, fragte sie schockiert.

»Woher soll ich das wissen?«, brummte der Paketbote. »Unterschreiben Sie hier. Frohe Weihnachten.« Und schon stieg er in seinen Wagen, ließ den Motor an und fuhr langsam davon.

Katja stand inmitten der Kartons und fühlte sich vollkommen überfordert. Sie lief die Treppe hoch ins Haus und schrie: »Ich brauche mal Hilfe!«

Eine Weile tat sich nichts. Erst als Katja noch einmal rief, erschien Isabelle am Treppengeländer eine Etage höher. »Was schreist du so durchs Haus?« Sie trug bereits ihr Festtagsoutfit, eine schwarze Hose und eine dunkelrote Bluse mit Glitzerfäden. Ihre hellroten Kringellocken hatte sie kunstvoll aufgesteckt. »Und wieso läufst du noch im Nachthemd herum?«

»Die Post hat eben gefühlt hundert Pakete gebracht! Adressiert an Apollonia! Der Postbote hat sie alle unten an der Straße abgeladen!«

»Nun mal langsam, jetzt reg dich erst mal ab«, sagte Isabelle und kam die Treppe herunter. »Lass uns die ganze Sache mal ansehen. Und was heißt das, Apollonia hat Pakete bestellt … aus dem Grab heraus oder was?«

»Wahrscheinlich hat sie die Sachen vor ihrem Tod bestellt, und die Lieferzeit betrug ein paar Wochen«, schniefte Katja und wischte sich die Tränen ab.

»Warum weinst du?«

»Es nimmt mich mit, dass Post für Oma kommt … Ich bin in einer seltsamen Gefühlslage.«

»Reiß dich zusammen«, sagte Isabelle. »Willst du in dem Aufzug auf die Straße gehen? Nun gut, wenn du meinst.«

Sie liefen die steile Treppe hinunter bis zum Bürgersteig.

Auch Isabelle stockte der Atem. »Ach du Schande! Wie sollen wir den ganzen Kram ins Haus bringen? Versuch mal, einen der Kartons anzuheben! Der wiegt ja mindestens hundert Kilo. Was kann da nur drin sein?«

»Ich weiß nicht. Aber wir sollten die Kartons erst im Haus öffnen.«

»Ja. Pack mit an.« Isabelle stemmte eines der langen Pakete in die Höhe.

Katja fasste auf der anderen Seite an und unter Ächzen und Stöhnen hievten sie das sperrige Ding die Treppe zum Haus hoch. Oben waren sie fix und fertig.

»Das geht nicht«, schnaufte Isabelle und sank auf die Treppenstufe. »Das schaffen wir nicht.«

»Wir müssen!«

»Also komm, weiter geht's!«

Eineinhalb Stunden lang schleppten sie die Pakete hoch und stapelten sie neben dem Christbaum im Eingangsbereich. Eve und Gudrun, die das Poltern und Fluchen irgendwann hörten, tauchten auf und betrachteten entsetzt das Geschehen. Isabelle berichtete, was es mit den Paketen auf sich hatte.

»Was um alles in der Welt ...?«, stieß Gudrun hervor. »Was soll das schon wieder? Und hört mal, ihr zwei: Die Eingangshalle ist kein geeigneter Ablageort für diese staubigen Pakete. Das verschandelt unseren wunderschönen Weihnachtsbaum und die ganze Deko!«

»Danke für den Hinweis, Mutter!«, brachte Isabelle zwischen zusammengebissenen Zähnen hervor. »Und wo sollen wir das Zeug deiner Meinung nach hintun? Es ist verdammt schwer, wir schaffen das keinen Zentimeter weiter!«

»Übernehmt euch nicht«, sagte Eve. »Nicht, dass ihr euch an Heiligabend noch verletzt.«

Nachdem sie alle länglichen Pakete ins Haus geschafft hatten, legten sie eine Verschnaufpause ein. Alle beide waren nass geschwitzt und hatten schmerzhafte Blasen an den Händen. Katjas Bademantel starrte vor Schmutz und Isabelles Weihnachtsbluse war staubig und fleckig.

»Scheiße«, fluchte Isabelle.

Während sie missmutig wieder zur Straße hinuntergingen, um die rechteckigen Kartons hinaufzutragen, holte Eve ein Messer und schlitzte eines der Pakete auf.

»Bestellung vom 15. November«, las sie vor, den Lieferschein in der Hand, als Katja und Isabelle wieder nach oben gekommen waren und nach Atem ringend ein weiteres Paket abstellten. »Was hatte Mutter nur vor?«

Gudrun zerrte an der Verpackung und zog die Pappe ein Stück weg. »Und was ist das?«

»Sieht aus wie Regalbretter«, sagte Isabelle und wischte

mit einem Papiertaschentuch an ihrer edlen Bluse herum.

»Du hast recht«, stimmte Gudrun zu. »Regalbretter über Regalbretter. Für mindestens dreißig Regale. Zum Zusammenbauen. Hatte Apollonia vor, die selber zusammenzuzimmern? Und was ist in den anderen Kartons drin? Eve, schlitze mal einen auf.«

Nervös schnitt Eve eines der quaderförmigen Pakete auf und zog eine Lampe heraus. »Lampen? Schau mal, hier ist ein Bestellzettel dabei. Fünfundzwanzig mal Wandbeleuchtung mit roten, grünen, hellblauen Leuchtmitteln. Interessant.«

Ratlos sahen sie sich an. Katja und Isabelle liefen noch einige Male zur Straße, um die restlichen Pakete nach oben zu schleppen. Katja bluteten inzwischen die Hände, und Isabelle hatte sich den Rücken gezerrt. Inzwischen sah die Eingangsdiele aus, als stünde ein großer Umzug bevor und als käme gleich ein Umzugsunternehmen, um die Kisten abzuholen.

»Es sieht aus wie in einer Lagerhalle«, stellte Gudrun bitter fest. »Und das an Heiligabend. Da vergeht mir die Stimmung. Ich möchte auch eigentlich gar nicht mehr wissen, was Apollonia da im Trüben gefischt hat.« Wie um ihre Worte Lügen zu strafen, legte sie den Kopf in den Nacken und brüllte hoch ins Dachgeschoss: »August!«

Minuten später erschien August am Treppengeländer und blickte zu der versammelten Familie nach unten. »Was schreist du so, Gudrun?«

»Schau dir dieses Chaos an, August. Ich bin kurz vorm Durchdrehen. Apollonia hat im November eine abartige Menge zusammenbaubarer Regale und Wandlampen mit bunten Glühbirnen bestellt. Weißt du etwas über diese Bestellung?«

»Ähm …«

Gudrun starrte hoch zu ihm. »Was jetzt, August?«

»Keine Ahnung. Aber es wird schon seinen Zweck haben.«

Katja sah es nicht, aber sie spürte, dass August schmunzelte.

»Ihr entschuldigt mich. Ich möchte *Drei Haselnüsse für*

Aschenbrödel zu Ende sehen.« August wandte sich ab und ging wieder in sein Wohnzimmer.

Gudrun stand der Mund offen. »Was war das jetzt gerade?«

Keiner der anderen hatte Lust, der Frage nachzugehen. Isabelle fluchte noch immer über ihre ruinierte Festtagsbluse und ihre schmutzige Hose und lief nach oben. Eve kehrte in die Küche zu ihrem Tiramisu zurück, und Katja suchte nach Blasensalbe für ihre Hände.

Am Nachmittag gingen sie in der Eiseskälte zur Kirche, um sich das Kinderkrippenspiel anzusehen. Ida-Marie spielte die Maria sehr schön, und auch Zoe als kleiner Hirte war stolz, ihren Text, der aus einem Satz bestand, richtig aufzusagen. Isabelle weinte vor Rührung. Katja checkte in der Kirche dreimal heimlich ihr Handy, doch sie hatte keine Nachrichten. Zum Ende des Gottesdienstes sang die Gemeinde *O du fröhliche*. Katja traten die Tränen in die Augen, als die Zeilen *Welt ging verloren, Christ ist geboren* gesungen wurden. Voller Wehmut erinnerte sie sich an das Weihnachtskonzert in Neustadt, als Jens und sie zueinandergefunden hatten.

In diesem Jahr fand die festliche Bescherung in Gudruns und Isabelles Wohnung statt. Den Erwachsenen war ein wenig weh ums Herz, weil eine Person weniger zu ihrem weihnachtlichen Kreis gehörte. Sie überspielten ihre Traurigkeit aber den Kindern zuliebe, die gespannt auf das Glöckchen warteten, das Tante Gudrun wie jedes Jahr als vermeintliches Christkind läutete. Mit glänzenden Augen packten die Mädchen in ihren identischen roten Kleidchen – Zoe hatte sich zur Feier des Tages zusätzlich ihre Feenflügel umgeschnallt – ihre Geschenke aus.

»Ein Puppenbett!«, kreischte Zoe begeistert. »Und ein Puppenstuhl! Ida-Marie, was hast du bekommen?«

Gudrun seufzte, sagte aber nichts.

»Einen Playmobil-Ponyhof«, sagte Ida-Marie, »aber schrei mir nicht immer so die Ohren voll«.

August, der mit einem Glühwein in der Hand auf der Couch

saß, sagte: »Ich habe eigentlich auch ein Geschenk für euch alle. Leider ist es noch nicht geliefert worden. Es kommt wohl erst nach den Feiertagen an.«

»Das macht nichts, Onkel August«, sagten Isabelle und Katja gleichzeitig. »Was ist es denn?«

August lachte nur.

Katja hatte für Isabelle einen gemusterten Schal gekauft, passend zu dem Rock, den ihr die Kusine ausgeliehen hatte, und Isabelle schenkte ihr eine stylische Handtasche.

Später aßen sie in Gudruns Küche Raclette mit unzähligen Zutaten und Beilagen und das Tiramisu, das Eve wie immer himmlisch gelungen war. Es war schon sehr spät, als Katja und Isabelle ihre Töchter von den neuen Spielsachen weglotsten und zu Bett brachten. Die Kinder schliefen augenblicklich ein.

Irgendwann waren dann die Kerzen heruntergebrannt, und nur noch ein paar Krümel lagen in der Schale mit dem Weihnachtsgebäck. August zog sich in seine Wohnung unter dem Dach zurück, und auch Eve und Gudrun gingen zu Bett. Nur Isabelle und Katja blieben zurück. Sie saßen entspannt auf der Couch und nippten an ihrem Glühwein, während noch leise die letzten Lieder einer Weihnachts-CD im Hintergrund liefen.

»So, der Tag wäre überstanden«, sagte Isabelle. »Wenn auch anders als geplant. Statt meiner neuen Bluse habe ich eine sieben Jahre alte Bluse getragen.«

Katja gähnte. »Du sahst trotzdem hübsch aus.«

Isabelle musterte sie von der Seite. »Hat er sich noch mal gemeldet?«

Katja schüttelte den Kopf und nahm einen großen Schluck vom lauwarmen Glühwein.

»Es ist nicht einfach, was? Immer alles so kompliziert wie möglich. Aber ich sagte dir ja, dass es bei uns Friedinger-Frauen nie anders war. Wir haben einfach kein Glück in der Liebe.«

Katja lehnte den Kopf an die Couch und sah ihre Kusine an. »Und wie sieht es bei dir aus? Bis du nicht auch manchmal einsam?«

Isabelle starrte in ihren Glühweinbecher. »Ach, man gewöhnt sich dran.«

»Das glaube ich nicht«, murmelte Katja.

Gemeinsam starrten sie in die Kerzenstummel auf dem Adventskranz, deren Flammen nacheinander erloschen. Gleichzeitig war die CD mit Weihnachtsmusik zu Ende. Der Raum lag in Dunkelheit, und sie vernahmen nur noch das Ticken einer Uhr.

12

Die Ballnacht

Über die Weihnachtsfeiertage verbrachten sie gemütliche Stunden im Familienkreis. Sie nahmen zusammen lange, ausgedehnte Mahlzeiten ein, mal bei Gudrun, mal bei Eve, spielten mit den Kindern und ihren neuen Spielsachen oder saßen gemeinsam über Brettspielen, bei denen erstaunlicherweise immer August gewann.

»Du schummelst!«, schrie Zoe ein ums andere Mal, eher beeindruckt als verärgert.

»Was? Ich doch nicht«, sagte August jedes Mal mit unschuldiger Miene.

Katja, die die meiste Zeit im Nachthemd über einer alten Jogginghose verbrachte, raffte sich einmal am Tag auf, um mit Zoe einen längeren Spaziergang zu machen. In dicken Jacken und mit warmen Stiefeln erklommen sie den vereisten Hügel im Garten bis zum Waldweg. Katja musste Zoe jedes Mal zurückhalten, dass sie nicht in die halb verfallene Höhle kroch. Sie begegneten nur wenigen Wanderern auf den steinhart gefrorenen Wegen. Der Wald lag still und ruhig im blassen winterlichen Zwielicht. Zoe genoss die Spaziergänge mit ihrer Mutter und rannte den Weg unermüdlich vor und zurück.

»Du läufst die ganze Strecke eigentlich mehrmals, nicht nur einmal wie ich«, sagte Katja lächelnd.

»Macht nix. Ich muss mich ganz viel bewegen.«

Es waren geruhsame, gemächliche Tage, die langsam ineinanderflossen. Sie hatten keinen Kontakt zur Außenwelt und waren eingeschlossen in ihre eigene kleine Welt. Katja verbrachte die Nächte voller Unruhe. Während sie in die Finsternis starrte, brannte die Sehnsucht nach Jens in ihr wie ein Fieber. Sie hatte außer einer liebevollen SMS mit Weihnachtsgrüßen keine Nachricht von ihm bekommen. Sie selbst wollte ihn jedoch nicht anrufen, weil sie fürchtete, dass seine Frau etwas davon mitbekommen könnte.

Endlich war der 27. Dezember da. Katja atmete auf. Das Warten war vorbei, am Abend würde sie Jens wiedersehen. Sie war außer sich vor Nervosität.

»Verbringst du heute den ganzen Tag auf dem Klo?«, fragte Zoe. »Was machst du da, Mama?«

»Mir ist ein bisschen schlecht«, murmelte Katja.

»Mama, ich vermisse meine Spielsachen, die in der alten Wohnung sind. Können wir hinfahren und sie holen?«

»Heute?«, fragte Katja, nicht gerade erfreut.

»Ja, bitte, bitte, bitte. Ich möchte meinen Playmobil-Bauernhof haben und Teddy und das lila Schwein und die Bilderbücher.«

»Warum eigentlich nicht. So kriegen wir wenigstens die Zeit rum.«

Isabelle und Ida-Marie kamen gerne mit, und so fuhren sie am späten Vormittag gemeinsam nach Mannheim. Katja überkam ein beklemmendes Gefühl, als sie ihre Wohnung betrat. Zoe und sie waren eigentlich nur zum Schlafen hier gewesen und hatten die Räume nie mit Leben ausfüllen können. Ihr war, als habe sie nie hier gewohnt.

Zoe und Ida-Marie packten im Kinderzimmer die restlichen Spielsachen in einen Wäschekorb. Ida-Marie geriet in Begeisterungsstürme über die ganzen Stofftiere und das Puppenzubehör. Unterdessen packte Katja ihre Kleider zusammen.

Isabelle spazierte durch die Wohnung und ließ sie auf sich wirken. »Eigentlich ist das eine wunderschöne Wohnung, Katja. Jugendstil. Mein Gott, diese herrlichen alten Holzdielen und diese drei Meter hohen Decken mit der Stuckverzierung – ein Traum.«

»Ja«, seufzte Katja und legte T-Shirts und kurze Hosen zusammen. »Aber ich war nie heimisch und glücklich hier. Und Zoe, glaube ich, auch nicht. Wir haben in dieser Wohnung nie am Wochenende einfach die Zeit vertrödelt, zusammen Kuchen gebacken oder was gebastelt. Das war eine ganz schlimme Zeit.«

»Nun änderst du ja was dran«, tröstete Isabelle sie. »Und für diese zauberhafte Wohnung findest du bestimmt leicht einen Nachmieter. Hast du schon das Kündigungsschreiben verfasst?«

»Ja, ist schon abgeschickt.«

»Gut. Wieder einen Schritt vorwärts.«

»Kinder, seid ihr fertig, können wir gehen?«, rief Katja Richtung Kinderzimmer.

»Ja!«, schrie Zoe.

Ida-Marie warf ihr einen strengen Seitenblick zu und rieb ihr Ohr.

Gemeinsam mit Ida-Marie trug Zoe den prall gefüllten Wäschekorb mit ihren Spielsachen und Bilderbüchern aus der Wohnung, sagte kurz »Tschüss, Wohnung«, und lief, ohne noch einen Blick zurückzuwerfen, zum Auto.

Als es Abend wurde, war das Haus nur in das warme Licht der vielen Kerzen getaucht. In jeder Ecke, auf jedem Fensterbrett flackerte es behaglich. Auf Eves Etage saßen auf einer schmalen Holzbank, über der sonst Jacken und Schals lagen, Gudrun mit Ida-Marie auf dem Schoß, Eve, die den Arm um ihre Enkelin Zoe gelegt hatte, und August. Katja huschte hin und her, von Isabelle verfolgt wie ein Schatten. Sie trug bereits ihr neues mitternachtsblaues Abendkleid und hatte eine Kette mit dazu passendem Saphiranhänger, den Gudrun ihr geliehen hatte, umgelegt. Isabelle hatte ihr beim Schminken assistiert und sie beraten. Zum Entzücken der Kinder schimmerten Katjas Augenlider nun silbrig und ihre Lippen glänzten in einem kräftigen Rot. Sie duftete nach *Angel.*

»Du siehst aus wie eine Prinzessin«, sagte Ida-Marie. »Und

du riechst auch so. Vielleicht triffst du einen Prinzen auf dem Ball.«

Isabelle schnaubte. »Einen Prinzen würde ich den Rombach wohl kaum nennen.«

Katja warf ihr einen bösen Blick zu.

Ihre Kusine ignorierte ihn jedoch und steckte im Bad den Stecker des Glätteisens in die Steckdose. »Komm her und halt den Kopf still.«

»Lasst die Badtür auf, damit wir auch was sehen«, schrie Zoe vom Flurbänkchen her.

»Ist das hier eine allgemeine Unterhaltungsshow?«, fragte Katja.

»Warum bügelst du ihr die Haare?«, sagte August. »Sie sind doch schon glatt.«

»Das verstehst du nicht, Onkel August«, winkte Isabelle ungeduldig ab. »Man kann Haare immer noch glatter hinkriegen, als sie eigentlich sind.«

Als sie fertig waren, fielen Katja die dunkelroten Haare glänzend wie Seide über die Schultern.

»Pass auf, dass du nicht über den Saum deines Kleides stolperst«, warnte Gudrun.

Eve fügte hinzu: »Du willst aber nicht mit dieser riesigen Tasche auf einen Ball gehen, oder? Die passt gar nicht zum Kleid.«

»Das ist aber meine neue, bereits heiß geliebte Tasche«, zwinkerte Katja ihrer Kusine zu.

Gudrun seufzte. »Warum müssen die jungen Frauen heutzutage immer so riesengroße Taschen mit sich herumschleppen?«

»Die Tasche ist doch klasse«, sagte Onkel August. »Wenn vom Buffet was übrig bleibt, kann man die Reste problemlos in die Tasche packen.«

Katja lachte.

Gudrun war schnell die Treppe hinauf in ihre Wohnung verschwunden, um gleich darauf mit einem kleinen Abendtäschchen wiederzukommen. Es war schwarz und mit schillernden

Pailletten bestickt. »Das leihe ich dir aus. Ich kann es nicht mit ansehen, wie der große Beutel dein Kleid ruiniert.«

»Danke, das ist sehr lieb von dir, Gudrun.« Katja sah auf die Uhr. »Ich werde mich dann wohl auf die Socken machen. Sei schön lieb, kleine Elfe, Oma bringt dich dann ins Bett.« Sie küsste Zoe, die sich fest an ihren Hals klammerte.

»Monsieur beliebt es wohl nicht, dich hier am Haus abzuholen. Stattdessen lässt er dich allein in dem schönen Kleid nach Neustadt fahren«, nörgelte Gudrun.

»Wo sie recht hat, hat sie recht«, stimmte Isabelle mit einer Grimasse zu.

»Ach, lasst ihn doch, das ist doch kein Problem«, murmelte Katja. Sie hatte das Gefühl, Jens verteidigen zu müssen.

Sie hatten sich auf einem Parkplatz verabredet, wo Katja ihr Auto stehenlassen sollte, um in Jens' SUV umzusteigen. Jens war bereits da, stand neben seinem Auto und erwartete sie. Er trug einen schwarzen Smoking und sah so attraktiv aus, dass es ihr einen Stich ins Herz gab vor Verlangen und Sehnsucht, als hätte sie ihn wochenlang nicht gesehen. Zitternd stieg sie aus. Sie lehnte sich an ihn, und er legte fest die Arme um sie. So standen sie eine ganze Weile, ohne ein Wort zu sagen.

»Hallo, du.«

»Hallo, du.«

»Du siehst wunderschön aus«, sagte er.

»Du auch.«

Sie küssten sich sachte auf die Lippen, als sei ihr Glück zerbrechlich.

»Wie waren die letzten Tage?«, fragte er, als er losfuhr, und hielt sie einen Moment lang in seinem Blick fest.

»Ganz in Ordnung. Sehr ruhig. Ich war viel mit Zoe spazieren, ansonsten haben wir einfach gemütlich beisammengesessen. Und wie war es bei dir?« Sie hielt den Atem an. Hoffentlich erzählte er ihr nichts von trauter Familienidylle, das würde sie kaum verkraften.

»Auch ganz okay. Ich war mit den Jungs Schlittschuhlaufen

und im Wald. Sie haben zu Weihnachten Experimentierkästen bekommen, die haben wir zusammen ausprobiert. Das Haus steht noch, es ist Gott sei Dank nichts in die Luft geflogen.«

Katja starrte geradeaus. »Und wie war es mit Maike?«.

Er sah sie flüchtig von der Seite an. »Da gab es keine besonderen Vorkommnisse. Wir haben zusammen gegessen, waren in der Kirche an Heiligabend … Das war alles.«

Tausend Fragen brannten ihr noch auf der Zunge. War das wirklich alles gewesen? Doch sie sagte lediglich: »Ihr habt euch also nicht … wieder angenähert?«

»Nein, wie kommst du da drauf. Wir haben uns einigermaßen vertragen, mehr nicht.«

Katja schwieg. Lass es gut sein, dachte sie, und genieße den Abend.

Nach einer halben Stunde waren sie in Mannheim angekommen. Die Stadt war hell erleuchtet und lebendig, viele Menschen waren noch unterwegs auf den Straßen. Die Fassade des Hotels, in dem der Ärzteball stattfand, wurde pink und lila angestrahlt, den breiten Eingang mit den Glastüren schmückten ein Dutzend Weihnachtsbäume mit hellblauen und hellgrünen Lämpchen. Jens parkte das Auto auf dem Parkplatz hinter dem Hotel und sie betraten das imposante Gebäude über einen dicken, nachtblauen Teppich. Nachdem sie ihre Mäntel an der Garderobe abgegeben hatten, betraten sie Arm in Arm den Ballsaal. Auf einem Schild an der Eingangstür stand in geschwungenen Buchstaben: Ärzteball.

Der große Saal war bereits gut gefüllt. Staunend sah Katja sich um. Von den stuckverzierten, hohen Decken hingen schwere Kronleuchter aus Kristall, an den hohen Flügeltüren, die in einen kleinen Garten führten, bauschten sich blaue Samtvorhänge, und über den ganzen Saal verteilt standen runde Tische mit eleganten, hochlehnigen Stühlen. Paare und kleine Gruppen standen – die Damen in langen Roben, mit festlichen Frisuren und teurem Schmuck, die Herren im Smoking oder Anzug – beisammen, um zu plaudern und Champagner zu trinken.

Ein vorbeikommender Ober reichte ihnen Champagner in eleganten Gläsern, dann schlenderten sie gemächlich an den Menschentrauben vorbei. Jens begrüßte links und rechts ein paar Kollegen.

Vor einer der großen Flügeltüren blieben sie stehen. Jens hatte ihr den Arm um die Taille gelegt und flüsterte ihr ein paar Lästereien ins Ohr. »Das ist Doktor Berggabel, auch aus Neustadt, Orthopäde und Unfallchirurg. Er hat gerade ein Verfahren wegen Abrechnungsbetrugs am Hals.«

»Na, zu dem gehe ich schon mal nicht, wenn ich einen Orthopäden brauche«, kicherte Katja, beschwingt vom Champagner.

Er lächelte amüsiert und küsste sie auf die Haare. »Das da drüben, der Kleine, Schmächtige, ist Doktor Meyer-Rettlein aus Kaiserslautern. Er hatte letztes Jahr ein Verhältnis mit drei seiner Arzthelferinnen – und zwar gleichzeitig. Als es herauskam, haben alle drei am selben Tag gekündigt. Da war er ganz schön aufgeschmissen.«

»Der Arme«, sagte Katja und zog eine Grimasse.

»Ja, und rate mal, wer ihm ausgeholfen hat in seiner Not.«

»Weiß nicht?«

»Seine Frau. Sie hat seine Praxis vor dem Untergang bewahrt und alles gemanagt.«

»Autsch!« Sie musste so sehr über die Geschichte lachen, dass sie Schluckauf bekam.

Er schmunzelte belustigt. Sie lachten und amüsierten sich, bis es Zeit war, an den Tischen Platz zu nehmen. An einer Tafel hing ein großer Plan, auf dem man nachlesen konnte, an welchem Tisch man saß. Ihr Tisch lag am Rand des Saals. Jens führte sie hin und sie begrüßten dort zwei Ehepaare, die sie nicht kannten.

»Doktor Marlene Becker, HNO, aus Speyer, und mein Mann Stefan.«

»Angenehm, Doktor Susanne Schubert, Gynäkologin aus Ludwigshafen, und mein Mann Andreas.«

»Freut mich, Doktor Jens Rombach, Kinderarzt, aus Neustadt, und meine Freundin Katja Friedinger.«

Ein weiterer Mann, der anscheinend allein gekommen war, trat zu ihnen an den Tisch. Katja traute ihren Augen kaum, und wie um sich zu vergewissern, las sie die Tischkarte, die neben der ihren auf dem weißen Tischtuch stand: Doktor Finn-Lukas März.

Sie waren beide überrascht und verlegen, Doktor März lief sogar rot an. Er trug einen dunkelblauen Anzug, ein fliederfarbenes Hemd und eine violette Fliege, die blonden Haare waren wie immer in alle Richtungen verstrubbelt. Gegen die zum Teil sehr viel älteren anderen Ärzte wirkte er wie ein Schuljunge.

»Hallo, Herr Doktor März«, sagte sie und freute sich aufrichtig, ihn zu sehen.

»Guten Tag, Frau … Frau … Friedinger.«

»Ihr kennt euch?«, fragte Jens irritiert.

»Das ist mein Hausarzt.«

»Also Allgemeinmediziner«, stellte Doktor Becker fest.

»Ja. Von hier. Also aus Mannheim«, fügte Doktor März etwas schüchtern hinzu.

»Ach, Sie sind das«, sagte Jens.

»Klingt, als hätten Sie schon einiges über mich gehört«, sagte Doktor März und grinste.

»Setzen wir uns«, sagte Frau Doktor Schubert, die ein schwarzes, mit silbernen Borten gesäumtes, elegantes Kleid trug. »Zwei Plätze sind noch frei, mal gespannt, wer da noch an unseren Tisch kommt.«

»Ach, da kommt Doktor Dengel aus Bad Dürkheim«, verkündete Doktor Becker erfreut. »Mit seiner Freundin, nehme ich mal an.«

Jens und Katja drehten sich um, um die Neuankömmlinge zu begrüßen.

Katja wurde plötzlich eiskalt. Ihr Herz begann zu trommeln, als wolle es sich gleich überschlagen, und ihr kam es vor, als drehe sich der ganze Saal. Schnell warf sie Jens einen Blick zu. Er saß da wie erstarrt und seine Miene war finster. Die Begleitung des Arztes, der noch an ihrem Tisch saß, war niemand anderes als Jens' Frau Maike.

»Hallo Kollege Schubert, wir kennen uns ja bereits«, grüßte der Neuankömmling, ein gutaussehender, großer, schlanker Mann Mitte vierzig. »Ich bin Doktor Thomas Dengel, Internist aus Bad Dürkheim, und das ist meine Begleiterin Maike Rombach.«

Maike sah hinreißend aus. Das karamellfarbene Haar, ohne auch nur den Hauch eines Ansatzes, schwang glatt und glänzend in einem perfekten Bob. Ihr rotes Abendkleid aus Satin betonte ihre zierliche Figur, ihre Gesichtszüge waren klassisch, fein gemeißelt wie die einer Statue. Kein Wunder, dass sich Jens vor vielen Jahren in sie verliebt hatte, dachte Katja verstört und neidisch zugleich. Maike war ein Traum für jeden Mann, dazu noch intelligent und gebildet.

»Ist das ein Zufall, dass Sie gleich heißen?«, fragte Doktor Becker.

»Nein, das ist kein Zufall«, sagte Maike, immer noch am Arm von Doktor Dengel, und sah Jens mit einem undefinierbaren Blick an. Katja würdigte sie keines Blickes.

Alle warteten neugierig auf eine Erklärung. Katja verknotete ihre Stoffserviette – ihre Nerven waren zum Zerreißen angespannt.

Maike erklärte leichthin: »Wir sind verheiratet.«

Jens blickte seine Frau finster an. »Nun ja ... Eigentlich sind wir eher getrennt.«

Alle am Tisch waren etwas peinlich berührt und studierten die Menükarte. Doktor März hatte sein Smartphone herausgezogen und begann *Clash of Clans* zu spielen. Katja wäre am liebsten im Erdboden versunken. Wie sollten sie es einen ganzen Abend in dieser Gesellschaft aushalten?

Die Suppe wurde aufgetragen. Die anderen am Tisch plauderten angeregt über gemeinsame Bekannte, Maike scherzte angeregt mit Doktor Dengel. Mit düsterem Blick starrte Jens vor sich hin. Er und Katja löffelten schweigend ihre Suppe.

Finn-Lukas März bemühte sich, als spüre er ihre Verzweiflung, Konversation mit Katja zu machen. »Geht es Ihnen gut?«

»Ja, danke.« Sie wusste nicht, was sie noch hinzufügen sollte. Bestimmt wollte er beim Ärzteball nicht mit ihr über ihre gesundheitlichen Probleme sprechen.

Er wagte einen neuen Anlauf. »Hatten Sie schöne Weihnachtstage, Frau Friedinger?«

»Ja. Es war sehr schön.« Sie holte etwas aus und erzählte ihm ein paar belanglose Dinge über ihre Tochter, ihre Familie und ihre Aktivitäten über die Feiertage. »Und Sie, Herr Doktor März? Wie war es bei Ihnen?«

Er murmelte irgendetwas über seine Familie und seine Großmutter, bei der es an Heiligabend Gans gegeben habe.

Jens sah unterdessen stumm vor sich hin und sprach kein Wort. Das Essen glich einem Spießrutenlauf. Katja hatte das Gefühl, bereits Stunden hier am Tisch zu sitzen.

Maike erzählte irgendeine Anekdote aus der Schule, an der sie unterrichtete. Alle Augen hingen an ihr. Sie war eine Frau, die jede Gesellschaft allein durch ihre Präsenz in ihren Bann zog. In Katja braute sich Wut darüber zusammen, dass Maike heute Abend hier erschienen war und Jens und ihr den Ball verdarb.

»An welcher Schule unterrichten Sie denn?«, fragte Doktor Schubert.

»Am humanistischen Gymnasium in Neustadt. Aber vielleicht nicht mehr für lange.«

Jens, der bisher vermieden hatte, sie anzusehen, setzte langsam sein Champagnerglas ab. »Was soll das heißen?«

Wieder waren alle anderen am Tisch peinlich berührt und rutschten auf ihren Stühlen herum. Dies war offenbar eine Sache zwischen einem zukünftigen Ex-Ehepaar, die niemanden etwas anging.

»Ich habe einen Versetzungsantrag gestellt. Ich muss raus, ich möchte neu anfangen. Neue Kollegen, Schüler, eine neue Schule, eine neue Stadt … Einfach mal einen Tapetenwechsel.«

Jens fixierte sie. »Und wohin willst du dich versetzen lassen?«

Maike trank einen Schluck, dann lächelte sie ihn an. »Nach München. Aber es ist noch nicht gesagt, ob es überhaupt klappt. Und wenn, dann erst zum neuen Schuljahr.«

»Und unsere Söhne – wissen die schon davon? Was halten sie davon?«

Maike lächelte. »Ach, sie werden sich schon mit der Idee anfreunden. In dem Alter ist man anpassungsfähig.«

Jens sagte nichts, musterte Maike böse und biss so fest die Zähne zusammen, dass alle seine Gesichtsmuskeln angespannt waren.

Katja wusste, dass er gerade tausend Qualen litt. Maike wollte anscheinend aus einer Laune heraus nach München ziehen und natürlich die Kinder mitnehmen. Das war von Anfang an Jens' größte Angst gewesen, und sie schien nun sehr real zu sein. Er würde seine Söhne verlieren, zumindest würde er sie nicht ständig sehen können wie jetzt, wo sie nahe beieinander in derselben Kleinstadt wohnten.

Maike lachte gerade aus vollem Herzen über eine Bemerkung von Doktor Schuberts Mann, dann flüsterte sie ihrem Begleiter etwas zu und die beiden standen auf. »Entschuldigen Sie uns für ein paar Minuten. Wir gehen mal frische Luft schnappen.«

»Seien Sie rechtzeitig zum nächsten Gang wieder zurück«, sagte Doktor Becker.

Kaum waren sie zwischen den Tischen verschwunden, beugte sich Katja dicht zu Jens und flüsterte ihm ins Ohr: »Hast du gewusst, dass sie auch kommt?«

»Um Gottes Willen, nein«, sagte er leise.

»Ist es sehr schlimm für dich?«, fragte sie, ohne zu erwähnen, wie schrecklich es für sie selbst war.

»Nein«, antwortete er, sah ihr aber nur einen Moment in die Augen. »Was schlimm ist, ist die Sache mit der Versetzung. Wie kann sie so etwas tun? Sie weiß, dass sie mir damit den Rest gibt. Ich halte es nicht aus, wenn ich die Jungs nur sporadisch sehen kann. München! Sie würden vier Stunden im Zug sitzen, um mich zu besuchen.«

Katja legte ihm tröstend die Hand auf den Arm. »Nun warte erst mal ab. Vielleicht wird ihr Versetzungsantrag gar nicht angenommen.«

Er lächelte sie dankbar für ihre Unterstützung an. Katja war innerlich so wütend und angsterfüllt wie selten zuvor. Sie hatte von Anfang an gewusst, dass Jens in Trennung lebte, aber nie hätte sie gedacht, dass seine Ex, die ihr immer verhasster wurde, ständig präsent war in ihrer Beziehung. Katjas Herz raste. So glücklich sie mit Jens auch war, sie konnte das nicht mehr viel länger aushalten.

Nachdem alle Gänge, außer dem Dessert, das für später anberaumt war, serviert und verzehrt worden waren, spielte eine Band auf der kleinen Bühne flotte Tanzmusik. Nach und nach füllte sich die Tanzfläche.

»Tanzen wir?«, fragte Katja.

Jens nahm sie an der Hand und zog sie hinter sich her durch die Menschenmenge auf die Tanzfläche. Sie tanzten ihren ersten Tanz. Katja legte den Kopf an seine Schulter, und für einen Augenblick war diese Berührung ihr beider Trost. Er zog sie enger an sich und küsste sie auf den Scheitel.

»Wir sollten uns vielleicht woanders hinsetzen«, schlug Katja vor.

»Du hast recht, das sollten wir«, murmelte er in ihr Haar. »Das hätten wir schon viel früher tun sollen. Lass uns den Abend genießen.«

Die Band spielte jetzt einen Wiener Walzer. Schwungvoll wirbelte er Katja über die Tanzfläche. Es war inzwischen so voll, dass sie ständig andere Tänzer streiften. Katja trat Jens versehentlich auf die Füße, gleichzeitig berührten sie ein anderes Paar an den Ellenbogen. Erst als das andere Paar sich weitergedreht hatte, sah sie, dass es Maike und ihr Begleiter waren.

»Läuft was zwischen den beiden?«, flüsterte sie Jens in Ohr.

»Wohl kaum. Sonst würde sie ja nicht nach München ziehen wollen. Der gute Doktor ist aus Bad Dürkheim. Fünfzehn Kilometer von uns weg. Wahrscheinlich ist er für heute Abend ihr Alibimann.«

»Warum wirkt sie dann so vertraut mit ihm?« Katja beobachtete, wie Maike lachend zu Doktor Dengel aufsah. »Will sie dich eifersüchtig machen?«

»Ach was. Sie hat doch seit Langem genug von mir.«

In Katjas Kopf fuhren die Gedanken Achterbahn. Sie erinnerte sich an ihr Gespräch mit Isabelle. Ihre Kusine hatte gesagt, dass Frauen oft erst bewusst werde, was sie aufgegeben haben, wenn eine neue Frau auftauche.

Katja blieb mitten auf der Tanzfläche stehen. Sofort wurden sie von allen Seiten angerempelt. »Ich habe Angst, Jens. Ich habe Angst, dass sie dir ein Ultimatum stellt: sie und die Kinder. Oder sie geht mit den Kindern nach München. Sie weiß, dass du alles für deine Kinder tun würdest.«

Jens zog sie an sich und sie tanzten weiter. »Das ist Unsinn, Katja. Denk nicht so schlimme Sachen.«

Katja war blass wie ein Gespenst. Sie sah ihn eindringlich an. »Das ist kein Unsinn, Jens. Warum ist sie heute hier aufgetaucht? Sie hat doch Hintergedanken. Sie will etwas von dir. Was würdest du tun, wenn sie dich wirklich vor die Wahl stellte?«

Jens presste die Lippen zusammen und schwieg. Je länger er nichts sagte, desto mehr griff die Panik mit kalten Klauen nach ihr. »Jens? Dein Schweigen sagt gerade alles … Was ist mit uns? Du denkst doch nicht im Ernst daran, zu ihr zurückzugehen, damit du deine Kinder nicht verlierst?«

Langsam kehrte Leben in ihn zurück. Er fasste sie mit beiden Händen fest an den Armen. »Hör auf, solche Szenarien auszumalen, die völlig abwegig sind.«

»Was ist mit uns, Jens?«

»Nichts ist mit uns«, sagte er und küsste sie flüchtig auf die Stirn, während er sie zum Tanzen wieder enger an sich zog. Verzweifelt lehnte sie sich gegen ihn. Etwas drohte aus dem Ruder zu laufen. Sie wusste nicht, woran sie gerade war und sie hielt diesen Zustand nicht mehr lange aus. Seine Kinder waren das Wichtigste für ihn. Sie war sich nicht sicher, ob er, der sonst so gelassen war und überlegt handelte, nicht seinen

Kindern zuliebe eine kopflose Entscheidung treffen würde – die sie, Katja, zerstören würde.

Während des langsamen Walzers sah sie, wie Maike zu ihnen hersah. Ein leichtes Lächeln umspielte ihre Lippen. Katja wurde eiskalt.

Als sie nach dem Tanz zu ihrem Tisch zurückkehrten, um ihre Gläser zu holen und sich woanders hinzusetzen, stand Maike plötzlich hinter ihnen und sagte: »Darf ich meinen Mann für einen Tanz ausleihen?« Sie sah Jens dabei an, nicht Katja.

»Nein, darfst du nicht.« Jens blickte sie düster an, doch Maike nahm ihn am Arm und zog ihn mit sich.

Katja blieb sprachlos am Tisch stehen und hatte das Gefühl, als würde gerade die Welt untergehen.

Doktor März, der immer noch am Tisch saß – die anderen Paare waren inzwischen auch alle auf der Tanzfläche –, stand rasch auf und fragte: »Ist alles gut?«

Sie biss sich auf die Lippen, konnte aber nur den Kopf schütteln. Unschlüssig sah er sie an. Wie gebannt schauten beide dem tanzenden Paar auf der Tanzfläche zu.

Sie wirkten sehr vertraut miteinander, was sie nach den vielen gemeinsamen Jahren ja auch noch waren. Maike sah ihn an, und ihr Gesichtsausdruck war wehmütig und sanft, kein Vergleich zu der hasserfüllten Frau, die Jens und Katja vor Kurzem im Bett überrascht hatte.

Jens' Blick war hart und undurchdringlich auf einen Punkt hinter Maikes Schulter geheftet. Katja sah, dass er eine heftige Diskussion mit ihr führte. Maike schien sich allerdings nicht darauf einzulassen, sondern antwortete gelassen lächelnd.

Katja brach das Herz. Panik stieg in ihr auf und sie glaubte, nicht mehr atmen zu können, in einen Schlund hinabgezogen zu werden, nicht mehr aufrecht stehen zu können.

Doktor März berührte sie leicht am Arm. »Kommen Sie mit an die Cocktailbar. Ich lade Sie ein.«

Kopflos stolperte sie hinter ihm her.

»Was möchten Sie trinken?«

Ihr Gehirn war wie leergefegt. »Irgendwas. Eine … eine *Piña Colada.*«

»Hm«. Doktor März überlegte. »Eigentlich verträgt sich der Alkohol nicht mit Ihren Medikamenten.«

»Sie sind heute Abend nicht als mein Hausarzt hier«, murmelte sie, zur Tanzfläche starrend.

»Stimmt. Außerdem ist das hier eine Art Notfall. Zwei *Piña Coladas* bitte.«

Sie hielten ihre mit Schirmchen geschmückten Cocktailgläser in der Hand und nippten daran. Doktor März sah sie von der Seite an, während sie alles um sich herum vergaß, das tanzende Paar im Blick behielt und immer tiefer in ihrem eigenen Unglück versank. Sie konnte nur ausharren. Etwas anderes fiel ihr nicht ein.

»Es tut mir leid«, sagte Doktor März.. »Das war ein unglückliches und unvorhersehbares Zusammentreffen heute Abend.«

»Sie leben eigentlich seit sechs Monaten in Scheidung«, sagte sie bitter.

»Oh, tatsächlich. So sieht es aber nicht aus. Zumindest nicht von ihrer Seite. Tut mir leid, ich wollte nicht …« Hilflos faltete er das Papierschirmchen auf und zu. »Es gibt wohl Dinge, auf die man nicht viel Einfluss hat.«

Katja begann fieberhaft, ihre Situation zu überdenken. Sie sollte nicht hier herumzustehen und das Tanzpaar anstarren – in ihrem eigenen Interesse. Jens redete zwar eindringlich und mit verhaltener Wut auf Maike ein, trotzdem spürte sie, wie er ihr entglitt. Es lag irgendetwas in Maikes Lächeln, das ihr eine Höllenangst machte.

»Ich verschwinde mal kurz«, sagte sie zu Doktor März und lief zwischen all den sich amüsierenden Menschen hindurch zur Toilette. Sie ließ sich kaltes Wasser über die Handgelenke laufen. Gerne hätte sie auch ihr glühendes Gesicht gekühlt, aber sie fürchtete um ihr Make-up. Angestrengt versuchte sie, einen klaren Gedanken zu fassen. Was sollte sie jetzt tun? Sie wollte nur weg. Sie konnte nicht zusehen, wie Maike Jens bezirzte. Sie war sich hundertprozentig sicher, dass Maike ihn vor ein Ultimatum gestellt hatte. Und sie konnte nicht die Hand ins Feuer legen, dass er sich am Ende für sie entscheiden würde – es waren immer die Kinder, die gewannen.

Ihr Entschluss stand fest: Sie würde sich jetzt zur Tanzfläche durchschlagen, Jens sagen, dass sie gehen würde, und sich am Eingang ein Taxi zum Hauptbahnhof rufen. In vierzig Minuten wäre sie mit der S-Bahn zu Hause, wo sie sich bis zum Sankt-Nimmerleins-Tag in ihrem Bett verkriechen könnte.

Die laute Musik und das Stimmengewirr erschlugen sie regelrecht, als sie den Ballsaal wieder betrat. Sie war froh, dass Finn-Lukas März noch immer an der Bar stand und auf sie zu warten schien. Mit einem Mal tat er ihr ein bisschen leid und sie fürchtete, ihm den Abend verdorben zu haben.

»Sie sollten tanzen und sich amüsieren«, sagte sie und trank ihre *Piña Colada* aus.

»Ach, wissen Sie, Bälle sind nicht so mein Ding«, winkte er verlegen ab.

»Und wieso sind Sie dann gekommen?«

»Meine Oma hat mir die Karte zu Weihnachten geschenkt. Sie meinte, ich müsse mal raus.« Er grinste sie entwaffnend an.

»Danke für Ihre Hilfe heute Abend«, sagte sie und legte kurz den Arm um ihn. »Ich gehe jetzt. Wir sehen uns in Ihrer Praxis.«

»Okay«, sagte er verblüfft und erwiderte ihre leichte Umarmung.

»Sie sollten wirklich tanzen. Hier gibt es genügend junge, hübsche Frauen, die Sie auffordern könnten.«

»Nein, lieber nicht. Ich setze mich an unseren Tisch und spiele ein bisschen mein Strategiespiel auf dem Handy. Das macht sowieso mehr Spaß.«

Katja suchte mit den Augen die ganze Tanzfläche ab, fand aber weder Jens noch Maike. Hatten sich die beiden gemeinsam zurückgezogen? Frierend, schwitzend und völlig aufgewühlt eilte sie zur Garderobe, ließ sich dort ihren Mantel geben und ging zum Ausgang.

»Katja.«

Ihr Herz begann zu trommeln. Langsam drehte sie sich um. Jens stand vor ihr und sah sie an – genauso durcheinander und unglücklich wie sie selbst.

»Warte bitte. Wieso läufst du davon, ohne mir Bescheid zu sagen? Wohin willst du?«

»Ich habe dich nicht gefunden. Ich muss hier weg. Ich halte es nicht mehr aus, euch beiden zuzuschauen. Ich hasse diese Frau, die sich ständig einmischt und die dich manipuliert. Ich schaue da nicht länger zu. Ich kann das nicht mehr.«

Kraftlos ließ er die Arme hängen. »Ich weiß. Meinst du, mir geht es anders? Aber sie ist eben da. Sie ist die Mutter meiner Kinder. Ich werde noch viele Jahre mit ihr zu tun haben. Ich habe ihr eben gesagt, dass ich notfalls vor das Familiengericht gehen würde, wenn sie ohne meine Zustimmung wegzieht, nur weil sie mal einen Tapetenwechsel braucht.«

»Das würdest du tun?«, fragte Katja hoffnungsvoll.

»Wahrscheinlich nicht. Die Kinder würden darunter leiden.«

Sie sahen sich eine Weile stumm an. Im Foyer des Hotels war es kühl und zugig. Angestellte liefen geschäftig um sie herum.

»Übrigens – du hattest recht. Sie hängt noch an mir. Das sei ihr aufgegangen, als sie dich neulich mit mir zusammen in meiner Wohnung gesehen hat.

»Ach tatsächlich«, murmelte Katja bitter. »Wer hätte das gedacht.«

»Ja. Sie sagte, sie würde es gerne noch mal mit mir versuchen. Ich könne auf Probe wieder zu ihr zurückkehren in unser Haus. Dann würde sie den Versetzungsantrag zurückziehen. Wenn ich mich dagegen entschiede, oder es nicht klappen sollte mit uns, würde sie mit den Jungs nach München ziehen. Das Miststück.«

»Aha.« Ihr war schwindlig vor Angst und Wut, der ganze Raum drehte sich um sie. »Und jetzt sag bitte nicht, dass du daran denkst, dieses Spiel mitzuspielen. Jens?«

Er legte ihr eine Hand auf den Arm. »Was würdest du tun, wenn du die Wahl hättest zwischen Zoe und mir?«

Sie schlug seine Hand weg. »Das ist nicht fair, das weißt du genau! Ich kann mir keine Situation vorstellen, in der ich mich zwischen euch beiden entscheiden müsste! Du musst dich nicht zwischen den Kindern und mir entscheiden! Niemals! Maike stellt das so hin, das ist ihr Plan, um dich zurückzubekommen. Du wirst doch nicht nach ihrer Pfeife tanzen, oder? Jens?«

Er schüttelte müde den Kopf. »Ich weiß gar nichts mehr. Komm, lass uns heimfahren. Ich kann auch nicht mehr.«

Sie saßen stumm im Auto nebeneinander. Katja starrte geradeaus in die Dunkelheit und versuchte vergeblich, ihr Zittern zu unterdrücken.

Sie waren nur noch wenige Kilometer von Neustadt entfernt, als Jens endlich mit leiser, bedauernder Stimme sagte: »Es tut mir so leid. Dieser ganze Schlamassel. Du solltest da nicht mit hineingezogen werden. Du zitterst ja fürchterlich.« Besorgt schaute er sie von der Seite an.

Katja spürte seinen Blick mehr, als dass sie ihn in der Dunkelheit sah. »Du solltest geradeaus schauen. Wir sind auf der Autobahn.« Sie fühlte sich elend wie noch nie. »Ich kann das nicht mit ansehen. Ich kann es nicht. Mir ging es nicht gut die letzten Monate. Ich habe seit Monaten nicht mehr richtig geschlafen. Ich ...«

»Was?«, fragte er alarmiert.

»Lass uns einige Zeit jeder für sich sein. Ein paar Tage, zwei Wochen, was weiß ich. Du wirst Zeit zum Nachdenken brauchen.«

»Ja, wenn du möchtest. Vielleicht tut es uns beiden gut.«

Sie war beunruhigt, dass er so schnell einverstanden war. Die so mühsam zurückgehaltenen Tränen quollen ihr aus den Augen. »Ich war so glücklich. Es war so schön im Schnee mit dir ...«

»Für mich auch«, sagte er unglücklich. »Das musst du mir glauben.«

Sie hatten das Zentrum Neustadts erreicht. Langsam fuhr Jens auf den Parkplatz in der Innenstadt, auf dem Katja ihr Auto stehengelassen hatte. Sie blieben noch eine Weile still nebeneinander im Auto sitzen, angestrahlt vom gelblichen Licht einer Straßenlaterne.

Dann stiegen sie aus und gingen um das Auto herum aufeinander zu. Jens legte die Arme um Katja, und sie klammerten sich fest aneinander wie zwei Ertrinkende, die sich gegenseitig zu halten versuchen. Minutenlang standen sie so in der Nacht. Von Zeit zu Zeit bebte sie vor neu hochsteigenden Tränen, dann drückte er sie noch enger an sich und küsste innig ihre feuchten Wangen.

Katja spürte, dass auch er litt. »Ich liebe dich«, sagte sie.

13

Apollonias zauberhafter Traum

Es war der letzte Tag des Jahres. Trübes Licht sickerte am Morgen durch die Ritzen des Rollladens in Katjas Schlafzimmer. Sie lag seit Stunden im Bett, ohne sich zu rühren. Zoe schlief tief in ihrem Arm, der inzwischen taub war. Sie bewegte ihn trotzdem nicht. Es war egal, alles war egal. Die Haare, die ihr übers Gesicht fielen, waren feucht vom Weinen.

In den vergangenen Nächten war sie fast schlaflos an der Grenze zwischen Wachheit und traumverschwommenen Erinnerungen dahingeschwebt, der Schmerz war so akut, dass er kaum zu ertragen war. Sie hatte auch am Tag ihr Bett kaum verlassen. Sie lag im Halbdunkel ihres Zimmers, starrte vor sich hin und ging in Gedanken immer wieder jenen Abend durch.

Zoe, die nicht genau wusste, was mit ihrer Mutter los war, schlich jede Nacht zu früherer Stunde in Katjas Bett, um ihre Nähe zu suchen. Fest umschlungen und die warmen Körper aneinandergeschmiegt, verbrachten sie die Nächte.

Jeden Morgen kam Eve leise hereingehuscht und versuchte Katja zu überreden, zum Frühstück aufzustehen. »Steh auf! Du musst was essen!«

»Ich komme mit!«, rief Zoe jedes Mal und verschwand barfuß mit ihrer Oma in der Küche, um sich heißen Kakao machen zu lassen und Honigbrötchen zu essen

Auch Gudrun klopfte mehrfach energisch an und steckte ihren Kopf zur Schlafzimmertür herein. »Du solltest aufstehen, Katja. Wirklich. Es ist sinnlos, in Depressionen zu versinken.

Außerdem ist kein Mann das wert.«

»Doch. Er schon«, seufzte Katja.

»Unsinn. Du hörst dich an wie ein trotziges Kind. Lass dich nicht so gehen und steh auf. Denk an deine Tochter! Reiß dich ihr zuliebe zusammen!«

Ein einziges Mal schleppte sich sogar August schwerfällig die Treppe vom Dachgeschoss zu ihr hinunter und blieb im Türrahmen stehen. »Bei euch Damen geht ja mal wieder die Post ab.«

»Tut mir leid«, sagte Katja und zog sich die Bettdecke bis ans Kinn.

»Unsinn«, entgegnete August. »Lebe deinen Liebeskummer aus. Du bist ein leidenschaftliches Geschöpf, wie deine Großmutter Apollonia es war. Du kannst nicht ein bisschen traurig sein und dann einfach weitermachen. So bist du nicht. So war sie auch nicht. Also bleib ruhig eine Weile im Bett und hör nicht auf die vernünftigen Ratschläge, die dir die anderen aufdrängen.«

»Gut. Werde ich versuchen.«

»Spätestens im Frühling, wenn wir nach Madeira fliegen, kommst du auf andere Gedanken. Du wirst schon sehen. Egal, was bis dahin mit deinem Doktor ist«, sagte August zufrieden. »Also, ruh dich aus.«

Isabelle kam mehrmals am Tag zu ihr herein und versuchte, sie aus dem Bett und ihrer Schwermut zu reißen. Nur einmal sagte sie: »Habe ich es dir nicht von Anfang an gesagt? Das wird nichts mit ihm. Er hängt zu sehr in dem Chaos mit seiner Ex drin. Sei darauf gefasst, dass er sich nicht mehr bei dir meldet.«

»Natürlich wird er sich wieder bei ihr melden«, rief August vom Flur herein.

»Hör auf zu lauschen!«, schimpfte Isabelle. »Katja, ich glaube, dieser Mann weiß im Moment selbst nicht, was er will. Du musst dich darauf vorbereiten, dass er zu seiner Ex zurückgeht. Wegen der Kinder.«

»Ich hasse diese irre Kuh«, sagte Katja und weinte. »Ich

habe ihn um ein, zwei Wochen Pause zwischen uns gebeten, dass er in Ruhe nachdenken kann und wieder zu sich kommt. Ich hoffe, der Schuss geht nicht nach hinten los.«

»Wie meinst du das?«

»Na, dass er in den Tagen, in denen er allein ist, so die Nerven verliert, dass er wirklich zu ihr zurückkehrt. Oh Isabelle, ich hätte nicht um eine Pause bitten sollen! Ich sollte Tag und Nacht neben ihm sitzen, um aufzupassen, dass er keine Dummheiten macht.«

»Quatsch. Es ist wahrscheinlich gut, dass du mal auf Abstand gegangen bist. So ...«

»So merkt er hoffentlich, was er an dir hat«, rief August vom Flur aus dazwischen.

Isabelle verdrehte die Augen. »Du sollst doch nicht lauschen, August!«

Am Silvestermorgen wurde Katjas Schlafzimmertür schwungvoll aufgerissen und Isabelle stürmte herein. Sie zerrte den Rollladen hoch und knipste auch die Lampe an.

»Licht aus!«, jammerte Katja und legte sich den Ellenbogen über die geschwollenen, roten Augen. Zoe, die eben noch fest geschlummert hatte, saß mit einem Mal aufrecht im Bett.

»Steh auf! Augenblicklich!«, befahl Isabelle aufgeregt.

»Lass mich in Ruhe«, fuhr Katja sie an.

Zoe fragte: »Was ist los, Tante Isabelle?«

»Komm!«, rief Isabelle und zog die Bettdecke weg. »Steh auf! Du musst!«

»Ich muss gar nichts«, sagte Katja dumpf und versuchte mit aller Kraft, die Decke wieder über sich zu ziehen.

»Draußen ist die Hölle los! Es sind ein paar Arbeiter da, die ...«

Sofort sprang Zoe aus dem Bett und zog sich Strümpfe an.

Katja drehte sich auf den Bauch und murmelte ins Kopfkissen: »Was geht mich das an. Werden wieder ein paar Regale gebracht? Bauen die Arbeiter sie auf oder was? Lass mich schlafen, Isabelle.«

»Nein, die haben was ganz anderes vor, komm und schau!« Isabelle begann, an ihrem Arm zu ziehen. »Komm jetzt! Stell dich nicht so an!«

»Du tust mir weh!«

»Das ist mir jetzt grad egal, steh auf, verdammt!«

In diesem Moment kam Eve herein und warf Zoe und Katja ohne Erklärung ihre Mäntel zu. »Zieht euch an! Und noch Schuhe. Zoe, deine Mütze.«

»Komm schon, Mama«, schrie Zoe, die Mütze bis zur Nase herabgezogen. »Ich will sehen, was da draußen los ist!«

»Bauen sie einen Elfenbeinturm aufs Dach oder was soll das alles?«, fragte Katja, während sie sich aus der Decke schälte und widerwillig Mantel und Schuhe anzog.

»Du wirst sehen. Schau mal aus dem Fenster.«

Seufzend blickte sie hinaus. Auf der frostglitzernden Straße stand ein weißer Lieferwagen mit der grünen Aufschrift: Wir erledigen alles für Sie – in Haus und Garten!

Eve legte ihre Hand auf Katjas Rücken und schob sie Richtung Flur. Katja schlang fröstelnd die Arme um sich und es fiel ihr schwer, einen Fuß vor den anderen zu setzen.

Sie verließen das Haus durch den Hintereingang und stapften hinter der davonhüpfenden Zoe durch den Garten. Es war bitterkalt und ihr Atem trieb Dampfwölkchen durch die Luft. Gefrorene Zweige brachen unter ihren Schuhen. Katja trottete hinter ihrer Mutter und ihrer Kusine her. Vor der Höhle standen bereits Gudrun, August und Ida-Marie, alle in dicken Jacken, Schals und Mützen, und drei Männer in warmen Arbeitsanzügen, die gerade Gerätschaften auspackten.

August beobachtete das Treiben mit einem Funkeln in den Augen. »Siehst blass aus«, stellte er fest, als er Katja ansah.

Katja starrte ins Leere und vergrub die Hände tief in den Manteltaschen. Ihr war es mittlerweile gleichgültig, welchen Coup Apollonia da wieder vorbereitet hatte. Sie wollte nur in ihr warmes Bett.

Eve stellte sich neben ihre Schwester. »Und? Haben sie was gesagt? Was tun sie hier?«

Gudrun zuckte die Schultern. »Was weiß ich. Der mit der weißen Hose …«

»Das bin ich«, grinste der Arbeiter mit der weißen Hose und schnitt mit einer riesigen Gartenschere das Gestrüpp rund um den Höhleneingang zurück.

»Ja, das sind Sie«, sagte Gudrun verdrossen. »Er sagte, Apollonia habe seine Firma vor zwei Monaten beauftragt und den heutigen Termin ausgemacht. Sie habe die Aktion bereits im Voraus bezahlt, weil sie dann zwanzig Prozent Rabatt bekam.«

»Das sieht Oma ähnlich«, sagte Isabelle und scheuchte die Kinder vom Höhleneingang weg. »Wie oft müssen wir euch denn noch sagen, ihr sollt euch von der Höhle fernhalten. Die ist gefährlich!«

»Bald nicht mehr«, grinste einer der Arbeiter und steckte sich eine Zigarette in den Mund.

»In meinem Garten wird nicht geraucht«, fuhr Gudrun ihn an.

»Okay, Sie sind der Chef.«

»Schön wär's«, antwortete Gudrun. »Aber noch scheint meine Mutter hier der Chef zu sein, obwohl sie schon von uns gegangen ist.«

»Lassen Sie uns einfach unsere Arbeit machen«, sagte der mit der weißen Hose. »Es hilft im Übrigen nicht, dass Sie alle um uns herumstehen wie bestellt und nicht abgeholt.«

»Was machen die da eigentlich?«, rief Zoe.

»Ja, genau. Was tun Sie da eigentlich?«, fragte Gudrun.

Eve fügte nervös hinzu: »Haben Sie was Schriftliches? Einen Auftrag, den unsere Mutter Ihnen gegeben hat?«

»Aber klar doch.« Er reichte Isabelle augenzwinkernd ein paar Papiere, die er aus einer der vielen Kisten zog, die Werkzeuge und Materialien enthielten. »Die Holzpoller sind noch im Lieferwagen. Die holen wir gleich. Vielleicht könnten Sie alle mit anpacken …?«

»Aber sonst geht's Ihnen noch gut, was?« Isabelle riss ihm die Formulare aus der Hand.

August fing an, vor sich hinzupfeifen.

»Du machst mich nervös«, sagte Eve.

Gudrun fuhr ihn an: »Es ist mir schleierhaft, wie man in so einem Moment so fröhlich sein und pfeifen kann!«

Isabelle überflog Apollonias Auftrag. »Blablabla … Auftragnummer X124blabla … Einsturzgefährdete Höhle auf dem Grundstück der Familie Friedinger, blablabla … Hangbereich Garten … Erdrutsch …«

Alle hingen an ihren Lippen, sogar die Kinder. Nur Katja stand teilnahmslos dabei und starrte in die dunkle Höhle, die die Arbeiter betreten hatten und gerade ausleuchteten.

»Weiter«, drängte Gudrun.

»Höhle absichern, abstützen, nutzbar machen blablabla … Arbeitsbeginn 31. Dezember.«

»Sie reparieren die Höhle?«, fragte Ida-Marie.

Alle starrten sie an.

»Jaaaa«, antwortete Gudrun dann gedehnt. »So sieht's aus.«

In diesem Moment fingen alle außer Katja an, laut durcheinanderzureden.

Isabelle schlug sich an den Kopf. »Die vielen Regale, die bunte Wandbeleuchtung ...«

»Diese unzähligen Schätze in der Dachkammer, die Miniatur-Puppenstuben, die Engel, die Nussknacker, Räuchermännchen, *Péckvillchen*, Schneekugeln …«

»Die Lebkuchenmänner!«, schrie Zoe im Versuch, alle zu übertönen.

»Ja, jetzt fängt alles irgendwie an zusammenzupassen«, sagte Eve. »Die Höhle, die wieder begehbar gemacht wird, Apollonias Sammelsurium an Kuriositäten, die Regale zum Ausstellen der Stücke, die blauen und grünen Wandlampen … Hier in der Höhle wollte sie ihre ganzen Gegenstände lagern.«

Katja traten die Tränen in die Augen: »Wahrscheinlich nicht nur lagern … Sie hatte bestimmt etwas Größeres im Sinn. Ein unterirdisches Museum vielleicht? Aber wer würde sich in einer Höhle im Hang ein paar alte Engel und Döschen und Schmetterlinge ansehen?«

Plötzlich waren alle verstummt vor Rührung. Apollonia hatte etwas Großartiges, Wunderschönes vorgehabt, konnte es aber nicht mehr vollenden. Jahrelang hatte sie an der Ausführung gearbeitet, war gereist, um all die herrlichen Einzelstücke zu beschaffen.

Isabelle wischte sich die Tränen ab. »Ich sehe das … Wie soll ich es nennen? Museum? Apollonias Museum? Ich sehe es direkt vor mir, so wie sie es wahrscheinlich vor ihrem inneren Auge gesehen hat. Unsere wunderschöne Höhle, die wir als Kinder so geliebt haben. Ich kann es kaum fassen, dass sie wiederhergerichtet wird. Man betritt die Höhle im Hügel durch eine altmodische geschnitzte Holztür. Sie hätte doch bestimmt eine Tür anbringen lassen, oder?«

»Natürlich«, brummte August. »Sonst wären im Winter ja den Engelchen und den Räuchermännchen und Nussknackern die Popos eingefroren.«

Ida-Marie und Zoe fassten sich an den Händen. »Dann gehört die Höhle auch bald uns! Dann können wir ja im Sommer darin picknicken und übernachten! So wie ihr früher.«

»Es riecht nach Erde. Die dunkle Höhle wird erleuchtet durch die blauen und grünen und weißen Wandlämpchen. Die Höhle braucht auch Strom, nicht wahr?«, fragte Isabelle.

»Machen wir alles«, rief es aus der Höhle.

»Man fühlt sich wie verzaubert. An den Höhlenwänden steht Regal an Regal. Alles ist gekonnt in Szene gesetzt. Stoffengel schweben von der Decke. Die verschiedensten Nussknacker … In magischem blauem Licht diese kleinen Fläschchen und Mini-Einmachgläschen, in denen Perlenengel hängen … und der ganze andere Kram«

»Ja, aber wozu das alles?«, fragte Gudrun ungeduldig. »Was hat sie sich dabei gedacht? Sie muss doch noch einen tiefergehenden Plan gehabt haben, als nur den, ihre ganzen Sammlerstücke vom Dachboden in die Höhle zu verfrachten.«

Darauf wusste niemand eine Antwort. Weil sie froren in der morgendlichen Kälte, gingen sie gemeinsam zurück zum Haus, wie eine kleine Prozession. Ein Stück weit hatten sie Apollonias Geheimnis aufgedeckt, doch es fehlten noch einige Teile.

»Ich schau im Internet mal nach Türen«, murmelte August, als er sich mühsam das Geländer hochzog, um nach oben zu seiner Wohnung zu kommen. »Die Maße der Öffnung habe ich letztens schon mal ausgemessen.«

Alle blieben wie erstarrt stehen und sahen ihn fassungslos an.

»August!«, sagte Gudrun, die als erste ihre Stimme wiederfand. »August! Was meinst du mit: Die Öffnung hast du letztens schon mal ausgemessen? Heißt das, du ... du wusstest Bescheid über Apollonias Pläne?«

»Natürlich«, antwortete August, wieder mit einem Funkeln in den Augen.

Ein Sturm der Entrüstung brach über ihn herein.

»Was fällt dir ein!«

»Bist du noch bei Trost, August?«

»Warum hast du uns wochenlang im Dunkeln tappen lassen? Warum hast du nichts gesagt?«

»Du hast uns herumrätseln lassen wie die Deppen und dir heimlich einen gegrinst, was? Ich fasse es nicht!«

»Das war nicht fair!«, schrie Zoe mit hochrotem Kopf.

Katja war ganz blass geworden. »Du hast mich in der Gegend herumfahren lassen. Ich war in allen diesen Werkstätten und habe die Kunsthandwerker und Händler befragt, um etwas herauszubekommen. Und du wusstest die ganze Zeit Bescheid?«

August legte ihr heiter eine Hand auf die Schulter. »Ja. Aber es war doch eine total spannende Zeit, oder nicht? Und du kannst mir nicht sagen, dass du deine Kurzreisen nicht genossen hast, Katja!« Er zwinkerte ihr zu.

Isabelle stemmte verärgert die Hände in die Hüften. »Ohne die Reisen hätte sie diesen arroganten Arzt nicht wiedergetroffen! Sie wäre nie nach Luxemburg gefahren. Da hast du was angerichtet!«

»Ach was. Dann hätte sie ihn woanders wiedergesehen. Das war Schicksal.« August verschwand schmunzelnd nach oben.

Später am Tag klingelte der Postbote. Isabelle rannte die Treppe hinunter und öffnete.

»Falls es ein Paket ist, ist es für mich!«, schrie August von oben durchs Treppenhaus.

»Ja, es ist für dich«, schrie Isabelle zurück. »Was ist da drin?«

»Sei nicht so neugierig.« Mühsam kam August die Treppe hinuntergeschlurft.

»Warte, ich bring es dir hoch.« Auf halbem Weg überreichte sie ihm das Paket.

»Alle mal herhören!«, rief August durchs Haus. »Nach dem Abendessen Treffpunkt bei mir oben!«

»Herrgott, wird in diesem Haus nur noch rumgeschrien«, brummte Gudrun in der ersten Etage vor sich hin.

»Darf ich dann länger aufbleiben?«, schrie Zoe hoffnungsvoll.

»Mit Sicherheit, Püppchen. Außerdem ist heute Silvester. Da bleiben wir alle länger auf. Ich habe eine Überraschung für euch. Meine Weihnachtsüberraschung, auch wenn heute schon Silvester ist.« August zwinkerte ihr zu.

Katja hatte keine Ahnung, was Augusts Überraschung war. Es war ihr auch gleichgültig. Jens fehlte ihr bei jedem Atemzug so sehr, dass ein schwerer Druck auf ihrer Brust lastete. Ihr Herz fühlte sich an wie zerrissen. Sollte sie ihn anrufen? Sie würde es nicht ertragen, am Telefon wieder über Maike und die Kinder reden zu müssen. Und sie hatte große Angst. War er vielleicht bereits bei Maike eingezogen?

Es begann zu schneien. Wie ein dichter Vorhang senkten sich die Flocken vor den Fenstern hinab. Vereinzelt wurden verfrühte Silvesterböller abgeschossen, die dumpf durch das Tal hallten, und strahlende Leuchtraketen stiegen hoch in die

Luft, um dort im bunten Glitzerregen zu verglühen.

Zoe und Ida-Marie kauerten sich auf die Fensterbank, um nach draußen zu sehen.

»Da! Eine rote Leuchtrakete!«

»Und eine blaue!«

Das Silvesteressen fand bei Eve statt. Der Tisch war sehr festlich mit einer Spitzentischdecke gedeckt, und gefaltete Stoffservietten lagen neben den guten Porzellantellern, die nur an Feiertagen hervorgeholt wurden.

Eve lief unruhig umher. »Ich hoffe, das Essen gelingt«, sagte sie zum dritten Mal und schaute angespannt in den Backofen. »Es macht mich ganz nervös, für die ganze Familie zu kochen. Ich hoffe, es stört euch nicht, dass es nur selbstgemachte Pizza gibt.«

»Das stört uns ganz gewiss nicht«, beruhigte sie Isabelle.

»Wir lieben Pizza«, schrie Zoe begeistert. »Meine hätte ich gerne ohne alles, nur Pizzateig mit Tomate.«

»Ich auch, Pizza ohne alles«, sagte Ida-Marie.

Gudrun schüttelte den Kopf. »Diese Kinder heutzutage haben seltsame Geschmäcker.«

Eve und Gudrun trugen Bleistiftröcke aus Wollstoffen und Pullover, während Isabelle ihre eigentlich für Heiligabend geplante Bluse, die sie hatte reinigen lassen, angezogen hatte. Sie hatte auch die Kinder in ihre grün-roten Weihnachtskleidchen gesteckt. August hatte sich sogar eine Krawatte umgebunden, nur Katja kam im Nachthemd herein, über das sie eine Strickjacke ihrer Mutter gezogen hatte.

Die Damen sahen sie missbilligend an.

»Also wirklich«, sagte Gudrun. »Bist du so krank, dass du dir nicht mal an Silvester was halbwegs Ordentliches anziehen kannst?«

»Hast du vor, bettlägerig zu werden?«, zog Isabelle sie auf. »Aber im Ernst: Wie du dich gehenlässt, ist ja schon fast krankhaft. Ich sollte dich morgen zu deinem Hausarzt nach Mannheim bringen.«

»Morgen ist Feiertag.« Katjas Gedanken wurden immer wieder zu Jens hingezogen. Vielleicht saß er gerade mit seiner wunderschönen, eleganten, kultivierten, gertenschlanken Frau und seinen Söhnen in einem schicken Restaurant beim Silvestermenü? Ihr wurde heiß vor Panik und sie hatte Mühe, ihre zitternden Hände vor der Familie zu verbergen.

»Im Nachthemd zu feiern ist doch gemütlich«, sagte August augenzwinkernd. »Aber jetzt lasst uns essen. Trödelt nicht so. Eve, schneide die Pizza in Stücke. Wir haben heute noch was vor.«

»Ach ja, deine ominöse Überraschung.« Gudrun zog die Augenbrauen hoch.

Eve begann umständlich, die Pizza in Rechtecke zu schneiden und zu verteilen. Eine Weile aßen sie schweigend. Vor den Fenstern rieselten immer noch Schneeflocken herab. Den Garten bedeckte ein weißer, unberührter Teppich. Die Arbeiter waren schon vor Stunden gegangen, um am zweiten Januar wiederzukommen.

»So, los, die Damen, nehmt euch noch und esst, aber vielleicht etwas schneller«, trieb August alle an.

»Mein Gott, August!«, fuhr Gudrun auf. »Kann man nicht mal an Silvester in Ruhe mit der Familie essen?«

»Heute leider nicht«, antwortete er ungerührt.

Als die Pizza aufgegessen war, scheuchte er alle hoch in seine Dachwohnung.

»Aber wir haben noch das Eis mit heißen Himbeeren als Nachtisch!«

»Später. Das wird nicht schlecht.«

Im Gänsemarsch stiegen sie die im Dämmerlicht liegende Treppe hoch.

August kommandierte: »Setzt euch ins Wohnzimmer, egal wohin! Eve, steh nicht herum!«

Die Familie nahm Platz auf dem alten, geblümten Samtsofa und den altmodischen Kirschholzstühlen. August kniete sich vor den Fernsehschrank. Auf dem Boden war ein wirrer Kabelsalat ausgebreitet.

»Gucken wir einen Film?«, rief Zoe.

August brummelte vor sich hin, dann öffnete er die Türen des Fernsehschrankes und verbeugte sich wie vor einem Publikum: »Tadaaa … meine Weihnachtsüberraschung.«

Alle starrten in den Schrank – und staunten.

»Oh! Ein alter Videorekorder! Wo hast du den her, Onkel August?« fragte Isabelle.

»Ersteigert natürlich«, erklärte August stolz. »Ich habe seit Wochen mitgesteigert. Ein paar Geräte sind mir durch die Lappen gegangen, aber bei diesem war ich Höchstbietender. Ich habe ihn sogar auf Anhieb zum Laufen gebracht.«

»Dann können wir jetzt die Videokassette aus Apollonias Kiste sehen«, flüsterte Eve.

Katja wurde heiß und kalt.

»Was ist das?«, rief Zoe und kniete sich vor die Kabel.

»Ist das ein DVD-Spieler?«, fragte Ida-Marie.

»So was Ähnliches.«

Eine angespannte Ruhe kehrte in das kleine Wohnzimmer ein. Alle starrten auf den Bildschirm, auf dem zunächst nur ein schwarz-weißes Flimmern zu sehen war. August betätigte die Fernbedienung, dann half Isabelle ihm, vom Boden aufzustehen und sich in den ausgeblichenen Samtsessel zu setzen.

Da war sie. Apollonia. In der Blüte ihrer Jahre. Katja sah, wie bei ihrer Mutter und Gudrun leise die Tränen zu fließen begannen. Über den Bildschirm flimmerten die Szenen, die sie vor Wochen bereits heimlich in der Firma im Keller gesehen hatte. Das Brombeerenpflücken im sommerlichen Garten, Isabelle und sie, blauverschmiert und barfuß; Schlittenfahren im Wald, vor Freude quietschend, die Nasen rotgefroren, und August, der sich dabei den Fuß brach; Isabelles Abiturball, Ida-Maries Taufe. Dann liefen die letzten Szenen, die Katja noch gesehen hatte, bevor sie die Kassette aus dem Videorekorder gerissen und die Flucht ergriffen hatte: Apollonia, die stolz ihr allererstes regenbogenfarbenes *Péckvillchen* präsentierte. Den ersten Perlenengel im Glasfläschchen hatte Katja schon nicht mehr gesehen. Ebenso die anderen wundervollen

Erstlingsstücke, die ihre Großmutter in der Kiste auf dem Dachboden verwahrt hatte: die zauberhafte Schneekugel mit dem Lebkuchenhaus, das Räuchermännchen im blauen Jogginganzug auf Holzskiern, das Tiroler Wetterhäuschen, das Miniatur-Puppenhaus und noch viele mehr.

Liebevoll erklärte Apollonia der Kamera, die sie selbst bedient hatte, von ihren Reisen und wo sie jedes einzelne Stück erstanden hatte. Sie erzählte von all den Orten, die Katja selbst besucht hatte, als sie auf den Spuren ihrer Großmutter war. Luxemburg, Warmensteinach im Fichtelgebirge, Söll in Tirol.

Katjas Herz wurde schwer mit der Erinnerung an Tirol. Hier hatte sie die schönste Zeit mit Jens erlebt.

»Da!«, schrie Zoe und zeigte auf den Bildschirm. »Das sind Uromas Sachen! Der Nussknacker ist auch oben in der Kiste, und dieser Engel!«

»Pscht!«, mahnte Isabelle.

»Ich habe alle diese wundervollen Dinge gesammelt«, berichtete Apollonia mit ihrer getragenen, weichen Stimme. »Mit dem Vögelchen aus Luxemburg hat alles angefangen. Ich fand es so wunderschön und musste es mit nach Hause nehmen. Das ist viele Jahre her. Und nachdem ich immer mehr schöne Dinge auf meinen Reisen gefunden hatte, genügte es mir nicht mehr, von jedem nur ein einziges Stück zu besitzen. Ich unternahm weitere Reisen, um mir noch viele verschiedene Exemplare meiner Erstlingsstücke zu kaufen.«

»Was hatte sie vor?«, flüsterte Gudrun, weit nach vorne gebeugt, um kein Wort ihrer Mutter zu verpassen.

Apollonia rückte ihr Seidentuch zurecht. Ihre Augen glänzten in dunklem Grün. »Diese Stücke sammelte ich nicht nur zum Selbstzweck. Nein, sie waren gleichzeitig ein Symbol für die Jahre und Monate, in denen ich sie gekauft habe. Aber daran«, sie lächelte verschmitzt in die Kamera, »erinnert ihr euch sicher selbst. Ihr wart ja all die Jahre dabei. Wisst ihr noch, in welchem Jahr ich das allererste *Péckvillchen* angeschleppt habe? Isabelle und Katja hatten uns damals endgültig verlassen. Natürlich ist es normal, dass die Kinder und Enkel eines Tages aus dem Haus gehen, aber schmerzlich war es trotzdem für uns alle. Ich habe in diesem Jahr das ganze Haus mit *Péckvillchen* dekoriert, sozusagen als Symbol für meine Enkelinnen, die flügge wurden. Jeder Gegenstand, den ihr auf dem Dachboden gefunden habt, erzählt ein eigenes kleines Stück Familiengeschichte.«

»Ich muss aufs Klo«, sagte Ida-Marie. »Es ist so spannend, ich halt's nicht mehr aus …«

»Nicht jetzt«, sagte Isabelle scharf. »Äh, entschuldige, Schatz … ja, August, dann stopp halt in Gottes Namen, aber beeil dich, Ida-Marie.«

Ida-Marie verschwand schnell, während alle anderen schweigend sitzen blieben, ohne sich zu rühren. Sobald das Kind wieder da war, drückte August erneut auf Start.

Wieder lächelte Apollonia. Es schien, als würde sie jeden einzelnen von ihnen liebevoll ansehen. »Ich bin sicher, wenn ihr dieses Video irgendwann einmal seht, erinnert ihr euch an die vergangenen Zeiten. Ihr werdet zueinander sagen: Ach, mit diesem und jenem waren die Fensterbänke geschmückt, als Gudrun zum Beispiel mit diesem Isländer in Island eine Cocktailbar eröffnen wollte, oder als …«

Gudrun lehnte sich gekränkt zurück. »Natürlich, das musste ja wieder kommen.«

»… oder als August schwer krank war und wir um sein Leben bangten … oder als Ida-Maries Vater die Familie verließ oder … Ich könnte noch viel aufzählen, es ist euch bestimmt alles im Gedächtnis geblieben.«

»Oh mein Gott«, sagte Eve schwach. »Das ist ja wie eine Reise in die Vergangenheit. Das ist ja kaum auszuhalten. August, hast du einen Schluck Wasser da?«

»Nein!«, wies Gudrun sie streng zurecht. »Jetzt wird fertig geguckt. Wir können nicht ständig unterbrechen, weil einer aufs Klo muss oder Wasser braucht.«

»Meine Sammlerstücke sind Zeugen unserer gemeinsamen Vergangenheit. Sie sind nicht wertvoll, aber sie werden uns immer darauf hinweisen, was wir als Familie zusammen erlebt und durchgemacht haben. Dass wir zusammengehören. Ich hoffe, ihr behaltet alle meine Sammlerstücke in Ehren, wenn ich irgendwann einmal nicht mehr da bin. Obwohl ich vorhabe, mindestens neunzig zu werden. Macht's gut, meine Süßen. Ich lege diese Videokassette in eine meiner Kisten auf dem Dachboden. Wahrscheinlich werdet ihr sie erst in fünfundzwanzig Jahren finden, wenn ich nicht mehr bin. Und jetzt werde ich meinen Koffer packen. Ich reise morgen nach ...« Der Bildschirm flackerte, es rauschte, dann wurde es schwarz.

Sie blieben noch eine lange Zeit stumm. Eve holte sich ein Glas Wasser aus Augusts Küche, dann setze sie sich wieder neben ihre Schwester, ein zerknäultes Taschentuch in der Hand.

»Tja«, murmelte August dann gerührt. »Eine Botschaft von meiner Schwester, aufgenommen vor fünfundzwanzig Jahren. Da war sie vierundsechzig.«

»Sie sah so jung aus«, sagte Isabelle aufgewühlt. »Und sie war so voller Leben. Eigentlich bis zuletzt.«

»Der Tod ist ein Arschloch«, sagte August.

Auch Gudrun betupfte sich nun die Augen und verzichtete sogar darauf, August bezüglich seiner Wortwahl zu ermahnen.

August räusperte sich. »Da wäre noch was. Apollonia hatte ja vor ihrem Tod jedem von uns einen Brief geschrieben. Sie hat euch allen sehr persönliche Zeilen gewidmet. Sehr zutreffende Zeilen.«

Alle senkten den Blick und erinnerten sich an die Briefe. Apollonia hatte jedes Mal ins Schwarze getroffen und jeder Tochter und Enkelin einen wertvollen Ratschlag mitgegeben.

»Ihr hattet mich gefragt, ob sie mir auch einen Brief geschrieben habe. Das habe ich bejaht, doch den Brief für mich behalten. Aber heute ist, schätze ich mal, der Zeitpunkt gekommen, ihn euch vorzulesen. Apollonia wollte es so. Sie hat auf dem Umschlag vermerkt, dass ich ihn an Silvester vorlesen soll.«

»Sie hatte echt ein Talent dafür, es spannend zu machen«, murmelte Isabelle.

Selbst die Kinder lauschten andächtig, als August sich nach vorne beugte, um im Licht der Stehlampe Apollonias Brief vorzulesen.

»*Mein liebster August.*« Gleich zu Beginn versagte ihm die Stimme, doch nach ein paar tiefen Atemzügen konnte er weitersprechen. »*Du warst über achtzig Jahre lang mein Weggefährte. Mein kleiner Bruder. Dafür liebe ich dich. Du warst immer für uns da. Sogar in der Zeit, in der du in Finnland gelebt hast. Alle anderen Männer, die im Leben der Friedinger-Frauen wichtig waren, sind früher oder später von uns gegangen. Du nicht. Ich weiß, dass ich krank bin und mein Herz nicht mehr lange mitspielt. Du bist der einzige, der es auch wissen soll. Die übrige Familie wollen wir nicht beunruhigen. Außerdem hätte ich dann keine ruhige Minute mehr.*« An dieser Stelle grinste August zu Gudrun hinüber, die ihn böse anfunkelte.

»Hört auf, ihr zwei Streithähne«, schluchzte Eve.

»Tschuldigung«, sagte August beschämt und fuhr fort: »*Wenn ich tot bin, lies der Familie bitte diesen Brief vor. Er ist nicht nur an dich, sondern an alle gerichtet. Ich fand immer, dass wir eine tolle Familie sind. Wir haben immer zusammengehalten. Immer. Wir haben viele schwere Zeiten zusammen durchgestanden. Klemens, mein geliebter Mann und euer Vater, Gudrun und Evelyn, ist als erstes von uns gegangen. Bis heute vermisse ich ihn. Auch ihr, Gudrun und Evelyn, musstet eure Töchter ohne deren Väter großziehen. Und bei meinen Enkelinnen, Isabelle und Katja, wiederholt sich das Schicksal. Aber wir Frauen waren immer füreinander da, und ich freue mich, dass alle in meinem Haus Unterschlupf gefunden haben. Es ist wie ein gemeinsames Nest, in das alle zurückgekehrt sind. Bis auf dich, Katja, aber ich glaube … Aber vielleicht erlebe ich das nicht mehr.*

Natürlich herrscht bei uns nicht immer eitel Sonnenschein. Es ist nicht immer einfach, wenn so viele Frauen zusammenwohnen. Um ehrlich zu sein, bin ich manchmal recht genervt von euch. Sticheleien, Zickereien, Streitigkeiten … Gut, ich nehme an, das ist normal in einem Frauenhaushalt. Deshalb habe ich es immer genossen, zu verreisen und mal Abstand zu gewinnen. Umso lieber bin ich immer wieder zu euch zurückgekehrt.«

»Der Fluch der …«, sagte Isabelle.

Doch Gudrun fuhr ihr über den Mund. »Lass das, ich kann diesen Spruch wirklich nicht mehr hören.«

»*Ich habe einen Wunsch.*«, las August weiter, »*Ich möchte, dass auch nach meinem Tod Liebe und Zusammenhalt überwiegen sollen. Seid füreinander da und unterstützt euch. Spart euch das Gezicke. Seid großzügig miteinander. Habt euch lieb. Ihr seid Großmütter und Mütter und Töchter, Schwestern und Kusinen – ihr seid das Wichtigste, was ihr habt.*«

»Entschuldigung, Liebes, für eben.« Gudrun brach unvermittelt in Tränen aus und legte den Arm um ihre Tochter.

»Schon gut, Mama«, sagte Isabelle und küsste sie auf die Wange.

»*Meine Lieben, ich möchte euch zum Abschied etwas schenken. Etwas, das für immer Bestand haben soll. Etwas, das die Vergangenheit und Zukunft gleichzeitig symbolisiert.*«

Alle hielten den Atem an. Katja hatte das Gefühl, seit einiger Zeit das Atmen vergessen zu haben. Sie war angespannt wie schon lange nicht mehr. Auch die anderen starrten August an. Ida-Marie und Zoe hielten sich stumm an den Händen.

»*Ihr habt sicher schon selbst halb erraten, woraus mein Geschenk besteht. Ich habe vor meinem Tod alles noch akribisch vorbereitet. Ich habe euch sozusagen auf eine gemeinsame Reise geschickt. In meinem Ordner habe ich euch Hinweise hinterlassen, zu welchen Kunsthandwerkern ihr fahren sollt, um noch mehr Gegenstände abzuholen, die in unserer Vergangenheit eine Rolle spielten. Ich bin mir sicher, irgendeine von euch ist losgefahren und hat all die ausstehenden Pakete abgeholt und die Händler befragt. Ich habe mit allen kürzlich noch einmal gesprochen und sie instruiert. Sie dürfen euch Hinweise geben, aber nicht allzu viel verraten.*«

»Das ist dir gelungen«, murmelte Katja.

»*Da ich nicht mehr leben werde und August den Brief erst*

an Silvester vorlesen darf, hoffe ich, dass ihr viele gemeinsame Momente am Abendbrottisch verbracht und in Erinnerungen geschwelgt habt. Ich hoffe, ihr habt gerätselt, was ich im Schilde führte. Das hat den Schmerz über meinen Tod hoffentlich ein wenig gelindert. Und spätestens an Silvester, wo alle meine Vorbereitungen in die Tat umgesetzt werden, werdet ihr vermutlich ahnen, was mein Geschenk an euch sein könnte.«

»Na ja, so ein bisschen«, sagte Isabelle.

»Ich habe in den letzten Wochen Folgendes organisiert: Die Höhle in unserem Garten soll wieder begehbar gemacht werden. Die Einsturzgefahr soll gebannt werden, man soll wieder aufrecht darin stehen können. Ich habe ein paar nette junge Männer gefunden …« – an dieser Stelle schnaubte Gudrun – »*… die dies alles erledigen. Ich habe einen guten Preis ausgehandelt.«*

»Ja, zwanzig Prozent Rabatt«, sagte Katja, und alle lachten.

»Die Regalbretter und die Wandbeleuchtung für die Höhle müssten auch schon geliefert worden sein. Die netten Jungs werden alles aufbauen. Ihr, meine Lieben, könnt dann nach Belieben meine wunderschönen Sammlerstücke in der Höhle aufstellen. Die Höhle soll unsere Erinnerungsstätte sein, das Museum unserer Familiengeschichte. Es soll eure Zuflucht sein. Ihr werdet mich in dieser Höhle immer finden. Ihr könnt unsere Familienausstellung auch erweitern mit neuen Erinnerungsstücken, die im Laufe der Zeit dazukommen – Vergangenheit und Zukunft sollen sich hier treffen. Und vor allem soll euch die Höhle immer daran erinnern, wie stark die Liebe in unserer Familie ist. Denkt immer daran: Die Liebe ist das Wichtigste.

Lieber August, ich danke dir für alles. Hab ein Auge auf meine Mädchen. In Liebe, deine Schwester Apollonia.«

August stand auf, so schnell es ihm möglich war, und eilte aus dem Zimmer. Sie hörten, wie er im Flur leise weinte. Ohne sich abzusprechen, eilten Gudrun und Eve ihm nach und schlangen die Arme um ihn. Katja und Isabelle blieben mit den

Kindern zurück. Sie sahen sich schweigend und mit nassen Augen an. Katja strömten die Tränen über das Gesicht, aber sie war auf eigenartige Weise getröstet: Apollonia war noch immer bei ihnen.

Später kehrten sie an Eves Tisch zurück und aßen Vanilleeis mit heißen Himbeeren.

»Sie war so eine beeindruckende Frau«, sagte Gudrun wehmütig. »Wenn wir nur gewusst hätten, was sie alles plante.«

»August wusste es ja«, bemerkte Isabelle mit belustigtem Seitenblick auf ihren Onkel, der sich gerade eine zweite Portion Eis auf den Teller schaufelte.

Dann begaben sie sich ins Wohnzimmer, um wie jedes Jahr bis Mitternacht Gesellschaftsspiele zu spielen. Immer wieder gingen draußen verfrühte Silvesterknaller los. Die Kinder waren ganz aufgeregt, dass bald ein neues Jahr beginnen sollte.

»Das wird ein tolles Jahr«, schrie Zoe begeistert, während sie würfelte. »Ich muss nie mehr in meine eklige Kita zurück und darf jetzt immer hier wohnen und im Sommer komme ich in die Schule!«

»Schrei nicht so«, mahnte Gudrun mit hochgezogenen Augenbrauen. »Und ich gehe im April in Rente. Das wird ein Fest.«

Isabelle sah ihre Mutter schmunzelnd an. »Eigentlich hättest du ja dann Zeit, die Erinnerungsstätte in Ruhe einzurichten und schön zu gestalten, Mama.«

»Was, ich? Äh, ich glaube nicht, Isabelle. Ich bin nicht der fantasievolle, kreative Typ, der so was schön hinbekommen würde. Ich bin eher diejenige, die den Staubwedel schwingt.«

August lächelte und hustete gleichzeitig.

Gudrun sah ihn argwöhnisch an. »Was ist mit dir, August? Du weißt ja eigentlich am besten, wie Mutter sich ihr Höhlenmuseum vorgestellt hat. Kümmere du dich doch um die Verwirklichung.«

Jetzt brach August vollends in Gelächter aus. »Ich bin

nur ein alter Greis, der nicht mehr gut laufen kann und auch nicht mehr ganz richtig ist im Kopf. Vergesst das mal ganz schnell.«

»Du und nicht mehr richtig im Kopf«, bemerkte Isabelle kopfschüttelnd. »Dass ich nicht lache.«

Die Kinder steckten die Köpfe zusammen und kicherten.

»Ich finde Mutters Idee so wunderschön«, sagte Eve, noch immer ganz gerührt. »Wenn wir die ganzen Sachen liebevoll auf den Regalen positionieren und alles von diesen bunten Wandlämpchen beleuchtet wird, sieht es bestimmt aus wie im Märchen. Oder wie in einem Traum.«

»Wir sollten die nächsten Tage mal Nägel mit Köpfen machen«, sagte Isabelle. »Wir sollten einen Plan von der Höhle zeichnen und überlegen, welche Sammlerstücke wo stehen sollen. Zum Glück hat Apollonia ja bereits die gesamte Vorarbeit geleistet. Wir müssen unsere Erinnerungsstätte nur noch schön einrichten. Das wird unser gemeinsames Projekt.«

August brummte zustimmend. »Sehr gut, Mädels. Genauso hat Apollonia es sich vorgestellt. Und wenn ihr euch zusammen noch mal mit den ganzen Engeln und Nussknackern und Schmetterlingen und was weiß ich noch beschäftigt, taucht ihr noch einmal in die gemeinsame Vergangenheit mit Apollonia ein. Ihr werdet dann spüren, wie fest das Band war, mit dem sie euch alle verbunden hat. Nun ist es an euch, das fortzuführen.«

»August«, sagte Isabelle staunend. »So kennen wir dich gar nicht. Du bist ja ein Philosoph.«

»Und ein Romantiker«, fügte Eve hinzu.

»Übrigens«, sagte Gudrun, »habe ich Mutters Brief an mich sehr ernst genommen. Ich sehe ein, dass sie recht hatte. Ich bin manchmal wirklich zu ernst und freudlos.«

»Hört, hört«, rief Isabelle übermütig. »Ich mach jetzt mal den Sekt auf. Habt ihr Lust?«

»Und deshalb«, sprach Gudrun weiter, »habe ich beschlossen, einmal nicht ernst und verknöchert zu sein. Ich habe mich zu einem Disco-Fox-Kurs angemeldet.«

»Du?« Isabelle schüttelte sich vor Lachen, und die anderen grinsten.

»Ja, warum nicht?«

»Das finde ich toll, Gudrun«, sagte Eve. »Ich bin stolz auf dich. Ich habe übrigens auch einen Entschluss gefasst. Sie hatte ja nicht ganz unrecht damit, dass ich immer viel zu nervös und ängstlich bin. Deshalb möchte ich etwas tun, das mir wirklich Angst einjagt. Ich mache eine Fahrt in einem Heißluftballon.«

Alle johlten vor Begeisterung.

»Aber Oma, das ist doch nichts Gefährliches«, schrie Zoe. »Das ist doch nicht mutig.«

»Du solltest lieber Bungee-Jumping von einer Brücke machen«, zog Katja ihre Mutter auf.

Eve schüttelte den Kopf. »Nein, Kinder. In einem Heißluftballon zu fahren ist für mich mutig genug.«

»Auch ich habe mir Apollonias Worte zu Herzen genommen«, sagte Isabelle, nachdem sie jedem Sekt eingeschenkt hatte. »Ich habe mich bei einem Dating-Portal im Internet angemeldet und werde nächste Woche ein Date haben. Ich muss mehr raus und Leute kennenlernen, vielleicht sogar männliche Leute.«

Alle applaudierten und redeten begeistert durcheinander. Der Sekt ließ die Stimmung steigen.

»Was spielen wir jetzt?«, schrie Zoe, als sie *Sagaland* beendet hatten.

Alle begutachteten den Stapel mit den Spielen und beratschlagten sich.

Katja war als einzige recht still und schweigsam. Die Sehnsucht nach Jens brannte in ihr. Wieder ging draußen ein Böller los – sie zuckte zusammen. Was hatte sie nur getan? Warum hatte sie um die Funkstille zwischen ihnen gebeten? Vielleicht hatte sie ihn damit geradewegs zurück nach Hause getrieben. »Ich muss mal raus an die frische Luft«, sagte sie und stand auf.

»Im Nachthemd?«, rief Isabelle ihr hinterher.

»Du wirst dir eine Lungenentzündung holen«, sagte Eve besorgt.

Gudrun schüttelte den Kopf. »Zieh dir was über, um Himmels Willen.«

Katja zog sich den Mantel über, zerrte sich den Schal um den Hals und schlüpfte mit ihren dicken Wollsocken in die Stiefel. Im Dunkeln lief sie durch die Hintertür hinaus in den Garten, an der Höhle vorbei, vor der jetzt Kisten und Werkzeuge der Arbeiter standen, und den Hang hinauf bis zum Zaun. Sie keuchte, als sie oben an der Grenze zum Wald angekommen war. Sie lief den Waldweg entlang, immer tiefer in den Wald hinein. Es war stockfinster. Ab und zu erglühten über ihr ein paar Leuchtraketen in einem Rubinrot oder Bernsteingelb und erhellten den Weg.

Die letzte Stunde des Jahres war angebrochen. Katja zog Bilanz: Sie war mit ihrem Job nicht mehr zurechtgekommen, hatte keine Zeit gehabt, sich um ihr Kind zu kümmern. Doch nachdem mit Apollonias Tod der Tiefpunkt erreicht war, hatte sich alles zum Guten gewendet. Sie hatte Jens kennengelernt und sich heftig in ihn verliebt. Sie war auf Apollonias Spuren zu den Orten gereist, an denen ihre Großmutter gewesen war. Jens war immer an ihrer Seite gewesen und hatte ihr Zuversicht und Halt gegeben, auch wenn sein Leben zurzeit auch nicht einfach war. Wie sollte es weitergehen? Hatte sie sich richtig entschieden, erst einmal abzuwarten?

Sie lief und lief wie getrieben. Sie fror in ihrem Nachthemd unter dem Mantel. Zitternd bohrte sie die eiskalten Hände in die Manteltaschen. Weiter und weiter hastete sie durch den Wald, konzentrierte sich auf die Geräusche ihrer Schritte auf dem gefrorenen Boden, die frostige Luft, die um ihre Wangen strich. Es war halb zwölf.

Plötzlich zischte eine königsblaue Rakete aus dem Ort hoch in die Lüfte, stand kurz am schwarzen Himmel, bis sie sich in viele einzelne Blitze teilte, die in alle Richtungen zersprangen. Der Wald, die Bäume und der einsame Weg wurden in ein gespenstisches Licht getaucht.

Genau in diesem Moment erkannte Katja etwas abseits des Weges einen Christbaum. Der unerwartete Anblick versetzte sie so sehr in Staunen, dass sie endlich stehenblieb und Atem schöpfte. Wer hatte hier, mitten im Wald, einen perfekt geformten Nadelbaum ausgesucht und mit glänzenden Kugeln und goldenen Sternen geschmückt? Der Baum schien ihr geradewegs aus einem zauberhaften Traum zu stammen.

Regungslos stand sie da und sog das wundersame Bild in sich auf. Es berührte sie tief. Irgendjemand hatte sich die Mühe gemacht, es mitten in der Einsamkeit zu erschaffen. Sie fühlte sich wie in einem Traum gefangen und vergaß den Kummer um Jens für kurze Zeit. Erst jetzt gelang es ihr, sich auch auf das Familienprojekt zu freuen.

Die Kirchturmuhr im Tal schlug drei Mal. Sie schreckte zusammen und drehte schnell um. Sie musste um Mitternacht zu Hause sein, um Zoe in die Arme zu nehmen und mit den anderen auf das neue Jahr anzustoßen. Vom Garten aus würden sie, alle in dicke Jacken und Mützen gehüllt, das Feuerwerk bewundern. Sie rannte fast, um nicht zu spät zu kommen.

Plötzlich ertönte auf ihrem Smartphone in der Manteltasche die Titelmelodie von *Blue Bloods*.

»Hallo?«, rief sie atemlos.

»Katja. Ich habe solche Sehnsucht nach dir.«

Sie stolperte und fiel auf die Knie. Die Welt schien stillzustehen, verhieß Glück im Überfluss. Seine Stimme war das Schönste, was sie jemals gehört hatte.

»Ich habe mich die letzten Tage in meiner Wohnung eingeigelt, nichts gesehen und nichts gehört. Ich habe nichts getan außer zu schlafen, zu essen und an dich zu denken.«

»Bei mir sieht es ähnlich aus. Ich vermisse dich wie verrückt. Das will ich nie, nie wieder.«

Gemeinsam schwiegen sie, ein liebevolles, inniges Schweigen.

Dann fragte Katja zögernd: »Hat sich etwas ergeben mit …? Du weißt schon wem.«

Er lachte leise. »Ach weißt du, mein Schatz, ich bin inzwischen die Gelassenheit in Person. Ich lasse die Dinge einfach laufen. Meine Söhne haben mich angerufen und mir erzählt, dass sie auf keinen Fall von Neustadt wegwollen und sie um nichts in der Welt nach München ziehen werden, nur weil Du-weißt-schon-wer einen Tapetenwechsel braucht. Die beiden werden Du-weißt-schon-wem das Leben zur Hölle machen, wenn sie weiter an ihrem Vorhaben festhält. Ich bin ziemlich sicher, dass sich das Thema bald erledigt hat.«

»Das ist gut«, sagte Katja. Sie rappelte sich auf und ging langsam weiter. »Ich bin sehr froh darüber.«

»Du musst meine Söhne bald mal kennenlernen.«

»Einen kenne ich ja schon. Aber das Treffen lief nicht ganz so erfolgreich ab. Man könnte auch sagen: Es war der reinste Albtraum.«

Wieder lachte er. »Das kriegen wir schon hin. Wir bestechen die beiden mit Kino und Süßigkeiten.«

»Aber das ist doch gegen deine Prinzipien, Herr Doktor.«

Sie spürte, wie er grinste.

»Wen kümmert das? Gehen wir morgen zusammen essen?«

»Ja«, sagte Katja, »ja, ja, ja. Ein glückliches neues Jahr, Jens.«

Danke ...

… an Rolf,
für alles, immer.

… an meine zauberhaften Kinder
Thomas, Julika und Rebecca,
die sich immer gerne aus meinen Büchern vorlesen lassen
und mit mir für meine Lesungen üben.

… an Amandas Töchter und Enkelin Ruth,
Ingrid und Elke mit Familien
für das Feedback und die liebevolle Unterstützung.

… an meine Lektorin Carina Zweck-Osterspey
für die individuelle und feinfühlige Betreuung.

… last but not least an das Team
des PVA-Buchverlages.

Namen, Personen und Handlung
in diesem Roman sind frei erfunden.
Jede Ähnlichkeit mit realen Personen,
lebend oder verstorben,
ist rein zufällig und nicht beabsichtigt.

1. Auflage Februar 2018

Umschlaggestaltung: Thilo Berst
unter Verwendung der Fotos von
fotofuerst / Fotolia.com (Postkarten)
rakchai / Fotolia.com (Schneekugel)
ecco / Fotolia.com (Schmetterlinge)
fergregory / Fotolia.com (Kiste)
mapoli-photo / Fotolia.com (Brautstrauß)
Dan Kosmayer / Fotolia.com (Nussknacker)
Maicon Magnus / Fotolia.com (Dose)
Marcel Heinzmann / Fotolia.com (Hintergrund)

Satz: Manfred Duda, Bodenheim

Druck: Westermann Druck Zwickau GmbH
ISBN 978-3-87629-358-5

Kontakt:
Pfälzische Verlagsanstalt GmbH
www.pva-buchverlag.de